John le Carré

Single & Single

ECUS
Publishing House

辛格家族

約翰・勒卡雷——著
譯——楊惠君

17——勒卡雷作品

1.

這把槍不是槍。

或者說，當維也納、匹茲堡和伊斯坦堡國際財務公司年輕的歐洲總經理兼行政總裁艾利克斯・霍本，將蒼白的手伸進他的義大利上衣胸口，拿出的既不是白金菸盒，也不是銅版印製的業務名片，而是一把嶄新的細長型藍黑色自動手槍，在相隔六英吋處指著溫沙先生略帶鷹勾、但毫無暴力氣息的鼻梁時，在這個時候，溫沙先生這麼堅信著。這把槍並不存在。這是無法呈上法庭的證據。這根本不是證據。這是一把不是槍的槍。

艾佛瑞德・溫沙先生是個律師，對律師來說，事實都要接受挑戰。所有事實都不例外。常人眼中看起來越是不證自明的事實，謹慎的律師就越是應該提出強而有力的質疑。在那一刻，溫沙就是抱持著第一流律師的審慎態度。儘管如此，他還是在百般驚駭中一把放下自己的公事包。他聽到公事包掉落的聲音，感覺到手掌上殘留的壓力，眼底看見躺在腳邊的公事包的影子：我的公事包、我的筆、我的護照、我的機票和旅行支票。我的信用卡、我的合法身分。儘管公事包所費不貲，他並沒有俯身拾起。他只是不發一語地繼續凝視著這把不是槍的槍。

這把槍不是槍。這個蘋果不是蘋果。溫沙正在回想四十年前他的法律導師所說的智慧之語。這個了不起的傢伙從磨損的破舊休閒西裝外套裡面悄悄拿出一顆青蘋果，高舉揮舞著，讓多半是女性的聽眾仔細端詳：「這看起來或許很像一顆蘋果，各位女士，聞起來或許很像蘋果，摸起來很像蘋果」──含沙射影──「可是，它發出的聲音像一顆蘋果嗎？」──搖一搖──「切起來像顆蘋果嗎？」從書桌抽出一把老舊的麵包刀，用力一刺。蘋果化為石膏碎片，傾瀉而下。這個了不起的傢伙用涼鞋的足尖將碎片踢到一旁，同時，席間響起了銀鈴般的笑聲。

溫沙沒有就此打住，他繼續不計一切地逃進回憶的巷子內。在導師的蘋果之後，閃出一陣炫目陽光，隨後出現的是他在漢普斯德光顧的菜販──他就住在漢普斯德，這時候巴不得自己還在那兒──一個開朗、手無寸鐵的蘋果供應商，身穿鮮亮的圍裙和草帽，除了蘋果之外，還賣溫沙的太太邦妮喜歡的新鮮蘆筍，儘管他買給她的其他東西，她都不怎麼喜歡。要青綠色的，記住，艾佛瑞德，還要剛從地上冒出來的，千萬別買白色的──她將菜籃硬塞到他面前。要當令的才買，艾佛瑞德，勉強種出來的味道都不對。我幹嘛要做這種事？為什麼非得等到結婚之後，才知道我根本不喜歡人家？如果不是為了保護自己不讓自己惹麻煩，那接受法律訓練的目的是什麼？他飽受驚恐的腦子搜尋著所有可能逃亡的出路，溫沙只能藉著逃進自己內心的現實中尋求慰藉。即使是眨眼即逝，這些短暫的迷離也能讓他抗拒這把槍的虛幻。

這把槍仍然不存在。

但溫沙無法將視線從這把槍移開。他從來沒有這麼近距離地注視一把槍，從來不曾被迫如此密切地留意那顏色、線條、標記、拋光和款式，這把槍朝上指著，讓他可以在耀眼的陽光中看得一清二楚。它能像槍一樣擊發嗎？像槍一樣殺人嗎？像槍一樣奪人性命，在傾瀉而下的石膏碎片中除去臉孔和五官嗎？他很英勇地反對這種荒唐的可能性。這把槍不存在，絕對不存在！這是幻象，一個由白色的天空、熱氣和中暑所形成的假象。這是一把發燒槍，它之所以會出現，是因為食物令人難以下嚥，婚姻不幸福，在煙霧瀰漫中進行了兩天讓人筋疲力盡的諮詢，乘坐豪華轎車沿路顛簸地行經酷熱、漫天灰塵、交通阻塞的伊斯坦堡，一大清早搭乘國際財務公司的私人飛機，橫衝直撞地飛越土耳其中部棕色的山塊，弄得頭暈眼花，在紅色岩石的絕壁下，開了三小時行經多急彎的海岸公路和U字形彎道的自殺之旅，前往百分之百的世界終點，也就是這個散布鵝卵石的荒蕪海岬，高踞在地中海東端六英尺高處，到處長滿鼠李草和破碎的蜂巢，清早的晨曦已轉為高照的豔陽，霍本的槍連眨都不眨一下——依然留在原位，依舊是一個幻象——像個外科醫生似地盯著我的腦子。

他閉上眼睛了。看到沒？他跟邦妮說。沒有槍了。但邦妮和平常一樣倍感無聊，催促他要是玩夠了就讓她清靜清靜，因此他只好轉向法庭發言，他已經三十年沒上法庭了。

法官閣下，本人樂意向法庭建議，有關溫沙告訴霍本一案，雙方已友善合解了。溫沙承認，他先前提出霍本在現場勘查會議期間，在土耳其南部山區亮出一把槍，其實是他搞錯了。反之，霍本也對他的行為提出了完整且令人滿意的說明……

接下來，不知道是出於習慣還是尊重，他向他二十年來的主席、總經理和主宰者，依照自己姓氏而命名的辛格公司的創辦人，也就是獨一無二的泰戈．辛格本人說話：

我是溫沙，泰戈。很好，謝謝，老闆，您自己好嗎？聽您這麼說我就放心了。對，我想我可以說一切都和您當初英明的預言一模一樣，目前得到的回應百分之百令人滿意。只是有件小事——現在都已經過去了——不是一個爆發點——我們客戶的屬下霍本，好像拿槍指著我。沒什麼，只是一個幻覺，不過還是先告知您一下比較好……

等他張開眼睛，看見槍依然在原位，霍本孩子般的眼睛順著槍管凝視著他，同時他像小鬼一樣沒長出半根毛的食指正勾著扳機，即使此刻，溫沙仍然沒有放棄他殘餘的法律立場。很好，這把槍的存在是一個客體，但不是一把槍。這是一把笑彈槍。一種逗趣、無傷大雅的惡作劇。是霍本買給他小兒子的。做得和真槍一模一樣，這場協商對年輕人來說無疑冗長而乏味，為了加入一些輕鬆的調劑，霍本就揮舞這把槍當作一種惡作劇。溫沙為了配合他最新的推論，透過麻木的嘴唇，好不容易擠出一種得意的微笑。

「嗯，我得說這是一種很有說服力的論證，霍本先生，」他大無畏地說道，「你要我怎麼做？免除我們的費用？」

不過他聽到的答覆只是棺材店的錘擊聲，被他不迭地轉化成海灣對面那個觀光小港的建築工人嘩啦嘩啦的談話聲。下了一整個冬天的雙陸棋之後，這些工人正趕忙在最後關頭固定窗門、屋頂瓦片和輸送管線，準備迎接觀光季節到臨。溫沙渴望著常態，回味著脫漆溶劑、噴燈、用木炭燒魚、路邊攤販的香料氣味，以及土耳其地中海沿岸其他美味和比較不美味的香氣。霍本用俄語對他的同僚厲聲說話。溫沙聽到身後有一陣混亂的腳步聲，可是不敢轉過頭去。他的外套被人七手八腳地使勁往後拉，另外還有幾隻手在他身上摸來探去，胳肢窩、肋骨、脊椎骨、鼠蹊部。那些侵襲者的手一路往下摸到他的小腿和腳踝，搜尋有無暗藏武器，而此刻，記憶中那些讓人比較能接受的手已無法帶給他任何慰藉。無論暗藏與否，溫沙一生從沒攜帶過武器，除了他的櫻桃木手杖以外。這是用來驅趕患了狂犬病的狗，還有就是當他在漢普斯德石南園轉彎，欣賞女性慢跑者時，用來對付那些好色之徒。

他很不情願地想起霍本身邊有太多跟班。在這把槍的引誘下，剎那間，他想像只有霍本和他自己，單獨面對面地待在山頂上，四下空無一人，任何律師應該都會善加利用這個情況才是。現在他承認，自從他們離開伊斯坦堡之後，就有一群讓人倒胃口的顧問隨侍在霍本身邊。一位艾米利歐先生和一位馮索瓦先生，在他們從伊斯坦堡機場起飛時加入，肩膀上披著外套，掩住了他們的手臂。溫沙對這兩人都不以為然。達拉曼另外還有兩個討厭鬼在等著，他們配有活像靈車的專用黑色路華汽車和司機。霍本介紹這兩人時，稱說他們是德國人，不過沒有提及他們的姓名，他們或許真是德國人吧，然而溫沙的耳裡只聽到他們說的是一口土耳其語，身上穿的是土耳其鄉下人出差時穿的殯葬人員黑西裝。

更多隻手抓住了溫沙的頭髮和肩膀，一把推得他倒跪在沙土小徑。他聽到羊鈴叮噹作響，認定這是漢普斯德聖約翰教堂為他的葬禮所敲的喪鐘。另外幾隻手拿走了他的零錢、眼鏡和手帕。還有人拿走他貴重的公事包，他就像在做惡夢般地看著：他的身分，他的安全保障，從一雙手飄到另外一雙手上，價值六百英鎊、精美無比的黑牛皮，是在蘇黎世機場用提領自流動資金銀行帳戶裡的現金匆匆買來的，當初是泰戈鼓勵他開這個帳戶。下次你想慷慨一番時，不妨買個很好的包給我，邦妮這麼抱怨，她鼻音濃重的哀泣聲越來越高，看樣子會繼續哀泣下去。我會搬出來，他心想。漢普斯德的房子給留邦妮，我在蘇黎世買一間公寓，就是那種山坡上的新建連排屋。泰戈會明白的。

溫沙的目光刷上一層鮮亮的黃色，他因為痛苦而尖叫。戴著尖角狀飾品的手早已抓緊他的手腕，拉到他背後，朝反方向用力一扭。他的慘叫聲從一座山頂衝向另一座山頂，然後逐漸消失。又有幾隻手抬起他的頭，起初還像牙醫般輕柔，接著就抓住頭髮向後一扯，讓他的頭完全暴露在太陽的燒灼之下。

「別動。」一個操英語的聲音這樣下令，溫沙發現自己斜眼朝上看著艾米利歐先生擔憂的神情，他是個和溫沙年齡相仿的白髮男子。艾米利歐先生是我們從那不勒斯請來的顧問，霍本用一股帶著鼻音的粗鄙俄裔美國腔說著，真不知道他是從哪裡學來的口音。真是太好了，溫沙用泰戈那種慢吞吞的聲調回說，泰戈不想讓別人唬住時就是用這種口吻說話，同時溫沙也露出一抹淡漠的微笑。現在他在沙地裡被人綁住，雙臂和肩膀都是一副隨時會被殺害的樣子，溫沙恨不得在先前還有機會時，他曾向艾米利歐先生表達尊敬之意。

艾米利歐沿著山坡往上走，溫沙巴不得能和他哥兒倆手挽手一起漫步，他心想，當初或許給人留下了錯誤印象，正好趁這機會糾正過來。可是他被迫一直跪在地上，面容因為太陽的灼熱而扭曲變形。他雙目緊閉，但太陽的光線照樣用黃色的洪流淹沒他的眼睛。他還跪在地上，但不斷朝兩邊和上面掙扎，他的膝蓋承受到的痛苦，和交流電撕裂他肩膀的疼痛一模一樣。他擔心自己的頭髮。他從來無意染頭髮，他一向看不起染髮的人。可是等他的理髮師好不容易說服他染個頭髮試試看時，邦妮命令他非染不可。你認為我會有何感受，艾佛瑞德？和一個滿頭白髮的老丈夫出雙入對？

可是，親愛的，當初娶妳時，我的頭髮就是這個顏色！——那我更是倒楣，她回說。

我早該聽從泰戈的建議，找間公寓安置她就得了，海豚廣場，巴比肯區。她還在當的祕書那時，就應該把她開除，當小朋友似地包養起來，而不必忍受當她丈夫的羞辱。別娶她，溫沙，包養她就好了！泰戈早就向他打過包票，長遠來看，這還比較便宜，從無例外——然後讓他們兩人放一個星期的假，到巴比多斯島度蜜月。他睜開眼睛。正納悶他的帽子跑哪兒去了，就是一頂他先前在伊斯坦堡花了六十美金買的時髦巴拿馬草帽。他看見他的朋友艾米利歐正戴著那頂草帽，娛樂那兩個身穿黑西裝的土耳其人。他們先是一陣大笑，隨後兩人同時轉過頭來，從他們所在處往上緊盯著半山坡上的溫沙，彷彿他是一齣戲。不懷好意。一副興師問罪的神情。他們是旁觀者，而不是參與者。邦妮冷眼看著我向她求歡。你玩得很過癮，是嗎？快點，我累了。他朝著用吉普車載他走完最後一段旅程（從山腳下出發）的司機瞥了一眼。那人看來慈眉善目，他會救我的。有個女兒已經嫁了，住在伊茲麥。

不管是不是慈眉善目，這個司機已經睡著了。沿著這條小徑再往前一段路的地方，第二名司機坐在那兩個土耳其人活像靈車的黑色路華汽車裡，張大嘴巴，呆呆凝視前方，什麼也沒看見。

「霍本。」溫沙說。

一個人影橫過他眼前，如今烈日已高高昇起，任何人要投射出這樣的影子，想必就站在他身邊才是。他覺得昏昏欲睡。好主意，換個地方再醒過來。透過沾滿汗水的眼皮瞇著眼睛往下看，他瞥見一雙鱷魚皮鞋從優雅的白色摺邊帆布褲管底下探出來。他接著瞄往高一點的地方，看見了馮索瓦先生黝黑、滿布疑雲的表情，然而這也是霍本的老闆之一。馮索瓦先生是我們的勘查人員，負責為提出的地點進行丈量，霍本在伊斯坦堡機場這樣宣布，溫沙也就傻傻地對這位勘查員露出淡漠的微笑，和他對艾米利歐先生的笑容一模一樣。

這雙鱷魚皮鞋有一隻移動了，半昏迷狀態下的溫沙正想著馮索瓦先生是不是提議要用這隻鞋子踢他，但顯然沒有。他將一個東西斜斜地遞到溫沙臉上。溫沙斷定那是隨身錄音機。他眼裡的汗水讓他變得耳聰目明。他要我說幾句話，好在勒索贖金時讓我的親人放心：泰戈，老闆，我是艾佛瑞德・溫沙，你以前總稱我是溫沙家族的最後一人，我想告訴你，我現在好得不得了，完全不必擔心，一切都棒極了。這些都是好人，把我照顧得無微不至。我學會了如何尊敬他們的理想，不管那理想是什麼。他們答應隨時都能釋放我，到時候我會在世界輿論的論壇前勇敢為他們的理想大聲疾呼。噢，希望您不介意，我向他們保證您也會這麼做，只不過，他們最有興趣的是得到您的口才之助……

他將錄音機貼在我另一邊的臉頰上。他皺著眉頭。這根本不是錄音機，而是溫度計。不，不是，這是用來測量我的脈博，確定我沒有昏過去。他將溫度計放回口袋裡，大搖大擺地往山上走，加入那兩個德國籍的土耳其殯葬員，和戴著我的巴拿馬草帽的艾米利歐先生。

溫沙發現，在掙扎之間，他已將自己弄得一身濕。他那套熱帶西裝左褲管內側已經濕了一塊。此刻他是階下囚，膽戰心驚。正讓自己神遊到其他地方。已經很晚了，他還坐在辦公室桌前，因為他再也受不了熬夜等著邦妮脾氣暴躁、脹紅著臉從她母親家回來。他在齊斯克和一個以前愛過、很豐滿的朋友在一起，她用她放在第一格抽屜內的幾條晨袍腰帶將他綁在床頭。他無所不在，全然地無所不在，就除了在這個地獄裡的山頂上以外。他睡著了，但還是繼續跪著，撐著歪斜的身體，全身痛苦不堪。這沙裡想必有貝殼碎片或燧石，因為他感覺得到尖尖的東西刺進他的膝蓋。古代的陶器，他想起來了。山頂上到處都是古羅馬時期的陶器，據說山裡還有金礦。昨天在莫斯基博士位於伊斯坦堡的辦公室內，滔滔不絕說明辛格公司的投資藍圖時，他才剛向霍本的那些跟班提出這個迷人的賣點。對無知的投資者而言，這種細微的點綴是很有吸引力的，尤其是粗笨的俄國人。黃金，霍本！寶藏啊，霍本！古文明！想想這多有魅力！他說得天花亂墜，讓人不禁躍躍欲試。行家出場，果然不同凡響。就連溫沙私底下認為是暴發戶和包袱的莫斯基博士，也都為他的表現喝采。「你的企畫很合法，艾佛瑞德，合法到應該禁止才對。」他高聲吼道，邊發出波蘭人的大笑，邊朝他背上使勁一拍，他的膝蓋差點就變形了。

「麻煩你。在開槍射殺你之前，溫沙先生，我奉命要問你幾個問題。」

溫沙不明白他的意思。他根本沒聽見。他已經死了。

「你跟藍迪．麥辛漢先生的關係好嗎？」霍本問道。

「我認識他。」

「關係有多好？」

他們想聽什麼答案？溫沙尖聲自問。很要好？一點也不好？中等好？霍本重複了一次他的問題，堅決地高喊。

「請你形容一下你跟藍迪．麥辛漢先生的關係到底好到什麼程度？麻煩你說清楚。大聲說清楚。」

「我認識他。我是他的同事。替他做法務工作。我們的關係很正式，而且共事愉快，但我們不是什麼密友。」溫沙喃喃說著，不把話說得太死。

「請大聲一點。」

溫沙重複了其中幾句話，聲音提高了一些。

「你繫了一條時髦的板球領帶，溫沙先生，請描述一下這條領帶代表什麼。」

「這不是板球領帶！」溫沙突然精神抖擻，「打板球的是泰戈，不是我！你找錯人了，你這白癡。」

「測試。」霍本對山上的某個人說。

「測試什麼？」溫沙頑強地問道。

霍本在他面前打開一本古馳赤褐色書皮的祈禱書，角度剛好不會擋到自動手槍的槍管，他邊看著書邊唸著。

「問題，」他高聲誦讀，活像節慶時的街頭公告員，「請問，前往利物浦的自由塔林號，上週駛出敖得薩之後就在海上被攔截留置，這到底是誰的責任？」

「我哪裡知道航運的事？」溫沙很凶暴地大聲質問，他仍然勇氣十足。「我們是金融顧問，不是航運公司。有人手頭上有錢，需要建議，就來找辛格公司。至於錢是怎麼賺來的，那是他們的事。只要他們是用成人的態度處理就好。」

成年人這字眼是用來諷刺人的。他說成年人，是因為霍本是個初出茅廬的毛頭小子。他用這個字眼，是因為莫斯基是個狂妄自大、喜歡炫耀的波蘭人，無論他在名字前面加了幾個博士頭銜都一樣。再者，那是哪裡的博士？是哪方面的博士？霍本又往山上瞄了一眼，舔舔手指，翻到祈禱書的下一頁。

「問題。請問，是誰向義大利警方提供線索，說有一列特殊的卡車車隊會在今年三月十三日從波士尼亞開回義大利？」

「卡車？我哪懂什麼特殊的卡車隊？就跟你對板球的理解差不多吧！叫我背誦瑞典歷代國王的名字和日期，搞不好機會還大一點。」

為什麼是瑞典？他不禁狐疑。到底跟瑞典有什麼關係？他為什麼會想起瑞典的金髮美女、極為白晰的大腿、瑞典的脆皮麵包、色情片？算了。他仍舊勇氣十足。整死這個死矮子，不管有沒有槍。霍本又在他的祈禱書上翻了一頁，不過被溫沙捷足先登。他和霍本一樣，扯開嗓子咆哮：「我不知道，你這個大白癡！別問我，聽到沒有？」——直到霍本的腳朝他左頸重重一踢，讓他一把摔倒在地。他沒有了行進感，只有到達感。太陽下山了；他看到黑夜降臨，他感覺頭靠在一塊舒適的石頭上，知道有一段時間從他的意識中消失了，而他也不想找回這一段時間。

同時，霍本繼續唸著：「請說明，是誰同時在六個國家查封了安道爾公國的首旗建設公司及附屬公司所有直接或間接擁有的資產和船舶？是誰將線索交給了國際刑警組織？」

「什麼查封？在哪裡？什麼時候的事？什麼也沒有查封過！沒有人提供過任何線索。你瘋了，霍本！像隻瘋狗亂咬人。你聽到沒？瘋了！」

溫沙仍舊倒臥在地，但在盛怒之下拚命翻滾，想恢復原本的跪姿，像一隻被擊倒的動物，不停地蹬腳和扭動身軀，硬是要將腳跟擠到身體下方，好不容易稍稍挺了起來，結果還是往一旁倒了下去。霍本又問了另外幾個問題，但溫沙連聽都不願聽——這些問題是關於佣金為何都白付了，原本應該協助行動順利進行的港口官員，到頭來卻很不友善。還有，在銀行帳戶被查封前幾天轉進帳戶裡的金錢數額。但溫沙對這些事情全都一無所知。

「這是騙人的！」他大叫。「辛格公司誠實可靠，以客戶利益至上。」

「聽好了，而且給我好好跪著。」霍本命令他。

溫沙不知道從哪裡找到了新的尊嚴，撐著跪了起來，仔細聆聽。他心無旁騖，而且更加全神貫注，彷彿就像他的注意力被泰戈本人吸引似地專注。他努力刪除他絕對不想聽到的那個聲音，也就是霍本那刺耳的俄裔美國人的低沉嗓音，他這輩子從來沒來有像現在這麼精神抖擻、全心全意傾聽著宇宙甜美的背景音樂。他愉快地留意到海鷗的叫聲在和遠處的回教寺院的喚禱聲相互競爭、海面被微風吹過時的沙沙聲、海灣裡的遊樂船為觀光季節預做準備的叮叮作響。他看到自己剛成年時認識的那女孩，全身一絲不掛地跪在罌粟花圃裡，無論當年還是現在，他都害怕得不敢將手向她伸去。憑著內心湧現的恐懼的愛，他崇拜著天地間所有的氣味、觸感和聲音，只要不是霍本用他可怕的聲音低沉說出他的死刑判決。

「我們稱這次的行動為殺雞儆猴。」霍本根據祈禱書裡預先準備的說法宣告。

「大聲點。」馮索瓦先生從山上言簡意賅地下令，於是霍本就再一次宣布了判決。

「當然，這也是一次復仇的殺戮。拜託。如果不報仇，那就不是人了。但我們也希望這次的動作被解釋成正式要求補償。」這話說得更大聲、而且也更清楚了。「溫沙先生，我們誠摯希望你的朋友泰戈．辛格先生和國際刑警組織都能看懂這個訊息，而且做出妥當結論。」

然後他大聲高喊，溫沙心想，那應該是將同樣的訊息以俄語重複一次，好方便他的聽眾裡英語可能不太好的人。或者，他說的是波蘭語？好讓莫斯基博士聽得更清楚。

暫時失去說話能力的溫沙這時正漸漸復原，即使一開始只能零零碎碎說出幾個字，例如「發神經」、「法官兼陪審員」，還有「辛格企業可不是好惹的」。他全身髒兮兮，沾滿汗水、尿液和泥巴。他為了努力讓自己這種人活下去，正和不相干的情慾幻象奮力糾纏著，這都是屬於無法實現的私生活領域。而他摔倒在地，全身因而裹滿塵土。他被綁緊的雙臂是一種折磨，他必須抬起頭來才能開口說話。但是他辦到了。他仍舊堅持著。

依照前述，他在事實和法理上都享有豁免權。他是律師，法律就是自己的保護者。他是治療者，不是破壞者，他被動地協助締造無限的商譽，在倫敦西區的辛格公司擔任法務主管和董事；他為人夫，為人父，儘管對女人毫無招架之力，還不幸離過兩次婚，但孩子們都很愛他。他的一個女兒此時此刻正展開她前景看好的舞臺生涯。提起女兒，他不禁哽咽，雖然這只是他一個人的痛苦。

「大聲一點！」勘查人員馮索瓦先生從他頭頂上說。

溫沙的淚水在沾滿塵土的雙頰上畫出了兩行小徑，感覺像是脫妝那般，不過他依然堅持不肯示弱。他是優先稅規劃和投資專家，他說，同時轉頭仰向白色的天空高聲尖叫。他的專長包括在各個肯通融的國家設立海外公司、信託、租稅天堂和避稅工具。他不是莫斯基博士對外宣稱的那種海事律師，不是像莫斯基那種需要冒險的企業家，也不是賭徒。他從事的是法律的藝術，將非正式資產轉移往比較牢靠的地方。此外，他還加上了誇張的附註，是關於如何取得第二本合法護照、第二種公民身分、以及在十幾個氣候和財政都令人垂涎的國家擁有居留權。不過他沒有——再說一次，沒有，他大力堅稱——而且是從來沒有涉入他所謂累積基本財富的方法學。他記得霍本似乎有某種軍事背景——是海軍嗎？

「我們是幕後專業人士，霍本，你不懂嗎？是智囊！規劃者！戰略家！你才是行動者，不是我們！再加上莫斯基，如果你願意的話，既然你跟他好像總是神祕兮兮！」

沒有人鼓掌。沒有人說阿們。但也沒有人阻止他，這些人的沉默令他相信他們都在聆聽。海鷗已不再吶喊。海灣對面很可能正逢午睡時間。霍本再度低頭看錶。他漸漸顯露出煩躁模樣：雙手握槍，同時左腕還要向內轉，一直到看到手錶為止。他又將手腕朝外轉。一隻勞力士金錶。這是他們所有人渴望的目標。莫斯基也戴了一只。大膽的高談闊論讓溫沙恢復了體力。他吸進一口氣，提出他認為能傳達善意的理由。一心只顧著要爭取人緣，他開始叨叨絮絮說著昨天在伊斯坦堡進行陳述時說過的幾句話。

「這是你們的土地，霍本！你們是地主。你們付了六百萬美金現金——美金鈔票、英鎊、德國馬克、日圓、法郎——籃子、公事包、行李箱裝著滿滿的現金，沒人過問半句！記得嗎？這是誰的安排？是我們！友好的官員、睜一隻眼閉一隻眼的政客、舉足輕重的人士——記得嗎？辛格公司都替你們打點好了，把你們的髒錢洗得雪白無瑕！只消一個晚上，記得嗎？你聽到莫斯基是怎麼說的——合法到應該禁止才對。你看，沒有禁止。這都是合法的！」

沒有人表示他們記得。

溫沙上氣不接下氣，還有點發狂。「信譽卓著的私人銀行，霍本——是我們——記得嗎？在摩納哥登記註冊，主動提議買下你們全數土地。你們接受嗎？不！你們只接受票據，絕不收現金！我們的銀行欣然同意。它什麼都同意，當然了。因為我們就是你們，記得嗎？我們就是換了招牌的你們自己。我們是一家銀行，但是用你們的錢買你們的土地！你不能開槍殺你們自己！我們就是你們——我們是一體的。」

聲音太尖了。他稍微自我克制。重點是要客觀。從容不迫。超然獨立。絕對不要自吹自擂。莫斯基這個人的毛病就在這兒。聽莫斯基喋喋不休說上十分鐘，任何有自尊心的商人都會落荒而逃。

「看看這些數字，霍本！這些數字多漂亮！屬於你們自己的繁華度假村——你想怎麼說都行！一旦開始投資，看看洗錢的力量有多大！用一千兩百萬來蓋馬路、排水管、電力、海濱浴場、社區游泳池；花一千萬來蓋出租別墅、旅館、賭場、餐廳和額外的基礎建設——就算是三歲小孩也能洗掉三千萬！」

他本來想多加一句「就算是你，霍本。」不過及時制止自己。他們可有在聽他說話？或許他應該大聲一點。他厲聲咆哮。艾米利歐露出微笑。當然啦！艾米利歐喜歡大聲講話！我也喜歡！大聲就是坦率。大聲就是開放、合法、透明！大聲就是男人在一塊兒，合作伙伴，萬眾一心！大聲就是大夥兒戴同一頂帽子！

「你們甚至不必找房客，霍本——別墅不需要房客——第一年用不著！不需要真的房客——整整十二個月的影子房客，想想看！不存在的住戶每週支付兩百萬到商店、旅館、舞廳、餐廳和租用產業裡面！直接從你的手提箱拿出來的錢，透過公司的帳簿轉入合法的歐洲銀行帳戶！製造出毫無瑕疵的交易記錄，讓任何一個未來有意認股的買主看！買主是誰？就是你！賣主是誰？就是你！你賣給自己，從自己的手上買，完全合法！辛格公司擔任誠實的仲介人，確保公平交易，一切正正當當，正大光明！我們是你的朋友啊，霍本！我們可不是靠不住的莫斯基家族。我們是戰火兄弟。是哥兒們！需要的時候，我們就在你身邊。即使是衣服摩擦得你身上不舒服，我們也義不容辭」——黔驢技窮之下，他引述了泰戈說過的話。

晴朗的天空突然下起一陣暴雨，讓紅色的塵土沉澱在地，氣味四散，在溫沙沾滿凝結塵土的臉上畫出更多線條。他看到艾米利歐戴著他們共用的巴拿馬草帽，朝前走了幾步，因此認為他已辯護成功，人家要扶他起身，拍拍他的背，代表法庭向他表示恭喜。

然而艾米利歐另有打算。他將白色的雨衣披在霍本的肩上。溫沙想昏過去，但做不到。他厲聲尖叫，為什麼？朋友！不要啊！他喋喋不休地說他從來沒聽過自由塔林號，從來沒見過任何國際刑警組織的人；他一輩子都在躲避這些人。艾米利歐將一個東西戴到霍本頭上。聖母啊，是法官宣判死刑時的黑帽。不，是一圈黑布。不，是一隻襪子，一隻黑襪子。哦，上帝啊，哦，基督啊，哦，天地之母啊，一隻黑襪子，扭曲了我的死刑執行官的臉孔。

「霍本。泰戈。霍本。聽我說。別看錶了！邦妮。住手！莫斯基。等等！我哪裡對不起你？我給你的只有好處啊，我發誓！泰戈！我這一輩子！等等！住手！」

待他說到這幾個字時，他的英語已經開始吃力，彷彿是在腦子裡將某種外語翻譯成英語似地。然而他不會其他語言，不懂俄語、不懂波蘭語、不懂土耳其語、不懂法語。他向周圍凝望，看見勘查員馮索瓦先生站在山上，戴著耳機，透過電影攝影機的觀景器向前凝視，鏡頭筒上裝了一只裹覆著海綿的麥克風。他看見霍本頭戴黑面具、身裹白壽衣的身影，興致勃勃地擺出射擊姿勢，一條腿往後退，一隻手握著槍，瞄準溫沙的太陽穴，另一隻手緊抓著行動電話貼在耳邊，兩眼盯著溫沙不放，口裡用俄語向延長的話筒輕聲細語說著些言不及義的甜言蜜語。他看見霍本最後一次看了看他的錶，而此時馮索瓦先生已經準備妥當，依照最優良的攝影學傳統，要將那非常特殊的一刻化為永恆。他還看見一個滿臉髒污的小男孩從兩個岬角之間的裂縫往下盯著他。他有一雙棕色大眼，彷彿不敢置信眼前發生的一切，溫沙在他這年紀時就是這副眼神，他趴在地上，兩隻手墊著下巴。

2.

「奧利佛．霍桑。麻煩你快上來。快點。有人找你。」

這是一個陽光燦爛的春日早晨，空氣中充滿櫻花香味，在阿伯茲碼頭這個位於英格蘭南部得文郡海岸邊的小山城，艾西．華特摩爾太太站在她那所維多利亞式寄宿公寓的前廊，隔著十二級階梯，開開心心地對下面人行道上的房客奧利佛喊著。這時候，華特摩爾太太十歲大的兒子山米正幫他將破舊的黑色行李箱一個個搬到他的日產廂型車上。華特摩爾太太是從北方優雅的溫泉聖地巴克斯頓南下遷居到阿伯茲碼頭的，一舉手一投足都非常講究。她這間寄宿公寓宛如是由捲蕾絲、鍍金鏡子和擺設在鑲有玻璃門的櫥櫃裡的迷你烈酒瓶，組合而成的一曲維多利亞式交響曲。這間公寓叫做水手歇腳處，她和兒子山米及丈夫傑克原本在這兒過著幸福的生活，直到丈夫眼看就要退休，卻在海上出了事，撒手西歸。她是個很精彩的女人，聰明又漂亮，而且很有同情心，那股濃濃的德比郡鼻音，不時會提高音調製造喜劇效果，活像是一把鋸子，在陡峭的濱海階地迴響著。今天是星期五，所以她紮著一條輕巧的淡紫色頭巾，她總是趁星期五的時候作頭髮。溫柔的海風輕輕地吹著。

「親愛的山米，替我用手肘戳一下奧利的肋骨，拜託你跟他說大廳裡有電話找他——他照例又神遊太虛去了——奧利！是銀行的杜谷德先生。他說有些例行公文要簽，不過很急——而且他突然變得非常有禮貌又紳士，千萬別惹毛他，不然他又要降低我的透支額了。」她由著他，只管等著，對付奧利也只能這樣了。什麼事都驚動不了他，她心想。他心裡在想事情。就算我聽見空襲警報，他也會把我的話當耳邊風。「山米會幫你把行李裝好——可不是嗎，山米？當然啦。」她又增加了一點誘因。

她繼續等，結果完全沒用。一頂洋蔥小販戴的圓扁帽的影子遮住了奧利佛那張肥臉，這頂帽子是他的註冊商標，他只噘著嘴，連大氣也沒吭一聲，又將一個黑色行李箱交給山米，讓他放進廂型車的後車箱。這兩個人是物以類聚，她心想，由著這一老一少。看著山米一直吃力地搬著行李，因為他比較遲鈍，自從他父親過世之後就變得更遲鈍了。無論什麼小事，對他們來說都變得很困難。看這個陣仗，你會以為他們要去蒙地卡羅，不是只沿著這條街往前走而已。這些行李箱是商務旅客用的那種，人造皮製，每個大小都不同。旁邊還有一個周長兩英尺、充了氣的紅球。

「人家可不是說『咱們奧利到哪兒去了？』完全不是這樣，」她的態度很堅持，不過她相信銀行經理現在已經把電話給掛了，「比較像是說『麻煩您幫幫忙，請奧利佛．霍桑先生來聽電話。』你該不會中了樂透吧，奧利？不過，你中了也不會告訴我們，對吧？你這個人就是這樣，這麼個大男人老是悶不吭聲。放下來，山米。奧利跟杜谷德先生談完之後就來幫你。你等一下要是拿不動就會掉下來。」她握緊拳頭朝屁股猛打，假裝氣急敗壞地說：「奧利佛．霍桑。杜谷德先生是我們銀行的高薪管理人。我們不能讓他用一百鎊的時薪來聽空氣講話。下次他會抬高我們的費用，到時候就是你的錯。」

不過那時陽光燦爛，又帶著春日的懶洋洋，她的思緒霎時自己轉了個奇怪的彎，而且通常和奧利有關。她心想，真是一幅美好的畫面，他們倆簡直像是兩兄弟，儘管彼此其實長得不怎麼像；不論什麼天候，奧利總是穿著那件灰狼大衣，看起來就像是一座阿爾卑斯山，也不管左鄰右舍看待他的目光；山米和他父親一樣瘦削、鷹勾鼻，一頭柔軟光滑的棕髮，穿著一件飛行員皮夾克，那是奧利送他的生日禮物，他幾乎未曾脫下來過。

她記得奧利佛來到她公寓門口的那天，就穿著那件大外套，活脫脫是個走投無路的彪形大漢，兩天沒刮鬍子，手上只有一只小行李箱。當時是上午九點，她正在收拾桌上早餐。他說：「請問我可以到這兒來住嗎？」——不是「你這兒有房間嗎？」或是「可以看看房間嗎？」還是「一晚多少錢？」——就只是「我可以到這兒來住嗎？」，像個迷路的小孩。當時還在下雨，她怎能讓他站在門口呢？他們閒聊著天氣，他很欣賞她的桃花心木餐櫃和鍍金時鐘。她帶他參觀起居室和餐廳，將住房規矩說給他聽，然後領他上樓，參觀正對著教堂墓園的七號房，如果他不覺得這間房太陰鬱的話。不會的，他說，他不介意和死人作伴。自從華特摩爾先生走了之後，艾西就不再這麼說話了，不過他們還是笑了好一陣子。好，他說，他還有更多行李要拿過來，大多是書什麼的。

「還有一輛很見不得人的老爺廂型車，」他很不好意思地補上這句，「要是你覺得礙眼，我就把車推到前面的路邊。」

「一點也不礙眼，」她一本正經地回答，「我們水手歇腳處不是那種地方，霍桑先生，我希望永遠也不會那樣。」

接著他就預付了一個月的房租，在洗手臺上數了四百鎊給她，對她的透支額而言，這可是老天的恩賜。

「你不是在跑路吧？」兩人回到樓下之後，她開玩笑地問，但又不完全是開玩笑。起初他搞不清楚是怎麼回事，後來整張臉都紅了。接著他咧嘴露出一個五星級的燦爛微笑，氣氛又恢復正常，也讓她鬆了一口氣。

「我現在不在跑路吧？」他說。

「那邊那個人叫山米，」艾西指著起居室半開半掩的門，因為山米照例會躡手躡腳地溜下來偷看新房客。「出來吧，山米，我們知道你在裡面了。」

一個星期後就是山米的生日，那件皮夾克八成要五十英鎊，弄得艾西大傷腦筋，因為這年頭的男人簡直什麼都做得出來，更別提在必要時有多討人喜歡。她整晚睡不著覺，絞盡腦汁，琢磨著她可憐的傑克會怎麼做，因為傑克長年在海上討生活，看男人很有一套。他曾經誇口說，男人一走上舷門，他馬上就聞得出來。她擔心奧利佛跟那些男人沒兩樣，而她壓根看不出來。隔天早上，她正要請奧利直接將皮夾克拿回去退錢——其實她本來是要這麼開口的，只不過在塞夫韋超市排隊結帳時，和葛蘭納馮的艾嘉太太聊天，赫然發現奧利有一個名叫卡門的女兒，他的前妻叫海瑟，原本在佛瑞伯醫院當護士混飯吃，跟所有會用聽診器的男人上床。更別提他還將海岸山莊的一棟豪華住宅轉到了她的名下，付清款項，簽名過戶，沒欠一毛錢。有些女人還真是令人作嘔。

「你怎麼從來沒告訴我你已經當爸爸了？」艾西問奧利，一方面因為這個發現而鬆了一口氣，另一方面又因為是從同業競爭的女房東那裡聽到這麼聳動的消息，未免覺得很不光彩。「我們喜歡小孩，不是嗎，山米？我們瘋狂地喜歡小孩，只要他們不打擾房客就好了，不是嗎？」

奧利一句話也沒說，只是低著頭喃喃自語，「是啊，回頭見。」彷彿做了什麼丟臉的事被逮到似地，然後就回房間去。他來回踱步的腳步很輕，不想打擾任何人，奧利就是這種人。直到最後他不再踱來踱去，她聽到椅子嘎地一聲，知道他又從旁邊的地板上拿了一本書來看，她給了他書架，但他還是將書全堆在地上——包含法律、倫理學、魔術的書，有的還是外文書——全都是淺讀即止後就這麼翻開擺著，再不然，就是撕一小張紙夾在書裡，註明讀到了哪裡。只要想到他那蹣跚的身軀裡，一定有包羅萬象的知識在不停翻騰、攪動，有時不免令她毛骨悚然。

他還會買醉——到現在已經三次了——他非常節制，反而把她嚇了一跳。哦，她以前也有房客頗好此道。有時她也會跟他們一起喝兩杯，套套交情，順便盯著他們。但從來沒有一輛計程車會在黎明時分駛來，往前再開二十碼才停車，免得吵醒了別人，下車的還是個臉色死白如槁木死灰的六呎壯漢，活像空襲轟炸的受難者那般，必須靠人攙扶才能走上階梯，大衣搭在肩上，圓扁帽就像一把尺似地橫過前額——不過還有辦法掏出皮夾，拿出一張二十鎊的鈔票給司機，口中輕聲說著「對不起，艾西」，只消她稍微幫點忙，他可以自己拖著疲憊的身軀上樓，除了等了他一整夜的山米之外，沒有驚動半個人。然後，整個早上和午後，奧利佛都在睡覺，也就是說，艾西沒聽到天花板上傳來嘎嘎作響的椅子或來回踱步的人聲，而且留意了半晌，還是沒聽到敲水管的聲音。她藉口端茶給他，上樓去看是怎麼回事，她輕輕敲他的房門，什麼也沒聽到，接著提心吊膽地將門把一扭，結果發現他沒有躺在床上，而是側著身子躺在地上，身上還穿著大衣，像個嬰兒似地膝蓋縮到肚子上，眼睛睜得大大地盯著牆壁。

「謝謝，艾西。麻煩你將茶放桌上就好。」他耐心地說，彷彿還要繼續瞪著牆壁似地。於是她照著他的話做，然後出去，回到樓下，想了半天，不知道該不該叫醫生來，但她始終沒這麼做——那一次沒有，而後幾次也都沒有。

到底是什麼事情這麼折磨他？離婚嗎？他那個前妻怎麼看都是個無情無義的輕佻女子，而且神經兮兮的；丟了這個老婆算他運氣好。到底是什麼讓他舉杯澆愁愁更愁？艾西的思緒這時又回到了三個星期前的那個晚上，她最近老是這樣，在那令人膽戰心驚的一刻，她以為山米就要被送進療養院或是更糟糕的地方了，直到奧利佛終於騎著白馬前來搭救他們母子倆。大恩不言謝。不論是明天還是今晚，他要我做什麼都行。

有一個自稱卡吉維斯的男人，還對她亮出一張名片以資證明——卡吉維斯，地區督導，友誼之家行銷有限公司，分公司遍布全國。下方以精緻的字體這麼寫著，幫你的朋友一個忙，在家賺大錢。當時是晚上十點鐘，他就站在現在艾西站的地方，用手指撳門鈴，抹了油的頭髮光溜溜地向後梳，還有警察穿的那種發亮皮鞋，在窺視孔中顯得光可鑑人，還像警察一樣裝得彬彬有禮。

「如果可以，我想和山繆．華特摩爾先生談談，太太。那是您的先生嗎？」

「我先生過世了，」艾西說，「山繆是我兒子。請問有何貴幹？」

這是她犯的第一個錯誤，等到她發覺時已經太遲了。她應該跟他說傑克去酒吧了，馬上就會回來。她應該說，只要他敢把頭伸進這家裡，傑克會狠狠抽他一頓鞭子。她應該將門甩在他臉上，後來奧利告訴她，說她絕對有權這麼做，而不是任由他經過她身邊走進大廳，還幾乎不假思索就脫口喊道「山米，你在哪兒，親愛的？有位先生要見你。」轉瞬之間，她從起居室半遮半掩的門口瞥見他閉著眼睛，翹著屁股趴在地上，在沙發後面扭動。之後她只剩支離破碎的記憶，最悲慘的片段，一點也不完整：

山米站在起居室中央，臉色蒼白，雙目緊閉，他搖著頭，但那意思是說「對」。華特摩爾太太輕聲叫著：「山米。」卡吉維斯像個皇帝似地將下巴往內縮，說：「在哪兒？給我看看？在哪兒？」山米在薑糖罐子裡摸索著，尋找他藏鑰匙的地方。艾西和山米跟卡吉維斯都在傑克的柴房裡，以前傑克只要休假回家，總是會和山米在這裡做模型船，西班牙大帆船、比賽小艇、大型小艇，全都是手工雕刻，從來不買套裝產品。這是山米最喜歡做的事，也因為這個關係，山米在傑克過世之後老是悶悶不樂地待在柴房裡，直到後來艾西認為這有損他的身心健康，才將柴房鎖上，好讓他比較容易忘記。山米將柴房的櫥櫃一個個打開，全都在那裡面：一堆又一堆來自友誼之家行銷有限公司，分公司遍布全國，幫你的朋友一個忙，在家賺大錢的銷售樣品，只不過山米沒有給任何人幫忙，也沒給自己賺到一分錢。他報名擔任這個社區的經銷，把所有東西全都當成寶藏一樣收藏起來，以彌補他死去的父親，或者，當作是送給父親的禮物：訂做的珠寶、永恆的時鐘、挪威的翻領套頭毛衣、用來放大電視影像的塑膠半圓罩、香水、髮膠、掌上型計算機、小木屋裡面不論晴雨都會出來的俊男美女娃娃——卡吉維斯先生在起居室裡計算出這些總值是一千七百三十鎊，加上利息和利潤的損失、往返時間、加班時間和日期，總計一千八百五十鎊，然後，就當大家交個朋友，降為一千八百鎊現金，或是增加為每個月一百鎊，連續付二十四個月，而且今天就要付第一期的錢。

山米怎麼會想到這種事呢——寫信去要表格，謊報出生年月日什麼的，完全沒有旁人協助——艾西根本搞不清楚。但他確實這麼做了，因為卡吉維斯先生將資料都帶來了，印出來之後摺好，放進一個看似公文袋的棕色信封裡，用一個釦子和棉線圈綁好，這是山米簽的第一份契約，上面報的年齡是四十五歲，傑克過世時正是這個年紀，接著是一份有模有樣的鄭重承諾付款書，四個角落都印有獅子圖案的浮水印，更顯得莊嚴肅穆。艾西差點當場就要簽下所有文件，將水手休憩處和其他任何根本不屬於她名下的財產轉讓出去，只求讓山米解套。但就在此時，蒙上帝垂憐，奧利正好在出外飲酒作樂之後踉踉蹌蹌地走了進來，身上還穿戴著圓扁帽和灰狼大衣，看到山米坐在沙發上，睜大眼睛，死氣沉沉的樣子——至於她自己嘛，她以為傑克過世之後，自己再也不會哭了，但此刻她正淚眼婆娑。

奧利先將各種文件慢條斯理地看過一遍，皺著鼻子，揉一揉，接著皺起眉頭，就好像明知自己要看的是什麼，而且看過之後一點也不高興，這一舉一動，卡吉維斯都看在眼裡。他看了一次，然後眉頭皺得更緊，接著將文件再看一次。這一次，他邊看邊坐直，或是做好準備，或是擺好架式，不論如何，反正大家準備吵架之前就會做出這種態勢。艾西眼前活生生地上演著一場重出江湖的好戲，就像是她和山米很喜歡的一部電影裡的那一刻，當蘇格蘭的英雄身穿冑甲，從山洞大步走出來的時候，你知道就是他沒錯了，雖然你心裡一直有數。卡吉維斯必然也發現了這一點，因為奧利第三次閱讀山米的契約時——後來還看了鄭重保證付款書——他的臉色已經有點難看了。

「數字拿來我看看。」奧利下令，於是卡吉維斯將好幾頁的數字交給他，把利息也算進去，每一頁文件底下寫的都是紅字。奧利也逐一看著這些數字，如同銀行家或會計師般胸有成竹，彷彿這些都是文字，飛快地看過去。

「你他媽的根本站不住腳，」他對卡吉維斯說，「這份契約全是一堆蠢話，這些帳目根本是個笑話。山姆還未成年，你根本是個騙子。拿你的東西滾出去。」

當然，奧利人高馬大，再說，除非他說話時嘴裡塞了一堆棉花，否則說起話來必然鏗鏘有力——強硬、正直、軍官級的聲音，就是法庭通俗劇裡會聽到的那種聲音。再加上他專注看著你、而不是盯著前面三碼的地板時，眼睛也炯炯有神。憤怒的眼睛。就像那些可憐的愛爾蘭人坐了好幾年冤獄之後的眼神。奧利又高又大，貼在卡吉維斯身邊，一路送他到門口，模樣非常專注。他在門口和卡吉維斯說了一句話，好打發他趕快上路。雖然艾西根本沒聽到他說話，山米倒是聽得清清楚楚，因為接下來幾個星期，他漸漸恢復精神的時候，在任何一個奇怪的時刻，他都會像座右銘一樣重複對自己唸著這句話為自己打氣：「如果你敢再回來，我就捏斷你的小脖子。」聲音溫和、低沉、不疾不徐、不帶任何情緒，也無意威脅，只是告知對方。但山米在復原期間就是靠著這句話支撐著自己。因為每次山米和奧利在柴房包裝那些寶貝，準備寄回給友誼之家的時候，山米就會喃喃說著這句話激勵自己：「如果你敢再回來，我就捏斷你的小脖子。」就像是一句希望的禱告詞。

•

奧利佛終於肯聽她說話了。

「我現在沒辦法和他通話，謝謝你，艾西，恐怕不方便。」他回說，聲音從他黑黑的圓扁帽裡傳了上來，他的言談舉止就和平常一樣完美無缺。然後，他伸展身體，扭動一下筋骨，長長的背部往後仰，兩隻手臂同時從身後用力朝下推，同時收起下巴，就像被命令立正站好的衛兵似地。他直挺挺、大喇喇地站在那兒，在山米旁邊顯得太高，在直立的紅色廂型車旁又顯得太寬，車身一側用粉紅色漆著漫畫般的氣泡字，奧利叔叔的神奇巴士，由於停車技術不佳，加上有人惡意破壞，這幾個字已經快褪掉了。

「我們一點鐘要在泰恩茅斯演出，三點鐘在托基有一場。」他解釋，同時想辦法將自己塞進駕駛座。山米已經坐在他旁邊，不時拿頭去撞他抓在手上的紅皮球，巴不得趕快出發。「六點鐘還要到救世軍去。」引擎發出喀喀兩聲，然後就沒動靜了。「他們想要他媽的玩『接招』遊戲，」聽到山米失望地哀哀叫，他說了這麼一句。

他再次轉動鑰匙，還是沒成功。他又踩了一次油門，她心想，將來他恐怕連自己的葬禮都趕不上。「要是我們沒有玩『接招』，也不用心煩，對嗎，山米？」——他第三次轉動鑰匙。廂型車的引擎老大不情願地回過神來。「再見了，艾西。麻煩你跟他說我明天會撥個電話給他。明天早上上班之前。還有，別再裝傻了，你啊，」他命令山米，「別這樣撞腦袋，傻呼呼的。」

山米不再拿頭撞球了。艾西．華特摩爾看著廂型車以S字形路線從山腰繞下去，朝港灣行駛。接著再環狀交叉路繞了兩圈，才開上外環公路，排氣管冒出廢氣。她看著，一如往常又感覺到自己心裡開始擔憂起來；她根本控制不了，再說，她也不確定自己是否有意壓抑這股情緒。奇怪的是她擔憂的不是山米，而是奧利。擔心他再也不會回來了。每次他走出這棟房子，或是開著他的廂型車出門——即使是帶山米到退伍軍人協會去打撞球——她都發現自己是在跟他永別，就和當年她丈夫傑克出海前一樣。

艾西．華特摩爾還在胡思亂想之際，就離開了前廊曬太陽的地方，回到大廳，她發現亞瑟．杜谷德竟然還在電話上等著。

「霍桑先生整個下午都要演出，」她語帶鄙夷，「很晚才會回來。如果他時間方便，明天他會回你電話。」

然而明天對杜谷德來說還不夠快。這一點他極為確定，只得將沒登記在電話簿上的自家電話號碼唸給她聽。不論幾點鐘，麻煩奧利務必回電給他，多晚都不要緊，艾西，你明白我的意思嗎？他設法要讓她透露出奧利在哪裡表演，但她的反應很冷淡。霍桑先生好像說過托基的那個大飯店吧，她很得意地承認了。六點鐘是在救世軍旅社的迪斯可舞廳。搞不好是七點鐘，她忘了。如果她沒忘，那也是假裝忘了。有時，她就是不想跟任何人分享奧利，更別說這個好色的小鎮銀行經理，上次她為了貸款去和他見面的時候，他還建議兩人到床上去談細節呢。

•

「杜谷德，」奧利佛邊開過環狀交叉路，邊忿忿不平地叨唸。「例行文件。好朋友聊聊天。呆子。該死的。」他錯過了轉彎處。山米像喇叭似地大笑。「有什麼好簽的？」奧利佛這麼問，他對著山米說話，彷彿兩人可以平起平坐，他總是這樣跟他說話。「幹他媽的房子是她的。他媽的錢也是她的。卡門也是她的。她唯一失去的就是我，這也是她自己要的。」

「那她就失去最好的了，不是嗎？」山米大喊，歡天喜地。

「卡門才是最好的。」奧利佛咆哮著，山米有好一陣子都不說話。

他們爬上山，一輛不耐煩的卡車把他們逼到了圍欄邊。廂型車不太適合爬坡。

「我們要表演什麼？」山米判斷這時候應該安全了，於是開口問道。

A餐。彈力球、神奇彈珠、鳥兒捉迷藏、腦筋急轉彎、小狗雕像、摺紙、砰砰快跑。怎麼了？——因為山米發出了恐怖片裡面那種絕望的哀嚎。

「沒有轉盤子！」

「有時間我們就表演轉盤子。有時間才表演。」

轉盤子是山米最拿手的。他日夜不停地練習，雖然還沒有成功轉動半個盤子，但他已經堅信自己是個特技明星。廂型車駛進了一個陰森的政府補助社區。有一張帶有恐嚇感的海報，警告大家注意心臟病，但沒有說清楚該怎麼治療。

「注意氣球。」奧利佛吩咐。

山米已經照辦了，他將紅皮球推往旁邊，繫著安全帶站起來，手臂往外猛地一推。有四個氣球從樓上廿四號的窗戶垂下來，兩綠，兩紅。奧利佛頭顛顛簸簸地將車停在路肩，鑰匙遞給山米去卸貨。灰狼大衣的下擺在清爽的海風中上下擺動著，他走上短短的混凝土小徑。前門的霧面玻璃上貼著一條黯淡無光的彩帶，寫著：生日快樂，瑪莉喬。香菸、嬰兒和炸雞的氣味從屋裡傳來。奧利佛按下電鈴，雖然玩瘋了的小孩發出作戰的呼叫聲，他還是聽到了門鈴聲響。門被人一把扭開，兩個上不接下氣的小女孩穿著派對服裝，抬頭盯著他看。奧利佛摘下扁帽，行了一個很深的東方式鞠躬禮。

「奧利叔叔，」他鄭重其事地宣告——雖然還不至於到嚇人——「超凡的魔術師。為兩位女士效勞。不問晴雨。麻煩帶我去見你們的領導人。」

兩個小女孩身後出現一個剃了頭髮的男人，身穿網眼背心，每根粗手指的第一個指節都有刺青。奧利佛跟著他走進客廳，往舞臺和觀眾打量了一會兒。最近這段時間，他去過豪宅、穀倉、村政廳、擁擠的海灘，也在吹八級強風時在公共徒步的巴士站表演過。他早上練習，下午演出。看他表演的小孩有窮有富，也有病童和托兒所的孩子。一開始，他還會讓小孩用電視和大英百科全書把他給難倒，但最近這段期間他已經能夠大大方方地說話。今天下午的情況有點擠，不過勉強差強人意。六個大人和三十個小孩在一間小小的客廳裡，小孩在地上，面向他圍成了半圓形，團體照裡的大人都在一張高背長椅上，男的在下面一排，上面一排女人脫了鞋靠在椅背上。奧利佛將他的道具一樣樣拿出來，但沒有脫下他那件灰狼大衣。他以大衣的摺子為掩護，猛地一抓一躍，在山米的幫忙下，故作憂鬱地將金絲雀消失不見的鳥籠、以及只要摩擦一下就能得到無價之寶的阿拉丁神燈湊在一起。等他一屁股坐下去，用小孩的高度和他們說話——因為這是他的原則，絕對不低著頭和人說話，只會抬頭或平視對方——把粗大的膝蓋高舉在耳邊，像海綿一樣的雙手沉重地向前擺盪，他這副模樣很像螳螂，既是先知，也是一隻巨大的昆蟲。

「大家好，」他的聲音出乎意料地溫和，「我是奧利叔叔，最會耍神祕、技巧和魔術。」他說的一口中下階層的口音，雖不時髦，但也沒有太多H音。好不容易露出的微笑已經成了一道友善的光。「在我右邊是偉大、但不怎麼厲害的山米．華特摩爾，我的得力助手。山米，向大家鞠個躬——唉呀！」

唉呀，是因為這時浣熊洛可咬了他一口，洛可這時候照例會來這麼一下，好讓奧利佛龐大的身軀向上一跳，然後又離奇地輕鬆躍下，而奧利佛這時作勢要阻止洛可亂咬人，偷偷地操作它肚子裡一個靈活的彈簧。等洛可就範以後，就得正正式式地將它介紹給大家，然後對孩子們發表一番天花亂墜的歡迎致詞，特地強調今天的壽星，身體虛弱、但非常美麗的瑪莉喬。接下來洛可就要向小朋友證明它的主人真是一個糟糕透頂的魔術師，於是從那件灰狼大衣裡探出它的大鼻子，高喊，「天哪，你們應該瞧瞧這裡面還有什麼東西！」然後拋出一疊紙牌——全都是A——然後是一個金絲雀布娃娃、一包吃了一半的三明治、一個看起來會要人命的塑膠瓶，上面寫著「酒」。洛可先說他是一個差勁的魔術師——雖然未必盡然——然後又說他是一個多麼糟糕的賣藝人，說著說著，就牢牢抓住他的肩膀，驚恐地大聲尖叫，而奧利佛此時竟然優雅地踩著紅色彈力球，在狹小的客廳跳來跳去，伸出雙臂，灰狼大衣的下擺在身後翻騰不已。他差點就要撞上書架、桌子和電視機，還幾乎要壓扁離他最近的小朋友的腳，洛可還多管閒事地大聲警告，說他超速，已經超過了一輛警車，就快撞上一個價值連城的傳家之寶，而且還走錯路上了一條單行道。現在屋子裡閃閃發光，奧利佛的一舉一動也十分耀眼。他泛紅的腦袋往後仰，濃密的黑色捲髮像個大指揮家似地在腦後飛揚，他多變的雙頰灑上一層振奮的愉悅，他的雙眼清明，人也再度年輕了。他高聲大笑，小朋友笑得更大聲。他是閃耀的王子，是他們當中令人難以置信的一個呼風喚雨的人。他是一個遲鈍的小丑，所以要被保護；他是個靈巧的神祇，可以祈求笑聲，也可以迷惑世人而不帶來毀滅。

「現在，瑪莉喬公主，我要你從山米手上拿這個木湯匙——把木湯匙給她，小兄弟——瑪莉喬，我要你專心一致，很慢很慢地攪動這個鍋子。山米，把鍋子給她。謝謝，山米。現在。你們都看過這鍋子裡是什麼了，不是嗎？大家都知道這鍋子裡除了幾顆人畜無用的無聊散珠子，就什麼都沒有了。」

「他們都知道裡面是個假鍋底，你這癡肥的老傻蛋。」洛可在巨大的鼓掌聲中大喊。

「洛可，你是個討厭、發臭、渾身是毛的小臭鼬！」

「浣熊！浣熊！不是臭鼬！是浣熊！」

「住嘴，洛可。瑪莉喬，你以前當過公主嗎？」瑪莉喬的頭微微搖了一下，告訴我們說她沒有當過皇族的經驗。「那我要麻煩你許個願，瑪莉喬。一個很大、很了不起、很祕密的願望。你高興多大都可以。山米，穩穩抓住鍋子。唉呀！洛可，如果你再這樣，我就——」

但是奧利佛想都沒想，就決定不給洛可第二次機會。抓住他的頭和尾巴，將洛可的肚子對著它的嘴巴折過去，朝它身上狠狠大咬一口，接著在迸發的笑聲和恐懼的哀嚎當中，從大衣深處活靈活現地吐出了一團毛。

「嘻嘻，不痛，不痛！」洛可的叫聲沒有被鼓掌聲壓倒。但奧利佛理都不理他。繼續他的表演去了。

「各位小朋友，大家往這鍋子裡看看，盯著那些無聊的散珠子。你願意替我們許個願嗎，瑪莉喬。」

瑪莉喬害羞地點點頭，表示她願意為我們許願。

「慢慢攪，瑪莉喬——讓魔法有機會表現表現——攪動這些無聊的散珠子！你許了願沒有，瑪莉喬？許個好願望是要花時間的。啊。太棒了。太好了。」

奧利佛誇張地往回一跳，伸出手指頭，免得他變出來的東西太過耀眼，傷了他的眼睛。全身打扮得漂漂亮亮的壽星公主就站在我們面前，脖子上掛著一條銀珠項鍊，頭帶一頂銀色王冠。奧利佛的雙手在她周圍的空氣中不住穿梭，小心不要碰到她，因為觸摸乃是禁忌。

「一英鎊的錢幣你收吧，先生？」剃了頭的男人問他，邊從麂皮袋子裡數出二十五英鎊交到奧利佛攤開的掌心裡。

看著錢越積越多，奧利佛想起了杜谷德先生和銀行，他的胃開始翻攪，連自己都不知道為什麼，只不過亞瑟．杜谷德的行為有種不自然的異味，而且這種味道越來越強烈。

「我們星期天可以打撞球嗎？」他們再次上路時，山米這麼問他。

「看看再說。」奧利佛隨手拿了一個免費的臘腸捲吃。

同一個星期五的下午，奧利佛的第二場演出是在托基的大飯店散步大道的宴會廳，現場的觀眾是二十個上層階級的小孩，有著他童年時聽到的那種聲音，幾個身穿牛仔褲，配戴珍珠的無聊母親，兩個襯衫胸口髒兮兮、眼睛長在頭頂的服務生，他們順手拿了一盤煙燻鮭魚三明治給山米。

「我們對你喜歡得不得了，」在橋牌房開支票給他的優雅的女士說，「二十五鎊簡直便宜得可怕。我不認識有哪個人這年頭還會為了賺二十五鎊做任何事情。」她又說道，挑了挑眉毛，微笑著。「你的時間一定全都排滿了。」不清楚她問這個問題的目的在哪裡，奧利佛不知道喃喃自語些什麼，整張臉羞成了深紅色。「在你表演的時候，至少有兩個人打電話來找你，」她說，「除非是同一個人連打兩次。

急著找到你。我恐怕是叫總機跟他說你正在做違法的勾當——這很過份吧？」

救世軍大廈位在城鎮的最南端，是一個當代的紅磚堡壘，有弧形的角塔和射箭孔形成的窗戶，為耶穌的大軍提供全面的射界。奧利佛在西山山腳下讓山米先下車，因為艾西．華特摩爾不希望他誤了下午茶。三十六個小孩坐在會議室的一張長桌上，等著吃一個穿海狸混羊毛大衣的男人帶來的一箱箱洋芋片。最前面坐的是羅冰，一位身穿綠色運動服，戴著一副翅狀眼鏡的紅髮女子。

「大家像這樣把右手舉起來，」羅冰拍著自己的手，發號施令。「現在像這樣舉起你的左手。把兩手合起來。親愛的耶穌，助我們好好享用這一餐，還有這個玩遊戲和跳舞的夜晚，讓我們心存感激。讓我們別亂了秩序，也讓我們紀念那些今晚在其他地方和醫院裡得不到快樂的可憐孩童。大家要是看到我或中尉像這樣揮手，不管到時候在做什麼，都要馬上停止不動，因為這代表我們有話要說，不然就是你們的秩序太亂了。」

孩子們聽著咚咚響的童謠，玩著傳遞包裹、大象奔馳的遊戲，音樂停下來的時候，他們就假扮雕像。他們假裝睡獅，有個九歲大的長髮維納斯變成最後一隻還沒睡醒的獅子。倒在地板正中央，緊閉雙眼，其他男孩和女孩畢恭畢敬地上前去給她搔癢，好像沒有任何反應。

「站起來準備玩『接招』！」奧利佛忙不迭地大喊一聲，這時羅冰正氣得大吼一聲。

小朋友往空氣中掄拳，做出傳統上得意忘形的手勢。過了一會兒，閃光燈和喧鬧聲讓奧利佛開始頭痛，每次都是這樣。羅冰遞給他一杯茶，同時扯著嗓子跟他說話，但他一句也聽不見。他比手劃腳地向她表示感謝，但她還停留在原地。他用比小孩子的喧鬧還大的聲音喊著：「謝謝。」但她自顧自地說下去，最後奧利佛放低了聲音，往旁邊將頭湊近她嘴邊。

「有個戴帽子的男人有話要跟你說，」她高聲喊著，沒意識到音樂已經停了。「一頂翻邊的綠帽子。奧利佛．霍桑。他有急事你。」

奧利佛盯著那一片忽明忽滅的朦朧，認出是亞瑟．杜谷德坐在茶座那裡，看守著一件海狸混羊毛大衣。他戴著捲曲的軟呢帽，西裝外是一件雪衣。室內的閃光燈將他變成了一個矮胖的魔鬼，此時他咧嘴一笑，揮動著一雙染上虹彩顏色的手，證明他沒有攜帶任何攻擊性的武器。

3.

醫院院長以東方人懇求的方式緊握他的雙手，感嘆冷凍設備不足。一位白袍上沾了血跡、好似幽靈的醫生也同意他的話。市長看法也一樣，他穿了一件黑西裝，若非出於對死者的尊敬，就是為了給伊斯坦堡來的英國外交客一點面子。

「冷凍設備今年冬天就更新，」英國領事翻譯給布洛克聽，在場的人有聽沒有懂地點點頭。「不管花費多少，明年要裝一套新機器。一套英國機器。將由市長閣下親自啟用。典禮已訂妥日期。市長非常推崇英國產品。他堅持只採買最好的東西。」布洛克像個調皮鬼般露出共犯式的微笑，承認了這個消息，而市長精神抖擻地證實他對英國事物的喜好，他身邊的人很不舒服地擠在這個地下室，也都不住地點頭。「市長希望你知道，他非常難過我們的朋友是來自倫敦。市長曾經訪問過英國，參觀過倫敦塔和白金漢宮，還有許多其他觀光勝地。他對英國的傳承至為推崇。」

「我很高興聽到他這麼說，」布洛克鄭重表示，沒有抬起他滿是白髮的頭。「麻煩你謝謝市長費心，好嗎，哈利？」

「他問你是誰，」領事謝過市長之後低聲說，「我說是外交部專門處理海外死亡的英國人。」

「說得很對，哈利。你說得很好。謝謝你，」布洛克很有禮貌地回答。

但領事已不是第一次注意到，儘管他說話非常溫和，聲音仍然帶著極大的權威感。那股默西塞郡的腔調也未必一直那麼親切。一個多面向的人，未必每一面都討人喜歡。一個經過偽裝的掠奪者。領事這個人生性羞怯，總是將他的敏銳隱藏在纖細而漫不經心的優雅之下。在翻譯的時候，他就像他那位著名的埃及歷史學家父親一樣，朝中距離的地方皺著眉頭。「我會吐，」開車上山時，他就警告過布洛克，「屢試不爽，我只要看到路邊的死狗，就會馬上噁心想吐。死亡和我就是合不來。」但布洛克只是微笑，同時搖搖頭，彷彿是說世界上什麼樣的人都有。

這兩個英國人站在電療鐵浴缸旁。醫院院長、主治醫師、市長和市政當局站在另一邊的一座高臺上，保持著誇張的笑容。在兩邊的人之間，躺著已故的艾佛瑞德・溫沙先生，全身赤粿，半個腦袋已被轟掉。他現在是以嬰兒般的姿勢躺在一張山腳下大廣場的機器製造出來的一床冰塊當中。一個被咬了幾口的糖衣麵包圈，是某個人還沒吃完的早餐，和幾罐驅蟲劑一起擺在他腳邊的一台小推車上。角落一台電扇毫無用處地嗡嗡作響，旁邊是一台古老的電梯，領事直覺認為這應該是用來運送屍體的。有時會有救護車經過，有時是一雙腳忙碌的腳步聲，帶來生者充滿希望的消息。太平間裡的空氣充斥著腐敗物和福馬林的臭味。刺激著領事的喉嚨，像一把不靈光的鑰匙，將他的胃翻來轉去。

「星期一或二會進行驗屍，」領事翻譯著，拚命地皺眉頭。「病理學家在亞德那走不開。他是土耳其最好的病理學家什麼的。他們總是這樣。必須請未亡人先認屍。光憑我們這位朋友的護照還不夠。哦，還有，這是一起自殺案件。」

這都是在布洛克的左耳邊小聲告訴他的，這時他正在研究這具屍體。

「你剛才說什麼，哈利？」

「他說這是自殺，」領事重複一次。布洛克沒有進一步做出已聽到的表情，「自殺。真的。」

「誰說的？」布洛克問道，好像他對這些事有點遲鈍似地。

「阿里隊長。」

「那這個阿里隊長是誰，哈利？拜託你喚醒我的記憶一下。」

布洛克很清楚是那個人。早在問這個問題之前，他那雙無邪的藍眼睛就特別注意到地方警局的隊長那副傻笑又遲鈍的模樣。他穿著燙過的灰色制服，戴著顯然令他非常自豪的金邊太陽眼鏡，和兩個穿便衣的助手在市長那群人周圍晃來晃去。

「隊長說他已經做過地毯式的調查，相信驗屍結果會證實他的調查結果。酒後自殺。本案終結。他說你根本沒必要來這一趟，」領事又說了這麼一段話，心裡還抱著一絲希望，但願布洛克會認為這表示他們可以走了。

「到底用什麼方法自殺的，哈利，麻煩你？」布洛克問道，繼續耐性地研究屍體。領事向隊長轉述這句話。「是子彈，」在斷斷續續的問答之後，他這麼回答布洛克。「他是舉槍自盡，子彈穿過頭部。」

布洛克再度抬起眼睛，先看看領事，而後盯著隊長。他的眼角有不少皺紋，眼光剛開始透露著善意。但看在領事眼裡，同時也令人不安。

「這個嘛。是。謝謝你，哈利，我相信是的。」布洛克起初似乎不確定是否該繼續問下去，然後決定冒險一試。「不過，如果我們認真檢視隊長的說法，哈利，我相信我們一定會這麼做，或許他可以先說說看，一個雙手被銬在背後的人，要怎麼朝自己頭部開槍。從我們這位朋友手腕上的傷口看來，我看，唯一的解釋就是他被手銬銬過。麻煩你替我問問他，好嗎，哈利？我必須說，你的土耳其語真是一流。」

領事又和隊長說話，隊長很熱切地比手畫腳，擠眉弄眼，雖然他的眼睛被金邊眼鏡給遮住了。

「我們這位朋友抵達達拉曼機場時，手腕上已經有手銬的傷痕了。」領事適時地翻譯著。「隊長有人可以證明看過這些傷痕。」

「從哪裡飛到達拉曼？哈利，麻煩你。」

領事將布洛克的問題拿去問隊長。「從伊斯坦堡飛達拉曼的夜班飛機。」他說。

「民航班機？定期的民航班機？」

「土耳其航空。我們這位朋友的名字在旅客名單上。隊長很樂意拿給你看。」

「我很樂意一看，哈利。麻煩你告訴他，他的勤奮讓我非常佩服。」

領事照說了。隊長接受了布洛克的讚美，繼續他的證詞，領事也跟著翻譯。「隊長的證詞是，有個職業護士在班機上就坐在我們這位朋友隔壁。她是這一帶最好的護士，最受歡迎的一個。她很關心我們這位朋友手腕的傷勢，於是懇求說等飛機一降落，就讓她帶他到診所包紮傷口。他拒絕了。喝醉了。醉醺醺地把她推開。」

「天哪。」

在浴缸另一邊的高臺上，隊長用他誇張的表演技巧重建他描述的場景：溫沙很不客氣地一屁股跌坐在旅客座位上，溫沙很粗魯地揮手叫好心的護士少管閒事，溫沙抬起手肘恐赫她。

「還有一個證人是跟我們這位朋友從達拉曼機場搭上同一班巴士，也提供了類似的證詞。」領事將隊長後來所說的又翻譯給布洛克聽。

「哦，原來他是坐巴士來的？」布洛克愉快地插話，彷彿恍然大悟。「民航班機和客運巴士。好。他是一位頂尖律師，任職倫敦西區一家大型的財務公司，會搭大眾交通工具。我很高興聽到這些話。畢竟我可能會買他們的股分。」

但領事不願意話題被岔開：「我們這位朋友和第二個證人一起坐在巴士後排位子。第二位證人是個退休的警察，是這個社區最受愛戴、視農民為己出的好警察，差別就在這裡。他從手邊的紙袋拿出一顆新鮮無花果要給我們這位朋友。我們的朋友威脅要攻擊他。隊長手上有這兩名重要證人宣誓簽名的證詞，還有巴士司機和飛機上的空姐的證詞。」隊長不得不停下來，以防這位來自倫敦的高尚紳士有什麼問題要問。但布洛克似乎沒有任何問題，他臉上的微笑只透露出一種無言的景仰。在這樣的鼓勵下，隊長站到了溫沙僵硬的腳邊，小心翼翼地用食指戳戳他受傷的手腕。「再說，這些傷痕也不是土耳其手銬造成的，」領事宣布此事時沒有隱含半點幽默意味，「土耳其的手銬與眾不同，因為非常人性，對囚犯比較體貼。別笑。隊長推論說，我們這位朋友是在另外一個國家被逮捕，上了手銬，接著不是逃脫，就是奉命逃跑。隊長很想知道我們這位朋友到土耳其之前，有沒有在海外的犯罪記錄，還有犯罪時有沒有喝酒。他希望你協助他進行這方面的調查。他對英國警方的辦案手法非常敬佩。他說只要你們兩個人搭檔，沒有什麼案子是破不了的。」

「請跟他說我受寵若驚，哈利。能破案總是好的，即使只是自殺案件。不過按照他調查的方向看來，我很遺憾地要告訴他，從記錄上看來，我們這位朋友在各方面都純潔無瑕。」

但鋼門上的重擊聲讓領事省去了翻譯的力氣。院長三步併做兩步地跑去開門，進來的是一名疲憊不堪的庫德人，手上拿著一桶冰塊和一副虹吸器。他將管子一端伸進浴缸，接著在另外一端吸水。融化的冰塊濺到地上，流進排水溝，直到浴缸空了為止，庫德人將新的冰塊倒進浴缸，然後離開，他的拖鞋在石頭階梯上啪啦啪啦地響著。領事搖搖晃地跟在他後面，弓著身子，用手猛地掩住自己的嘴巴。

「我沒有臉色蒼白。只是光照進來的關係。」他悄悄回到了太平間裡，好不容易開口向布洛克低聲保證。

似乎是因為領事回來的關係，市長突然開始用一口破英文抱怨。他是個粗壯結實的男人，照體格看來應該是勞工出身，他的口氣很嚇人，彷彿是在跟一群罷工者講話，用強而有力的手臂比劃著，先是指著屍體，然後指著鐵窗，鐵窗外就是他負責照管的城市。

「我們這位朋友是自殺。」他忿忿不平地說。「我們這位朋友是個竊賊。他不是我們的朋友。他偷我們的船。他死的時候在船上漂流。他是酒鬼。船上還有威士忌酒瓶。是空的。是哪把槍開了這個洞？」他反問，一隻粗壯的手臂指向可憐的溫沙破裂的腦袋。「拜託，在這個城裡，誰有這麼大一把槍？沒有人有。全都是小槍。是英國槍。這個英國人喝酒，他偷我們的船，他開槍幹掉自己。是小偷。酒鬼。是自殺。完了。」

布洛克帶著溫和的笑容聽完這番攻擊，沒有任何退縮之意。「不知道能否稍微回頭一下，哈利，」他提議，「如果你已經恢復的話。」

「請便。」領事很痛苦地擠出幾個字，用紙巾輕輕蓋住嘴巴。

「我們聽到這位朋友是搭國內民航班機從伊斯坦堡飛到這裡，從達拉曼坐巴士，然後舉槍自盡，對吧？我現在搞不懂的是，他幹嘛要這麼做？他當初是為了什麼來到這裡？他下巴士的時候是要去做什麼？他是來和朋友見面的嗎？他在城裡許多高級旅館裡的哪一間給自己訂了房？有自殺的遺言嗎？我們英國式的自殺大多喜歡在離開時留下一兩行字。他的槍是從哪兒弄來的？不知道現在槍到哪兒去了？還是他們沒辦法拿來給我們看？」

突然間，每個人都同時開口說話：醫院院長、主治醫師、隊長和幾個市政官員、大家都急著比別人更拚命否認。

「沒有自殺遺言，隊長也沒想到有這種東西，」領事在一片吵鬧聲中辨認出隊長的聲音，清楚地翻譯出來。「沒有哪個偷了船、還拿了威士忌出海灌黃湯的人，還有辦法寫下遺言。你問的是動機。我們這位朋友是個乞丐。他是個墮落的人。他是個逃犯。重點來了。他是個變態。」

「他還是個變態嗎，哈利？不知道他們為什麼會有那種印象？」

「警方已經取得好幾個英俊的土耳其漁夫的證詞，天剛黑的時候，我們這位朋友在海邊遇到他們，而且企圖引誘，」領事用一種毫無感情的單調語氣解釋著。「所有人都拒絕。我們這位朋友是個求歡不遂的同性戀、酒鬼、逃犯。他決定一了百了。他偷了一瓶威士忌，等到天黑，由於對那些拒絕他求歡的人懷恨在心，所以偷了一艘船，開船出海後舉槍自盡。槍落了水。依照程序，他們會派潛水伕下海打撈。目前港口有許多遊船和遊艇，不適合潛水。他的槍是打哪兒來的？隊長說，從哪兒弄來的其實無關緊要。罪犯就是罪犯，他們會互相找到彼此，互相買賣槍枝，這事眾所周知。他是怎麼把槍從伊斯坦堡帶上內陸班機？放在行李箱。他的行李在哪兒？目前還在繼續調查。在這個國家，這表示還要再等兩個千禧年。」

布洛克繼續研究溫沙的屍體。

「只不過呢，我看倒像是軟質金屬彈頭。你看，哈利？」他委婉地拒絕了。「這不是一個子彈穿出的傷口，這是一個入口小、出口大（splat）的傷口。要達姆彈才會打出這種開口。」

「我沒辦法翻譯 splat」，領事一臉悲慘地提醒布洛克，「這沒辦法翻譯。」然後很不安地瞥了他先前逃出此室的路線一眼。

市長又發脾氣了。以一個政治人物的狡猾，他懷疑布洛克比他自己的屬下還不鎮定。他開始在這地下室大步走來走去，採用更大、更激烈的觀點。英國人，他抱怨。為什麼英國人會以為他們有權插手進來問東問西，對這城市製造出災難的明明是他們自己？這個英國同性戀一開始是怎麼跑來我們這裡的？他為什麼不去土耳其別的地方自殺——喀勒坎、喀什？他幹嘛非得到土耳其來不可？為什麼不待在英國，非要跑來破壞大家的假期，讓我們這個城市蒙羞？

但布洛克連這番痛罵都當成一番好意。他溫和地點頭，看得出他聽出了這番說法的說服力，也尊重在地智慧和在地的難題。這份讓人窩心的理性漸漸打動了市長，他先是將一根手指放在唇上，接著，彷彿是要勉勵自己保持鎮定，手掌開始上上下下地拍打著空氣，彷彿要將一只椅墊給拍直似地。不過隊長就沒有展現這樣的自制了。他高舉雙手做投降狀，雖然他沒有屈服，他很英式地向前踏出一步，然後用驕傲的詞句滔滔不絕地演說，但句子都很簡短，好方便領事翻譯。

「我們這位朋友喝醉了，」領事面無表情地翻譯著，「他人在船上。威士忌酒瓶是空的。他心情很沮喪。他站起來。開槍自盡。他的槍掉進海裡。他倒下來，因為他死了。到了冬天，我們就會找到。」

布洛克極其恭敬地聽完他的每一句話。「所以我們可以看看那艘船嗎，哈利？」

市長回來了，雙眼閃閃發光。「船很髒！上面有太多血。船東很難過，很生氣！他非常迷信。他把船給燒了。他不在乎！保險？他啐！」

•

布洛克漫無目的地穿過狹窄的街道，扮演觀光客的角色，駐足打量地毯展示，或是鄂圖曼的手工藝品，或是便利商店櫥窗裡的反射影像。他讓領事留在市長辦公室，喝蘋果茶，詳細討論一些技術事宜，例如金屬棺材，以及等驗屍完畢之後如何運送死者的相關條例。他藉口稱說得為其實根本不存在的女兒買點生日禮物，拒絕了市長的午餐邀約，因此只得被迫聽他叨叨絮絮地推薦城裡許多好得不得了的商店，最棒的無疑是市長的外甥所開的一家有冷氣的精品店。他不像平常進行搜尋時那樣疲倦和遲緩。在過去這七十二個小時期間，他在飛機上、計程車上，還有在趕赴匆忙召開的會議時，頂多只睡了六個小時——早上還在倫敦白廳，下午在阿姆斯特丹，到了晚上則是在販毒大王位於西班牙瑪爾貝拉的大莊園昏黃的花園裡，因為布洛克到處都有線人。各式各樣的人因為各種不同的理由找上他。即使在他前來這個小城的路上，死硬派的商店老闆和餐廳老闆在向他招攬生意時，也注意到他有與眾不同之處，使得他們在喧鬧中暫停了一會兒。有些人甚至暗地在心中先壓低了價碼。如果正在過馬路時看到他周圍有誰步履蹣跚，或是突然改方向，布洛克這時候會愉快地揮手賠罪，「也許下次吧」，他的拒絕讓他們的直覺得到了某種模糊的確認，於是用目光尾隨著他，裝作漫不經心地留意著他，以防他萬一又出現在他們這裡。

來到這個有漆白燈塔、古老花崗岩防波堤和喧鬧小酒館的小漁港，布洛克繼續對他所見的每件事都表現出一種大喇喇的樂趣：雜貨店和牛仔褲商店，如果他真有個女兒的話，可能會在這裡找到他想找的東西；遊艇和玻璃底的遊船；將漁網披在肩膀上的拖網漁夫；髒兮兮的土黃色吉普車停靠在漁港後面小山坡上開出的紅泥小路。車裡坐著一男一女。即使隔了六十碼，都能看到這兩個人影就和車子一樣寒酸。布洛克走進雜貨店，拿起幾樣東西看看，往鏡子裡瞥了幾眼，決定勉強買一件很滑稽的T恤，拿供行動經費使用的信用卡付帳。手上拿著購物袋，他又出去沿著防波堤漫步，一直走到燈塔，那裡差不多只有他一個人，便從口袋裡掏出行動電話，撥到他的倫敦辦公室，副手譚比的那口英格蘭西南部嗓音，立刻提供他許多不連貫的訊息，如果不知道這些話的內在含意，那根本就是鴨子聽雷。安靜聽完這些訊息後，布洛克咆哮出一聲「知道了」，然後掛上電話。

一條狹窄的木造階梯通向紅泥小徑。布洛克像是一般觀光客爬了上去。土黃色的吉普車不見了。他沿著小徑逐漸前進，繞過一排蓋了一半的度假屋，再爬另外一排階梯到更高處，那裡還有更多的房子已經打好了界樁，不過還沒動工。這第二條小徑上滿是建築工人留下的垃圾和空瓶。布洛克在路肩停步，用一個未來買家的眼光感受這個地方，從尚未興建的房子去想像那幅景象。午睡時間快到了。沒有車輛、沒有行人、連條狗都沒有。在山下的村子裡，兩個通報禱告時刻的人爭相淒切地說出他們的勸誡，第一個武斷專橫，第二個柔和而吸引人。土黃色的吉普車出現了，激起紅塵飛揚。開車的是個鵝蛋臉的女孩，有著一雙清亮大眼和一頭邋遢的金色長髮。他的男朋友，如果那是她男朋友的話，則在她旁邊的座位上鬧脾氣。他三天沒刮鬍子，還戴著一只耳環。

布洛克看看前面的路，又看看下面他剛爬上的山坡。他舉起一隻手，吉普車停了下來，後檔板由內猛地打開。後座放了一堆地毯，有的捲成一捲，有的折疊。布洛克很敏捷地跳上車，然後立刻伏倒，以他的年齡而言，確實靈活得讓人刮目相看。年輕男孩將地毯拋到他身上。女孩以沉穩的速度將吉普車開上S型彎路，直到海岬高高的台地上才停下。

「沒人了。」留鬍子的男孩說。

布洛克從地毯裡探出頭來，坐在後座。男孩打開收音機，聲音不怎麼大。土耳其音樂、拍手聲、鈴鼓。他們前面是一座紅石的採石場，現在已經廢棄不用了，用岌岌可危的告示牌標示此處危險。那裡有一張木板長凳，現在已經壞了。有個卡車迴轉的地方，雜草叢生，看得到六個鋸齒狀的小島逐漸下降伸入大海。海灣對面是挨在峽谷裡的白色度假村。

「說來聽聽。」布洛克吩咐。

這兩個人叫做迪瑞克和艾姬，他們並不是一對戀人，儘管迪瑞克希望他們倆人相戀。按照現代的說法，迪瑞克不修邊幅，而且脾氣暴躁。艾姬眼神冷漠、雙腿修長、而且有一種不自覺的優雅氣質。迪瑞克說話之際，艾姬就看著鏡子，好像沒在聽似地。他們在漂流木租了一個房間，迪瑞克說，同時用譴責的眼神看著艾姬——漂流木是一間高檔的小客棧，有一間酒館和一個名叫費戴里奧的同性戀愛爾蘭酒保，不論你想喝什麼，他都能調出來給你。

「全城鬧得沸沸揚揚，耐特，」艾姬插進來，一口漂亮的格拉斯哥口音。「從早到晚只談一件事，就是溫沙。每個人都有一套說法。大多數人還有兩、三種推論。」

謠言大多都提到了市長，迪瑞克接著說，好像艾姬根本沒開過口似地。市長的五個兄弟當中，有一個是德國的大亨，據說擁有一個海洛英販毒集團，和一幫土耳其建築工人。艾姬再度插話。

「他擁有好幾座賭場，耐特。還有塞浦路斯的一家休閒中心。交易總額是以百萬元計算。而且，聽好了，據傳他和一個俄國大幫派是一夥的。」

「現在嗎？」布洛克很驚訝，同時露出一抹私密的微笑，多少凸顯了他的年紀和冷漠。

根據這些謠言，迪瑞克繼續說著，在溫沙死亡那天，這位市長的兄弟其實人就在城裡。想必是從德國飛過來的，因為有人看到他在城裡開著本地警察局長嫂子名下的豪車。

「警察局長的兄弟娶了達拉曼的一個女繼承人，」迪瑞克說，「就是她公司提供的豪華轎車去接那班從伊斯坦堡起飛的私人客機。」

「還有，耐特，阿里隊長是警察局長的馬前卒，」——再度插話的艾姬口氣很激動——「我的意思是，他們是一丘之貉，耐特。這些人的關係盤根錯節。費戴里奧說阿里星期三當天根本就告假，好替他局長的嫂子開車。好，阿里隊長的腦袋可能不怎麼靈光。但他在場，耐特。就在凶案現場。他也有份。他是個警察，耐特！參與儀式性的結夥殺人！他們比英國警察還糟！」

「是嗎？」布洛克幽幽地說，剎那間一切都靜止了，因為布洛克對這種事有深刻的感觸。

「費戴里奧的廚子的前女友，」迪瑞克說，「一個吸毒吸到神智不清的英國雕塑家，赤爾頓翰女子學院畢業的，一天要打三針，和一票混混住在海岬的群居村。闖到漂流木來撿垃圾。」

「她有個小兒子，耐特，」艾姬又插話，迪瑞克皺起眉頭，臉都紅了，「他的名字叫做柴克。整天光著腳，相信我，群居村的小孩全都成了野孩子，會向觀光客強迫推銷花卉，趁他們下車參觀鄂圖曼的堡壘時，把他們車裡的汽油全給放掉。所以柴克整天在山上放羊，和庫德族的小孩一起不知道幹些什麼。他們看見有一大隊的豪華轎車和吉普車停在下面，車裡的人全都下來，上演一場黑幫電影裡的場景。」她說到一半就不說了，彷彿在等人提出質疑，但迪瑞克和布洛克都沒開口。「有一個人被槍殺，其他人拍攝下來。等他死了之後，其他人就把他扔上吉普車，開車下山回到城裡。柴克說簡直太精彩了。血就像真的一樣什麼的。」

布洛克蒼白的眼神專注著凝視著海灣對面。翻騰如巨浪的漫天白雲在像是雞冠般的山脊後面升起。閃閃發光的熱氣中有紅頭兀鷹盤旋。

「然後，把他和一只威士忌空瓶放在一艘小船上。」布洛克替她說完她的故事。「幸好他們沒有用同樣的方法對付柴克。那上面除了山羊之外，還有人住嗎？」

「石塊，更多的石塊，」迪瑞克說，「蜜蜂窩。很多輪胎的痕跡。」

布洛克轉過頭，若有所思地仔細打量了迪瑞克一陣子，他甜美的笑容似乎凝結了。「我以為我告訴過你不要到那裡去，年輕的迪瑞克。」

「費戴里奧想跟我推銷他的舊哈雷機車。他讓我試騎一個小時。」

「所以你就試了。」

「是的。」

「違背了命令？」

「是的。」

「那你看到了什麼，小迪瑞克？」

「汽車痕跡、吉普車痕跡、腳印。很多乾掉的血。根本沒打算清除。既然市長和警察局長都是你的人，幹嘛還要毀屍滅跡？還有這個。」

他將東西放在布洛克攤開的雙手當中：一捆發皺的玻璃紙，重複印著這幾個字：錄影帶——八／六〇。

「你們今晚就離開。」布洛克將玻璃紙攤在膝蓋上，吩咐著。「你們兩個都走。晚上六點鐘有一班包機會從伊茲麥起飛。留了兩個位子給你們——還有，迪瑞克。」

「長官？」

「在勇於任事和服從紀律之間的永恆掙扎中，這回勇於任事是值得的。所以你是個非常幸運的年輕人，可不是嗎，迪瑞克？」

「是，長官。」

除了工作之外其實很疏遠的迪瑞克和艾姬，雙雙回到兩人在漂流木租下的閣樓收拾行李。迪瑞克下樓付帳的時候，艾姬抖開他們的睡袋，將房間收拾整齊。她洗乾淨剩下的杯盤，收好，將洗手臺擦拭過一遍，再把窗戶打開。她父親是一名蘇格蘭校長，母親是全科醫生，常在格拉斯哥比較貧窮的鄰區義診。這夫妻倆比一般人更注重舉止端正。收拾完畢之後，艾姬跟在迪瑞克後面小跑步回到吉普車上，啟程沿著蜿蜒的海岸公路加速開往伊茲麥，迪瑞克開車時一副男子氣概受損的模樣，而艾姬則是看著U字形彎道、下面的山谷和時鐘。迪瑞克還在為了布洛克的斥責而鬱悶，暗暗發誓回去之後就要立刻辭去公職，就算要了他的命，也要取得初級律師資格。這種誓他每個月至少會發一次，通常都是在福利社灌下幾品脫的黃湯之後。但艾姬現在根本想著另一回事，

她正拿關於柴克那小孩的回憶折磨自己。她記得柴克跑來酒館裡，想用低價買一塊冰的時候——我勾引他，天哪——她是怎麼跟他跳舞、和他在沙灘上撿石頭打水漂、陪他在防波堤上釣魚，還用手抱著他的肩膀，怕他不小心滑倒。她不知道她當時是怎麼看待自己的，她父母親教養出來的二十五歲女兒，竟然對一個七歲小孩套取祕密，而那孩子一心相信這是他生命中最愛的女人。

4.

亞瑟・杜谷德開著一輛擦得太亮的路華汽車，彷彿皇家車伕般坐在駕駛盤前，非常沉穩地沿著蜿蜒山路往下開進城，奧利佛則開著廂型車尾隨在後。

「什麼事這麼大驚小怪？」奧利佛在救世軍的前院就問過他，那時杜谷德正幫忙收拾東西，遞錯了箱子給他。

「這不是大驚小怪，奧利，你可不能這麼說，」杜谷德反駁他，「這是探照燈。誰都可能碰上。」他堅持。這回遞過去的是正確的箱子。

「什麼探照燈？」

「光束照過來，看了我們一眼，沒發現什麼問題，然後繼續照，」杜谷德說得激動，連自己也覺得這比喻沒什麼意思，「這完全是隨機的。完全跟個人無關。不說了。」

「幹嘛要來審查我們呢？」

「是信託。他們這個月要查信託。公司信託、慈善信託、家庭信託、海外信託。下個月就輪到證券，或是短期信貸，或是其他部門。」

「卡門的信託？」

「其他的也是，還有很多，沒錯。我們稱之為無攻擊性的拂曉奇襲。他們選一個部門，查帳，問幾個問題，然後繼續做別的事。這是例行公事。」

「他們怎麼突然對卡門的信託有興趣？」

杜谷德這時已經受不了被他這樣問個不停。「不只是卡門的信託。是所有的信託。他們是在對信託做全面性的調查。」

「他們幹嘛要在半夜做這種事？」奧利佛仍舊問個不停。

他們將車停在銀行狹窄的後院。防盜燈打在他們身上。走三個階梯就到了鋼製的後門。杜谷德彎起手指輸入密碼，接著改變主意，突然抓住奧利佛左邊的二頭肌。

「奧利。」

奧利佛甩開他的手。「幹嘛？」

「你現在——或那時——有預期卡門的帳戶會有任何異動嗎？就說最近幾個月好了——例如在不久的將來？」

「異動？」

「金錢進出。別管什麼異動。反正有異動就是了。」

「為什麼？我們都是受託人。我知道的，你也都知道。出了什麼事？你在玩什麼把戲嗎？」

「不，當然不是！我們在這件事上是站在同一邊的。你沒有——你沒有收到什麼預先通知吧？個人的？私人的？誰寄給你的？你沒聽說有任何其他因素影響了信託的所有權吧——最近？」

「什麼鳥兒也沒有。」

「很好。太好了。繼續保持這樣子。就是現在這個樣子。一個小朋友的魔術師。不是什麼鳥兒。」杜谷德的雙眼貪婪地在他的帽緣下面瞥了一眼。「他們向你問他們那些例行問題的時候，就把你剛才告訴我的話一字不漏地說給他們聽。你是她父親，你和我一樣是受託人，受了委任來盡你的責任。」他輸入一個號碼。門「呀」地一聲打了開。「這兩位是從比夏普門來的波德和蘭克桑，」他悄悄告他，想讓奧利佛先踏進一條裝了長條燈的灰藍色走廊，「波德個子很小，但其實不小。在銀行裡的官位很大。蘭克桑比較像你。是個壯漢。不，不，不，你先請。年輕的人先走，反正就是這麼回事。」

門關上之前，奧利佛抬頭注意到滿天的星斗。粉紅色的月亮高掛天上，被沿著牆壁盤繞的剃刀網切成一塊塊的。有兩個人坐在杜谷德辦公室凸窗邊的會議桌上，兩個人都有頭髮方面的煩惱。個子小、但官位大的波德帶著無邊的近視眼鏡，一派輕鬆自在，稀疏的頭髮一律從頭的同一側出發，像一條條軌道拉過整片頭皮。粗壯的蘭克桑是個朝氣蓬勃的中年男子，耳朵看起來像芽葉，領帶上綴飾著高爾夫球桿圖案，戴著一頂新聞播報員那種棕色鋼絲刷做成的假髮。

「你可真好找啊，霍桑先生，」波德先生說，不完全在說笑，「亞瑟發了瘋似地全城到處找你，可不是嗎，亞瑟？」

「你介意我抽菸斗嗎？」蘭克桑問。「真的不介意？大衣脫下，霍桑先生。扔到那兒就行了。」

奧利佛摘下了圓圓扁帽，但沒有脫下大衣。他坐了下來。接著是一陣很不自然的沉默，這時，波德翻弄著文件，蘭克桑在整理他的菸斗，將濕透的菸草挖進菸灰缸裡。白色的百葉窗，奧利佛陰沉地一一記錄。白色的牆壁、白色的燈光。銀行到了晚上就是這副模樣。

「介意我們叫你奧利嗎？」波德問。

「都可以。」

「我們是瑞格和華特——如果你不介意，千萬別叫我華利。」蘭克桑說，「他是瑞格。」接著又是一陣沉默。「我是華特，」他加了這麼一句，以為能夠博君一笑，但事與願違。

「他是華特，」波德證實了他的話，三個人很尷尬地笑著——先對著奧利佛笑，然後彼此相視而笑。

你的落腮鬍應該白了吧，奧利佛心想，鼻子也被寒霜給凍僵了。外套口袋裡放的應該是懷錶，而不是原子筆。波德手上拿著一本橫格筆記本。奧利佛注意到，上面潦草的筆跡出自不只一人。一欄又一欄的日期和數字。但開口的不是波德。而是蘭克桑。表情透過菸斗冒出的煙，顯得很沉重。他會直接切入正題，他說。犯不著兜圈子。

「我專門管轄的範圍是銀行債券，奧利。也就是我們所謂的監察。就是從夜班警衛被痛打一頓到洗錢，再到出納拿收銀機裡的現金補貼自己薪水，無所不包。」還是沒有人笑。「我們亞瑟會告訴你的，還有信託。」他抽了一口菸斗。這是那種短管菸斗。奧利佛記得小時候有過一個相似的，是瓷土製成，用在洗澡的時候吹泡泡。「告訴我們，奧利。克勞屈先生是誰？」

是個抽象名詞，奧利佛問同一個問題的時候，布洛克就是這樣回答他的。我們曾經想過稱他約翰．都伊[1]，但以前有人用過了。

「他和我家是世交，」奧利佛對著自己大腿上的圓扁帽說。遲鈍，布洛克已經喋喋不休地跟他說過很多次了。從頭到尾保持一副遲鈍的樣子。千萬別靈活起來。我們警察喜歡遲鈍的人。

「哦，是嗎？」蘭克桑說，完全搞不清楚狀況的單純。「不知道是哪一種朋友呢，奧利？」

「他住在西印度群島。」奧利佛說，彷彿這就界定了他們的關係。

「是嗎？那我敢說是一位黑人紳士吧？」

「據我所知並不是，他只是住在那兒罷了。」

「那是住在哪兒呢？」

「安提卡島[2]。檔案裡有。」

錯了。別讓對方看起來像個傻瓜。最好假裝自己一副蠢像。保持遲鈍的樣子。

「這個人很好嗎？喜歡他嗎？」蘭克桑眉毛高高挑起，鼓勵他說下去。

「我從來沒見過他。他都是透過倫敦的律師聯絡。」

蘭克桑邊皺著眉頭邊微笑，顯示出不得不然的懷疑。抽口菸斗尋求慰藉。沒有冒出肥皂泡。做出齜牙咧嘴的鬼臉，對抽菸斗的人而言，這叫做微笑。「你從沒見過他，但他卻私人饋贈了十五萬英鎊到令嫒卡門的信託基金，透過他在倫敦的律師。」他邊問邊噴出一口有毒的煙。

---

1 原文 John Doe，意指無名男屍。

2 安提卡島（Antigua），位在東加勒比海的君主立憲國，一九八零年代初期獨立之前，為英國屬地。

已經核准了，布洛克說。在酒館裡。在車上。在樹林裡散步。別傻了。都已經簽准了。奧利佛拒絕被動搖。他已經拒絕一整天了。我不在乎有沒有核准。總之我是不答應的。

「你不覺得這種作法有點不尋常嗎？」蘭克桑問。

「什麼作法？」

「饋贈一個素未謀面之人的女兒這麼一大筆錢。透過律師。」

「克勞屈很有錢，」奧利佛說，「他跟我們家是遠親，不知道哪一種隔代的表哥。他自封為卡門的守護天使。」

「那就是我們所謂的模糊叔叔症候群。」蘭克說，然後先對波德露出得意的微笑，接著是杜谷德，彷彿大事不妙了。

但杜谷德對這番話很不高興。「這哪是什麼症候群！這是正常得不得了的銀行往來。要是有個富有的世交長輩，自認是小孩的守護天使，那我同意這是一種症候群。而且非常正常。」他意氣風發地說完這段話，每句話都自相矛盾，然而還是表達出他的意見。「我說的不對嗎，瑞格？」

但在銀行身居要職的小個子波德正專心看著他手上的筆記本，根本沒心思回答。他將本子轉了個角度，從奧利佛的視線比較不容易看到，閱讀燈這時將他的條碼頭頂照得閃閃發光，他正透過他的近視眼鏡，鄭重地提出質疑。

「奧利？」波德靜靜地說，聲音細柔而謹慎，如果蘭克用的是大頭短棒，他拿的就是一把細長的輕劍。

「什麼事？」奧利佛說。
「我們從頭檢查一次，可以嗎？」
「檢查什麼。」
「請耐心聽我說。如果你不介意，奧利，我想從這個信託產生的那一天開始，然後往前推論。我是個技術人員。我想知道的是先前的情況和作業方法。請配合我一下好嗎？」蠢蛋奧利佛聳肩表示默許。
「根據我們的紀錄，你是在將近十八個月前透過預約，來到這間會議室和亞瑟見面，剛好是卡門出生後一個星期。正確嗎？」
「很正確。」跟泥巴一樣遲鈍。
「在那之前你，已經和銀行有六個月的往來。在搬進這個地區之前，你曾經在海外住過一段時間——我忘了是在哪兒了？」
你去過澳洲嗎？布洛克問他。從來沒有，奧利佛回答。很好。因為你過去四年一直待在那個地方。
「澳洲。」奧利佛說。
「你人在哪兒——做什麼？」
「到處流浪。牧羊場。在小吃店賣炸雞。有什麼幹什麼？」
「你那時候沒有玩魔術？那些日子沒有嗎？」
「沒有。」
「你因為課稅的關係，一度成為英國的非居民——到你回來的時候已經有多久了？」

我們會讓你從國內稅捐稽徵處的紀錄上消失，布洛克說過。你重新以霍桑這個姓氏出現，是從澳洲回來的居民。

「三年。四年。」奧利佛回答，同時修正自己說過的話，好讓自己顯得更加遲鈍。「應該是四年才對。」

「所以你來找亞瑟時候，已經是英國稅務居民，但從事自營業。擔任魔術師。已婚。」

「是的。」

「我想亞瑟請你喝了一杯茶吧，是嗎，亞瑟？」

一陣爆笑聲讓我們不禁想起銀行家多麼喜歡這種人性的點綴，不管他們必須做出什麼棘手的決定。

「他帳戶上的錢可不夠看。」杜谷德重新加入對話，顯示他也是很有人味的。

「你看，奧利，我只是想知道先前的情況。」波德解釋說。

「你跟亞瑟說你想拿點錢成立信託，對嗎？為了卡門。」

「對。」

「亞瑟這裡還說——他以為你講的是一小筆錢，所以這樣也很合理——怎麼不去國民儲蓄銀行，或是建屋互助協會，或是買一份養老保單？幹嘛要經過一大堆正式法律信託的交涉？對嗎，奧利？」

卡門剛出生六個小時。奧利佛站在一座老式紅色電話亭裡，這是阿伯茲碼頭的鄉民代表堅持要保存下來以吸引外國訪客的。他的臉上淌著喜極而泣和終於鬆了一口氣的淚。我改變主意了，他在哽咽間告訴布洛克。我接受這筆錢。她應該得到世上最好的一切。房子給海瑟，剩下的全部歸卡門所有。只要沒有一分錢進我的口袋，我就接受。這是貪污嗎，奈特？這是父愛，布洛克說。

「沒錯。」奧利佛同意他的話。

「我想你極力堅持必須以信託處理。」他又在看筆記本。「這是一份全面的信託。」

「是的。」

「那是你的立場。你想為卡門把這筆錢鎖起來，然後丟掉鑰匙，你跟亞瑟說——你記錄得很詳細，亞瑟，這一點我要誇獎你——將來無論你、海瑟或任何人發生什麼事，你都希望能確定卡門會得到她的儲備金。」

「是的。」

「放在信託基金裡。任何人都拿不到。等到她將來長大成人、結婚，或是任何年輕女孩子到了二十五歲的成熟年紀要做的任何一件事。」

「是的。」

不厭其煩地調整眼鏡。煞有介事地噘起嘴唇。兩隻手指的指尖將一根條碼似的黑頭髮移回原處。繼續。「有人建議你——或者你是這樣跟亞瑟說的——可以拿一點點錢成立一份信託，不管你或任何人，只要手頭寬裕，就能增加這筆錢的數目。」

奧利佛的鼻尖有點發癢。他用那隻大手掌，手指朝上用力摩擦。「是的。」

「那是誰給你的建議，奧利？是誰或什麼事促使你在卡門出生滿一週的那一天，跑來找亞瑟說『我想成立一份信託』？特別指明要一份信託。按照亞瑟的備忘錄看來，你對相關的問題還說得頭頭是道。」

「克勞屈。」

「就是我們那位傑佛瑞・克勞屈先生？住在安提卡島，要透過倫敦的律師才能聯絡到的那位？剛開始就是克勞屈建議你為卡門設立一份適合的法律信託。」

「是的。」

「他是怎麼建議你的？」

「寫信。」

「克勞屈本人寄的信？」

「是他的律師交給我的。」

「是他在倫敦的律師，還是安提卡的律師？」

「我不記得了。信在檔案裡面，應該是吧。那時候我把相關資料全都交給亞瑟了。」

「而且很盡責地歸了檔。」杜谷德很滿意地證實。

波德查閱他手上的筆記。「梅爾瑟斯、多爾金與伍利律師事務所，是倫敦市很有名的事務所。彼得・多爾金先生是克勞屈先生的委託代理人。」

奧利佛決定表現一點氣質。遲鈍的氣質。「那你幹嘛還問？」

「只是查核一下事前的情況，奧利。確定一下而已。」

「是哪裡不合法嗎？」

「什麼東西不合法？」

「她的信託。目前所做的一切。事前的情況。有什麼不合法嗎？」

「完全沒有，奧利。」——開始擺出防禦姿態了——「完全沒有，沒有任何非法或異常之處。只不過梅爾瑟斯、多爾金與伍利律師事務所似乎也沒見過克勞屈先生，你看。不過嘛，也不是沒有聽說過。」他考慮到語意上的問題。「這或許反常，不過也不是沒聽說過。看來你的克勞屈先生生性孤僻，喜歡離群索居。」

「他不是我的克勞屈先生。是卡門的。」

「的確是的。而且也是她的受託人。」

杜谷德又不高興了。「克勞屈先生憑什麼不能當受託人？」他問這兩位從倫敦聯袂來到此地的先生，而且感到非常委屈。「錢是克勞屈先生提供的。他是授予人。是他們家的世交，霍桑家族的一分子。憑什麼不會想讓卡門的錢得到妥善處理？只要他高興，他憑什麼不能離群索居？我有一天也會這樣。就等我退休之後。」

身材壯碩的蘭克桑決定言歸正傳。他一隻笨重的手肘支撐著偌大的身體，斜椅在桌上，拿著菸斗，前額的頭髮是像鋼絲刷一樣垂在前面，活像我們的保安主任。「所以，在克勞屈先生的建議之下，」他半閉著眼睛，刻意顯出超乎常人的狡猾，「你開設了卡門．霍桑信託基金，以你本人和克勞屈先生，還有亞瑟，擔任受託人，你剛開始存了五百鎊。兩個星期後，克勞屈先生慷慨饋贈了十五萬鎊。是嗎？」

他加快了速度。

「是的。」

「就你所知，克勞屈先生是否有付其他款項給你的家人？」

「不。」

「不，他沒有給這些錢？還是不，你不知道？」

「我沒有任何親人。我父母都過世了。沒有兄弟姊妹。我想克勞屈就是因為這樣才收養卡門的。已經沒有其他人了。」

「除了你以外。」

「對。」

「他個人沒有給你一分錢？不管直接或間接？你沒有從克勞屈身上得到任何好處嗎？」

「沒有。」

「從來沒有？」

「沒有。」

「就你所知——將來也不可能？」

「不可能。」

「從來沒跟他來往過、交易過、借過錢？即使是間接的——透過律師？」

「完全沒有。」

「那海瑟的房子是誰付的錢，奧利佛？」

「是我。」

「怎麼付的？」

「現金。」

「直接從手提箱拿出來？」

「是從銀行帳戶領的。」

「容我請問一下，你是怎麼累積到這筆現金的？或許是透過克勞屈、他的合夥人、他不知名的生意往來？」

「是我在澳洲存下的錢。」奧利佛的聲音粗啞，而且開始臉紅。

「你在居留當地所賺的錢，有沒有繳澳洲的稅？」

「那裡收入都是不固定的。或許一開始就先扣過稅了。我不知道。」

「你不知道。你當然沒有保留記錄吧？」他刻意往旁邊看了波德一眼。

「我沒有。」

「為什麼呢？」

「因為我作夢也不會想到要在背包裡帶著一堆記錄，搭一萬英里的順風車。」

「我想你也不會這麼做。」蘭克桑讓步，又看了波德一眼，他根本搞不清楚狀況。「所以，你總共從澳洲了多少錢回英國呢，奧利？或者說，你總共存了多少？」

「我給海瑟買房子和家具，還有廂型車和其他設備時，差不多就是我所有的財產了。」

「你在澳洲有沒有從事其他職業？有沒有買賣過任何——咱們就說是商品吧——藥物——」

他沒有繼續說下去。杜谷德不讓他說下去。他將所有指摘全攬到自己身上。他從椅子上半跳起來，伸出小豬般的食指，直指蘭克桑的心臟。「這真是太侮辱人了，華特！奧利是我的重要客戶。你立刻把這話收回去。」

奧利佛往中距離的地方凝視，而波德和杜谷德正尷尬地等著蘭克給自己找台階下，但他開始笨拙地指桑罵槐。

「所以，同時，」蘭克桑表示，「由奧利和亞瑟負責信託，不管你們決定怎麼做，倫敦那位可笑的律師都會同意，還有這位離群索居的克勞屈先生，躲在西印度群島，安提卡的房子裡，誰也找不著他，包括他的律師。」奧利佛不發一語，只是和其他人一樣，坐著看他在那兒放連珠砲。「去過沒有？」蘭克桑問，聲音比剛才還大。

「去過哪裡？」

「他的房子。在安提卡。你以為是哪兒？」

「沒去過。」

「我看，去過的人也沒幾個，是吧？當然了，如果真有這麼一棟房子可去的話。」

「你這是扭曲事實，華特！」杜谷德跟他對上了，現在更是怒不可遏。「克勞屈不是什麼橡皮圖章，他是個很有金融頭腦的人，比起任何一個金融經紀都不遜色，有時候甚至更勝一籌。奧利佛和我達成一致的策略，然後透過律師轉交給克勞屈，由他來做最後決定。還有什麼比這個程序更清楚？」他在椅子上轉個身，向在銀行位居要職的波德解釋。「那時候全都報到總部了，瑞格。法務部看過；我們正式呈上刑事情報科，那時候我可沒聽到有誰說過半句話。受託人部門看過。國稅局二話不說就蓋了章；總行說我們幹得好，只管照辦。我們也照辦了。容我說一句，我們的效率很高。不到兩年就把十五萬成了十九萬八，而且還在增加中。」他又轉身面對蘭克桑。「除了數字以外，什麼都沒變。這份信託是地區事務，由地區處理。由奧利和我這位地區人員來處理，非常合理而正常。唯一改變的只是金額大小，不是處理的原則。原則早在十八個月以前就都定好了。」

奧利佛慢慢回過神來，最後整個人坐直了。「什麼數字？數字怎麼變了？」他問道。「你有什麼事情沒告訴我？我是卡門的父親。不只是她的受託人而已。」

波德過了很久才開口回話。或者，那其實是奧利佛自己的心理作用。或許波德馬上就回答了，而奧利佛的腦子將波德的回答錄音下來，一次又一次地慢慢重複播放，直到他終於聽出這句話的駭人之處。「一筆很大的金額存進了你女兒卡門的帳戶，奧利。這筆金額實在太大，所以銀行認為一定是搞錯了。出錯在所難免。法人投資機構不小心將錢匯錯了帳戶。調換幾個數字，幾百萬鎊就進了某個不可能的私人帳戶，直到我們找到匯款銀行弄清楚為止。但這回匯款銀行斬釘截鐵說金額沒有錯，受款人帳戶也沒弄錯。是匯給卡門．霍桑信託基金。因為捐贈者不希望透露身分，因此是匿名匯款。說到金融保密，瑞士銀行是絕不讓步的。對他們來說，法律就是法律。規矩就是規矩。『是一位客戶匯的，』其他恕不奉告。他們只願意透露這筆錢是來自一個信譽良好的長期客戶，他們有絕對的理由信任這位客戶的人格。接下來就再也問不出什麼了。」

「多少錢？」奧利佛說。

波德沒有半點支吾。「五百萬三十鎊。我們想知道這筆錢是哪兒來？我們請教了克勞屈的律師。他們說不是他們那裡匯出去的。我們問他們，克勞屈先生是否能透露一下，卡門的恩人到底是誰。他們說克勞屈先生目前正在旅行。時候到了他們會通知我們。旅行，這年頭用這個藉口已經行不通了。所以，如果不是克勞屈給的錢，那又是誰？這筆錢當初又是怎麼弄來的？誰會想送五百萬零三十鎊的現金到你小女兒的信託基金，而這個人既不是受託人，事先沒有通知受託人，更沒有透露姓名？我們認為或許你可以告訴我們答案，奧利佛。看來沒有其他人會知道。你是我們的一個機會。」

波德暫時住口，好讓奧利佛說話，但奧利佛沒有什麼話要說。他已經再度撤退了。他外套領子裡面隆起一塊、留長的黑髮撥到腦後，寬闊的棕色眼睛盯著遠處的什麼東西，一根粗大手指的指尖擠壓著他的下唇。截至此時此刻，他的一生是一部爛電影，他腦子裡正看著這部爛電影剪出的一個又一個鏡頭：博斯普魯斯海峽邊一間平坦立面的別墅、學校、所有的失敗、希斯洛機場一間白色牆壁的訪談室。

「慢慢來，奧利。」波德敦促他，口氣就像是力勸他要及時悔改，「回想一下。也許是澳洲的哪個人。你或你們家族過去認識的某個人。慈善家。一個家財萬貫的怪人。另外一位克勞屈。你有沒有買過金礦或什麼股票？有沒有什麼事業伙伴，可能突然走了運？」還是不回答。好像根本沒聽見他說話。

「因為我們需要一個解釋，奧利。一個能讓人信服的說法。從一家瑞士銀行匿名送來五百萬鎊，如果沒有合情合理的解釋，這麼大一筆錢，這個國家有些機構是不願意吞下來的。」

「是五百萬零三十鎊。」奧利佛提醒他們。然後回想。再繼續往前回想。直到他的神情顯露出長期監禁的囚犯才有的那種孤寂。「哪一家銀行？」他問道。

「一家大銀行。這無所謂。」

「蘇黎世州與聯邦銀行。C&E。」

奧利佛淡淡地點了個頭，認定是這家銀行沒錯。「有人過世，」他聲音恍惚地表示。「有人留下了一份遺囑。」

「這我們問過了，奧利佛。恐怕我們當時也很希望是這麼回事。那至少我們還有機會看到文件。C&E向我們保證財產授予人還活得好好的，在轉移這筆款項時的神智也十分清楚。銀行方面反而表示他們還回頭去找他，確認他的指示確實無誤。他們當時沒有說得這麼仔細，瑞士人不來這一套。但就是這個意思。」

「那就不是有人過世了。」奧利佛的這句話其實是說給自己聽，而不是給他們聽的。

然而蘭克桑立刻緊抓不放。「好。就當做有人過世了。那過世的是誰？或者不是誰？現在還活著，死後可能會留五百萬又三十鎊給卡門的人是誰？」

在他們等著奧利佛回答之際，他的心情漸漸起了變化。據說，一個人被判處絞刑的時候，整個人會突然變得樂天知命，有好一段時間，他會嚴謹而勤奮地做出各式各樣的瑣事。奧利佛現在就處在這種靈台清明的狀態。他站了起來、微笑、很有禮貌地告退一會兒。他步入走廊，然後到男廁所，他到杜谷德辦公室的時候就注意到這間廁所。進去之後，他鎖上門，邊凝著鏡子，邊估量自己目前的處境。他在洗手臺上俯身扭開冷水的水龍頭，將一雙大手弓成杯狀，沖洗著臉，想像他正在洗他自己已經停止運作的某一面。廁所裡沒有毛巾，於是他用自己的手帕拍打雙手，然後將手帕扔進了垃圾桶裡。他回到杜谷德的辦公室，站在門口，大衣上的摺子塞滿整扇門。他的語氣謙和有禮，而且是直接和杜谷德說話，對波德和蘭克桑視若無睹。

「我想跟你單獨談談，麻煩你，亞瑟。如果可以的話，我們到外頭去。」然後他往後退，讓杜谷德先出來，然後再跟著他步入走廊。他們再度站在後院，在滿天星斗之下，周圍盡是高牆和剃刀網。月亮已經擺脫了塵世羈絆，華麗地高掛在銀行的許多煙囪頂管之上，蒙上了一層乳白色的淡淡月暈。「我不能接受這五百萬，」他說，「一個孩子不該得到這麼大一筆錢。還是物歸原主吧。」

「那可不行，」杜谷德突然很強勢地答道，「身為受託人，我沒有這個權力，你也沒有。克勞屈也是。這筆錢乾不乾淨，不是我們說了算。只有政府當局能說這筆錢不乾淨。如果他們沒有這麼說，那信託就必須保留這筆錢。要是我們拒絕，大概二十年後，卡門可以把銀行、你、我、克勞屈全告得死去活來。」

「那就上法院，」奧利佛說，「要求裁決。那你就可以得到保障了。」

杜谷德嚇了一跳，說話開始語無倫次。「好吧，我們上法院。他們有什麼根據？直覺？你也聽到波德說的話了。一個行事端正的客戶、人格端正的客戶，而且心智十分清楚。除非他們能讓刑事案成立，否則法院會判決政府當局無權干預。」他往後退了一步。「別這副表情。你是什麼東西？法院的事你懂什麼？」

奧利佛的雙腳和身軀沒有移動半步；他的手放在大衣口袋裡，一直沒有伸出來。所以可能只是因為他龐大的身軀，和月光下他那張潮濕的大臉盤的表情，讓杜谷德猛然開始反彈：奧利佛空洞的雙眼在星光下顯得越來越嚴厲，嘴巴和下顎周圍也有一種絕望的憤怒。

「跟他們說我不想再談下去了，」他爬上他的廂型車，邊和杜谷德說。「麻煩把大門打開，亞瑟，不然我只好撞門了。」

杜谷德開了大門。

5.

木屋座落在一條還沒鋪好的路上，這條路叫做亞維隆道，窩在山頂下方，從鎮上望過來是看不到的，這是奧利佛喜歡這間屋子的原因之一：誰都看不見我們，誰也不會想到我們，除了自己，我們不存在於任何人的意識裡。這間木屋叫做藍鈴農莊，海瑟早就想改個名字，但奧利佛未做任何解釋，就否決了她的提議。他比較喜歡回到原來的世界，從此消失在屋子裡，遺世獨立，被世人遺忘。他喜歡夏天樹木長葉子時，從路上根本看不見這間木屋。他喜歡冬天觀景山結冰時，接連數天沒有半個人經過。他喜歡這些平凡、無趣的鄰居，他們那些了無新意的談話從來不會讓他感受到威脅，也不會令他難以忍受。溫得密的安德森家在禮拜堂十字路口經營一家糖果店。聖誕節過了一個星期之後，他們會送一盒敷著冬青的酒糖巧克力給海瑟。燕巢的米勒夫婦已經退休了。以前當過消防員的馬丁熱中水彩畫，筆下每片葉子都是一幅傑作。怡芳會幫朋友占卜算命，還在教堂裡當助祭。有這些鄰居扎扎實實的平凡圍繞左右，讓他非常安心，當初他對海瑟和她那種整天想討好每個人的可悲需求，也有同樣的感覺。我們都是殘缺不全的人，他是這樣想的。如果我們將自己殘缺的部分拼湊在一起，生一個孩子，把我們結合起來，那就可以了。

「你沒有半張以前的全家福照片還是什麼的嗎？」她曾哀傷地問。「這樣有點一面倒，這裡全都是我苦命的一生，你什麼也沒有，即使你的人生已經死了。」

是遺失了，他曾經這樣解釋。留在我澳洲的工具箱裡。但他只跟她說了這些。他要的是海瑟的人生，而不是他自己的。海瑟的親戚、童年、朋友。她的陳腔濫調，她的永無休止，她的脆弱，甚至是她的不忠，這些讓他得到了一種赦免。他要的是他不曾擁有過的一切，馬上就要、現成就有、往前追溯、毫不掩飾。他的悲觀是一種極大的不耐煩，巴不得人生像一張茶几，老早就給他擺得好好的：滿口胡言，品味極差，以及許多方面都再平凡不過的無趣友人。

亞維隆道長達一百碼，有一個彎道，末端還有一個消防栓。奧利佛關掉廂型車的引擎，順勢滑下黑暗的路面停車。他從彎道那裡漫不經心地往回走，他喜歡走長了青草的那一側，沿路掃視空車和漆黑的房屋，因為他不幸注定要鬼鬼祟祟，背負著過去的回憶。當年他在斯文頓，布洛克訓練他做毫無用處、鬼鬼祟祟的事。「我們欠缺的是專心，孩子，」慈愛的教官這麼告訴他，「問題在於不用心。我預期你會是一個適合在夜裡行動的人。」月亮高掛在他前方，在海上形成了一道白色的梯子。有時他經過一間木屋時，防盜燈會噗地一聲亮起來，但住在亞維隆道的人都很節儉，所以很快又會將燈關掉。海瑟停好的雪佛蘭凡圖拉汽車被月光給放大了，在車道上儼然是個龐然大物。她已經拉上了臥房窗戶的窗簾，一盞燈在窗簾後面發著光。她在看書，他心想。浪漫的言情小說，反正是她的讀書俱樂部送來的。她在讀這種小說時，心裡想的人是誰？「如何 怎樣」的系列叢書。當你的伴侶說他不愛你、而且從來沒愛過你的時候，你該怎麼辦？

卡門的窗戶上掛的是紗簾，因為她非得看到星星才行。她才十八個月大，就已經學會如何表達她要什麼。頂上小小的斜窗是打開的，因為她喜歡空氣，但不喜歡太通風。她的唐老鴨夜燈就擺在桌上。《彼得與狼》的錄音帶是用來哄她入睡的。他聽著、聽著，然後聽到了大海的聲音，而不是錄音帶的音樂。他在銅紅山毛櫸樹叢的黑暗處環伺整座花園，目光所及的每樣東西都在指責他。新的玩具屋，去年夏天奧利佛和海瑟．霍桑在大肆採購的時候它至少還是新的，他們之所以買成這樣，是因為購物已成為兩人之間僅存的語言。新的攀緣架有些部分已經不見了。新的旋轉塑膠兒童溜滑梯。新的戲水池塞滿了落葉，裡面的氣洩了一半，要死不活地躺在那兒。放置登山腳踏車的車棚，他們倆當初還曾發誓，在爾後新生活的每一天早上都要非常認真地騎車，而且等卡門夠大時，要讓她在後座跟著一起騎。烤肉：我們請托比和茱德過來——托比是她在房地產仲介公司的老闆，開的是寶馬汽車，喜歡狂笑，還有對那些被他戴了綠帽的丈夫們眨眼睛。茱德是他的老婆。奧利佛沿著長了青草的路邊走回他的廂型車，用汽車電話撥了一個號碼。他先是聽到一段懶洋洋的布拉姆斯，接著傳來搖滾樂的嘶吼。

「恭喜。這裡是海瑟和卡門．霍桑的老房子。嗨。恐怕我們現在玩得正開心，沒辦法接聽您的電話，如果要跟管家留話……」

「我就在路口的廂型車裡，」奧利佛說，「你旁邊有人嗎？」

「沒有，我他媽的還沒有。」她反駁道。

「那就開門吧，我有話要跟你說。」

兩人在前廳面對面地站著，天花板上吊著他們一起在回收家具市場買來的吊燈。兩人之間的敵意就像一股熱氣。她曾經愛他聖誕節時會在兒童病房變魔術、愛他不修邊幅的巧手和溫暖。她曾經稱他是她溫馴的巨人、她的主人、她的老師。如今她對他的身材和醜陋不屑一顧，不但保持距離，還沒事找事嫌棄他。他曾經將她的缺點當成自己寶貴的負擔那般疼惜：她是現實，我是虛幻。她的臉孔在吊燈照耀下，顯露出徐娘半老的風采。

「我得看看她。」

「你星期六就可以見到她了。」

「我不會吵醒她。只是非得看看她不可。」

她搖搖頭，一臉嫌棄，表示他有多麼讓她討厭。

「不行。」她說。

「我保證。」他也不知道自己在保證什麼。

為了怕吵醒卡門，他們壓低嗓音。海瑟緊緊抓住頸子上的睡袍，不讓他看見她的胸部。他聞到菸味。她又開始抽菸了。她一頭天生深棕色的長髮，已經染成金色。在開門讓他進來之前，她先梳過頭髮。「我要把頭髮剪短，受不了了。」以前她會說這種話刺激他。「一吋也不許剪，」他會這麼說，邊撫摸著她的秀髮，往她的太陽穴一摺，感覺到自己的慾望湧上，「半吋也別剪。我就愛它這個樣子。我愛你，我愛你的頭髮。我們上床吧。」

「有人威脅我。」他以一貫的方式向她扯謊，那語氣擺明了不希望她問東問西。「大概是我在澳洲惹上的人。他們查出我的住處了。」

「你不住在這裡，奧利佛。你只有在我出去的時候才上門，我在家的時候你是不會來的。」她回嘴說，彷彿他剛才是在跟她求歡。

「我必須確定她的安全無虞。」

「她很安全，謝謝你。安全得不得了。她開始習慣這個狀況。你住你的，我住我的，吉麗幫忙我照顧她。這很不容易，但她慢慢弄清楚了。」

吉麗是個寄宿學生。

「問題是這些人。」他說。

「奧利佛。打從我認識你開始，就老是有外星人要在夜裡跑來抓我們。這是有名稱的，你知道。叫做妄想症。或許你應該找人談談了。」

「有什麼奇怪的人打過電話來嗎？不尋常的查問——有人跑到家裡來問東問西，推銷一些稀奇古怪的東西嗎？」

「我們不是在演電影，奧利佛。我們是過著平凡生活的平凡人。我們大家都是，除了你。」

「有人曾經打過電話來嗎？」他又問了一次。「打電話？找我？」她還來不及回答，他就發現她眼中閃過一絲猶豫。

「有個男人來過電話。打了三次。是吉麗接到的。」

「找我？」

「總不是找我的吧？否則我不會告訴你。」

「他說了什麼？這個人是誰？」

「『叫奧利佛打給傑可。他知道號碼。』我不知道你還藏了一個傑可。希望你這下高興了。」

「什麼時候打來的？」

「昨天和前天。我本來打算等我們下次談話時才告訴你。好吧，對不起。去吧。去看看她。」但他沒有往房間走，反而抓住她的手臂。「奧利佛！」她大聲抗議，氣呼呼地甩掉他的手。

「有個男人送玫瑰花給你。上個禮拜，你還打電話告訴我。」

「沒錯。我打過電話告訴你。」

「再說一次。」

她像是在演戲似地長嘆一聲。「有一輛豪華轎車給我送來了玫瑰花和一張很好看的卡片。我不知道是誰送的。對吧。」

「但你知道有人要送花來。公司先給你打過電話。」

「那公司是打過電話沒錯。『我們要送花到霍桑家，何時會有人在家？』」

「那不是本地的公司。」

「對，是一家倫敦的公司。不是國際送花組織，不是外星人。是一家專門處理特殊花卉的公司，大老遠從倫敦送來的特殊花卉。我什麼時候會在家收花？『你開玩笑，』我說，『你們搞錯了，是另外一戶霍桑家。』但他們沒有弄錯，就是我們。『是一位海瑟太太和一位卡門小姐，』他們說，『明天晚上六點可以嗎？』就算掛掉電話，我還是覺得這是開玩笑或是弄錯了，或者是推銷的噱頭。隔天六點整，這輛豪華轎車就開來了。」

「什麼樣的轎車？」

「一輛閃閃發光的大賓士。我告訴過你，不是嗎？還有一個像廣告裡那種會穿著灰色制服的司機。『你應該穿鞋罩的。』我跟他說。他不知道鞋罩是什麼。這我也告訴過你了。」

「什麼顏色？」

「司機嗎？」

「賓士車。」

「金屬藍，擦得和結婚禮車一樣亮晶晶？司機是個白人，灰色制服，玫瑰花是淡粉紅色。有長長的花梗，芳香四溢，才剛開花沒多久，插在高高的白瓷花瓶裡。」

「還有一張信箋。」

「沒錯，奧利佛，還有張信箋。」

「你說過沒有署名。」

「不對，奧利佛，我不是說沒有署名。我是說有署名。『衷心的仰慕者致贈給兩位美麗的女士』就寫在公司的卡片上，西一區，傑爾明街，馬歇爾與伯恩斯汀公司。我打到那家公司去問仰慕者可能是誰，他們說公司就算知道，也不能透露顧客姓名。很多花都是像這樣由匿名的顧客送出去的，尤其是在情人節前後。當時不是情人節，但他們的政策一年三百六十五天都一樣。對嗎？滿意了吧？」

「你還是問到了嗎？」

「沒有，奧利佛。我沒問到。你知道，我也曾經有短短的那麼一剎那，以為這些花可能是你送來的。不是因為我有多麼希望你送我花，而是因為在我認識的人當中，只有你會神經到做出這種姿態。我搞錯了。你也很好心地清清楚楚告訴我，花不是你送的。我想過要把花送回去，或是捐給醫院，可是我後來又想，管他的，至少有個人是愛我們的，我這輩子從來沒見過這種玫瑰，某人卻又送了我們這些花，所以我想盡辦法想讓這束花活得盡量久一點。我把花梗末端壓扁，把一小包粉混進水裡，把花放在陰涼處。我在卡門的房間裡擺了六朵，她喜歡得不得了，如果不是擔心這是個神祕的性狂熱分子所為，我會徹底愛上送花的人，不管是誰送的。」

「你把那張信箋丟掉了嗎？」

「那張信箋不是什麼線索，奧利佛。是公司把送花的人所講的話抄錄下來。我查過了。所以我也沒必要苦思到底是誰的筆跡。」

「那信箋在哪裡呢？」

「那是我的事。」

「他們送了多少朵玫瑰？」

「比以前任何一個男人送給我的還多。」

「你沒數過嗎？」

「只有小女孩才會數有幾朵，奧利佛，這是她們會做的事。不是因為貪心。小女孩只是喜歡知道別人有多麼愛她。」

「有幾朵？」

「三十朵。」

三十朵玫瑰。五百萬零三十鎊。

「後續你就沒再聽到什麼動靜了嗎？」他過了一會兒又這麼問，「沒有電話、信件，沒有什麼後續動作嗎？」

「沒有了，奧利佛，什麼後續動作都沒有。我把我的感情生涯從頭到尾全都翻了翻，其實也沒多少，回想我所有可能會發財的男人，唯一能想到就是傑若德，他老是想贏得愛爾蘭跑馬的彩金，不過暫時在領失業救濟金。不管怎麼說，我活在希望裡。日子一天天過去，我不時還會看著窗外，搞不好會有一輛藍色的大賓士車等著要載我們到哪裡，不過天一直都在下雨。」

他站在卡門的床邊，低頭凝視著她。他俯身向下，直到能嗅聞到她的溫暖，聽見她的呼吸。她用力地吸著氣，好像就要醒來的模樣，海瑟這時立刻抓住他的手腕，拉著他走到前廳，穿過打開的大門，來到小徑上。

「你們得離開這裡。」他告訴她。

她沒聽懂。「不，」她說，「必須離開的是你。」

他目光灼灼地瞪著她，反而看不清楚她的樣子。他在發抖。在放手之前，她感覺到他手腕也在顫抖。

「離開這裡，」他解釋，「你們母女倆一起走。別去你媽媽或姊妹家，她們的目標太明顯了。去諾拉家。」諾拉是她的朋友，每次只要他們夫妻吵架，她就至少要和諾拉講上一個鐘頭的電話。「跟她說你得離開一陣子。說我快把你逼瘋了。」

「我是職業婦女，奧利佛。我該怎麼向托比交代？」

「你能想出辦法的。」

她害怕了。她在恐懼奧利佛擔心的事，即便她不知道究竟是怎麼回事。「奧利佛，看在老天爺的份上。」

「今晚就打給諾拉。我會送錢過來。無論你需要什麼。有人會來看你，把事情解釋給你聽。」

「你為什麼不自己解釋？」她在他身後叫著。

這裡是他的祕密基地，距離小木屋車程還不到十分鐘，位在山頂開出來的一條木頭小徑末端。他以前一向會來這裡練習他的氣球雕塑和轉盤子技術，還有一直還不熟練的雜技。以前，每當害怕會因為憤怒自己靈魂的麻木，而有動手打她、砸爛房子或是自殺的衝動時，他就會躲來這裡。現在他關著窗戶坐在廂型車內，他要等自己的呼吸平靜下來，聆聽松樹的刺棘和夜鷗的嗚咽聲，還有從山谷裡傳過來的人們擔憂的咕噥聲。有時，他會徹夜坐在這裡，凝視海灣。有時，他會在滿潮時穩穩站在防波堤上，踢掉腳上的鞋子，然後一腳跳進海裡。或是大海變成了博斯普魯斯海峽，他想像大大小小的船隻不斷來回移動，幾乎就要相撞。他將車停在平常的角落，關掉引擎，在汽車電話綠色的阿拉伯數字上按下布洛克的號碼。因為電話被轉接，他聽到了兩種不同的鈴聲，也知道自己沒有撥錯號碼，因為他聽到一個女人的聲音將號碼重新背誦一次給他聽，這個女人只會背誦電話號碼；這是一個錄音帶上的女人，一個無法捕捉的抽象存在。

「班傑明找傑可。」他說。

在更多的大氣干擾之後，出現了譚比的聲音，他是布洛克瘦削的影子。蒼白、無血色的康耳瓦人譚比，在布洛克需要小寐一個小時的時候替他開車。在他無法離開辦公桌時，替他去取外賣的中國菜回來吃，替他掩護，為他說謊，在我喝得雙腳無法走路時，把我拖上樓去。譚比是暴風雨中那股平靜的聲音，你會想用汗濕的雙手緊緊掐住的那一種。

「總算出現了驚喜，班傑明，」譚比的語氣洋洋得意，「我要說，遲到總比不來好。」

「他找到我們了。」奧利佛說。

「是的，班傑明，恐怕是。船長想盡快跟你就這個問題一對一談談。如果方便，明天早上十一點卅五分有一班火車會從你們那裡出發。地點照舊，程序照舊。船長說帶上牙刷和一套西提區風格的西裝，還有搭配的配件，尤其是皮鞋。我看你八成看過報紙了吧？」

「什麼報紙？」

「那你還沒看過。很好。只不過船長希望你別擔心，你看。他說要告訴你，你關心的每個人都很好。家裡沒有任何損失，至少現在沒有。他要你放心。」

「什麼報紙？」

「我想是《快報》。」

奧利佛慢慢地開車回到鎮上。他頸部的肌肉在痛。流向他腦部的大血管不大對勁。火車站的書報攤已經打烊了。他開車到一家銀行去，不是他自己的那一家，然後從提款機提出兩百鎊。他開車到海邊，看到廣場對面的餐廳裡艾瑞克就坐在他的角落老位子，吃著已經退休的他一向吃的東西：肝、薯條、豌豆泥，再加上一杯智利紅酒。艾瑞克曾經給麥克斯・米勒當過配角，當過喜劇表演團體瘋狂幫的替身。他和鮑伯・霍伯握過手，而且——他喜歡這麼說——還跟每個合音的俊男睡過覺。奧利佛飲酒作樂的時候，艾瑞克就會跟他一起灌黃湯，還抱歉自己年事已高，沒辦法和奧利佛一樣大口狂飲。如果有必要，艾瑞克會把奧利佛帶回家，也就是他和一個體弱多病的年輕美髮師山弟合租的公寓，然後攤開起居室裡的沙發床，讓奧利佛好好休息，隔天早上還會給他烘烤豆子當早餐吃。

「生意還好嗎，艾瑞克？」奧利佛問，艾瑞克立刻挑起像個圓箍似的小眉毛，這對眉毛可是他用希臘配方給染黑的。

「來得快去得快，孩子，這是我的說法。現在沒什麼人要找一個懂得摺紙和學鳥叫的老兔子表演了。想來現在不太景氣。」

奧利佛用一張從日記裡撕下來的紙，列出他隨後幾天的預約。

「我的監護人，艾瑞克，」他解釋，「他突然心臟衰竭，非得見我不可。這是額外補貼你的一點錢。」他悄悄塞給他兩百鎊。

「別對自己太嚴苛了，孩子，」艾瑞克告誡他，順手將錢放進他明亮的格子外套內，「創造死亡的不是你，是上帝。世事都是上帝的安排，你問山弟就知道。」

為了等他，華特摩爾太太一直沒去睡，臉色看起來蒼白而恐懼，就像卡吉維斯跑來摸山米的領子時一樣。

「如果他有打來，那就八成打了十幾次。」她迸出這句話。

「『那個奧利跑到哪裡去了？跟他說，他不能就這麼跑了。』接下來我只知道他跑來我的大門口，又是按門鈴，又摔我的信箱，把隔壁都給吵醒了。」他知道她說的是杜谷德。「我不能惹麻煩，奧利。就算是為了你。我債臺高築，我有鄰居，我有房客，我有山米。你太讓人頭痛了，奧利佛，我不知道為什麼。」

她以為他沒聽見她說話，因為他趴伏在大廳的桌上，看著她的《每日電訊》，這對他是件極不尋常的事。他痛恨用報紙，看見報紙甚至還會繞路躲開。所以她認為他必定是在搪塞她，還想叫他別再埋頭看報了，好好回答她的問題。然後，她比較平靜地打量著他，就憑他那種提防的姿勢和她的直覺，她知道自己一直以來擔心的事終於發生了，對她和山米而言，這個人已經完了，全都結束了。就算她無法行諸文字，但她知道，他在她身邊的這段期間一直在逃避什麼，按照她先夫所謂的這個人的才幹來看，他逃避的不只是他的孩子或婚姻，也包括他自己。不論他在逃避什麼，都比他的妻子和孩子更了不得，而且已經找上門來了。

律師度假期間在土耳其遭槍殺身亡，奧利佛看著報紙。艾佛瑞德．溫沙的照片底下寫著，西區辛格父子金融公司的首席法務，戴著他只有在徵新祕書時才會戴的玳瑁框眼鏡，看起就是一副律師的模樣。由於要在全國尋找死者的遺孀，使得認屍時間延後了，根據這位遺孀她母親的說法，她正趁丈夫不在的時候，獨自拋開一切度假去了。死因目前仍無法判定，不排除是謀殺，當地有些閒言閒語，說是庫德族的恐怖主義死灰復燃。

山米站在大門口，把他死去的父親留下的套頭毛衣當成睡衣穿。「我們還打不打撞球？」他問道。

「我得去倫敦一趟。」奧利佛回說，頭還是埋在報紙裡，抬都沒有抬一下。

「去多久？」

「幾天而已。」

山米跑掉了。過了一會兒，伯爾．艾夫斯[3]的歌聲從樓梯上飄下，那歌聲唱著：「我再也不要扮演流浪者了。」

3 伯爾．艾夫斯 (Burl Ives, 1909-1995)，美國歌手、音樂家、演員和作家，曾獲奧斯卡最佳男配角獎。最著名的演出角色，是電影《朱門巧婦 *Cat on the Hot Tin Roof*》當中的老爹。

6.

為了和奧利佛重逢，布洛克按慣例做了所有的預防措施，另外還有一些措施是比較不尋常的，但這是因為他的部門爆發了隱然的危機，加上他近乎虔誠地相信奧利佛的難能可貴使然。布洛克這一行的格言是，兩個線人絕對不可待在同一個藏身處，但是，對於奧利佛，布洛克堅持要用一個從未使用過的藏身處。結果找了康登人煙稀少的區域一間附家具的三房紅磚別墅，一邊是一間通霄營業的亞洲雜貨店，另一邊則是一家人聲鼎沸的希臘餐廳。沒人有興趣去注意到底是哪些人在七號破舊的前門進進出出。然而布洛克的防備不僅於此。奧利佛或許很難應付，但他是布洛克的最愛，老天對他的賞賜，也最得他的歡心，這一點每個組員都非常清楚。在滑鐵盧車站，他沒將奧利佛送上一輛沒有登記的廂型車，而是派譚比到月台去接他，送他搭上一輛溫馴的倫敦計程車，和他一起坐在後座，和任何一位誠實的公民一樣以現金付車錢。他派迪瑞克和艾姬駐守在康登，另外還有兩個怎麼看都不太像的組員守在兩側人行道上，他們的任務是確定奧利佛沒有引來任何人跟蹤，無論他是有意識或無意識的。布洛克喜歡鼓吹這句話，在我們的世界裡，你要想得越骯髒越好，而且還要加倍。但對於奧利佛，如果你懂得趨吉避凶，就要比你原本所想的還骯髒個好幾倍才行。

現在是下午三點鐘左右。布洛克昨晚就已先抵達蓋特威克機場，直接開車到他在斯蘭德大街的匿名辦公室，然後用安全線路打給艾登．貝爾。貝爾是聯合軍種專案小組的指揮官，布洛克目前就任職於這個單位。

「那是一個公司鎮，」他用適當的懷疑論轉述完阿里隊長推定為自殺的推論之後，對貝爾這麼說，「要不就發財，不然就要你的命。那個小鎮選擇了發財。」

「聰明的傢伙，」當過軍人的貝爾回道，「明天祈禱會之後組成戰鬥部隊。在辦公室。」

然後，像個焦急的牧羊人似地，布洛克逐一打電話給他的外設站，先打到庫松街一間窗門緊閉的街角公寓，然後轉到海德公園旁一輛大英電訊公司的維修車，再從那裡打到一個機動小組的指揮車上，他們被派到多塞特人口最稀少的區域一個鳥不生蛋的山谷裡。「有什麼新情況嗎？」他連自我介紹都省了，就這麼直接問各個小隊的領導人。什麼也沒看見，長官，傳來了失望的回答。一點聲音也沒有，長官。布洛克鬆了一口氣。只要給我時間，他心想。給我奧利佛。一股教堂般的寂靜籠罩著他，這時他正準備將行動的花費謄寫到一張請款表格上。但這股寂靜被他來自白廳的內線電話，還有一位非常資深、名叫波爾拉克的禿頭倫敦警察油腔滑調的聲音給打斷了。

「你到哪兒去了，布洛克先生？」波爾拉克問，一副風趣幽默的口氣，布洛克在他的記憶裡看到波爾拉克那略為內凹的下顎死板地整個咧開，露出那種毫無掩飾的笑容。而且，一如過去，他想不通，為何一個這樣腐敗得厚顏無恥的人，這些年來還能抬頭挺胸、昂首闊步。

「都是我不想再舊地重遊的地方，謝謝，柏納。」他一本正經地說。

他們總是這樣說話：彷彿他們的相互挑釁是一種拳擊友誼賽，而在布洛克這一邊，這是一場生死決鬥，只有一個人能勝出。

「在想什麼，柏納？」布洛克問，「我聽說有人晚上還睡得著。」

「是誰殺了艾佛瑞德．溫沙？」波爾拉克還是同樣咧著整張嘴笑著，連哄帶騙地問。

布洛克假裝還在記憶裡搜尋。「溫沙。艾佛瑞德。啊，對了。這個嘛，他不是死於普通的感冒，是吧？報告上不是這麼說的。對了，我還以為你們現在人已經到那裡去阻撓當地人辦案了。」

「那為什麼我們還在這兒呢，耐特？為什麼再也沒有人喜歡我們了呢？」

「柏納，我的工作可不是專替蘇格蘭警場這些傑出人士的來來去去找出正當理由。」他還是能看見那副嘲弄的笑臉，衝著他大發議論。有朝一日，如果我活得夠久，我要隔著鐵窗朝他說，我發誓。

「外交部的那些娘娘腔為什麼堅持要我等著先看完土耳其警方的報告，再找他們麻煩呢？。有人在背後操作，我很清楚那個人就是你，因為你現在沒別的事好做。」波爾拉克說。

「你可把我嚇壞了，柏納。區區一個飽受踐踏的海關人員，再兩年就要退休了，幹嘛要去干擾司法的巨輪？」

「你在追查洗錢的人，不是嗎？大家都知道辛格公司在替中東人洗錢。這根本就是公開的祕密。」

「那這和艾佛瑞德．溫沙先生沒來由的死亡有何關連？恐怕我搞不懂你的因果關係。」

「溫沙的案子和這件事有關，不是嗎？如果你能查出是誰殺了溫沙，或許就可以將泰戈繩之以法了。和我們白廳的官員打交道，這一點我還看得出來。尤其是還有一個很好的馬屁精陪在旁邊的時候。」他裝出一種讓人難以忍受的時髦腔調，而且用一種因為恐同而口齒不清的方式說出口。「讓老耐特來處理。這個案子正對老耐特的口味。」

布洛克讓自己暫停下來祈禱和沉思。我正在親眼見證著，他心想。此時此刻，我正恭逢其盛。波爾拉克保護他的大老闆來了，而且這麼明日張膽。回到暗處去吧，他心想。如果你是個騙子，那就要像個騙子，不要每個星期開週會的時候坐在我旁邊。「我沒有在追洗錢的人，柏納，」布洛克解釋，「我在這方面已經學到教訓了。我要追的是他們的錢。我追過一個洗錢的人，很久以前，沒錯。」他誇張地模仿他那種利物浦的口音來回憶當年。「找了一大堆昂貴的律師和會計師對付他，把他從裡到外翻遍了。花了五年時間和幾百萬的公帑之後，他在法庭上朝我比了個V手勢，然後就無罪釋放了。我聽說陪審團到現在都還在努力要看懂那些長字。所以，柏納，還有很多其他人，晚安了。」

但波爾拉克還不肯放過他。

「是這樣的。耐特。」

「什麼事？」

「別這麼拘束。我知道在皮米里科[4]有間小俱樂部。那裡的人都很友善，而且不完全是男性。我請客。」

布洛克差點大笑。「你這有點搞錯了，是吧，柏納？」

「為什麼？」

「警察要接受壞蛋的賄賂。不能彼此賄賂，至少在我們老家不會。」

掛了電話之後，布洛克打開很難對付的牆壁保險櫃，拿出一本四開大小、畫有平行線的精裝日誌，上面是他自己寫下的「九頭蛇怪」，翻到當天的日期，費勁地用法院的銅板手寫體寫出如下這段話：

一點二十二分，柏納．波爾洛克偵緝警司主動打電話來，套取溫沙謀殺案調查情況的相關訊息。錄音的對話在一點二十七分結束。

填好請款表格之後，他打電話給湯橋鎮家裡的妻子莉莉（儘管此時已是凌晨兩點），讓她滔滔不絕地向他大談當地婦女協會的種種黑暗行徑，以求搏君一笑。

「那位辛普森太太，耐特，她就直接走到果醬桌那邊，拿起瑪莉．萊德的那罐橘子醬摔在地上，然後轉身跟瑪莉說，『瑪莉．萊德，要是你們家赫伯又在晚上十一點跑來在我家浴室窗戶外頭自慰，我就放狗咬人，到時你們倆可就後悔莫及了。』」

他沒有交代這幾天去了哪裡，莉莉也隻字不問。有時候，像這樣神祕兮兮的，也會讓她不好受，不過這大多都像是夫妻倆之間寶貴的共同默契。隔天早上八點半，布洛克和艾登．貝爾準時搭上一輛計程車渡河南行。貝爾這個人風度優雅，彷彿具有女性在身陷危難時會信任的那種騎士精神。他穿著一套看似軍服的綠色蘇格蘭呢西裝。

「昨晚有一隻禿頭的聖柏納向我提出邀請，」布洛克告訴他，不過是老大不情願地用咬耳朵的方式

4　皮米里科（Pimlico），位在倫敦都會區西敏寺市，曾是前首相邱吉爾的居所。

吐露祕密。「要我跟他到皮米里科一家他知道的色情俱樂部，想藉此拍到我有損名譽照片。」

「我們這位柏納做什麼都很狡猾，」貝爾很嚴厲地說，有一會兒，兩人都感到義憤填膺。「總有一天啊。」貝爾說。

「總有一天。」布洛克附和他的話。

不論是貝爾還是布洛克，其實都不是表面上那回事。貝爾是個軍人，至於布洛克，就像他提醒柏納．波爾拉克的一樣，是個卑下的海關人員。然而兩人都被派到了聯合專案小組，也都知道這個小組的首要目的就是填平各部門之間的人為鴻溝。每個月的第二個星期六，所有成員只要沒有其他事務，一律獲邀參加在泰晤士河畔一棟陰鬱的大廈裡舉行的非正式祈禱會。今天的主講者是研究部一位很聰慧的女士，讓他們飽覽國際犯罪的最新總帳。

——若干公斤的前蘇聯武器級核能原料偷偷賣給了這個或那個中東異議團體……

——有多少機槍、自動步槍、夜視鏡、地雷、集束炸彈、飛彈、坦克車和大砲零件透個偽造的最後用戶證書，丟到最新的親恐怖主義非洲獨裁者或毒品暴君身上……

——這麼幾十億美元販毒賺來的錢，悄悄混進了所謂的白色經濟……

——若干噸提煉過的海洛英，經由西班牙和塞浦路斯北部通往如下這些歐洲港口……

——若干噸的某某東西在過去十二個星期運到了英國的批發市場，黑市零售價高達這麼多億；其中若干公斤遭到扣押，估計相當於總額的百分之零點零零零一……

非法毒品，她用甜美的口吻說，目前占全球貿易量的十分之一。

美國人一年花費七百八十億來吸毒。

過去十年，全球生產的古柯鹼已經翻倍，海洛英則增加為三倍。毒品業每年的交易總額可達四千億美元。

南美洲的軍事菁英現在製造的是毒品，而不是戰爭。許多無法自行生產農作物的國家，就提供化學提煉廠和複雜的運輸形式，好在毒品交易中立足。

不涉足毒品的政府正陷入兩難。到底應該要重挫黑色經濟，假設他們有這個能力，還是分享黑色經濟帶來的繁榮？

在獨裁國家，輿論根本無關緊要，答案自然很明顯。

民主國家則存在雙重標準：主張對毒品絕不容忍的那些人，對黑色經濟完全沒有做出任何限制；而主張除罪化的人則提供通行許可——也就是這個聰明的女士做出的暗號，意思是要偷偷混進九頭蛇怪的巢穴。

「就算過去曾經如此，現在犯罪已經不再鎖國了，」她斷言的語氣非常堅定，就像是女校長在教訓中輟生，「如今犯罪牽涉的利害關係太大，光靠罪犯是不能成事的。我們要抓的已經不是那些喜歡冒險的不法之徒，這些人遲早會因為笨拙或故技重施而被發現。當一箱安全登陸英國港口的古柯鹼價值一百萬英鎊，而港務局長的薪水是四萬英鎊時，我們面對的是我們自己。是港務局長抵擋前所未有的巨大誘惑的能力。是港務局長的上司。是碼頭附近的警察。是警察們的上司。是海關。還有他們的上司。

是執法人員、銀行家、律師，以及故意放水的行政官員。如果你以為這些人不需要一個中央指揮及控制系統，以及其他身居高位者的主動縱容，就能一起通力合作，那就未免太過荒謬。這時候就需要九頭蛇怪。

不知道哪裡傳來「啪」的一聲，她身後的螢幕突然出現照例少不了的視覺輔助教具。這是一幅英國政治體的解剖圖，看起來就像是一張家譜圖，到處是九頭蛇怪的頭，以及將蛇頭連結起來的金縷線。布洛克一眼就鎖定了倫敦警察廳，波爾拉克的禿頭輪廓就像一幅傲慢的羅馬圓形浮雕，在那裡坐鎮指揮，金線就像豐沛的噴泉，從他口中大量噴出。一九四八年生於加地夫，布洛克複述著：一九七〇年加入西密德蘭地區刑事局，因為執行職務過度熱心——例如，偽造證據——而受到懲戒。病假、因調職而升遷。一九七八年進入利物浦港口警察局，一個沒用的販毒幫派愚蠢地和對手的大幫派競爭，結果因為他而突如其來地被定罪。審判結束三天後，就和對手幫派的老大到西班牙南部度假，而且全程無須自費。宣稱他是去蒐集重要犯罪情報、被無罪開釋、因升遷而調職。一九八五年，因為據聞接受幫派分子引誘而受到調查，指認發現是一名比利時販毒組織的老大。無罪釋放、獲得上級推薦、因為調職而升遷。一九九二年，被英國八卦媒體拍到和一個非法塞維亞武器採購小組的兩名成員在伯明罕一家情色餐廳吃午飯。標題：「波爾洛克大魔術師！你是哪一邊的，警司？」獲得五萬鎊的誹謗賠償金、被內部調查單位無罪釋放、因調職而升遷。每天早上刮鬍子的時候，你怎麼面對鏡子裡的自己？布洛克在心裡問他。回答，容易得很。你晚上睡得著嗎？回答，好得很。回答，我有鐵弗龍的臉孔和死人的良知。回答，我燒毀檔案、恐嚇證人、收買盟友、一副理直氣壯的模樣。

會議在一片滑稽的沮喪中結束，這種會議多半如此。一方面，大夥兒受到了激勵：怎麼樣都行，為了和人性的邪惡搏鬥，可以不計一切代價。但他們也知道，就算他們活到一千歲，而他們所有的努力也都成功了，頂多也只能對這個永恆的敵人造成些許皮肉之傷。

•

奧利佛和布洛克坐在康登之家後院的折疊椅上，頭頂上是一把色彩明亮的大陽傘。他們面前桌上的托盤裡擺著熱茶和餅乾。精美的瓷器泡著正宗的茶葉，可不是用茶袋，天空懸掛著低矮的春日陽光。

「茶袋是茶屑做出來的，」布洛克一時心血潮說，「如果你想喝杯好茶，非得泡茶葉不可，茶屑是不行的。」

奧利佛蹲坐在陽傘遮蔭下。他身上還是之前在路上穿的衣服：牛仔褲、短靴、一件邋遢的藍色防風夾克。布洛克戴著一頂可笑的草帽，是當天早上組員在康登水門開玩笑買給他的。奧利佛對布洛克並無埋怨。布洛克沒有發明、引誘、賄賂或勒索過他。就算布洛克對他的靈魂造成過什麼傷害，也是他老早就領教過的。需要阿拉丁神燈幫忙的是奧利佛，不是布洛克；而奧利佛對著神燈下命令之後，召喚出來的正是布洛克：

現在是隆冬時節，奧利佛有一點兒冒火。其他的他什麼都不知道。他冒火的源頭、原因、持續期和程度，都在他的掌握之中，但不是現在。這些其實都確實存在，不過還得再等下一次、下輩子、再多喝兩杯白蘭地之後。希斯洛機場十二月的夜晚被霓虹燈照出的幽暗，讓他想起他讀過的許多寄宿學校中某一所裡的男更衣室。硬紙板做成的炫麗馴鹿，和用錄音帶播放的聖誕佳音，讓他覺得一切都很不真實。吊在衣繩上搖來擺去、猶如下雪似的字母，祝福他在世上得到平安和喜樂。他即將遇上一件大事，而他很想知道到底是什麼。他沒喝醉，嚴格說來也算不上清醒。在飛機上喝了幾杯伏特加，又喝了半杯紅酒配橡皮雞，然後再喝了一、兩杯人頭馬，奧利佛認為這應該只夠讓他因為心裡已在燃燒的狂怒而火速向前飛奔。他只有手提行李，而且除了滿腦袋不計一切的激憤，憎恨形成的火爆，以及因為年代太過久遠而已不可考的憤怒以外，他沒有任何東西要申報。這股怒火的風暴像颶風般在他腦內四處吹襲，而他體內大會的其他成員則三三兩兩膽怯地站在周圍，互相詢問奧利佛到底要如何熄滅這把火。他正逐漸靠近那些五顏六色的招牌，它們不但沒有祝福他在世上得到平安、喜樂，在人間得到善意，反而要求他自我界定。他是自己國家裡的陌生人嗎？答案，他是。他來自另一個星球嗎？答案，他是。他是貴族？共產黨？還是綠色和平組織的人？他的目光飄到一個蕃茄紅色的電話。他看了覺得眼熟。或是他三天前出門時在路上看到的，他不知不覺之間將之招為祕密盟友。它是笨重的、炙熱的、活生生的嗎？旁邊一張公告寫著：「若要與海關人員談話，請用這隻電話。」他照辦了。也就是說，他自動伸出手臂、抓住電話拿到耳邊，讓他負責該說什話。接電話的是個女人，他沒想到會是一個女的接電話。他聽見她至少說了兩次「喂？」，然後是「需要幫忙嗎？」這讓他感覺雖然自己看不到她，但她可以看見他。她美麗、年輕、年長、嚴厲嗎？算了。憑著與生俱來的禮貌，他答說，是的，她可以幫他的忙，他很想私下跟某一位高層人士談一件機密事宜。他在聽筒裡聽到自己的聲音，語氣中的鎮定讓他吃驚。我很鎮定，他心想。現在他已徹底脫離了世俗的自我，能夠遇到這麼能幹的人，他萬分感激。你的問題是如果現在不採取行動，以後就什麼也不會做了，他世俗的自我用自信的聲音向他解釋。你會沉下去的，你會淹死，要就趁現在，雖然很討厭戲劇化，但人生總有這種時候。或許他世俗的自我在現場真的對著紅色電話說了這些話，因為他感覺到這個陌生女人變得很僵硬，遣詞用字非常謹慎小心。

「麻煩你留在電話旁，先生，別亂跑。一位長官馬上就會過去。」

這時候奧利佛沒來由地想起一件無關緊要的事，華沙有一家電話酒吧，你可以打電話找坐在其他桌的女孩，她們也可以打給你——他當初就是用這個方法請一個六呎高的學校老師喝啤酒，這個名叫艾利夏的女人，警告他說她從不跟德國人上床。不過這天晚上他釣到一個嬌小的女子，她看起來像是運動員，留著一頭男孩般的頭髮，穿著白襯衫、肩膀上別著肩章。她和那個在他開口之前先叫他「先生」的女子是同一個人嗎？他無法分辨，看得出她被他碩大的身材給嚇到了，懷疑他是不是個瘋子。她往後倒退，仔細打量他昂貴的西裝和手提箱、金袖扣、手工皮鞋、還有漲紅的臉。她鼓起勇氣往前靠近一步，挺起下顎，抬頭直盯著他看，問他叫什麼名字、從哪裡來，同時在心裡檢驗他的回答，看他有沒有喝醉。她向他要護照。他一手插進口袋，不像平常那樣一下子就找到，反而東翻西找，掏來掏去，為了急著取悅對方，差點將護照給捏皺了，而後把護照遞給她。

「我得找一位高層人士談談。」他提醒她，但她只忙著翻看他的護照。

「你只有這本護照，是吧？」

是的，他世俗的自我傲慢地回嘴。差點加了一句，「我的好女人。」

「你不是雙重國籍或什麼的吧？」

不，我不是。

「那你現在就是用這本護照，是吧？」又翻一頁。

是的。

「俄羅斯，喬治亞？」

對。

「你這一趟就是從那裡出發的，是嗎？第比利斯？[5]」

不，是伊斯坦堡。

「你剛才是想談伊斯坦堡的什麼事嗎？還是喬治亞？」

我想跟一位高級官員談談，奧利佛再重複一次。他們橫越一條走廊，裡面擠滿坐在行李箱上膽戰心驚的亞洲人。他們走進一間沒有窗戶的面談室，有一張用螺絲栓在地上的桌子，牆上也用螺絲拴了一面鏡子。奧利佛自己覺得恍神，自顧自地坐在桌前，看著鏡中的自己，不禁暗自驚嘆。

「我去找人過來。」她很嚴肅地說「我先保留你的護照，稍後再還給你，好嗎？我們會盡快找人來。好嗎？」

好。一切都再好不過了。半個小時過去，門打開了，但不是一個垂掛著金穗的上將，而是一個骨瘦如柴的金髮毛頭小子，身穿白襯衫和制服褲，端著一杯甜茶和兩塊餅乾進來。

「不好意思，先生。恐怕是因為聖誕節快到了，大家都忙著準備過節。有一位層級相當的官員正趕過來見您。我相信您要見的是高級官員。」

是的，沒錯。這個毛頭小子站在奧利佛身後，看著他喝茶。

「回到自己的國家，最棒的莫過於喝一杯好茶，是吧？」他對鏡子裡反射的奧利佛說。「有住家地址嗎，先生？」

奧利佛清楚說出光鮮的倫敦卻爾西區的地址，那小子記在筆本上。

「那你在伊斯坦堡待了多久？」

幾個晚上。

「已經夠把該辦的事情辦完了吧？」

已經很足夠了。

「是旅遊還是出差？」

出差。

「以前去過嗎？」

去過幾次。

「你去伊斯坦堡，見的都是同樣的人嗎？」

差不多。

5　第比利斯（Tbilisi），喬治亞共和國首都。

「你這種工作要經常旅行吧？」

有時候實在讓人吃不消。

「這樣很累吧？」

有時候。看情況。奧利佛世俗的自我開始感覺百無聊賴、憂心忡忡。時間不對，地點不對，他這樣跟自己說。點子不錯，但有點好高騖遠。把護照要回來、叫計程車回家、喝一大杯睡前酒、打落牙齒和血吞、繼續活下去。

「閣下在哪一行高就？」

投資，奧利佛說。資產管理。投資組合。大多是投資休閒業。

「除了伊斯坦堡還去哪裡？」

莫斯科。彼得堡。喬治亞。工作需要去哪兒就去哪兒。

「有人在卻爾西等你，是嗎？有沒有哪個你得打電話通知的人？報個平安？」

沒有吧。

「不想讓別人擔心，是吧？」

我的天，千萬不要——開懷大笑。

「那家裡還有誰？妻子？小孩？」

哦，沒有，沒有，感謝上帝。或者說是還沒有啦。

「女朋友呢？」

斷斷續續地。

「這種女朋友最好了，不是嗎？斷斷續續的。」

我想是吧。

「比較省事。」

省事多了。這毛頭小走了。又剩奧利佛一個人，不過沒有多久。門打開，布洛克進來了，他拿著奧利佛的護照，穿著全套海關制服。這是奧利佛唯一一次看見他身穿制服，後來他才知道，自從奉派擔任比較不顯眼的職務後，這二十幾年來，布洛克還是頭一次穿上這套衣服。而且奧利佛直到知道許多事情之後，才能想像，在那個毛頭小子東一句、西一句地詢問他時，布洛克就一直站在鏡子另一頭全程聆聽，邊用力吸著他的大雪茄，不敢相信自己的好運。

「晚安，辛格先生，」布洛克握著奧利佛被動的手，「或者，我們應該稱呼你為奧利佛，免得和令尊弄混了。」

•

他們頂著一把分成四等分的綠橘雙色陽傘。奧利佛那邊是綠色的，使得他那張大盤臉泛著土黃色。但布洛克的草帽散發出一種洋洋得意的光彩，在輕巧的帽沿下，他銳利的雙眼閃耀著小精靈似的快活。

「是誰告訴泰格要去哪兒找你的？」布洛克氣定神閒地問著，更像是在提出一個議題，而不是想讓對方答覆。「他不是靈媒吧？也不是全知全能。到處都是他的耳目。是吧？是誰大嘴巴洩漏出去的？」

「搞不好是你。」奧利佛衝口而出。

「我？我幹嘛要做這種事？」

「你可能有新的盤算。」

布洛克繼續維持他那滿足的微笑。他正在評估他得來的珍寶，看看在放牛吃草的這些年裡，他有什麼遭遇。你多了一樁婚姻、一個孩子、離過一次婚，他心想。而我還是和以前一樣，感謝上帝。他在奧利佛身上搜尋著，看看有沒有磨損的痕跡，結果一個都沒看到。你是個巧奪天工的精品卻不自知，他心想，想起其他那些被他重新安置的線人。你以為世界會改變你，但事實從來不是如此。就算到死去的那一天，你還是你。

「或許是你有了新的盤算。」布洛克和顏悅色地答辯。

「太好了。一點兒都沒錯。『我很想你，老爸。我們言歸於好吧。過去的都過去了。』當然。」

「你是有可能做這種事。我很瞭解你。想家。滿心自責。畢竟，我依稀記得，你對那筆賞金就反反覆覆改變了好幾次主意。你剛開始不知所措。然後說，不要，耐特，想都別想。然後又說好，耐特，我收。我以為你對泰格可能也回心轉意了。」

「你很清楚那筆賞金是給卡門的。」奧利佛啪地一聲，從桌子另一邊的遮陰下站了起來。

「這很可能也是為了卡門啊。白花花的五百萬。也許你跟泰格已經談好了，我猜。泰格出錢，奧利佛出愛。我明白，為卡門付出五百萬的頭期款，能重建多少子女對父母的忠心。不然還能怎麼解釋？

從泰格的觀點來看，我完全想不出來。這可不像是把一袋五英鎊的鈔票埋在家族分配到的土地上，對吧？」沒有回答。也沒指望得到任何回答。「他可不能拿一把鏟子和一盞燈籠，等過了一年要用錢的時候再挖出來，對吧？」還是沒有回答。「再說，這筆錢要到廿五年之後才會是卡門的。泰格花這五百萬鎊，到底給他自己買到了什麼？他的孫女根本沒聽過他這號人物。如果一切按照你的意思，她永遠不會知道自己有這麼個祖父。他一定是給自己買了什麼東西。於是我就想，也許他買到的是咱們的奧利佛——有何不可？人是會變的，愛可以征服一切。或許你們真的言歸於好。既然有五百萬英鎊的甜頭來幫你吞下苦藥，那沒什麼是不可能的。」

奧利佛以一種令人完全無法預料的姿態，猛然將他壯碩的手臂往上一伸，作投降狀，一直伸展到雙臂嘎吱作響為止，然後一下子落到兩側。「你真是滿口胡言，你自己心裡有數。」他跟布洛克這樣說，但當中並無敵意。

「有人告訴他了，」布洛克堅持，「他不是莫名其妙就找到你的，奧利佛。有一隻鳥兒在他耳邊哼哼叫叫。」

「是誰殺了溫沙？」奧利佛反問。

「我不在乎。你在乎嗎？看到這麼可觀的候選人名單，就沒什麼好在乎的了。辛格公司這年頭的大客戶裡包含的惡棍，比蘇格蘭警場的整個流氓檔案都還多。對我來說，當中任何人都可能是兇手。」誰也趕不上他，布洛克心想，大膽面對朝著他怒目而視的奧利佛：你根本騙不了他，根本不可能誤導他，他早就想過所有自己可能會遇到的最壞狀況。你最多只能跟他說哪些已經成真。布洛克認識的某些案件負責人，在處理殺人的時候，自以為是穿著高跟鞋的上帝。布洛克可不會這樣，打死他也不會，對奧利佛尤其不敢這樣。在奧利佛面前，布洛克把自己看成是一個不太受歡迎的客人，隨時可能被轟出去。

「根據我聽到的傳言，他是被你朋友，維也納國際財務公司的艾利克斯·霍本幹掉的，而且還有一大批流氓從旁協助。作案之後他曾打了一通電話。我們認為，他是在向某個人報告進度。只不過我們完全沒透露這件事，因為不希望辛格公司得到不必要的注意。」

奧利佛等著聽他接著還要宣告什麼，不過發現他只說到這裡，就用手托著下巴，手肘撐在偌大的膝蓋上，以審視的目光盯著布洛克不放。「我記得維也納國際財務公司是安道爾公國首旗建設公司百分之百擁有的一家子公司。」他透過幾根粗大的手指說著。

「而且現在還是，奧利佛，你記憶力還是和以前一樣厲害。」

「那間公司是我創辦的，不是嗎？」

「既然你提起這件事，我想是的。」

「首旗百分之百屬於葉夫根尼和米哈伊爾·奧洛夫所有，也就是辛格公司的最大客戶。還是這寶座已經易主了？」

奧利佛的語氣沒變。但布洛克還是注意到他花了點力氣才說出奧洛夫這個姓氏。

「不，奧利佛，我想沒有換人。雖然雙方關係有點緊張，但正式來說，我懷疑你的好朋友奧洛夫兄弟恐怕還是辛格的最大客戶。」

「而艾利克斯·霍本還是他們的人？」

「對，霍本還是奧洛夫兄弟的人。」

「他還是自家人。」

「他還是自家人，這一點也沒有改變。他領他們的薪水，聽他們的吩咐辦事，不管他還兼了什麼副業。」

「那霍本幹嘛要殺溫沙？」弄不懂他自己固執的思考路線，奧利佛看著他巨大的手掌皺眉，想從中看出些許端倪。「為什麼奧洛夫的人要殺泰格的人？葉夫根尼對泰格多少有點感情。只要他們還在賺大錢。米哈伊爾也一樣。泰格也是有恩必報。當中出了什麼變化，耐特？到底是怎麼回事？」

布洛克壓根兒沒打算這麼快就談到這裡。他本來一廂情願地以為真相會透過漸進的過程慢慢浮現。但碰到奧利佛，最好別做任何預設，這樣就永遠不會驚訝。不如讓他來決定你的步調，你只要跟在他後面，邊走邊重新改寫你的行進路線。

「恐怕這是那種因愛生恨的案例，奧利佛。」他謹慎地解釋，「也許你會說這是鐘擺效應。即使是指揮管理得最好的家族，恐怕還是免不了會晴時多雲偶陣雨。」奧利佛沒有伸出援手的意思，於是他繼續說下去。「這兩兄弟已經運氣不再了。」

「怎麼說？」

「他們有幾次行動受挫。」布洛克小心翼翼，奧利佛心裡有數。布洛克說出了奧利佛最大的擔憂，喚醒了他過去生命中伺機而動的魔鬼，舊愁又添上了新憂。「屬於葉夫根尼和米哈伊爾的一大筆錢，在辛格公司還來不及洗乾淨之前就被擋了下來。」

「你是說，錢還沒進到首旗公司？」

「我是說，這筆錢目前還在待命。」

「在哪裡？」

「全球各地。不是每個國家都很合作。但大多數都是。」

「我們開的那些小銀行帳戶嗎？」

「那些帳戶已經不小了。最小的大概也有百萬英鎊。西班牙的帳戶高達八千五百萬。坦白說，我認為奧洛夫兄弟已經有點粗心。放著這麼大筆的流動資金。你以為他們在等待期間至少會買短期證券吧。但他們沒這麼做。」

奧利佛的手又回到臉上，把它關在個人的監獄裡。

「再加上他們兩兄弟有一艘船被強行登艦，當時正載運見不得人的貨物。」布洛克補充說。

「目的地是哪裡？」

「歐洲。管他的。這很重要嗎？」

「利物浦？」

「好吧，是利物浦。不管直接或間接，反正目的地就是利物浦——拜託你別再管利物浦了，好嗎？——你很清楚這些俄國流氓是什麼德性。他們如果喜歡你，你做什麼都是對的。要是認為你出賣了他們，他們就會朝你的辦公室丟燃燒彈，朝你臥室窗戶扔飛彈進去，你老婆排隊買魚的時候也會被一槍幹掉。他們就是這種人。」

「是哪一艘船？」

「自由塔林號。」

「從敖得薩開出來的。」

「沒錯。」

「強行登艦的人是誰？」

「只有俄國人，奧利佛。他們自己的同胞。俄國特種部隊，在俄國的水域出動。從頭到尾都是俄國人上了俄國人的船。」

「但是你通風報信的。」

「不，我們就是沒有通風報信。是別人幹的。或許奧洛夫兄弟認為是艾佛瑞德‧溫莎通風報信。目前各方都在猜測。」

奧利佛把臉往手裡埋得更深，同時繼續向他內心的魔鬼請教。「溫沙沒有出賣奧洛夫兄弟。出賣他們的是我，」他的聲音彷彿是從墳墓裡傳出來的，「那是在希斯洛機場。霍本殺錯使者了。」

布洛克的憤怒一旦釋放出來，是有點嚇人的。這股怒氣不知打哪裡來，沒有任何預警，就這麼像死亡面具般緊緊夾在他整張臉上。「他媽的根本沒有人出賣他們，」他咆哮道，「對流氓無所謂出賣。你只是逮到他們。葉夫根尼‧奧洛夫是喬治亞共和國一個下流的惡棍。還有他那個智障的弟弟也是。」

「他們不是喬治亞共和國的人。只是這樣巴望而已。」奧利佛喃喃說著，「米哈伊爾也不是智障，他只是和別人不一樣。」他心裡想到的是山米‧華特摩爾。

「泰格替奧洛夫兄弟洗錢，溫沙是百分之百自願的共犯。這不是出賣，奧利佛，這叫正義。你要是還記得，這就是你當初想要的。你想撥亂反正。那就是我們正在做的事。一切都沒改變。我從來沒有答應你會用仙女的仙塵來伸張正義。正義不是這麼回事。」

「你答應過你會等的。」頭還是深埋在手中。

「我已經等了。我答應你要等一年，結果花了我四年時間。用一年幫你脫身。一年追蹤文件的下落。還要一年去說服白廳的先生女士搞清楚狀況，第四年是讓他們瞭解，不是所有英國警察都是人民的保母，英國官員也未必全是天使。當初你想去哪裡都可以，但你非要待在英格蘭。那是你的選擇，不是我的。你選擇匆匆離去、你的婚姻、你的女兒、女兒的信託基金、你的國家。這四年來，葉夫根尼·奧洛夫和他弟弟米哈伊爾一直在用他們能夠染指的每一種骯髒產品，淹沒我們所謂的自由世界。從賣給青少年阿富汗海洛英，到賣給愛爾蘭和平愛好者的捷克製西姆泰可斯炸藥，再到賣給中東民主人士的蘇聯核子擊發裝置。而你父親泰格一直都在提供他們資金，替他們洗錢，幫他們鋪床疊被。更別提他自己賺的那些不義之財了。如果隔了四年之後，我們有一點點不耐煩，你也會原諒我的。」

「你答應過不會傷害他的。」

「我沒有傷害他。現在傷害他的不是我。而是奧洛夫兄弟。如果有一幫惡棍想互相轟掉對方的腦袋，洩漏對方的貨船要開往利物浦的消息，那我只會為他們鼓掌。我不愛你父親，奧利佛。那是你才該做的事。我就是我。我沒有變。泰格也沒有。」

「他人在哪裡？」

布洛克鄙夷地大笑。「除了極度震驚，他還能怎麼樣？他傷心欲絕，根本無從安慰。報上登得清清楚楚。艾佛．溫沙是他畢生的老友，也是軍隊裡的袍澤，這一點你聽了一定很安慰。他們一起吃過同樣的苦，有過共同的理想，阿們。」奧利佛還在等。「他跑了，」布洛克的語氣裡已沒有挖苦的味道，「從我們的螢幕上消失了。到處都沒有他的消息。我們全天候尋找、打聽他的消息。得知溫沙的死訊半個小時之後，他從辦公室走了出去，到他的公寓去了一趟，從公寓出來之後，就沒有人再見過他或聽到他的消息了。今天已經是第六天，他沒有打電話、傳真或寄出電子郵件給任何人，也沒有寄出半張明信片。這樣的情況在泰格這輩子是前所未見的。一天沒有接到他的電話，就是全國性的緊急事件了。而六天，簡直是世界末日降臨。員工從頭到尾一直替他掩飾，泰然自若地打到他公開的幾個出入地點，外加可能和他一起躲起來的人，盡可能不要引起任何風暴。」

「麥辛漢到哪兒去了？」麥辛漢，泰格的首席助理。

布洛克的表情絲毫沒有改變，聲音也一樣。他的語氣仍舊充滿譴責和輕蔑。

「修補籬笆。周遊列國。安撫客戶。」

「都是因為溫沙的關係？」

布洛克假裝沒聽到。「麥辛漢三不五時打電話回去，多半是問有沒有任何人聽到任何消息。除此之外，他沒多說。他在電話上話不多。麥辛漢就是這樣，想到這裡，其實他們任何人都一樣。」他們倆一言不發，共同反覆思考，直到布洛克大聲說出了正在奧利佛心中扎根的恐懼。「泰格可能已經死了，當然，這是一件好事。如果對你不是好事，對社會倒是。」——希望至少能將奧利佛從他的白日夢中喚醒。但奧利佛不領情。「我得說，光榮退場，可以讓泰格改頭換面。只不過，我看他根本找不到出路在哪裡。」沒反應。「再加上他突然轉了性子，請他的瑞士銀行把五百萬鎊轉到了卡門的信託裡。我聽說死人照規矩是不會做這種事的。」

「還有三十鎊。」

「你再說一次好嗎？我最近有點耳背，奧利佛。」

「五百萬零三十鎊。」奧利佛用更宏亮、更憤怒的聲音糾正他。布洛克想問，你現在進了哪一層地獄了？奧利佛這時繼續茫然地凝視著前方。如果我成功地讓你離開這一層地獄，你下次要進哪一層？

「他送了花給她們。」奧利佛解釋。

「送給誰？你在說什麼？」

「泰格送了花給卡門和海瑟。上星期，是一輛請司機開的賓士車從倫敦送去的。他知道她們母女住在哪裡。他不知道從哪裡打了電話訂花，口授了一張稀奇古怪的卡片，將自己署名為仰慕者。是倫敦西區一家很時髦的花店。」奧利佛往自己的夾克摸來摸去，一把伸進口袋，終於找到了一張紙，遞給了布洛克。「就是這個。馬歇爾與伯恩斯汀。三十朵玫瑰花。粉紅色。五百萬零三十鎊。三十枚銀幣。他的意思是謝謝你背叛我。他的意思是，只要他高興，他隨時都能知道去哪兒找她。他的意思是她是屬於他的。卡門。他的意思是，奧利佛可以逃開，但沒辦法躲起來。我要你們派人保護她，耐特。要有人向海瑟解釋。我希望她知道這是怎麼回事。我不希望她們被污染。我再也不要讓他看見她。」

如果說布洛克突如其來的沉默會把奧利佛給逼瘋，他也不得不暗暗吶喊。布洛克沒有給你任何預警。他不會說「等一下。」他就這麼地住口，直到將事情想清楚，準備做出判斷為止。

「他可能是這個意思，」布洛克終於同意了，「他也可能是別的意思，不是嗎？」

「比如說？」奧利佛不放過他。

布洛克又讓他乾等。「奧利佛，比如說，他這把年紀感覺有點孤單。」

奧利佛在風衣衣領的遮蔭下，看著布洛克在花園裡走來走去，輕輕敲了敲落地窗，高喊「譚比！」他看到一個身形修長的女孩走了出來，身高和他相近，但相當勻稱。顴骨很高，淡金色的長髮紮成一束馬尾，和所有高個兒女孩一樣，習慣將全身重量集中於一條腿上，把另一邊的臀部翹得高高。他聽到這個女孩說，「譚比在這條路的前面，耐特。」穿著一雙結實的蘇格蘭粗皮鞋。他看到布洛克將那張寫了花店店名的紙條拿給她。女孩兒邊聽邊看著上面的名字。他聽到布洛克在低聲說話，並根據他所知的事情想像布洛克說了什麼，逐一變成文字：我要知道上星期究竟是誰接了這三十朵玫瑰的訂單，送到了阿伯茲碼頭，收件人姓霍桑，送花過去的是一輛有司機駕駛的賓士車——女孩邊聽著布洛克低聲說話，邊及時點頭——我要知道汽車和花是如何付款的，我要來源、時間、日期、通話時間，我要一份對來電者聲音的描述，如果沒有錄音的話，但他們很可能有錄音，因為現在很多公司都這麼做。他覺得那女孩看到了布洛克肩膀後面的他，於是朝她揮揮手，不過她已經回頭走回屋裡。

「結果你是怎麼處理的，奧利佛？」布洛克再次坐下時，口氣和善地詢問。

「玫瑰花嗎？」

「別傻了。」

「把她們送到北漢普頓她最好的朋友家裡。如果她們去了的話。她叫諾拉。是個未婚的女同志。」

「你到底希望她知道什麼？」

「知道我站在正確的一邊。或許我是個叛徒，但不是罪犯。為我生孩子不是什麼壞事。」

布洛克聽出了奧利佛聲音中的超然，他看著他起身，先搔搔頭，然後是肩膀，接著往四處打量，彷彿是要判斷自己身在何處：小花園、蘋果花剛盛開、牆壁另一頭汽車的隆隆聲、維多利亞式的水缸，每個都是長方形的花箱、溫室，洗好之後正在晾乾的衣服。看著他再度坐下。就像神父等著告解者回來一樣地等著。「對泰格這種人來說，這把年紀還要躲躲藏藏，一定很不好受。」他以挑動性的方式若有所思地說，認為現在不能再讓奧利佛出神下去了。「如果他真是在躲躲藏藏的話。」沒有回答。「他這一分鐘還在享受醇酒美食，坐著司機開的勞斯萊斯到處跑，他的整個自我欺騙的系統各安其位，一點也不粗暴，一點也不無情。然後，突然間，艾佛的腦袋被轟掉了，泰格懷疑自己會不會就是下一個。我想他一定有點不寒而慄。六十幾歲的老人難免有點寂寞。我想他晚上一定沒有做什麼好夢，你說呢？」

「住嘴。」奧利佛說。

布洛克不為所動，非常懊惱地搖搖頭。「再說，還有我，可不是嗎？」

「你怎麼樣？」

「我追捕一個人追了十五年。陰謀算計他。頭髮變白了，把自己的老婆擱在一邊，滿腦子煩惱和憂心要怎麼樣出其不意將他逮個正著。接著他畏畏縮縮躲在陰溝裡，一幫獵狗在後面追著他不放。這時我只想拉他一把，端一杯熱茶給他，完完全全赦免他。」

「胡扯。」奧利佛說。布洛克的眼睛這時閃閃發光，在稻草帽的帽緣底下打量著他。

「說到感覺敏銳，你可是我的兩倍，這是我親眼所見。所以說穿了，問題是誰先找到他。是你，還是奧洛夫兄弟和他們志得意滿的手下。」

奧利佛凝視著草地的另一頭，那女孩剛才站的地方，但現在她早就走了。他皺起他的大臉盤，擺出一副鄉下人對都市交通的吵鬧頭痛不已的表情。然後他高聲又精準地說，一字一句說得超乎尋常地清清楚楚。「我再也不幹了。能替你做的我都已經做完了。我要卡門和她母親得到保護。我只在乎這件事。我會改名換姓，到另一個地方落腳。我再也不幹這種事了。」

「那誰去找他？」

「你們啊。」

「我們的裝備不足。我們人單勢孤、是英國人、一窮二白。」

「胡說八道。你們是一支出色的祕密部隊。我跟你們合作過。」

但布洛克搖搖頭，以同樣堅定的態度否認他的話。「我不能將旗下人員派到全球各地漫無目標地搜尋，奧利佛。我沒辦法向電話簿裡的每一位外國警察宣揚我個人的興趣。如果泰格在西班牙，我就得跟西班牙人下跪，等他們注意到我的時候，他早就不知道又跑到哪兒去了，而我還在看西班牙報紙上關於我的報導，只不過我看不懂西班牙文就是。」

「學就是了。」奧利佛老實不客氣地說。

「如果他在義大利，就要跟義大利人下跪，如果他人在德國，那就換成德國人，如在非洲，就輪到非洲人。在巴基斯坦，就是巴基斯坦人。土耳其就是土耳其人，過程都是一樣的。要一路向那些警察行賄，而且永遠不知道那兩兄弟是不是捷足先登，給了他們更大筆的賄賂。如果他躲在加勒比海，就得搜尋每座小島，賄賂每根電線桿，才能監聽他的電話。」

「那就去追捕其他人。這種人總是不缺。」

「可是你呢，」布洛克坐回椅子上，用一種懊惱不已的嫉妒打量著奧利佛，「你只要吸吸氣，就能感覺到他，猜測到他，對他感同身受。你對他比對自己還更瞭解。你瞭解他的住家、他走路的步伐、他的女人，你在他點菜之前就知道他早餐要吃什麼。他就在你這裡。」他手掌熟練地拍了拍自己的胸口，而奧利佛哼著，不，不。「你還沒出手，事情就已經先搞定七、八成了。我有說錯什麼嗎？」

奧利佛像山米．華特摩爾那樣拚命搖頭。他心想，你殺過你父親一次，已經夠了。我不幹，聽到沒有？我已經受夠了。我已經忍受了四年，早在當年出手之前，我就已經受夠了。「去找另外一個可憐蟲吧。」他聲音粗啞地說。

「還是那句老話，奧利佛。布洛克老弟隨時隨地都可以和他見面，不耍任何花招。這是我要傳遞給他的話。如果他不記得我，請提醒他一聲。出身利物浦的那個年輕海關人員布洛克，在土耳其金條的那場審判之後，他奉勸應該另謀高就的那個人。只要他願意，布洛克也願意。布洛克的門全天廿四小時都是敞開的。這一點我可以保證。」

奧利佛拋出雙臂往胸口一繞，用某種私密的祈禱儀式擁抱自己。「絕對不可能。」他低聲地說。

「什麼絕對不可能？」

「泰格絕對不可能做這種事。他從不出賣同志。我才會幹這種事，他不會。」

「坦白說，你這是一派胡言，你心裡也很清楚。跟他說，布洛克和他的一貫作風一樣，都相信創造性的協商。我這個人多才多藝，其中一項專長就是健忘。你告訴他，這是一種記憶的遊戲。我忘記了，他還記得。只要他好好發揮他的記憶力，沒有公開審訊，不必接受審判，不必坐牢，資產不必充公。這全都是只有天知地知、你知我知的祕密，最後還可以得到豁免權的保證。跟艾姬打個招呼。」

那高高的女孩將剛泡好的茶端了過來。

「嗨。」奧利佛說。

「嗨。」艾姬說。

「他要記得的是什麼？」在她走出聽力所及的範圍之後，奧利佛這麼問。

「我已經忘了。」布洛克說，但他又加了一句，「他會知道的。你也會知道。我要逮到九頭蛇怪。我要逮到那些不夠完美的警察，還有領了太多薪水，竟還為了第二份退休金而和他合作的那些白領公僕、倫敦警察廳那些腐敗的警察，和穿著絲質襯衫的律師、住在高級地段的奸商。不是國外的那些。國外可以自己照顧自己。是英國的。街頭巷尾。隔壁的。」奧利佛先是鬆開他的膝蓋，然後立刻重新抓住，手指攫住膝蓋，同時盯著草地，彷彿那正是他的墳墓。「泰格是你的聖母峰，奧利佛。如果轉身離開，你就永遠也爬不上去。」布洛克虔誠說著，從衣服內袋掏出一個破舊的皮夾，這是他老婆莉莉送給他的三十歲生日禮物。「你在路上見過這個人嗎？」他輕聲詢問，一張黑白照片遞向奧利佛，上面是一個身材壯碩的光頭男子，抱著一個衣著暴露的年輕女人，從夜總會走出來。「這是你老爸當年在利物浦的一個老朋友。現在是蘇格蘭警場一位非常高階的貪污警官，在全國各地都建立了非常良好的關係。」

「他幹嘛不戴假髮？」奧利佛語帶詼諧地說。

「因為這傢伙是個他媽的無恥之徒。」布洛克很無禮地回嘴，「因為其他惡棍私底下都不敢做的事，他都敢大喇喇地公開蠻幹。這是他追求刺激的方法。他叫什麼名字來著，奧利佛？我看得出來，你一直在留意他。」

「柏納。」奧利佛將照片還給布洛克。

「正是柏納沒錯。他姓什麼？」

「沒說。他去過庫松街兩、三次。泰格把他帶到法務部來，我們替他安排了阿爾加夫地區的一棟別墅。」

「給他度假用？」

「送給他當禮物。」

「你這是他媽的開玩笑。什麼禮物？」

「我哪兒知道？我的工作是處理轉讓手續。別墅剛開始是要賣的。我們準備辦理交易，後來艾佛說不用付錢，只管閉嘴簽字轉讓就是。我就閉嘴轉讓了。」

「所以這個人是柏納。」

「禿頭柏納，」奧利佛也這麼認為，「他後來還吃了午飯。」

「在『凱特的搖籃』餐廳？」

「不然還有哪裡？」

「你不是個會把人家的姓給忘記的人，是嗎？」

「他根本沒有姓。他是柏納，一家海外公司。」

「叫什麼？」

「那不是一家公司，是一個基金會。公司屬於基金會所有。第一次是常規交易，第二次也一樣。」

「一個叫什麼的基金會？」

「托缽僧，設籍在瓦都茲[6]。托缽僧基金會。泰格還拿這個開了一個很有趣的玩笑。『見見柏納，我們的巡迴托缽僧。』柏納擁有托缽僧基金會，托缽僧擁有這家公司，公司擁有這棟房子。」

「那托缽僧基金會名下那家公司叫什麼名字？」

「感覺輕飄飄的。天窗、雲雀、飛天者。」

「天藍？」

「安提卡的天藍控股公司。」

「那你當時怎麼不告訴我？」

「因為你從來沒有問過我，」奧利佛同樣怒氣沖沖地答道，「如果你當初有請我留意柏納，我就會留意柏納。」

6 瓦都茲（Vaduz），列支敦斯登的首都。

「辛格公司常常送出免費的別墅嗎？」

「據我所知沒有。」

「除了柏納以外，還有其他人得到過免費的別墅嗎？」

「沒有。但柏納還得到了一艘水上摩托艇。是那種超輕、長鼻子的摩托艇。我們還打趣說他如果要在外海和小姐做那檔事，千萬別搖得太厲害。」

「這是誰說的笑話？」

「溫沙。現在恕我告退，我要去練習了。」

在布洛克的注視下，奧利佛伸伸懶腰，雙手搔著頭，彷彿頭皮發癢似地，然後朝屋子裡慢慢走去。

7.

「奧利佛！麻煩你過來一趟。有幾位德高望重的先生想見見你。新客戶滿腦子新點子。就在你那條街往前走一點。麻煩你馬上過來。」

這個叫奧利佛準備戰鬥的人不是艾西・華特摩爾，而是泰格本人，打的是公司的內線電話。這不是潘姆・霍思蕾，我們年薪五萬英鎊的冰山美人，也不是藍迪・麥幸漢，我們的首席助理和混亂的卡西烏斯。而是大老闆，在臺上現場扮演著命運的聲音。五年前的季節和現在一樣，都是春天。也是我們這位剛剛嶄露頭角的後生晚輩以及唯一合夥人年輕生命中的春天，那時他剛從法學院畢業，是我們的太子爺、皇家辛格公司的繼承人。奧利佛到辛格公司已經三個月了。這裡是他的應許之地，是他熬過了權貴的英國教育折磨之後，好不容易才贏得的目標。不管他至今已承受過多少羞辱和剝奪，不管彷彿永無止境的補習老師、家庭教師和寄宿學校在他身上造成了多少從大到小的傷痕，他已經到達了彼岸，成為一個如他父親這樣的合格辯護律師，一個被任命的發動者和搖撼者，充滿了他年輕歲月的熱情，眼角含淚，愛上了這一切。

還有很多事情都在激勵他。九〇年代初期的辛格公司，不只是又一家風險投資公司而已；看看財經專欄就知道：辛格公司是「戈巴契夫新東方的遊俠騎士，勇敢前往小公司怯步的領域」——《財經時報》；辛格公司是「格外不同的冒險者」——《電訊報》；「來回奔走於嶄新的共產主義集團國家，以改革的精神尋找機會、健全的發展和相互的利益」——《獨立報》。「引用辛格公司活力十足的創辦人——有個名副其實的名號，叫做老虎（Tiger／泰格）——所說的話，辛格公司決心面對當今商業界所面臨的最大挑戰，願意在任何時間、任何地點，聆聽任何人的意見。泰格說的正是一個市場導向的蘇聯。辛格公司使用一套不一樣的工具，比不久前那種古老的偶像崇拜更靈敏、更勇敢、更小巧、更年輕、更輕便」——《經濟學人》。如果有人說早該把奧利佛打發到德利佳華、大通或霸菱去磨練磨練，泰格對他們也有個說法：「我們是一家開創型的公司。我們要他發揮最好的才華，而且刻不容緩。」

奧利佛對辛格公司的企圖心同樣值得稱讚。「和家父一起工作，對我來說是加分，」他在公園巷一場慶祝他進入公司的屋頂招待會上，對《標準晚報》一名和他很談得來的女寫手這麼解釋。「爸爸和我一直對彼此抱持最大的尊敬。我想這在各方面都會是精彩的學習過程。」被問到他認為自己將會為辛格公司帶來什麼時，這位年輕的後生晚輩的表現是，他也不怕說大話：「頭腦清晰、問心無愧的理想主義。」這個回答令她非常開心，「新興的社會主義國家需要我們能夠提供的所有協助、技術、資金。」他對《閒談者》講述辛格家的另一個真理：「我提供一份當中不帶利用成分的長期伙伴關係。任何想賺快錢的人，都會失望。」

一支戰鬥部隊，奧利佛出席的時候，非常興奮地這麼想著。他別無所求。在艾佛瑞德．溫沙的法務部邊疆單位做了三個月的法務助理之後，他開始擔心自己會停滯不前。他一心一意要「學習公司每一個細節的具體運作」，結果發現自己墜入了海外公司的迷宮裡，而其間曲折繁複。一位充滿熱誠的年輕人，似乎窮極一生都沒有逃出這個迷宮的可能。但今天溫沙在貝福郡收購一家馬來西亞手套工廠，奧利佛自己可當家作主。一條昏暗的後樓梯從法務部通往頂樓。他在想像中把這條樓梯當成是通往麥迪奇家族時代的祕密通道，奧利佛一步三階梯地快步上樓。輕飄飄地，除了他的目標以外，什麼也看不見，他快速穿過了祕書接待室和總機的等候室，直到抵達了著名的威基伍德雙扇門。他把門打開，剎那間出現了一道神聖的光輝，亮得他睜不開眼。

「您打電話找我？爸爸。」他低聲地說，只看到自己的笑容不知怎麼地投射在他眼前耀眼的光輝之上。

那道光消褪了。裡面有六個人在等他，而且全都站著，泰格不喜歡這樣，因為他天生比大多數的對手要矮個八吋。他們是一張團體照片，而奧利佛就是相機，他們的樣子彷彿是在攝影師的一聲令下說「嘻─」，因為他們全都同時展露笑容，顯然剛從會議桌上站起來。但泰格的笑容照例是最燦爛而充滿活力的，對這群不大搭調的人，賦予了一種聖潔奪目的光輝。奧利佛喜歡這種笑容。這是他吸取成長活力的太陽。他在童年歲月中一直相信，只要能緩緩穿越這顆太陽的光線，窺見這雙溺愛的雙眼之後的景象，就能到達他父親這位仁慈而專制的統治者治理的神奇王國。是奧洛夫兄弟！他在興奮與期盼的浪潮中靜靜呼喊著。活生生地站在這裡！藍迪．麥辛漢終於把他們弄到手了！好幾天來，泰格一直叫奧利佛準備，待命行事，把所有行程全空下來，千萬要穿一套體面的西裝。但直到現在，他才揭曉原因。

泰格作為領導者，占據了中央舞臺。穿著蒙特街的海沃西服最近剛給他做的一套雙排扣藍色直條西裝，腳上穿著出自聖詹姆區的洛伯之手的黑色高跟粗皮鞋，頭髮是在這條路後面的川普理髮院剪的。他是倫敦西區完美紳士具體而微的極致典範，一件珍寶，是櫥窗裡耀眼的寶石，凡經過的人無不被吸引。他還是一樣使勁地朝上用一隻手勾著一個圓桶身材、貌似軍人的男人的肩膀。這個人六十開外，有著和基路伯天使[7]一樣的雙眼皮，一綹綹的棕色短髮和浮石般的皮膚。奧利佛雖然這輩子從沒見過他，但一眼就認出了傳奇人物葉夫根尼·奧洛夫，莫斯科德高望重的調停者，權力的掮客，無任所全權公使，以及權力寶座本身的侍者。

站在泰格另外一邊，但沒有被他抱著的，是一個留著八字鬍、長著一雙O型腿、眼神凶殘的人，穿著一套無一處合身的黑西裝，和一雙打有通風孔的尖頭橘色皮鞋。他擁有他的族人特有的那種無言的凝視和下垂的肩膀，再加上冷漠的雙手垂在身前，看起就像是個憔悴的哥薩克騎兵，無精打采地持著軟弱無力的韁繩。奧利佛再一次認出來，這個古怪的傢伙正是葉夫根尼的弟弟米哈伊爾。麥辛漢曾經在不同場合分別將他描述成是葉夫根尼的保護者、刀斧手和名不見經傳的弟弟。

大喇喇站在這三個人後面，彷彿將他們結合在一樁神聖婚姻裡的（事實上也是如此）的，正是泰格那位不屈不撓的蘇聯集團顧問和首席助理蘭諾夫·麥辛漢閣下，也就是藍迪·麥辛漢本人。他不久前還服務於外交部，曾經擔任禁衛軍、遊說分子和公關神童，通曉俄語、阿拉伯語，有時還為科威特和巴林政府擔任顧問。他近來在辛格公司期間的主要課題，就是招攬新客戶，賺起中間人的費用。一個人怎麼能在四十歲就做過這麼多種不同的職業，奧利佛至今還沒解開這個謎，儘管如此，他還是嫉妒麥辛漢冒險犯難的過去，如今也嫉妒他的成功，因為這幾個月來，泰格想爭取奧洛夫兄弟，已到了偏執和非理性的地步。在內部的政策會議和焦點會議上，泰格對麥辛漢不是拚命地譏笑，就是刺激和哄騙：「我的奧洛夫兄弟在哪裡，藍迪，還隔著幾重天嗎？我幹嘛要退而求其次？」他指的是其他略遜一籌的俄國管道，這些全都被認為不合標準而遭到無禮的拒絕。「如果我們要找的就是奧洛夫兄弟，為什麼他們沒有坐在這張桌子前跟我談話？」接著泰格大發雷霆，因為他要是得不到他想要的，那麼每個人都得分擔他的不快：「你的樣子看起來好老，藍迪。放一天假吧。星期一年輕一點的時候再回來上班。」

然而今天，奧利佛瞄了一眼，泰格的桌上坐著的正是奧洛夫兄弟。麥辛漢再也不必焦躁不安地乾著急，空等著人家召他飛去列寧格勒、莫斯科、第比利斯、敖得薩或是其他奧洛夫兄弟的行經之地。如今大山已經來找穆罕默德了[8]，陪伴他們的兩個人——奧利佛馬上發現他們緊挨在這張團體照的左右側——奧利佛一點不差地設定為助手身分：其中一個金髮、體格結實、膚色乳白，年紀頂多和奧利佛相仿；另外一個身材矮胖，大概五十歲左右，西裝外套上的三顆鈕子全都扣著。

還有到處瀰漫的雪茄煙霧！罕見的、令人無法忍受的雪茄煙霧！會議桌上四散的文件當中，躺著陌

7　基路伯（cherub），聖經中記載的有翼天使，在伊甸園中看守生命樹，分列以色列人的約櫃兩旁擔任護衛。所羅門王興建的聖殿內，也有大量的基路伯天使裝飾。

8　相傳穆罕默德令山前來而山不動，於是穆罕默德親自就山。

生的菸灰缸！在奧利佛眼中，這屋子裡沒有任何東西像這般為人憎恨的、永遠被禁止的雪茄煙霧一樣重要，連奧洛夫兄弟都比不上，這股煙在這個聖堂純淨的空氣中盤旋、繚繞。《Vogue》曾言辛格公司是「菸草最嚴酷的仇敵」，現在這個菸草仇敵整齊而光潔的頭上，已形成一朵蘑菇狀的雪茄煙雲。相較於失敗和矛盾，泰格對抽菸的痛恨猶有過之。每年在結算日之前，他都會捐出一大筆應課稅的收入從事反菸運動。然而今天餐具架上躺著一個來自新龐德街貴族名牌艾斯伯瑞的嶄新銀邊保濕菸罐，裡面裝著全世界最昂貴的雪茄。葉夫根尼正抽著一根，那扣著三顆扣子的助手也抽著一根。這一點最能有效地讓奧利佛充分理解這個場合空前的重要性。

泰格的開場白是取笑，但奧利佛將取笑當成是他們父子關係密不可分的一部分。如果你穿著洛伯的高跟鞋站起來有五呎三吋高，而你的兒子有六呎三吋高，你自然會希望在其他人面前把他按比例降低，而奧利佛責無旁貸的義務，以及適當的正確作法，就是配合降低自己的高度。

「老天在上，你怎麼現在才來啊，兒子？」泰格用一種特別為了在場人士而裝出來的故作嚴肅語氣抗議著。「我看，你是昨晚出去尋歡作樂了吧。這回又是哪位小姐？但願不會讓我損失一大筆錢！」

奧利佛自然很夠意思地配合演出，一起開這個玩笑。「其實她還挺有錢的，爸爸，說實話，人家家裡可是有金山銀山。」

「老天，是嗎？真的嗎？這倒是挺新鮮的！也許這回老頭子能把錢撈回來了。怎麼？」

說到「怎麼」這兩個字時，他很快地朝身邊的葉夫根尼・奧洛夫看了一眼，同時把大膽擺在葉夫根尼厚實肩膀上的小拳頭舉起來重新放好。意思是告訴葉夫根尼，這個年輕小伙子之所以能夠每天過著奢華的生活，全拜放任他的父親慷慨寬大所賜，而奧利佛也默認了。奧利佛早已習慣這種場景，他從童年時期就已司空見慣。如果泰格要求，他也會模仿柴契爾夫人或是電影《北非諜影》裡的亨佛利・鮑嘉，反正像不像，三分樣；要不就是叫奧利佛說那兩個俄國人在雪地裡小便的笑話。不過泰格沒有要他這麼做，或者說，今天早上沒有，所以奧利佛反而露齒而笑，把頭髮往後推，讓泰格到現在才忙不迭地將他介紹給諸位賓客。

「奧利佛，讓我向你介紹一位新俄羅斯最英明、最勇往直前、最具遠見的先鋒，一位和我一樣毫不留情地和人生搏鬥而勝出的紳士。現在像我們這種人恐怕不多了」——他停頓了一會兒，讓藍迪・麥辛漢能從他們身後，將這段話轉譯成前外交部官員的俄語——「奧利佛，我要你見見葉夫根尼・伊凡諾維奇，奧洛夫，和他傑出的胞弟米哈伊爾。葉夫根尼，這是小犬奧利佛，我對這個兒子相當滿意，你知道，他是個法律人，很有才幹，是個學養豐富的知識分子、明日之星。很欠缺體育細胞，這倒是真的。是個毫無指望的騎師，跳起舞來跟牛沒兩樣——他挑起電影明星般的眉毛，表示要講出那句耳熟能的關鍵妙語——不過，有傳言說他在床上就像個戰士！」麥辛漢跟兩位助手發出一陣陣爽朗的笑聲，奧利佛於是明白，在他出現之前，他們已經討論過這個話題。「其他方面的經驗或許稍嫌欠缺，在倫理的關懷上或許稍微太過，我們在他這個年紀不就是這樣？但他是個一流的法律學者，在我們備受推崇的同僚艾佛瑞德・溫沙博士出國的這段期間，他代表我們的法務部綽綽有餘。」貝福郡是國外？狐疑的奧利佛一如往常，對泰格的小小胡言放肆覺得非常有趣。溫沙突然當上博士了？「奧利佛，我要你仔細聆聽關於我們早上的工作成果摘要。葉夫根尼帶了三個非常重要、非常有創意和原創性的企畫來給我們。我相信這些計畫非常準確而且積極地反映了戈巴契夫先生的新俄國在潮流上的轉變。」

但首先要和各式各樣的中樞人物握手。葉夫根尼厚厚的拳頭和奧利佛未經試煉的手掌角力時，那雙基路伯天使般的雙眼皮還閃著一絲淘氣的微笑。接著是弟弟米哈伊爾的四根粗糙手指外加大拇指。然後是扣著三顆外套鈕扣、如神職人員般的雪茄癮君子如同海綿般的輕輕一拍。結果他姓夏爾瓦，是喬治亞共和國的第比利斯人，和奧利佛一樣是個律師。這是第一次提到喬治亞這個字眼，但今天眼觀六路、耳聽八方的奧利佛，立刻記錄了這個字眼的重要性：喬治亞，感覺得到肩膀往後一拉；喬治亞，在忠貞部隊奉命集合的時候，迅速看了幾眼。

「你去過喬治亞嗎，奧利佛先生？」夏爾瓦以一個真正的信徒滿是渴望的口吻問他。

「恐怕沒有，」奧利佛坦承以告，「聽說那裡的風景美不勝收。」

「喬治亞非常美。」夏爾瓦用傳教士的權威證實。但在像馬一樣長長的點頭之間，用英文重複這句話的是葉夫根尼。「喬治亞非常美。」他高喊，異於常人的米哈伊爾也跟著點頭，莊嚴地確立了他的信念。

最後則是跟和奧利佛年齡相當、但臉色蒼白的艾利克斯・霍本先生，來了一場在拳擊比賽之前先互碰手套的儀式。沒有人對霍本做過任何描述，說他是喬治亞或哪裡人。這個霍本有個地方讓奧利佛很不安，不得不將他擺在心裡另外一個專屬的地方。他似乎很冷酷、不忠、欠缺耐性，而且報復起來會心狠手辣。彷彿是在說：只要你踩到我的腳一次的話……但這些念頭都是後話。奧利佛現在正和這些人在一起，泰格叭答地彈了一下手指，示意大家坐下：不是在會議桌上了，而是坐在攝政時期風格的綠色皮質安樂椅上，這些位子是專門為了商討葉夫根尼手上那三個反映出蘇維埃潮流轉變、非常有創意和原創性的企畫而保留。而且因為奧洛夫兄弟不會說英文——或者說，今天不會——也因為麥辛漢不是他們團隊的成員，而是泰格的屬下，因此就由這位來路不明的艾利克斯．霍本先生替他們說話。他的聲音和奧利佛預期的全然不同。既沒有莫斯科腔，也沒有費城腔，而是把兩種文化胡亂拼湊一番。混雜之後剩的鋸齒狀邊緣聽起來非常尖銳，彷彿接上了擴大器。你會以為他是按照某位權貴人士的吩咐來說話——這一點無庸置疑——遣詞用字傲慢而簡短，愛聽不聽隨便你。

只有在偶然間，他自己的性格才會像一把出鞘的匕首，在宴席中突然閃現。

「葉夫根尼和米哈伊爾．奧洛夫先生在蘇聯有很多重要的人脈。okay？」他把奧利佛當成新進人員，開始用輕視的態度和他說話。那句「okay？」並不是為了要得到答案。他就這麼滔滔不絕地說下去。「憑藉他在軍方的經驗——以及他在政府服務的經驗——透過他和喬治亞的關係——以及其他某些關係——葉夫根尼先生可以影響該國的最高層。因此，他具有獨特地位，能促成這三項計畫實施，這些計畫必須在蘇聯境外付出三筆相稱的須付佣金。明白嗎？」他很尖銳地問。奧利佛聽懂了。「這些佣金是該國最高層先前協商的結果。這些是既定條件。你懂我的意思嗎？」

奧利佛明白他的意思。在辛格公司待了三個月，他知道該國的最高層並不便宜。「到底是用哪一種方式支付佣金？」他問，展現出他自己並沒有感覺到的老練。

霍本對這個答案了然於胸，一一回答。「有一半必須在每項計畫施行前支付。再依照隨後每項計劃的成功與否，根據雙方合意，訂立期限分期支付。計算基礎是前十億抽百分之五，以後每一筆錢抽百分之三，沒有任何討價還價的空間。」

「所以我們談的是美金。」奧利佛決心不要一副被幾十億嚇到的口氣。

「不然你以為我們是用里拉計算？」

這時候，麥辛漢插進來將這句笑話翻譯成俄文給他們聽，奧洛夫兄弟和律師夏爾瓦發出一陣嘹亮的笑聲，霍本則用他的假美式英語，談到他所謂的第一項計畫。

「蘇維埃的國有財產只能由國家進行處分，明白嗎？這是不言自明的。問題是，今天誰擁有蘇聯的國家財產？」

「蘇聯。再明顯不過。」奧利佛說，真是出類拔萃。

「第二個問題。根據新經濟政策，現在是誰來處理蘇聯的資產？」

「蘇聯。」他現在已經非常不喜歡霍本了。

「今天是誰賦予處理國家財產的權力？好，答案，新的蘇聯。只有新國家可以賣出舊國家的財產。這是不言自明的。」他重複說著，很喜歡這個字眼。「明白嗎？」

就在這時，令奧利佛搞不清楚的是，霍本拿出了一只白金菸盒和打火機，抽出一根胖胖的黃色香菸，彷佛是他從才剛過沒多久的童年時代一直貯藏到現在。他將菸盒蓋上，把菸在盒蓋上敲一敲，讓菸草鬆一鬆，然後才在原有的煙霧之外，又加上一陣陣巨浪般的有害廢氣。

「蘇維埃幾十年來的經濟是屬於中央管制經濟，okay？」霍本繼續說，「所有的機關、工廠、裝備、發電廠、輸送管、鐵路線、運輸車輛、火車頭、渦輪引擎、發電機、印刷機，全都屬於國家所有。

這些可能是舊國家物資，可能非常老舊，沒有任何人會在乎。過去幾十年來，蘇聯對資源回收毫無興趣。葉夫根尼・伊凡諾維奇握有該國最高層請大型績優公司對這些物資所做的預估。根據這些估計，他正在考慮現在能不能弄到十億噸的優質含鐵廢金屬，賣給有興趣的買主進行收集和處理。全球對這些金屬的需求非常急切。明白嗎？」

「尤其東南亞。」奧利佛機警地插上這一句，因為他一直在閱讀一本甫出版、有關這個問題的科技期刊。

他這句話吸引到了葉夫根尼的目光，在霍本慷慨激昂地高談闊論之際，葉夫根尼已經注意過他好幾次，眼神中的依賴讓他一驚。彷彿這個老人在周圍環境下覺得侷促不安，同時向新來的奧利佛傳達出意圖串通的訊息。

「東南亞對高品質含鐵廢金屬的需求非常大，」霍本坦承，「也許我們應該賣到東南亞去。這樣或許很方便。現在誰也不管這種事。」霍本的鼻子用力一吸，嚇到了旁人，他同時清清鼻子和喉嚨，說出東拼西湊、拖拖拉拉的一句話：「對於有關廢金屬計畫第一期的投資，簽署完國家契約之後，馬上就要支付兩千萬美元的頭期款，給予葉夫根尼・伊凡諾維奇獨家選定的廠商，用以收集和處理前蘇聯留下的所有含鐵廢金屬，無論地點和狀況為何。這是既定條件。不能胡來。」

奧利佛覺得暈頭轉向。他聽過這種佣金，但那只是二手消息。「不過，獨家選定的人選是誰？」他問。

「還沒決定。人選無關緊要。這個人將由葉夫根尼・伊凡諾維奇來選。他會是我們的提名人選。」

泰格從他的寶座上提出尖銳的警告：「奧利佛，機靈點。」

霍本繼續說：「這兩千萬現金將存放在一家雙方同意的西方銀行，必須同時用電話和簽名才能提領。被提名人也必須承擔收集和集合含鐵廢金屬的成本。同時還必須租用或購買至少四十公頃的海港貨櫃場。這是被提名人必須負擔的另外一項費用。他必須私人購買這個貨櫃場。葉夫根尼．伊凡諾維奇的組織有人脈能協助被提名人購買貨櫃場。」奧利佛懷疑，這個組織就是霍本自己。「蘇聯無法提供切割和修剪的設備。這也是被提名人要負擔的。如果國家有這種設備，一定也是破銅爛鐵。直接丟到廢鐵堆去吧。」

霍本放下一份文件，再拿起一份，不太高興地咧嘴而笑。在這個停頓空檔，泰格溫和地插話。

「如果我們真的必須買一座貨櫃場，顯然得仰賴地方上的頭頭幫忙。我想藍迪稍早已經把這一點說明清楚了，不是嗎，藍迪？正所謂強龍不壓地頭蛇。」

「這個已經計算在內了，」霍本漠不關心地回答，「這個問題並不重要。所有的相關事務都由辛格公司，加上葉夫根尼．伊凡諾維奇及其組織共同以實際的方式解決。」

「那我們就是被提名人了！」奧利佛機靈地意會到了，高喊一聲。

「奧利佛，你還真是聰明。」泰格低聲地說。

霍本的第二項計畫是石油。亞塞拜然的石油、高加索的石油、裏海的石油、哈薩克的石油。霍本漫不經心地說著，比整個科威特和伊朗的石油蘊藏量加總還多。

「新的克隆代克地區[9]。」麥辛漢從旁邊低聲表示支持。

石油也是國家財產，霍本解釋。Okay？許多人向該國最高層請求許可，他說，針對煉油、輸油管、碼頭設施、運輸、銷往非社會義國家和佣金等問題，提出了許多有趣的計畫。目前還沒有做出任何決定。「國家最高層隨時準備著。明白嗎？」

「明白。」奧利佛以軍人的口吻回應。

「巴庫地區還在使用蘇聯舊有的開採和提煉方式，」霍本看著他的筆記宣布，「這些方法全都不管用。因此最高層已決定，若要爭取新蘇維埃市場經濟的最大利益，就必須把開採責任交給一家國際公司。」他舉起左手食指，以免奧利佛不會算數。「只有一家，Okay？」

「當然。那好。很好。只有一家。」

「這是專屬權利。這家國際公司的身分非常敏感、政治性極強。這家公司必須是一家好公司，會對全俄國的需求感同身受，高加索也一樣。這必須是一家專業的公司。這家公司必須有」——他的口氣彷佛他們就是一家這樣的公司——「公認的好手。而不是紐約隨便跑來的米老鼠大隊。」

「大批人馬拚了命要拿到這份契約，奧利佛。」麥辛漢語帶討好地解釋，「中國人、印度人、跨國公司、美國人、荷蘭人、英國人，應有盡有。在走廊一帶鬼鬼祟祟，揮舞著支票簿，把百元美金鈔票像糖果包裝紙一樣散出去。簡直像個動物園。」

「聽起來是這麼回事。」奧利佛很機靈向他鄭重表示。

9　克隆代克（Klondike），加拿大北方育空地區（Yukon）的克隆代克河附近於十九世紀末發現金礦，引發「克隆代克淘金熱」。

「在國際公司的選擇方面，重要的是尊重高加索地區所有民族的許多特殊利益。這家國際公司必須得到這些民族的信任。配合度高。不但要謀求公司的利益，也要爭取他們的利益。必須納入亞塞拜然、達吉斯坦、車臣-印古什、亞美尼亞的共產黨官員」——他看了葉夫根尼一眼——「必須迎合喬治亞的共黨幹部。國家最高層和喬治亞有非常特殊的關係，這種關係與眾不同。在莫斯科，喬治亞共和國的親善是最首要的事項，比其他的共和國更重要。這是由來已久，不言自明的。」他再次參照手中的筆記，然後說出這句響亮的老話：「喬治亞是蘇聯王冠上最珍貴的寶石。這是既定事實。」

奧利佛沒料到泰格竟然忙不迭地肯定這句話：「對任何人的王冠都一樣，謝謝你，艾利克斯。」他極力表示。「了不起的小國家，可不是嗎，藍迪？了不起的食物、美酒、水果、語言、美女，叫人嘆為觀止的風景，文學更可以回溯到洪水時代。這樣的地方世上可是絕無僅有。」

霍本沒理會他。「葉夫根尼・伊凡諾維奇在喬治亞生活多年。葉夫根尼和米哈伊爾・伊凡諾維奇小時候就住在喬治亞，他們的父親是紅軍在申那基的指揮官。兩人這段期間在喬治亞交了許多朋友。如今這些朋友個個舉足輕重。兩兄弟在喬治亞待了很長的時間，在當地還有一間鄉村別墅。葉夫根尼・伊凡諾維奇把許多重大的利益從莫斯科轉移到了他心愛的喬治亞。因此他最有資格來協調新蘇聯的需求，以及地方社區及傳統的需要。他的存在就是高加索的利益會受到尊重的保證。Okay？」

眾人目光又集中在奧利佛身上。全體觀眾都傾身向著他，留神觀察他的反應。

「好。」他盡職地表示認可。

「因此，莫斯科提出了下列非正式的條件。條件A：由莫斯科為所有高加索的石油指定一位被許可人。條件Ｂ：葉夫根尼・伊凡諾維奇個人將提名這位被許可人。這將是他個人的決定。條件Ｃ：將正式且公開地徵求競爭的各家石油公司提出投標。無論如何，」——他突然大大地吸了一口氣和一口菸，讓奧利佛冷不防地吃了一驚，但他繼續說——「無論如何，去他們的。莫斯科將非正式地私下選擇葉夫根尼・伊凡諾維奇和他的人所提名的任何國際財團。條件Ｄ：被提名的國際財團需要繳交的費用，將根據過去五年的平均年產量，按目前亞塞拜然油田的使用費來計算。明白嗎？」

「明白。」

「有一點千萬記住：蘇維埃的開採方法根本就是胡扯。技術差、基礎設備差、運輸差、管理人員也爛透。因此，相較於現代西方有效率的開採方法，計算出來的總額將會很保守。計算的基礎將是歷史，而不是未來。只是未來的一小部分而已。莫斯科的最高層在完全免除繳交權利金的義務時，會接受這個總額。條件Ｅ：未來原油開採所產生的剩餘資產，將是葉夫根尼・伊凡諾維奇及其組織所提名的高加索國際財團的財產。等收到一次付清的三千萬預收佣金，就可以得到私人及正式的協議書。公開及正式的協議書隨之產生。原始佣金的追加費用，將以非正式的方式，按未來實際的收入計算。這個將透過協商進行。」

「幸運的國家最高層，」麥辛漢慢吞吞地說，他的聲音永遠是粗啞的，彷彿他也遭逢油料短缺似的。「簽幾次名就能拿到五千萬，接著還有豐厚的追加費用，我說這筆外快倒真不錯。」

奧利佛的問題自動從他嘴裡冒了出來。無論是那副陰沉的口吻，或是帶有挑釁的陳述，都不是他所選擇的。這個問題如果可以不問，他一定不會問，但已經來不及了。他被某個半生不熟的鬼魂附了身。

在辛格公司基層服務了三個月之後，這是他對守法精神僅存的概念。

「我可以打個岔嗎，艾利克斯？辛格公司究竟要怎麼參與這件事？這是要我們拿出五千萬美金賄賂嗎？」

奧利佛感覺自己好像是在管風琴樂曲聲響逐漸停歇之際，在教堂裡不由自主地放了一個響屁。這個大房間頓時充斥著令人難以置信的寂靜。在六層樓之下，庫松街上的車水馬龍已經平息。結果是泰格自己以他的父親和資深合夥人的身分前來搭救。他的語氣裡充滿疼愛和恭賀。

「說得好，奧利佛，而且容我說一句，這句話問得很有勇氣。這已經不是第一次了，你正直得讓我不得不讚揚。辛格公司當然不會賄賂別人。我們絕對不會做這種事。如果要付正當的佣金，也會由我們在當地的來往客戶斟酌辦理——這個案子的客戶就是我們的好朋友葉夫根尼——尊重客戶營運所在國家的法律和傳統。這些細節是他的問題，不是我們的問題。顯然，如果客戶的資金不足——也不是每個人都能在一夜之間弄到五千萬——辛格公司會考慮貸款，好讓他行使他在地的裁量權。我認為這一點非得說清楚不可。就你目前在本公司所擔任的法律顧問職務，你提出這一點，是非常正確且妥當的。我要向你致謝。我們都一樣。」麥辛漢粗啞的「說得好，說得好」形成了致命的一擊，而泰格此時已不知不覺淪為偉大的辛格公司的宣傳機器。「辛格公司的存在，是為了在其他人都投反對票的時候，投下贊成票，奧利佛。我們帶來願景。實用知識。能量。資源。前往真正的冒險精神要去的任何地方。葉夫根尼沒有被昔日的鐵幕所迷惑——從來沒有，是吧，葉夫根尼？」在他迷濛的凝視範圍之外，奧利佛注意到葉夫根尼．奧洛夫留著一綹綹頭髮的頭正在左右搖晃。「他是喬治亞的代表。一位喬治亞之美與文化的愛好者。喬治亞號稱擁有世上最早的幾座基督教堂。我想這一點你應該不知道吧？」

「不清楚。」

「葉夫根尼夢想著一個高加索共同市場。我也是。一個偉大的新貿易共同體，以驚人的天然資源為基礎。他是一位開拓者，可不是嗎，葉夫根尼？就和我們一樣。他當然是一位開拓者。藍迪，麻煩你翻譯。說得好，奧利佛。我以你為榮。我們大家都是。」

「這個國際財團有名字嗎？它真的存在嗎？」奧利佛趁麥辛漢翻譯之際開口問道。

「不，奧利佛，沒有。」泰格藉著他風雨不侵的微笑回話。「但你要是有點耐心，我相信很快就會有了。」

然而，即使在這樣令人苦惱的對話一來一往進行之際——奧利佛覺得很苦惱，如果其他人不會的話——他發現自己幾乎要被萬有引力拖往一個意想不到的方向。每個人都在盯著奧利佛，但葉夫根尼那狡猾老練的眼神，就像一艘船的纜繩一樣固定在他身上，拉扯著他，感覺他的重量，猜測他。而且奧利佛相信他猜對了。在他眼中，不知道為什麼，葉夫根尼的善意如此明顯。雖然還是個陌生人，奧利佛感覺他正在共同參與一份古老而自然的友誼的重建。他看到喬治亞有一個小男孩愛上了他身邊的一切，而這個小孩就是他自己。他感覺到一股不設防的感激之情，感激他在不知不覺中得到的種種恩惠。這時，霍本說到了血的問題。

各式各樣的血。常見的血、少見的血、極為罕見的血。在世界需求和供應之間的差額。各民族的血。在東京、巴黎、柏林、倫敦和紐約的醫學市場，各類別血液批發和零售的現金價。如何驗血、將好血和壞血分開來。如何冷卻、裝瓶、冷凍、運輸、儲存、乾燥。把血液輸入西方主要工業化國家的相關條例。衛生和保健標準。關稅。他為什麼這麼做？為什麼他突然間對血這麼有興趣？泰格對血的痛恨和抽菸不相上下。這冒犯了他對永恆的概念，也違反了他對秩序的熱愛。奧利佛從小就知道泰格對血液的反感，有時他將這個視為一個隱性敏感的徵兆，有時則當作一種缺點來鄙夷。就連最小的擦傷，任何一點點的血跡和血腥味，只要一提到這東西，就足以讓他驚慌失措。他的司機加松就因為幫忙處理一場血腥車禍，讓他的主人臉色蒼白地坐在勞斯萊斯後座，朝他大喊著開車、開車、開車，結果弄得點被炒魷魚。不過今天，他聆聽著霍本嗡嗡地描述具體的第三項計畫，從他得意洋洋的表情看來，血液彷彿是他今生的最愛。這是大桶大桶的鮮血：拜俄羅斯慷慨的捐贈者所賜，這些血可以隨意取用，以一品脫九十九點九十五美金的零售價賣給美國有需要的病人——每星期高達五十萬品脫的產量，懂嗎，奧利佛？霍本成了一個人道主義者。他的手法是把他的聲音轉變成一種充滿虔敬的平板腔調，同時假裝一本正經地噘起嘴唇，垂下眼皮。他吟誦著，卡拉巴克、阿布卡西亞和第比利斯的衝突[10]，已經讓奧洛夫兄弟了有了一個悲劇性的洞見，看出俄羅斯業已病入膏肓的醫療服務的缺失。他們確信情況還會繼續惡化。唉，蘇聯並沒有全國性的輸血服務，也沒有任何收集血液、以分配到我國許多鬧血荒的大城市的計畫，也沒有血液儲存系統。對蘇維埃比較細膩的感情而言，賣血或買血的概念宛如天方夜譚。蘇維埃的公民習慣在特別具有同情心和愛國主義的時刻，會發自內心自然而然地免費捐血，而不是——斷乎不可——以商業為基礎，霍本說著。他的聲音現在軟弱無力，奧利佛還懷疑他是不是自己就需要輸血。

「舉個例子吧，當紅軍在某個前線作戰時，就用無線電呼籲大家捐血。例如在遭逢天災時，全村的人會排隊準備做出這種奉獻。如果遇上重大危機，俄國人會提供大量的鮮血。新俄國將會有許多危機。危機也可以被創造出來。這是不言自明的。」他這番胡言亂語究竟是要說什麼？奧利佛狐疑著，但整間屋子一看，他發現只有他一個人心存懷疑。泰格臉上那副帶有威脅性的微笑，說著，「有種就來質疑我」。葉夫根尼和米哈伊爾一起祈禱著，雙手放在大腿上，頭向下低垂。夏爾瓦帶著懷舊的夢幻表情聆聽，麥辛漢優雅地閉著眼睛，優美的雙腿伸向沒有燃起的暖爐。「因此最高層採納的政策決定是，立刻在蘇聯所有主要城市設立國家血庫。」霍本現在的語氣比較不像是復古主義的牧師，而更類似一個莫斯科電台在寒冷的早晨，鼻音很重的新聞播報員。然而奧利佛還是不明白，即使他身邊的每個人似乎都知道這是怎麼回事。

「很好。」奧利佛意識到所有人都在盯著他瞧，他充滿防衛性地低聲表示。但話才剛出口，他發現自己正在和他對面的葉夫根尼交換眼神，葉夫根尼的頭往後斜向一邊，岩石般的下巴向外突出，眼睛透過上下兩層的睫毛，好奇地注視著他。

「配合國家目標，蘇聯所有的共和國最好在各個指定城市建立獨立的血庫。這個血庫的每種血型至少要儲存」——奧利佛搞不清楚這個計畫是怎麼回事，也沒辦法聽到正確的數字——「若干加侖的血。依照某些規定，這個計畫將由國家出資，危機也由國家宣告，同時按照互惠的精神，」——霍本舉起一

10 卡拉巴克 (Karabakh)，位在亞塞拜然共和國之內，已形同獨立的一個共和國。阿布卡西亞 (Abkahzia) 是位在治亞共和國境內西方，自稱獨立的共和國。

根白白的手指，要求眾人仔細聽他說話——「每個共和國將依照命令，將特定數量的血送往莫斯科的中央儲備血庫，這是不言自明的。任何一個共和國如果未將指定數量的血液送到中央血庫，就得不到國家資助。」霍本變得鄭重其事，或者是他那古怪的聲音盡可能地顯得鄭重其事：「中央血庫將稱為危機應變血庫，這是一個示範樣板，是一棟很好的大樓，我們會選出一棟很好的大樓，或許有可供直升機起降的平頂。這棟大廈裡的醫護人員將隨時待命，應付發生在蘇聯各地、超出地方機關資源能夠應付的突發需求。例如，地震。例如，重大的工業意外。例如，鐵路交通意外，或是小規模的戰爭。例如，車臣恐怖分子的暴力行為。我們會有電視節目來介紹這棟大樓，報紙也會報導，這棟大樓會是蘇聯的驕傲。只要最高層宣稱危機發生，即使只是小小的危機，也沒有人會拒絕捐血。你明白嗎，奧利佛？」

「我當然明白。小孩子也聽得懂。」奧利佛脫口而出。但只有他一個人注意到了自己的困惑。就連用冷硬的拳頭支撐著冷硬頭顱的老葉夫根尼也沒聽到他的呼喊。

「無論如何（However），」霍本大聲宣告——只是他這時已卸下語言上的警戒，將第一個音H發成了有聲子音G，如果是在平常，奧利佛聽到一定會暗地竊笑——「無論如何（Gowever）。現在已經很清楚了，危機應變血庫的營運成本對國家而言太高。蘇聯一毛錢也沒有，它必須接受市場經濟的原則。所以，我們有幾個問題要問你，奧利佛。危機應變血庫如何才能在財政上自給自足？要如何達到這個目標？你個人對國家最高當局又有什麼具體建議？」

眾人的眼睛全都像火爐般注視著他。其中又以泰格的眼神最為嚴厲。要求他贊成、祝福並且同流合污。要他帶著所有的倫理和理想和他們共同進退。在他們集體的熱力之下，他的臉色發黑。他聳聳肩，固執地皺了皺眉，表示不以為然，但還是沒用。

「把剩餘的血賣給西方吧，我想。」

「拜託大聲一點，奧利佛！」泰格高喊。

「我說把多餘的血賣給西方，」——氣呼呼地——「有何不可？這不過就是另外一種產物而已。鮮血、石油、廢鐵，有什麼不同？」

這話聽在奧利佛自己的耳裡，就像是一個人突然掙脫了枷鎖。但霍本已經點頭表示同意了，麥辛漢像個白癡似地咧嘴而笑，而泰格臉上流露出了當天最開朗、最適合老闆身分的微笑。

「很精明的提議，」霍本對自己所選的形容詞非常滿意。「我們會把血賣掉。由官方出面，但也要祕密行事。買賣將屬於國家機密，由莫斯科的最高層批准。危機過後用不完的血液，每天用備有冷藏設備的波音七四七從莫斯科的什雷姆提耶夫機場運送到美國東岸。所有運輸成本都由承包公司負擔。」他手上有一份相關條款的摘要，邊說邊向大家諮詢。「運輸將以極為機密的方式進行，以消除負面新聞。我們絕不能在俄國聽到『他們把我們俄國人的血賣給勝利的帝國主義者』這種話。在美國，最好不要聽到人家說美國帝國主義者真的在榨取貧窮國家的鮮血。」他舔了一下蒼白的手指尖，翻了一頁。「假設雙方都能保守機密，國家最高層也將簽署這份契約。契約條款如下。第一條，葉夫根尼．伊凡諾維奇先生將任命他提名的人；這將是他的特權。被提名者可以是外人，可以是西方人，可以是美國人，誰在乎？被提名人的公司不會在莫斯科登記註冊。這將是一家外國公司。最好是瑞士的公司。蘇聯和葉夫根尼．奧洛夫先生提名的人選簽訂契約之後，立刻就要在外國銀行存放價值三千萬美金的不記名債券；屆時會有人安排細節。對於這家銀行，也許你們有什麼提議？」

「是有的。」泰格悄悄地說。

「全部收益是根據葉夫根尼．奧洛夫先生提名的人所得毛利的百分之十五計算出來的，這三千萬美金將被視為是這筆收益的預付款。你喜歡嗎，奧利佛？我相信你認為這是一筆好生意吧？」

奧利佛喜歡、痛恨，認為這是筆好生意、爛生意，根本不是做生意，而是偷竊。但他沒有時間將心中的厭惡化為文字。他欠缺這種年紀、把握、技巧、空間。

「你說得沒錯，奧利佛，這不過也只是一種產物罷了。」泰格說。

「我是這麼認為的。」

「你的語氣好像很擔心。別擔心。這裡都是好朋友。你是我們自己人。說吧。」

「我剛才是在想，應該做做檢驗什麼的。」奧利佛咕噥著。

「說得對。這是應該的。千萬不能讓媒體那些不切實際的社會改革家，指責我們是在販賣被污染的髒血。很高興地告訴你，檢驗、分級、篩選，所有問題在現代都不成問題。頂多是裝運時間多增加幾個小時罷了。會增加費用，但這個成本顯然會計算在內。最好的辦法恐怕是在空運時做檢驗。省時省力。我們會注意的。你還有什麼不放心的？」

「嗯，還有——嗯——我想是比較大的問題吧。」

「什麼問題？」

「嗯——你知道——艾利克斯說——把俄國人的血賣給富有的西方——資本主義者靠農民的鮮血過

活。」

「你又說對了一件事，我們得像老鷹一樣緊盯不放。好消息是，葉夫根尼跟他的好朋友，和我們一樣，打定主意要讓整件事祕密進行。壞消息是，事情遲早會一一外洩。祕訣就是要樂觀一點。兵來將擋，水來土掩。隨時準備好一套說法，然後門一摔不理他們就是。」他像個路邊的傳道者，一隻修長的手臂用力一揮，連聲音都顫抖起來了，「賣血總比流血好！一個國家捐血給昔日敵人，還有什麼比此舉更能象徵和諧與共存的？怎麼樣？」

「不過，他們不是用捐的，是嗎？嗯，捐血的人是，但這是另外一回事。」

「那你寧願我們把血白白送人？」

「不是，當然不是。」

「你寧願蘇聯沒有全國輸血服務？」

「不是的。」

「我們不知道葉夫根尼的好朋友是怎麼處理他們的佣金——幹嘛要知道呢？他們可能拿去蓋醫院。支持公共醫療設施。還有什麼比這個更具備道德精神的？」

麥辛漢提出他所謂的概括說明。「總而言之，奧利老弟，三項計畫的第一筆賄款是八千萬，」他不著痕跡地隨便算了一下，「我猜測——只是隨便說說，別引用我的話——任何人開口說要八千萬，都會下調到七千五百萬。即使你是國家最高層，七千五百萬也是一筆可觀的數字。接下來的問題是我們要邀請誰加入。從這個角度來看，我們簡直是散財童子。」

午餐是在南奧德利街「凱特的搖籃」吃的。這是一家在八卦版上面被列為常人根本吃不起的私人午餐俱樂部，但泰格吃得起，因為這傢俱樂部是泰格的，凱特也是他的，而且他擁有凱特的時間，比奧利佛所知的還更久一點。這一天的氣候宜人，走到街角轉個彎不會超過三分鐘。泰格和葉夫根尼走在最前面，奧利佛和哈伊爾尾隨在後，其他人跟在後面，走在最後面的是艾利克斯・霍本，正對著手提電話說著柔軟的俄語，奧利佛發現霍本很喜歡這樣。他們在街角轉了個彎，有司機開車的勞斯萊斯像黑手黨的隨扈一樣，在人行道路邊恭候著。泰格伸手按了門鈴，一扇原本關著的沒有門牌號碼的漆黑前門打開了。壁凹裡那張著名的圓桌正等著他們，服務生穿著白得不能再白的侍者外套，推著銀色推車，奉承巴結，小聲地嘟囔著，三三兩兩的情婦和情人從他們各自安全的角落睜大眼睛看。凱特琳娜——這間餐廳就是照她的名字取的——是個典型的好情婦，喜歡惡作劇，時髦光鮮，好像永遠不會老似的。她站在泰格身邊，臀部輕輕往他的肩膀擠過去。

「不，葉夫根尼，你今天不喝伏特加。」泰格在餐桌上對他說。「凱特，他要喝依肯酒堡的甜貴腐白酒配鵝肝，然後是帕爾梅紅酒配羔羊肉，再用一劑千年的雅邑白蘭地搭咖啡。不喝該死的伏特加。就算要我的命，也要把這隻熊給馴服。先把雞尾酒送上來，我們邊喝邊等。」

「那可憐的米哈伊爾吃什麼？」凱特琳娜抗議道。在麥辛漢的串通下，她早在眾人抵達之前就已經對這些人的名字耳熟能詳。「他那副模樣像是好幾年沒吃過一頓像樣的飯似的。可不是嗎，親愛的？」

「我打賭，米哈伊爾是個無牛不歡的人，」泰格說得斬釘截鐵，麥辛漢將他認為妥當的話翻譯出來，「跟他說吃牛肉，藍迪。而且報上講的話一個字都別相信。英國的牛肉還是全世界最好的牛肉。夏爾瓦也是。艾利克斯，該享受一下人生了。拜託你把電話收起來吧，艾利克斯，這是這家餐廳規矩。給他點一客龍蝦，喜歡吃龍蝦嗎，艾利克斯？今天的龍蝦怎麼樣，凱特？」

「那奧利佛吃什麼？」凱特問道，同時把她永遠不老的亮麗雙眼轉過來，目不轉睛地看著他，彷彿那眼神是個任由他把玩的禮物。「不夠，」她代他回答，害他兩頰羞紅了起來。凱特從不隱藏她有多麼喜歡泰格的這個年輕力壯的兒子。每次他走進餐廳，她就會兩眼盯著他不放，彷彿他是一幅她很想擁有、但昂貴得不得了的名畫。

就在奧利佛準備回答她的問題之際，餐廳突然喧鬧起來。葉夫根尼坐在白色的鋼琴前，彈出一首狂野的序曲，呼喚著山巒、河流、森林、舞蹈以及——如果奧利佛沒搞錯的話——騎兵隊的攻擊。米哈伊爾一下子就到了小小的舞池中央，他空洞而神祕的眼神，動也不動地凝視著廚房的門。葉夫根尼開口唱出一首農民的輓歌，而米哈伊爾緩緩地搖擺著手臂，唱著陪襯的疊句。凱特自然而然地用手臂繞過米哈伊爾的手臂，一點不差地模仿他的動作。他們的歌一路急馳上山，觸到頂峰，接著悲痛欲絕地墜落。這兩兄弟無視眾人驚愕之餘的靜默，在凱特開始鼓掌的時候，回到了他們的座位上。

「那是喬治亞的歌謠嗎？」掌聲止歇時，奧利佛透過麥辛漢，羞赧地問葉夫根尼。

結果發現，葉夫根尼不像他表面假裝的那麼需要翻譯。「這不是喬治亞的歌曲，奧利佛。這是明格里亞[11]歌謠。」他那種濃重的俄國怒吼聲，在整間餐廳迴盪著。「明格里的民族很純正，其他喬治亞共和國的人遭遇過多次侵略，不知道自己的祖母有沒有被土耳其人、達吉斯坦人或波斯人強暴過。明格里亞人是很聰明的民族。他們保護自己的山谷，把女人鎖起來，先讓她們懷孕。他們的頭髮是棕色的，不是黑頭髮。」

餐聽恢復了原本可觀的喧囂聲。泰格順勢提議眾人舉杯慶祝。「為我們的山谷乾杯，葉夫根尼。為你們的和我們的山谷乾杯。願它們蓬勃發展，各自獨立，但共享繁華。願它們讓你和你的家人家運興隆。這是基於伙伴關係，是出於善意。」

現在是下午四點。父子兩人吃完了午餐，覺得有點昏沉沉的，便手挽著手，沿著陽光普照的人行道漫步，麥辛漢則護送其他人回到薩伏伊飯店，在晚上的慶祝活動開始之前休息一下。

「葉夫根尼是家裡的支柱，」泰格思索著，「和我一樣。跟你一樣」——捏捏手臂。「莫斯科的喬治亞人就跟小偷一樣，滿街都是。葉夫根尼設法和他們所有人攀親帶故，沒有一戶人家不認識他，他簡直所向披靡。在世界上沒有一個敵人。」父親和兒子很少會碰觸對方這麼久。加上他們的身高很不搭調，很難找到兩個人都可以接受的方式握住對方，但這個方式讓他們父子倆都很自在。「他不太信任別人，跟我一樣，不相信任何東西。電腦、電話、傳真，說他只相信他腦子裡的東西。還有你。」

「我？」

「奧洛夫很重視家庭。這一點眾所周知。他們喜歡父親、兄弟、兒子。派你兒子去見他們，這是善意的承諾。所以我趕快派溫沙去出差。也該是時候讓你到臺面上來了，這才是你的舞臺。」

「那麼辛漢呢？這兩個人是他找來的，不是嗎？」

「兒子比較好。藍迪才不在乎。我們大家都寧願他幫我們做事，而不是和我們作對。」奧利佛預備抽回手臂，但泰格緊扣著不放。「他們在那種世界長大，你也不能怪他們會懷疑。警察國家，大家互相告密，行刑隊——搞得人遮遮掩掩的。藍迪跟我說，這兩兄弟坐過牢。出獄時認識了差不多一半的明日之星。聽起來比伊頓公校還管用。當然是要擬定契約，附屬協定。重點是要簡單，說給外國人聽的那種基本法律英語。葉夫根尼喜歡弄清楚自己簽署的東西。你可以嗎？」

「我想應該可以。」

「他對許多事情都生嫩得很，這是免不了的。你得親自告訴他，教他我們西方的作法。他很討厭律師，對金融業務也一無所知。他為什麼應該知道？反正他們根本沒有銀行。」

「一點理由都沒有。」奧利佛卑躬屈膝地答道。

「可憐的傢伙，還得學習金錢的價值。以前靠特權就能暢行無阻。如果操作得好，要什麼有什麼——房子、食物、學校、假期、醫院、汽車——什麼特權都有。現在同樣的享受，他們可得拿真金白銀才能買到。球賽既然已經改了，就需要另外一批球員上場。」奧利佛微笑著，音樂在心裡響起。「這麼說，你答應了？」泰格問道，「他的細節事務就交給你了，大事我來處理。最多應該不會超過一年。」

11 明格里亞（Mingrelia），喬治亞西部的省分。

「一年後會怎麼樣？」

泰格笑了。一個真正的、罕見的、無關道德、快樂的、西區人的笑，同時把他的手臂從奧利佛的手臂掙脫開來，充滿關愛地拍拍他的肩膀。「毛利百分廿？」——還在笑——「你認為會怎麼樣？一年過後，我們早就把這個老鬼給掏空了。」

8.

奧利佛覺得自己難以伸展。

如果他曾經懷疑過進入他父親的公司究竟是不是一件聰明的事，那麼一九九一年的黃金夏日給了他一個答案。這是過日子。這是創造人脈。是加入一個大規模的團隊，這是他以前只敢在夢裡幻想的。財經版的專欄作家喜歡說，只要泰格往前一躍，比較遜色的人就站遠點。現在泰格這一步跳得比以前都高。他將旗下的行政人員分成獨立的專案小組，指定麥辛漢擔任他的戰地指揮官，掌管石油和鋼鐵，麥辛漢對此完全高興不起來，他寧願擔任次一等的職位，去管賣血生意。他和泰格一樣，知道最有賺頭的是什麼，正因為如此，泰格才一直將賣血的生意抓在自己手上。他每個月都會現身華盛頓、費城或紐約兩三次，奧利佛往往隨侍在側。奧利佛帶著些許憂慮，充滿敬畏地望著他父親以他的說服力，將參議員、遊說者和衛生官員唬得團團轉。聽泰格說話的音調，你根本不會知道這些血來自俄國。這是歐洲的血，歐洲難道不是從伊比利島一直伸到烏拉山脈？是高加索種人的血，是——奧利佛的臉皮很薄，講到這就更難為情——白種人的血，是歐洲不需要的剩餘。至於其他部分，他很謹慎地只談沒有爭議的問題：落地權、分級、儲存、豁免關稅、後續貨運，以及建立一批解決麻煩的機動人員以監督作業進行。不過，俄國的血如果確定可以安全入境，那如何出境呢？

「該去拜訪葉夫根尼了。」泰格這麼裁定，奧利佛也就出發去尋找他心目中的新偶像了。

一九九一年，莫斯科的雷姆提耶夫機場，一個完美的夏日午後，奧利佛首度造訪俄國。面對入境大廳一排排表情陰沉的隊伍和眉頭深鎖的邊界警衛，他突然陷入一陣顫抖，直到他看到葉夫根尼本人在一小隊馴良的官員陪同下，沿路高興地大喊，朝他這裡走來。他巨大的雙臂緊緊扣住奧利佛的背，粗糙的臉頰緊貼著他的臉頰。先是聞到一股大蒜味，接著老人「啵」地一聲，在奧利佛驚訝的嘴上給他來了第三個傳統的俄國式親吻，讓他親口嘗到了大蒜味。很快地，他的護照蓋好了章，行李也立刻被人從側門送出去。奧利佛和葉夫根尼斜倚在一輛黑色俄製吉爾牌汽車的後座，開車的不是別人，正是葉夫根尼的弟弟米哈伊爾，他今天穿的不是發皺的黑色西裝，而是一雙及膝長靴、軍用馬褲和飛行員皮夾克。奧利佛在他的夾克裡瞥見一把手槍嵌著細紋的黑色槍托。他們前面有一輛警察摩托車開路；兩名黑髮男子開著一輛伏爾加牌汽車尾隨在後。

「那些都是我的孩子。」葉夫根尼眨著眼睛解釋。

但奧利佛知道他不是說真的，因為葉夫根尼一直很遺憾自己只有女兒，沒有兒子。奧利佛下榻的旅館是市中心的一個白色結婚蛋糕。他登記入住之後，眾人又繼續在坑坑窪窪的寬闊大街上行駛著，穿過龐然巨大的公寓大樓，來到綠意盎然的郊外，這棟半遮半掩的別墅有保全監視系統和穿著制服的警察負責守衛。鐵門在他們面前打開，警衛退下，他們走進一棟爬滿長春藤的宅邸以碎石砌成的前院，屋內只見高聲喊叫的孩童、老太婆、香菸煙霧、響個不停的電話、尺寸過大的電視、一張乒乓球桌，每樣東西都在活動中。律師夏爾瓦在大廳招呼他們。有一位滿臉羞紅的表弟，叫做奧爾加，是「葉夫根尼先生的私人助理」，還有個胖嘟嘟、性情開朗的姪子，名叫伊格爾。還有葉夫根尼和藹可親、舉止端莊的喬治亞籍妻子，堤娜汀，以及三個——不，四個——女兒，全都是身材豐腴的已婚婦女，有點精神不濟，其中最具姿色、最苦命的名叫佐雅，奧利佛不得不痛苦地承認，自己立刻喜歡上了她。他對女性的神經質毫無招架能力，加上她修長的腰身，充滿母性的寬臀，以及棕色大眼哀傷的凝視，他整個人失了魂。她看護的小男嬰叫做保羅，表情和她一樣肅穆。這兩個人的四隻眼睛，仿佛商量好了似地，一起哀戚地打量著他。

「你長得真俊，」佐雅如是宣稱，表情憂傷得彷彿在報一則死訊，「你有不規則的美。你是詩人嗎？」

「恐怕我只是律師而已。」

「律師也是一個夢想。你是來這裡買我們的血嗎？」

「我是來讓你們發財的。」

「歡迎。」她以一名悲劇女演員的深沉吟誦著。

奧利佛帶來了文件要請葉夫根尼簽名，還有一封泰格的私人密封信件，不過——「先不忙，不忙，你先看看我的馬兒！」他當然恭敬不如從命！葉夫根尼的馬兒是一台嶄新的寶馬摩托車，就矗立在起居室中央一張東方風格的粉紅色地毯上，在無微不至的照顧下，顯得閃閃發光。一家子的人都擠在門口——然而奧利佛多半只看到佐雅——葉夫根尼一腳踢掉鞋子，爬上馬背，臀部貼在馬鞍上，用裹著襪子的雙腳圍繞著踏板，同時全力加速引擎，然後再減速，在糾結的眼睫毛之間顯露出他的愉悅。「該你了，奧利佛！該你了！該你！」

大家舉手鼓掌，在眾目睽睽下，辛格公司的繼承人將他身上那件訂製的西裝外套和絲質領帶交給夏爾瓦，然後一腳跳上葉夫根尼剛才的位置，讓整個房子抖個不停，嘎嘎作響，藉此證明他是一條好漢。唯獨佐雅不覺得他的表演有什麼意思。她皺著眉頭，對這種破壞生態的行為不以為然，同時將保羅緊抱胸前，用手護著他的耳朵。她披頭散髮，衣著隨便，有著媽媽級高級妓女那種寬闊的肩膀。她獨自一人，失落在人生的大城市裡，奧利佛已經將自己封為她的警察、保護者和靈魂知己。

「我們在俄國要騎得快，才能站得穩，」在他重新繫上領帶時，她說了這句話，「這是很正常的。」

「那英國呢？」他邊笑邊問。

「你不是英國人，你在西伯利亞誕生，你的血液也一樣。別把你的血拿去賣。」

葉夫根尼的辦公室安靜得不得了。那是用鑲板裝飾得很溫馨的附屬建築，屋頂很高，大概是馬廄改建的，別墅裡的聲音根本無法穿透過來。奢華的古董樺木家具，飽和的金棕色閃閃發光。「是從聖彼得堡的博物館弄來的。」葉夫根尼說著，同時撫摸著一張大寫字臺。革命爆發時，博物館被暴民劫掠，收藏品流落到蘇聯全國各地。葉夫根尼說，他花了很多年才找到它的下落。接著他找到一個在西伯利亞坐過牢的八十歲老頭，這張寫字臺就是那老頭修復的。「我們管它叫卡瑞爾嘉，」他語氣驕傲，「是凱薩琳女皇最喜歡的。」牆壁上掛著一些男人的照片，不知為何，奧利佛知道這些人都死了。裱了框的畢業證書上畫有海上船隻的圖案。奧利佛和葉夫根尼坐在凱薩琳女皇的扶手椅上，頂上是亞瑟王風格的鐵吊燈。葉夫根尼有一張有稜有角的老臉，戴著一副金邊眼鏡，叼著古巴雪茄，對每個人來說都是很好的顧問和有力的朋友。夏爾瓦這位牧師般的律師一面微笑，一面吞雲吐霧。奧利佛帶來溫沙草擬的協議書，由他自己修正為白話英語。麥辛漢提供了俄文翻譯。米哈伊爾從桌子尾端像個聽障者般機警地留意著，用深海般的眼睛吞噬他聽不見的話。夏爾瓦用喬治亞語和葉夫根尼說話。在他說話之際，門關了起來，因為門原本沒有開，還讓奧利佛吃了一驚。眼光往四面一掃，他看到艾利克斯・霍本就站在屋內，像是個聽命行事的屬下，除非上頭下令，否則根本不能上前說話。葉夫根尼吩咐夏爾瓦別開口，他摘下眼鏡，跟奧利佛說起話來。

「你信任我嗎？」他問。

「信任。」

「令尊他信任我嗎？」

「當然。」

「那我們是有互信的。」葉夫根尼如是說，對夏爾瓦的反對置之不理，簽署了文件，然後往桌上一推，讓米哈伊爾也一起簽署。夏爾瓦從椅子上起身，靠著米哈伊爾的肩膀，指出要簽名的地方。米哈伊爾費力地一筆一劃刻著自己的名字，每個字母都是嘔心瀝血之作。霍本悄悄上前，自願擔任證人。在他們沾著墨水簽名時，奧利佛不禁想到了血。

在鋪了石板的地窖裡，平爐上木材生著火，正烤著一串串的豬肉和羊肉。大蒜蘑菇在空心磚上滋滋作響。一條條的喬治亞乳酪麵包堆疊在木盤上。葉夫根尼的妻子堤娜汀說，奧利佛得稱這個叫卡加普利。要喝飲料的話，有甜紅酒，葉夫根尼神祕地宣稱這是來自伯利恆[12]的自釀葡萄酒。在白樺木餐桌上，魚子醬、煙燻臘腸、辣雞腿、自製煙燻海鱒、橄欖和杏仁蛋糕，一盤盤地堆疊在一起，彷彿就要倒下，滿得連擦得發亮的桌面都看不到。葉夫根尼和奧利佛分據頭尾兩個位子。夾在兩人中間的是葉夫根尼有著傲人雙峰的女兒，和她們沉默寡言的丈夫。只有佐雅例外，她一個人孤孤單單地，只是這種孤單感很適合她。她用湯匙一口口餵著坐在她膝上的小保羅，彷彿他生了病似地，偶爾才將手中湯匙轉而送向自己豐滿而脂粉未施的嘴唇。然而在奧利佛的腦海中，她烏黑的雙眼永遠在他身上停駐，動也不動，就像他自己的眼睛也是盯著她不放，而保羅這孩子延續了她那股虛無飄渺的孤絕氣質。他先是把她看做林布蘭的模特兒，接著又成了契訶夫筆下的女主角，所以當艾利克斯．霍本在左右兩個面目可憎的年輕人陪伴下，拿著手提電話走進來，虛應地親吻了奧利佛此刻已在想像中熱吻過多次的肩膀，捏捏保羅的臉頰，讓小孩痛得大叫，接著一屁股坐在她旁邊，同時繼續對著手提電話講個沒完，而他看到佐雅抬起頭，以為人妻者不以為然的態度皺起眉頭時，他簡直氣壞了。

「你見過我丈夫嗎，奧利佛？」佐雅問。

「當然，見過幾次。」

「我也是。」她語帶神祕地說。

在餐桌的兩頭，奧利佛和葉夫根尼一再舉杯相互祝賀。他們為泰格乾杯，也為彼此的家人、健康、成功以及——雖然現在仍是共產黨執政時期——已經蒙主寵召的死者舉杯祝福。

「你以後就叫我葉夫根尼，我就叫你信差小子！」葉夫根尼大聲說著，「介意我叫你信差小子嗎？」

「你想怎麼叫都行，葉夫根尼！」

「我是你的朋友。我是葉夫根尼。你知道葉夫根尼是什麼意思嗎？」

「不知道。」

「是高貴的意思。就是說我是與眾不同的人。你也是與眾不同的人嗎？」

「我當然這麼希望。」

他又大聲喧嘩了一番。一手把鑲有銀框的公羊角拿過來，注滿來自伯利恆的自釀葡萄酒。

「為與眾不同的人乾杯！為泰格和他的兒子乾杯！我們愛你！你愛我們嗎？」

「愛得不得了。」

奧利佛和那兩兄弟把公羊角裡的酒一而盡，為他們的友誼乾杯，然後把公羊角倒過來，證明裡面的酒一滴不剩。

「現在你是真正的明格里人了！」葉夫根尼公開宣示，奧利佛再次感覺到佐雅譴責的眼神盯著他不放。但這一次霍本全看在眼裡，或許這就是她想要的，因為他發出了一聲粗魯的狂笑，用俄文咧嘴對她說了幾句話，逗得她反過來刻薄地大笑。

「我先生非常高興你來到莫斯科幫忙。」她解釋，「他很喜歡血，那是他吃飯的傢伙。你們會說吃

---

12 伯利恆（Bethlehem），指喬治亞共和國境內西部的城鎮，以保存有古老文字而著名。

飯的傢伙嗎？」

「倒是沒有。」

他們深夜在地下室醉醺醺地打撞球。米哈伊爾是教練兼裁判，葉夫根尼打的每一球都由他一手策劃。夏爾瓦從一個角落仔細看著，霍本凝視的雙眼從另外一個角落傲慢地監視著比賽的一舉一動，同時對著行動電話說個沒完。他是在跟誰這樣親暱地說話？他的情婦？他的股票經紀？奧利佛不以為然。他想像一個像霍本這樣的男人站在暗處，站在黑暗的門口，穿著一襲黑衣，等候人的吩咐。

包著黃銅的球桿沒有皮頭。黃色的球差點打不進角度很深的球袋裡。撞球臺是斜的，是之前飲酒作樂時把臺布給扯爛變形了，臺子的襯裡被打到時還會叮噹作響。每次只要有人成功地撞球入袋——這很少發生——米哈伊爾就會以喬治亞語大聲報出分數，霍本就得滿臉不屑地翻成英文。葉夫根尼常常打不到球，米哈伊爾這時就會對撞球、撞球臺和臺布來一個盛產石油的高加索人的詛咒，但從來不會對他景仰的哥哥說出半句重話。可是，每當岳父展現出他的無能，霍本的鄙夷就會益發強烈：他吸氣時就像是將痛苦壓下來般眉頭一蹙，細長的嘴唇邊對著行動電話滔滔不絕，邊流露出鬼魅般的冷笑。堤娜汀出現了，以一股足以讓奧利佛的心靈融化的優雅氣質，領著葉夫根尼上床就寢。一名司機正等著將奧利佛送回旅館。夏爾瓦護送他到車旁。正要上車時，奧利佛深情地往那房子回頭一望，他看到了佐雅，現在她身邊沒有孩子，褪去了上衣，從樓上的一扇窗戶往下凝視著他。

次日早晨，在半晴半陰的天空下，葉夫根尼帶著奧利佛去見幾位很好的喬治亞人。米哈伊爾負責開車。他們行經一座座灰色的兵營。在第一座兵營時，他們沿著一條中世紀的狹長通道開過去，沿途散發著廢鐵的氣味，還是，那是血的氣味？到了下一處兵營，一位眼睛像是蜥蜴、布里茲涅夫時代遺留下來的七十歲老人，捍衛著他那張大大的黑書桌，彷彿那是一項戰爭紀念品，老人上前來擁抱他們，端上一杯又一杯的甜咖啡。

「你是泰格的兒子？」

「是的。」

「那麼矮小的傢伙怎麼生得出這麼大的孩子？」

「聽說他有一種藥方，先生。」

眾人放聲大笑。

「你知道他最近讓幾分？」

「十二分，別人跟我說的。」沒人跟他說過這句話。

「告訴他說，達托是十一分。他會氣瘋的。」

「我會轉告他的。」

「藥方！真有一套！」

從來沒有人提起的信封：灰藍色，戰時的品質，和大頁書寫紙一般大小的信封，眾人正在談比較令人開心的事情，葉夫根尼這時從手提箱中取出信封，推到書桌對面。達托一味討好地低頭凝視，一路緊盯著信封，同時又裝做沒在留意的樣子。那裡面裝了什麼？葉夫根尼前一天簽署的同意書的副本嗎？信封太厚了。一疊鈔票嗎？那又太薄了。還有，這裡是什麼地方？血液部？達托又是何方神聖？

「達托是明格里亞人。」葉夫根尼心滿意足地說。

在車裡，米哈伊爾緩緩翻著一本盜版的美國漫畫。奧利佛內心突然起疑，但沒有立刻掩飾住臉上表情：米哈伊爾識字嗎？

「米哈伊爾是天才。」葉夫根尼忿忿地說，活像奧利佛開口問過這個問題似地。

他們走進閣樓，裡面全是修飾整齊的女祕書，和泰格的祕書差不多，不過姿色更勝一籌。一排排電腦，顯示全球股票市場的走勢。上前迎接他們的是一位身材修長的年輕人，穿著一套義大利西裝，名叫伊凡。葉夫根尼將一只和先前差不多的信封交給伊凡。

「祖國近來可好？」伊凡相當世故地操著一口翻新的三零年代牛津英語。一個美麗的女子用托盤端了幾杯金巴利蘇打過來，擺在彷佛也是來自聖彼得堡博物館的花梨木邊櫃上。「乾杯。」伊凡說。

他們被送到距離紅場不遠的一家西式旅館。旋轉門兩側有便衣警察把守，大廳有一座粉紅色的噴泉，電梯用一盞水晶吊燈照明。在二樓，穿著低胸禮服的賭臺女荷官從空無一人的輪盤賭桌看著他們。在一扇標示著「二二二」的門邊，葉夫根尼按下門鈴。前來應門的是霍本。在一間瀰漫著香菸煙霧的圓形起居室，有一個滿臉鬍鬚、一臉苦相的卅歲男子，名叫史提班，正坐在一張鍍金椅子上。他前方是一張鍍金的沙發几。葉夫根尼將手提箱往沙發上一擺。霍本仔細注意著，就像他留意每件事情一樣。

「麥辛漢把該死的巨無霸噴射機弄來了沒？」史提班問奧利佛。

「我在離開倫敦時所知的是，只要你這裡準備好，我們就準備進行。」奧利佛僵硬地回答。

「你是英國大使的兒子還是哪個王八蛋？」

葉夫根尼用喬治亞語和史提班說話。他的語氣堅定，帶著些微責備。史提班站了起來，老大不情願地伸出手。

「很高興認識你，奧利佛。我們是換血兄弟，好嗎？」

「好。」奧利佛同意。讓奧利佛很受不了的一陣巨大而病態的笑聲，在回到他下榻旅館的路上，不斷在他耳邊迴響。

「下次你來，我們帶你去伯利恆。」葉夫根尼向他保證，兩人再度互相擁抱。

奧利佛上樓回自己房間打包。他的枕頭上放著一個以棕色布紙包裝的包裹，還有一只信封。他打開信封。裡面的信看起來像一份手寫試卷，奧利佛感覺是來回寫了好幾次才寫出一份可以接受的版本。

奧利佛，你有純潔的心，不幸的是你一切都是裝出來的，所以你什麼都不是。我愛你。佐雅

他打開包裹。裡面是一只黑色漆盒，每個敲詐觀光客的地方都有賣的那種。盒裡是一顆用杏紅色衛生紙剪出來的心。上面一滴血也沒有。

•

要去伯利恆，一定得在英航的飛機剛在雷姆提耶機場後降落就趕緊下機，然後由另外一班溫馴的移

民官火速處理，轉搭一班雙引擎的伊留申噴射機，飛機上有俄羅斯國際航空的記號，但機上所有旅客都是熟人，飛機正不耐煩地等著將你載到喬治亞的第比利斯。葉夫根尼的整個家族都在飛機上，奧利佛向他們全體敬禮，擁抱距離他最近的人，同時向和他距離比較遠的人揮手致意，至於佐雅，她是離他最遠的人——和保羅坐在機艙裡比較遠的角落，而她的丈夫則和夏爾瓦坐在前排——他有氣無力地向她揮揮手，感覺好像對她不太熟悉，意思就是，嗯，是，現在想想，當然了，他確實認得出她。

抵達第比利斯時，很可能會遇上強烈颶風，機翼開始搖晃，把細石和髒東西打在你身上，你匆匆忙忙地到航站尋找遮蔽。除此以外，在機場的接機排場不算大，不過是全市逾半的地方鄉紳全都出動，穿上最好的衣服來到了機場。還有一個皮膚閃閃發光、患了白子症的維修工人，名字叫做特穆爾，他就像喬治亞的所有人一樣，是堤娜汀的表弟、外甥、教子，或是她在學校裡最好朋友的兒子。咖啡和白蘭地，以及高如金字塔的食物，正在貴賓廳等著你，上路之前會一再舉杯祝賀，乾了又乾。黑色吉爾汽車、前導摩托車、還有一輛尾隨在後的卡車，裝載穿著黑色制服的特種部隊。這樣浩浩蕩蕩的車隊，連安全帶都沒繫上，就死趕活趕地帶著你往西行，橫越一片顛簸的山脈，前往明格里亞的應許之地。葉夫根尼一路上得意地強調，當地居民很有一套，懂得在侵略者到達之前，先讓自家婦女們懷孕，因此他們可以宣稱擁有喬治亞最純的血液。隨著汽車奔馳駛過如蛇般蜿蜒的道路，以之字形路線穿過走失的狗、羊、戴著三角形木項圈的黑白毛豬、馱騾，迎面而來的卡車和路面上的巨大坑洞，這些都籠罩在一種純真的幸福感當中，而這種氣氛漸漸濃烈，一方面是因為一口口喝著紅酒和奧利佛從免稅商店買來的麥芽威士忌，再者就是知道經過幾個月的操作之後，這三項計畫即將在未來幾天簽訂、付款和運送。這不是葉夫根尼個人的保護國，他青年時代的家園嗎？這條通往伯利恆的危險之路上的每一個地標，難道沒有讓葉夫根尼的妻子提娜汀，和他正在開車的弟弟米哈伊爾，以及最重要的、這個對一切都感覺很新鮮的貴客奧利佛，對當地完美的事物充滿興趣，一同分享，而且讚嘆連連？

在他們後面的另一輛車裡，坐著葉夫根尼的兩個女兒，其中之一就是佐雅，保羅正坐在她大腿上，而佐雅雙手環抱著他，臉頰也貼著他的臉頰，隨著車子顛簸、搖晃、跟隨著前面的車子。即使是用後腦杓想，奧利佛也知道她完全是因為他才患上了憂鬱症。他不該來的，他應該放下他的工作，他一切都是裝出來的，所以他什麼都不是。然而她洞悉一切的眼睛，無損於葉夫根尼的歡樂魔法帶給他的樂趣。俄國根本不配得到喬治亞，葉夫根尼如此堅稱，一部分是操著他只此一家、別無分號的英語，一部分是透過霍本傳達。霍本沒好氣地窩在後座，擠在奧利佛和提娜汀中間：信仰基督教的喬治亞每回請求俄國保護他們不被穆斯林的遊牧民族侵略時，俄國就會偷竊喬治亞的財富，然後對她棄而不顧……

但這番說教被另外一番說教給打斷了，因為葉夫根尼必須指出山頂的堡壘、通往哥里的路，號稱史達林誕生的那棟該死的破房子就在哥里，還有（如果相信葉夫根尼的說法）歷史和耶穌一樣悠久的大教堂，喬治亞最初的諸位國王都是在這裡加冕。他們沿路經過的房子，還有迴紋裝飾的陽臺，搖搖欲墜地懸在偌大的峽谷邊緣，還有一個宛如鐘塔的鐵鷹架，標誌出一位有錢人家少爺的墳墓所在。葉夫根尼透過霍本，鉅細靡遺地娓娓道來，開始講述某一種道德傳說，說這個富家少爺是個酒鬼，結果這位有錢人被母親責備了幾句，就當著母親的面，用一把左輪手槍轟掉了自己的腦袋，葉夫根尼還用手指指著自己太陽穴來示範。這位富少的父親是個商人，傷心欲絕之下，將兒子的屍體埋入一缸四噸重的蜂蜜裡，以保屍體永不腐壞。

「蜂蜜？」奧利佛頗為懷疑地重複了這兩個字。

「就保存屍體而言，蜂蜜還真是他媽的好東西。」霍本冷冷地說，「你問佐雅就知道，她是學化學的。也許將來還能幫你保存你的屍體。」他們一語不發地往前開，直到鷹架消失在眼前。霍本用手機打出一通電話。奧利佛注意到這是另外一種電話，不是他在莫斯科或倫敦愛用的那一種。這隻電話用一圈線圈連接著一個女巫的黑盒子。只要一滴血，就能解讀你所有的祕密。按了三個按鈕之後，他已經在喃喃低語了。車隊在一個偏僻的加油站停下來加油。在臭氣熏天的馬桶旁，有一個暫時湊合著用的籠子，籠子裡的一隻大棕熊正不偏不倚地檢視著這幫人。「米哈伊爾．伊凡諾維奇說，我們一定要知道大熊是靠哪一側睡。」霍本帶著明顯的嘲弄一翻譯，暫時中止和電話裡頭那個人的對話，但沒有掛斷電話。「如果熊是靠左側睡，你就要吃右邊。因為左側會太硬，咬不動。如果熊是用左手爪子自慰，你就吃右掌。你想吃熊肉嗎？」

「不了，謝謝。」

霍本繼續回去講他的電話：「你應該寫信給她。她等你回來等得快發瘋了。」

陽光打在路面，讓瀝青變成一灘一灘的。車上充滿松樹林的香氣。他們經過一棟在栗子樹林裡蓋起來的房子。大門是打開的。「門關起來就表示丈夫在家，」霍本再度以吟誦的口吻翻譯著葉夫根尼的話，「門打開，就表示他外出工作，你可以進去搞他老婆。」他們往上爬，左右兩側下方的平原都很平坦。白雪覆蓋的山，在無盡的穹蒼下閃閃發亮。他們前面就是黑海，有一半掩蓋在它自己的朦朧水霧中。路邊一間禮拜堂標示出路上一處危險的彎道。米哈伊爾搖下窗戶，朝坐在階梯上的老人大腿上扔出一把銅板。「這傢伙是個百萬富翁。」霍本愁眉苦臉地說。葉夫根尼在一棵樹前叫停車，老舊樹枝纏著一條條彩色的絲帶。這是一棵夢想之樹，霍本解釋，又替葉夫根尼做起翻譯：「只有善良的願望才可能繫上。惡毒的願望會反彈到許願者身上。你有什麼惡毒的願望嗎？」

「沒有。」

「我個人倒是整天都有惡毒的願望。尤其是夜深人靜和一大早時。葉夫根尼・伊凡諾維奇出生在申那基，」霍本繼續說著，這時，葉夫根尼・伊凡諾維奇大喊一聲，粗壯的手臂指著山谷。「米哈伊爾・伊凡諾維奇也是在這個城市出生的，後來蘇聯將它改名為申那基。『我們的父親是申那基軍事基地的指揮官。我們家就在申那基城外的一個軍事城鎮。這棟房子蓋得很好。家父是個好人。明格里亞人個個愛戴家父。家父在這裡過得很快樂。』」葉夫根尼提高了聲音，他的手臂轉了個方向，指著海岸線。「『我在巴圖米讀小學。在巴圖米讀海軍學校。我妻子是在巴圖米出生的。』你還想聽這些陳年往事嗎？」

「是的，請說下去。」

「『去列寧格勒之前，我在敖得薩讀大學。研究船隻、建築物、海事。我的精神都放在黑海的水域，在明格里亞的山上。我將來就要死在這個地方。』你要我把門開著，好讓你搞我老婆嗎？」

「不用。」

談話再度停止。米哈伊爾和葉夫根尼特意下車，走到馬路對面。奧利佛一時興起，就跟在兩人後面。一個身形瘦長的人、趕著滿載橘子和甘藍菜的驢子，在路邊停下來看。衣衫襤褸的吉普賽小孩，拄著拐杖看著這對兄弟穿過他們中間，登上一道狹窄的黑色樓梯，梯上長滿雜草，而奧利佛就尾隨在兩人後面。這對兄弟來到一個黑色鋪石的小洞室。樓梯是由大理石打造而成。旁邊是一道黑色大理石欄杆。牆壁上嵌著一尊雕像，是一個纏著繃帶的紅軍軍官，英勇地激勵部隊上場作戰。岩石上嵌著一個迷濛的玻璃罩，罩子裡是一張戴著尖頂帽的年輕俄國士兵的照片，如今已經褪色、陳舊了。米哈伊爾和葉夫根尼肩並肩站在一起，低著頭，雙手合十祈禱著。他們順序混亂地往後退一步，在胸前劃了好幾次十字架。

「我們的父親。」葉夫根尼用粗啞的聲音解釋。

他們回到車上。米哈伊爾成功地繞過一個U型彎道，面對面碰上一個軍方的檢查站。他搖下車窗，但沒有停車，然後以右手搥搥左肩，表示身分尊貴，但哨兵顯然不為所動。米哈伊爾詛咒了一聲，將車停下，這時，維修工特穆爾從他們身後跳下車，親吻其中一人，而對方也回以擁抱和親吻。車隊繼續前進。他們到達頂峰。一片蒼鬱的大地就在他們眼前展開。

「他說還要再一個小時才會到，」霍本翻譯著，「他說騎馬的話要花上兩天功夫。他是屬於那個時代的，那個該死的騎馬的時代。」

一片山谷、哨兵、一架旋翼還在轉的直升機、一片山壁。葉夫根尼、霍本、堤娜汀、米哈伊爾和奧利佛登上第一架直升機，機上戴著一箱伏特加和一幅畫，畫上是一個戴著蕾絲領的傷心老婦，這幅畫從莫斯科跟他們一路來到此地，掉落一塊塊的石膏畫框。直升機爬上一個瀑布，沿著一條小馬走的路徑，緩緩爬上山壁，在兩座白色的山峰之間下滑，進入一個狀如十字架的翠綠山谷。十字架的四翼各有一個小村落窩在當中，在葡萄園、穀倉、吃草的牛、森林和一片湖水之間，一座古老的石造修道院座落在正中央。這群人笨手笨腳地下了直升機，奧利佛尾隨在後。山上的居民和小孩朝他們跑過來，奧利佛很開心地發現，小孩的頭髮真的是棕色。直升機起飛，飛下山頂時，也一併帶走了引擎的嘈雜聲。奧利佛聞到松樹和蜂蜜的味道，還聽到青草翻動和溪水涓涓流動的聲音。一頭剝了皮的羊掛在樹上，木頭燃燒的煙霧從一個洞裡不斷冒出來。草地上鋪著一張張粉紅色和深紅色的華麗手工地毯，喝酒用的羊角和酒葫蘆堆疊在桌上。村民聚集在他們周圍。葉夫根尼和堤娜汀一一擁抱他們。霍本坐在一塊岩石上，耳朵緊貼著電話，腳邊則是一個黑盒子，沒有擁抱任何一個村民。直升機載著佐雅和保羅，還有另外兩個女兒和她們的丈夫回來，然後再次起飛。米哈伊爾和一位手持獵槍的大鬍子巨人大步走向森林。奧利佛和大夥兒一起走到斜坡上一座牧場中央的木造農舍平房。剛踏進農舍時，他眼前一片漆黑，漸漸地，他看到一座磚造壁爐。一個金屬火爐。他聞到樟腦、薰衣草和大蒜的氣味。臥房裡的地板沒有鋪任何東西，俗豔的聖像框在破舊的畫框裡：神聖的聖嬰在母親用衣服遮蓋著的胸口哺乳，耶穌被釘在十字架上，但滿懷欣悅地伸展著身體，已經往天國飛升了，耶穌安然返抵家門，坐在聖父的右邊。

「莫斯科不准的事情，明格里亞人都喜歡得不得了，」霍本替葉夫根尼這麼說，然後打了個呵欠，「一點都沒錯。」他補充道。

一隻貓跑上前來，大夥兒百般溺愛地哄了一番。漸漸碎裂的石膏框裡的老婦人，原本八成是擺在這火爐上面。孩子們全都站在門口，等著看堤娜汀從大城市帶了什麼新奇玩意兒回來。有人在村裡演奏音樂。有人在廚房裡唱歌，而這個人就是佐雅。

「她的歌聲和山羊差不多，你同意嗎？」霍本問道。

「不。」奧利佛說。

「那你一定是愛上她了。」霍本證實了這一點，一副心滿意足的樣子。

流水席連吃了兩天，但奧利佛直到第一天將盡時，才發現他出席的是山谷長老們所開的一場高層商業會議。他開始學到不少事情。獵熊時，最好朝牠們的眼睛開槍，因為熊身其他部位都穿了一件乾泥的防彈盔甲。按照當地習俗，宴席時要將酒灑在地上，以滋養祖先的靈魂。明格里亞的葡萄酒是用許多不同的葡萄釀製而成，像克羅什、巴內希、丘第和卡穆里葡萄之類。如果拿啤酒向一個人舉杯敬酒，事實上是在咒罵對方。明格里亞人的祖先其實就是傳說中尋找金羊毛的阿爾哥號英雄，在傑森的指揮統御之下，在距離此地不到廿公里的地方，建起了一座大堡壘收藏金羊毛。一個彷彿沒聽說過什麼叫俄國大革命的偏激神職人員告訴他，在胸前劃十字的時候，一定要先將兩根手指頭和拇指合在一起——還是只是大拇指和第四根手指，他的魔術師手指太過笨拙，沒辦法確定——然後三指朝上，代表三位一體，接著碰一下眉毛，然後是腹部左右兩側，這樣他往下看的時候，才不會看到魔鬼的十字架。

「不然的話，你也可以把苜蓿塞進屁眼裡。」霍本低聲建議，然後用俄語把這個笑話重複一遍，好讓跟他講電話的人聽懂。

奧利佛參加的這場商業會議，原來是起因於葉夫根尼的偉大夢想。他的這個偉大夢想，就是聯合十字架形山谷的四個村落，成立一家種植葡萄的合作事業，藉著整合土地、勞力、資源以及讓水路改道，再加上採用西班牙等國的技術，生產出最優質的葡萄酒，不只是明格里亞，也不只是喬治亞，而是全世界最好的葡萄酒。

「這成本將以百萬計，」霍本很簡潔地以翻譯報告，「可能要幾十億。沒有人有半點頭緒。『我們必須蓋公路，蓋水壩，必須買機器，在山谷裡蓋倉庫。』這些費用誰來出？」結果答案就是米哈伊爾和葉夫根尼·伊凡諾維奇·奧洛夫。葉夫根尼已經從波爾多、里奧哈和納帕谷請來栽種葡萄的人。他們異口同聲地稱說葡萄的品質極佳。他的間諜已經記錄了溫度和降雨量，測量了山坡角度，採集了土壤樣本和花粉數。負責灌溉、造路、貨運和進口的人，已經證實這項計畫確實可行。他對村民說，葉夫根尼會弄到錢的，請他們放心。「他會把我們賺的每一分盧布都送給那些混蛋。」霍本這麼保證。

夜幕低垂。怒火衝天的血紅色天空在群山背後冒出來，繼而消失。樹木之間點起了燈籠，音樂悠揚，剝了皮的羊在火上轉動。男人開始唱歌，其他人圍成一圈拍著手，一班女孩子正在表演一齣舞蹈。在圓圈外面，諸位長老聚在一起談話，只不過奧利佛已經聽不見，霍本也已放棄不翻了。長老之間起了爭執，一位老人把來福槍朝另外一個老人不停地晃動。眾人都在看著葉夫根尼，他說了一個笑話，得到了稀稀落落的笑聲，然後向前往他的聽眾們更近一步。他張開雙臂，他開口斥責，然後再宣誓保證。按照掌聲判斷，這個保證想必非同小可，諸位長老的爭吵平息下來。霍本倚著一棵西洋松，對著他的巫婆電話深情低語，他的影子也隨著黑暗的來臨，逐漸放大。

在辛格公司，緊張的氣氛是聽得出來的。衣著拘謹的打字員，走路時每個步伐都小心謹慎。交易室是士氣的指標，現在謠言傳來傳去。泰格談大生意去了！辛格公司這一回若不是要發大財，就是要倒大楣！泰格已經準備要狠狠地大撈一票。

「你說葉夫根尼的興致很高昂？太好了。」泰格快速地說。這是他在奧利佛到東方短期旅行過後，某次偶然聽取報告時說的。

「葉夫根尼真了不起，」奧利佛忠心地答道，「米哈伊爾就在跟他身邊。」

「很好，很好。」泰格說，然後馬上投入營運成本和股票發行的千頭萬緒當中。

堤娜汀寫了一封信來，要奧利佛一定要和她另外一個遠房表妹連絡，這回這個女孩叫妮娜，在東方與非洲研究學院教書，是明格里亞一位已故小提琴家的女兒。奧利佛將這封信當成是佐雅的母親給他的溫和暗示，希望容易動心的他轉移目標，於是立刻提筆寫了一封信給這位小提琴家的遺孀，並獲邀到貝斯渥特茶敘。這位遺孀穿著一件寬鬆的罩衫，是一位退休的女演員，習慣用手背撥開瀏海，但她的女兒妮娜答應教奧利佛講喬治亞語，不過她也警告他，說要這要很多年才學得會。

「越久越好！」奧利佛義無反顧地說。

妮娜生性心高氣傲，她對喬治亞和明格里亞的感情更因流亡而加深。奧利佛不帶任何批判地欣賞她看重的每一件事物，令她頗為感動。只不過，她對石油、廢鐵、血和七千五百萬的賄款全都一無所知。

奧利佛讓她繼續保持純真。兩人很快就同枕共衾。如果奧利佛意識到是佐雅迂迴地促成了他們兩人的結合，他也不會有任何罪惡感。他為何要有罪惡感？他只懷著感激，因為和妮娜的親密關係，他才得以讓自己遠離一位重要生意伙伴掠奪成性的妻子，她赤裸的胴體仍舊從莫斯科那棟房子樓上的窗戶，充滿挑逗地照耀著他。在妮娜的引導下，他讓自己被喬治亞文學和民謠作品包圍。他彈奏喬治亞音樂，還在他公寓裡的一面牆壁上貼起高加索山的地圖，他那間高級公寓就座落在卻爾西港的一座塔式大樓內，是用辛格經紀公司的資金蓋起來的，可是髒亂得令人不忍卒睹。

信差小子很快樂。不是為快樂而快樂，因為奧利佛從不將歡樂視為一種可以達成的理想，而是一種積極的快樂，創造性的快樂。謹慎地享受戀愛的快樂，如果他對妮娜的感覺是愛的話。他也樂在工作——只要他的工作是拜訪葉夫根尼和米哈伊爾和堤娜汀，只要霍本陰險的影子不要老是在他身邊，而佐雅繼續對他視而不見。她幽怨的雙眼曾經不斷吞噬著奧利佛，如今卻拒絕承認他的存在。如果他在廚房和堤娜汀切菜，她就絕對不進廚房。在走廊、在樓梯上，拖著保羅在各個房間跑來跑去，把頭髮垂下來遮著臉。

「跟你爸爸說，一個星期之後，他們就會簽署所有文件，」葉夫根尼邊打著石器時代的撞球邊說道，而且確信除了霍本、米哈伊爾和夏爾瓦之外，其他人都聽不見他說的話。「告訴他，文件簽好之後，他就得到明格里亞來獵熊。」

「那您一定也得來多塞特獵雉雞。」奧利佛這麼回道，接著雙雙擁抱對方。

這回沒有信件要他隨身帶回。奧利佛將那兩句口信記在腦子裡。搭機回國時，這兩句口信讓他開心得不得了，甚至有了向妮娜求婚的念頭。這一天是一九九一年八月十八日。

•

兩個晚上過後，妮娜說著喬治亞語啜泣著。她在電話上哭，到奧利佛公寓時哭，他們像一對老夫老妻似地並肩坐在沙發上，滿心恐懼看著新俄國在無政府狀態邊緣風雨飄搖時，她還是哭個不停。勇敢的領袖被從墳墓裡跳出來的保守反動派抓住，報社關閉，全市到處都是坦克，國家最高層人士像保齡球球瓶一樣，從權力寶座上摔了下來，帶走了為廢鐵、石油和血精心設計的企畫案。

庫松街上仍是夏天，但沒有一隻鳥兒在唱歌。石油、廢鐵和血，這些好像從來不曾存在過似的。承認這些東西的存在，就等於承認它們的死亡。近代史書已經默默地被重寫，交易室的青年男女被派去尋找其他的補貼。除此之外，什麼都沒發生過，根本沒有任何事情發生。沒有數千萬的投資化為塵土，沒有付出大筆的預支佣金，沒有任何賄款落在美國的中間人和官員頭上，沒有人依照冷藏巨無霸噴射機的租約付了頭期款。庫松街五個黃金樓層和當中揮金如土的承租人，無論暖氣、燈光、租金、汽車、薪資、紅利、健康保險、教育保險、電話和娛樂帳單，都穩當得很。泰格是其中受到影響最少的一個。他的步伐比以前還輕，走起路來更是前所未有的驕傲，他的眼光更遠大，他身上的海沃西裝比以前更俐落。只有奧利佛——或許還有古普塔，也就是泰格的印度裔雜役——知道盔甲底下隱藏的痛苦，知道這個脾氣暴躁的英雄隨時可能崩潰。然而，當奧利佛在無可救藥的同情心之下，選了一個時刻來同情他的父親時，泰格立刻惡狠狠地還以顏色，讓奧利佛氣得全身發抖。

「我不要你的同情，謝謝。我不要你的溫柔體貼，或是無害的倫理關懷。我要的是你的尊重、你的忠心、你的頭腦、你的奉獻，還有，只要我仍是資深合夥人，你就要對我言聽計從。」

「哦，對不起。」奧利佛喃喃地說。既然泰格這麼堅持，他就回房間去打電話給妮娜，不過沒找到人。

她怎麼了？他們上一回見面時並不愉快。起初，他說服自己相信，是佐雅已經展開了破壞行動。然後他忿忿不平地回想起來，上次他喝醉了，酒醉時他對妮娜說溜了嘴——出於他寂寞心靈的善良本質，如此而已——不小心透露出他和她口中的表姨父葉夫根尼交易時的細節。他隱約記得在一個很無聊的時刻說過，萬一蘇聯走岔了路，辛格公司就會一無所有。她向他逼問時，他覺得有責任粗略說明辛格公司在她表姨父的幫助和啟發之下，計畫要用俄國的基本物資大賺一筆，例如，好吧，說得直接一點，血液。這時候，妮娜突然臉色蒼白，而且非常憤怒，揮拳往他的胸口揍去，連聲咒罵地衝出他的公寓——她不是第一次這樣，因為她也具有明格里亞人反覆無常的個性——之後再也沒有回來過。

「她已經交了新男朋友來報復你，奧利佛。」她母親心煩意亂，在電話上向他坦白此事。「她說你太墮落了，親愛的，比該死的俄國人還糟糕。」

可是那兩兄弟怎麼樣了？堤娜汀和他們的女兒呢？伯利恆怎麼了？佐雅呢？

「那兩兄弟被革職了。」麥辛漢突然這麼說，自從他的中間人角色被奪走，轉給了一個讓人討厭的資淺合夥人之後，他就一直心懷嫉妒。「被放逐。流亡。送到西伯利亞去了。被警告再也別出現在莫斯科、喬治亞，或是任何地方。」

「霍本和他的朋友呢？」

「哦，好哥兒們，他們的運勢永遠不會走下坡。」

他們的運勢？誰的運勢？麥辛漢沒說清楚。「葉夫根尼成了一堆廢鐵，親愛的。更別提石油和血了。」他凶巴巴地回嘴。

俄國現在紛擾不休，和當地通訊的情況亂七八糟，奧利佛被禁止打電話給葉夫根尼或是他在偏遠地區的貿易站。不過，他整晚都蹲在卻爾西一個不衛生的公用電話亭，對海外的總機連哄帶騙，外加拚命苦求。他想像自己看到葉夫根尼穿著睡衣，騎著摩托車將引擎加速，在距離他幾英尺的地方，電話悄悄響起。總機小姐是艾克頓人，已經聽說一群暴民正衝進莫斯科的電話局。

「我想應該再過幾天吧。」她這麼建議，就像是學校裡的保母在聽他抱怨哪裡疼痛。

這就像是把通向希望的最後一扇窗，對著奧利佛的臉上一甩。佐雅說得沒錯。妮娜說得對。我早就該拒絕了。如果我可以繼續販賣俄國窮人的鮮血，如果可以畫出底線，這條底線又該畫在哪裡？葉夫根尼、米哈伊爾、堤娜汀、佐雅、白色的山岳和流水宴席，一輩子陰魂不散地纏著他，一如他自己無法遵守的承諾。在位於卻爾西港的公寓裡，他將高加索山的地圖取下，往他那間閒置的白色廚房的垃圾桶裡一塞。妮娜的母親推薦了一位代課老師，一位年長的騎兵隊軍官，過去一度是她的情人，直到他失去職權為止。奧利佛忍著聽他講了幾堂課，就將剩下的課程全取消了。他在辛格公司非常低調，辦公室總是大門深鎖，連午餐也是叫三明治來吃。流言傳到他耳裡，就像那些從前線發出來、語句荒謬不堪的急報。麥辛漢聽說有一大批軍用電解液埋在布達佩斯城外。泰格命令他前去探查。白白浪費了一個星期之後，他空手而回。布拉格有一群青少年數學家要修理工業用電腦，只向製造商收取些微的費用，但他們需要一套價值百萬的設備才能成立。麥辛漢，我們的無任所大使，於是飛往布拉格，和幾個滿臉鬍子的十九歲天才會面，回來後表示，這個計畫是一樁欺騙老實人的騙局。可是——就像泰格一直亟力提醒奧利佛的——藍迪這個人是說不準的。哈薩克有一家紡織工廠，號稱能生產數以哩計的波紋威爾頓絨毯，比真貨亮麗兩倍，但價格只要四分之一。據說在視察過一個用生鏽的鐵桁架搭起來的淹水工地之後，麥辛漢表示，這工廠距離生產還有一段時間。泰格對此頗感懷疑，但還是把他的建議按捺下來。傳說烏拉山脈發現了大批黃金，不要跟任何人說。這回輪到奧利佛到莫果札山的一間農舍蹲了三天，等著一位備受信任的中間人，同時還要被他父親的緊急電話疲勞轟炸，結果這個人根本沒有出現。

泰格自己已選擇了一條與世隔絕和沉思的路。他總是凝視著不知名的遠方。有耳語說，他曾兩度被召到倫敦城去提出解釋。像取消抵押品贖回權這種不是好兆頭的話，在交易室裡悄悄流傳著。不知為何，他開始出門旅行。奧利佛有一次到公關部時，無意間看到一份支出清單，寫著「泰格．辛格先生暨夫人」在利物浦一間大飯店的皇家套房住了三個晚上，而且大肆揮霍。所謂的辛格夫人，奧利佛認為應該是凱特的搖籃的老闆娘凱特琳娜。司機加松提出的加油收據顯示，先生和夫人坐的是勞斯萊斯。泰格經常到利物浦。他就是在這裡闖出了名號，被稱為受壓迫之犯罪階級的辯護律師。從利物浦回來之後一個星期，就有三位寬肩膀的土耳其紳士，穿著光鮮亮麗的西裝出現在庫松街，他們在管理員的簿子上登記的地址是伊斯坦堡，而且是奉命來見泰格本人。最令人不安的，是奧利佛可以發誓說他聽到了霍本那帶著濃濃鼻音的聲音，以及麥辛漢的聲音一起穿透威基伍德的雙扇門傳了出來，那時他找了個藉口去找潘姆．霍斯蕾，然而潘姆說話就和往常一樣神神祕祕：

「裡面在開會，奧利佛先生。恐怕我只能跟你說這麼多。」

奧立佛整個早上都緊張兮兮地等著被召見，結果根本沒有人通知他。到了午餐時間，泰格帶著他粗壯結實的客人到凱特的搖籃用餐，但奧利佛還沒來得及看到他們，這班人就出了電梯，走上大街。幾天過後，他再次查閱泰格的花費，發現有一系列項目旁邊都寫著一個地名，伊斯坦堡。麥辛漢也重新開始到外地出差。他最常去的地方是布魯塞爾、北塞浦路斯，以及西班牙南部，最近一家海外辛格公司就在這裡開設了一連串的連鎖迪斯可酒吧、分時度假的度假村和賭場。既然藍迪．麥辛漢被交易室認為是那種讓人難以掌握的幹練人物，不免有人臆測，為什麼他看起來總是這麼一派輕鬆，還有，他那只前外交部的黑色公事包裡，可能藏著什麼祕密。

一天晚上，奧利佛正在將辦公桌上鎖之際，泰格本人出現在門口，提議兩人一起去凱特的搖籃吃點東西，一如既往，就他們父子倆。凱特不在餐廳。奧利佛懷疑是泰格特地要她迴避。招呼他們的是領班阿爾瓦洛。永遠為泰格保留的那張角落桌子，是一個燈光昏暗的紅色天鵝絨小窩。他點了鴨肉和波爾多紅酒。奧利佛也點了同樣的東西。泰格一時忘了奧利佛很討厭吃沙拉，叫了兩份特選沙拉。他們和平常一樣，先聊聊奧利佛的感情生活。不願意承認和妮娜的戀情告吹，奧利佛寧願粉飾太平。

「你是說你終於要定下來了？」泰格高興得不得了，「老天。我本來以為你會當個鑽石王老五到四十歲。」

「我想這就是人算不如天算吧。」奧利佛的眼中含著淚水。

「你和葉夫根尼說過這個好消息沒有？」

「我怎麼說？他已經失聯了。」

泰格咀嚼到一半停了下來，這意味這塊鴨肉可能不合他的口味。他的眉毛縮在一起，形成一個不完整的山形牆。後來，他的下顎繼續轉動，奧利佛這才鬆了一口氣。這終究還是美味的鴨肉。「我好像記得你去過他那個鄉下地方，」泰格說，「他打算在那裡釀優質葡萄酒。是嗎？」

「那稱不上是一個地方，爸爸。那是山上的幾個村子。」

「但房子應該很氣派吧？」

「恐怕不是。按照我們的標準，算不上氣派。」

「這個計畫具有可行性，是嗎？我們應該會感興趣，是嗎？」

奧利佛不以為然地笑了笑，這時想到泰格的身影大老遠跑到伯利恆去，他多少感到心寒。

「說實話，這恐怕有點癡人說夢。葉夫根尼不是我們所謂的生意人，他屆時一定會不知不覺把錢揮霍殆盡。」

「為什麼這麼說？」

「首先，他沒有估算到基礎建設，」他想起霍本對這個計畫的不屑一顧，「這可能會變成一個無底洞。道路、水路、築梯田，天知道。他打算雇用當地勞力，可是他們沒有技術；那裡有四個村子，彼此衝突得很嚴重。」反射性地喝了一口波爾多紅酒，一面急著想出其他理由。「葉夫根尼根本無意將當地現代化。他只是這麼以為而已。這是一個幻想。他發誓要保持山谷的原有風貌，同時又要工業化，讓當地富有。但魚與熊掌不可兼得。」

「但他是認真的嗎？」

「哦，就和教宗一樣認真。如果他賺到幾十億，就會完全投到那裡。問他的家人就知道。他們嚇死了。」

泰格的許多醫生都勸過他，喝酒時最好要喝等量的礦泉水搭配。阿爾瓦洛知道這件事，擺了一瓶愛維養礦泉水在粉紅色的織花桌巾上。

「霍本呢？」泰格問，「他跟你是同輩。他是什麼樣的人？敏銳？做事靈活？」

奧利佛不知道該怎麼說才好。一般而言，他沒辦法討厭一個人超過幾分鐘，但霍本是個例外。「我沒什麼可說的。藍迪對他比我還熟。我覺得他有點獨來獨往。有點太過追逐名利。不過，從他的觀點來看也沒什麼不好。」

「藍迪說他娶了葉夫根尼最心愛的女兒。」

「我倒不知道佐雅是他最心愛的，」奧利佛急於抗議，「他只是一個驕傲的爸爸。對每個子女都一樣疼愛。」但他正專注地看著泰格，即使只是看著牆壁上粉紅色的鏡子：他知道，霍本跟他說過，他知道有那封信和用紙剪成的心。泰格吃一口鴨肉，然後啜一口紅酒，再喝一小口礦泉水，用餐巾擦嘴。

「告訴我一件事，奧利佛。老葉夫根尼有沒有跟你聊過他和海的淵源？」

「他只說他唸過一陣子的海軍學校，也在俄國的海軍待過一陣子。還有海是他血液的一部份。就跟山一樣。」

「他從來沒向你提過，他曾經掌管整個黑海商船隊？」

「沒有。不過你三不五時可以得知一些葉夫根尼的事情，看他決定透露什麼。」

兩人的談話中斷了一陣子，泰格在和自已進行一場內心的對話，最後做出一個決定，至於為什麼這麼決定，他不願意多談。「是，這個嘛，我們就讓藍迪放手做一陣子，如果你不介意的話。只要將來事情繼續順利進行，就可以由你接手。」父子兩人站在南奧德利街的人行道上，欣賞著灑滿星星的天空。

「好好照顧你那個妮娜，兒子，」泰格嚴肅地勸告他，「凱特非常喜歡她，我也是。」

又過了一個月，信差小子被派遣到葉夫根尼和米哈伊爾暫時落腳的伊斯坦堡，惹得麥辛漢公開發火。

9.

在土耳其冬天潮濕的灰暮中，葉夫根尼的模樣就如同他周圍的清真寺，蒼白又了無生氣。已經這把年紀了，他得用全身一半的氣力擁抱奧利佛，充滿嫌惡地看著泰格寫來的信，然後以一個流亡者的謙卑，將信遞給米哈伊爾。這棟租來的房子位在伊斯坦堡亞洲那邊的一個新郊區，不但虛有其表，而且尚未竣工，到處都是一堆堆沾滿泥漿的廢棄建築器具，周圍盡是尚未落成的街道、購物中心、銀行網絡、加油站、速食炸雞站，全都空無一人，慢慢任其敗壞。此刻，奸詐的包商和備受挫折的承租人，還有麻木不仁的鄂圖曼官僚，正在某個陳舊不堪的法院裡，非得把各自不同的意見爭出個是非對錯不可。這家法院專門負責審理這個酷熱、咆哮、不停喘息、被交通窒息的城市裡解決不了的案子。這座城市有一千六百萬人口，數也數不清，葉夫根尼不厭其煩地重複，這數字是他摯愛的喬治亞共和國總人口的四倍。當日光褪去，醉人的一刻來臨，三五好友坐在陽臺上喝著茴香酒，上面是土耳其無盡的穹蒼，聞著瀰漫空氣中的萊姆和茉莉離奇的香味，蓋過了尚未完工的排水系統發出的惡臭。而堤娜汀提醒她丈夫（這句話她至今已經說了上百次），那裡還是一樣的黑海，而且過了邊界就是明格里亞——儘管邊界有八百英里之遙，沿途多是山路，通往邊界的道路在庫德族暴動時無法通行，而庫德族暴動已是常態。堤娜汀烹煮的是明格里亞菜，米哈伊爾用一架播放七十八轉唱片的留聲機放著明格里亞的音樂，晚飯桌上散布著泛黃的喬治亞報紙。米哈伊爾在厚重的背心底下配戴著一把手槍，靴子頂上還有一把比較小的槍。寶馬摩托車、小孩和女兒都不在身邊，除了佐雅和她年幼的兒子保羅。霍本的行蹤神祕，一下子在維也納，一下子在敖得薩，一下子在利物浦。有一天下午，他突然回來，把葉夫根尼拉到街上，後來有人看見他們在尚未完工的狹長人行道上走來走去，外套還搭在肩膀上，葉夫根尼就和以前坐牢時一樣低著頭，小保羅尾隨在他們後面，彷彿是葬儀社找來的送葬者。佐雅是一個等待的女人，她等的是奧利佛。她睜大眼睛，拖著懶散、癱軟的身體等著，同時她還嘲笑超唯物主義的新俄國，列舉大批搶奪國有財產的最新細節，一夜致富的億萬富翁的名字，還有對羅多斯的抱怨。那是土耳其的南風，每次她不想做什麼事情的時候，就會害她頭痛。有時堤娜汀會叫她自己找點事情做，看顧保羅，到外面走走什麼的。她照做了，結果回家後又是苦苦等候，為了羅多斯哀嘆。

「我遲早會變成一個娜塔莎。」她好半天不發一語，然後做出這番宣示。

「什麼是娜塔莎？」奧利佛問堤娜汀。

「俄國的妓女。」堤娜汀懶懶地答道，「娜塔莎是土耳其人給俄國妓女取的稱呼。」

「泰格跟我說，我們重新開張做生意。」奧利佛這麼告訴葉夫根尼，他特地選在佐雅每個星期去看當地一位俄國算命師的時候告訴他。這句話讓葉夫根尼陷入陰鬱的深淵。

「生意，」他沉重地重複這兩個字，「是啊，信差小子。我們是做生意的。」

奧利佛不安地回想起妮娜曾經向他解釋，這個單純的英文字詞在俄語和喬治亞語當中，已經成了詐欺的同義詞。

「葉夫根尼怎麼不回喬治亞長住呢？他問堤娜汀，她正在將一種辣味蟹肉混合物塞進烤茄子裡，這曾經是葉夫根尼最愛吃的一道菜。

「葉夫根尼已經是過氣人物了，奧利佛。」她答說，「那些留在第比利斯的人，根本不想和一個出身莫斯科、早就失去朋友的老人分享權力。」

「我想的是伯利恆。」

「葉夫根尼對伯利恆做過太多承諾。要是他沒有做坐著金馬車回去，根本不會有人歡迎他。」

「霍本會替他打造出一輛金馬車。」佐雅這麼預言，像是神智已恍惚的奧菲麗亞[13]似地走了進來，手擱在眉頭處，以減少羅多斯的影響。「麥辛漢還會替他駕馬車。」

霍本啊，奧利佛心想。已經不叫他艾利克斯了。我丈夫霍本。

「我們這裡也有俄國長春藤，」佐雅對著長窗這麼說，「非常熱情，長得太快了，一無所成，然後就凋零了。這種長春藤會開出一種白色的花。那種香味飄忽不定，叫人難以捉摸。」

「噢。」奧利佛。

他下榻的是一間不知名的西式大旅館。在入住第三晚的午夜過後，他聽到有人在敲門。他們派妓女上來了，他心想，還記得櫃臺年輕職員臉上那過度友善的微笑。但來的是佐雅，照理說他應該很驚訝，

13 莎士比亞《哈姆雷特》劇中丹麥王子哈姆雷特的女友。因見哈姆雷特發瘋，再加上自己父親遭哈姆雷特所殺，於是精神失常，最後溺斃河中。

但其實沒有。這個房間很小，燈光又太亮。他們面對面站在床邊，在吸頂燈刺眼的燈光下，彼此不斷地和對方眨眼睛。

「別和我父親做這樁生意。」她對他說。

「為什麼？」

「這是傷害生命的事，比賣血還糟糕，這是一種罪惡。」

「你怎麼知道？」

「我瞭解霍本，我瞭解你父親。他們可以擁有，但沒辦法愛人，連對自己的子女都不行。奧利佛，你也是瞭解他們的。如果我們不逃離他們，就會變成和他們一樣的行屍走肉。葉夫根尼一心夢想著天堂。誰保證能給他買到天堂的錢，就可以指揮他。霍本就向他這麼保證過。」不知是誰先動手的。可能兩人都主動，因為他們的手臂撞在一起，必須轉個方向才能擁抱對方，他們在床上不斷掙扎，直到一絲不掛，接著就像動物般占有對方，終於得到完全滿足。「你必須讓你內心死去的部分再活過來，」她穿上衣服，同時極其嚴厲地對他說。「照這樣下去，你很快就會無可救藥。你可以隨時跟我做愛，你反正無所謂，但對我來說卻有莫大意義。我不是娜塔莎。」

「還有什麼比賣血更糟糕？」他抓住她的手臂問道，「我會犯下什麼樣的罪？」

她吻著他，如此輕柔而哀傷，他但願自己能和她平靜地重新開始。「你賣血只是毀了你自己，」她雙手捧著他的臉答說，「可是，做這樁新生意，你會毀了自己，還有保羅，還有很多孩子跟他們的父母親。」

「什麼生意？」

「去問你爸爸。我是霍本的妻子。」

•

「葉夫根尼重整旗鼓了。」隔天晚上，泰格深表贊同地說。「他曾經挫敗，現在又重新站了起來。是藍迪給了他新生命，霍本也幫了忙。」奧利佛看見葉夫根尼陷入混戰的頭腦，凝視著山谷對面的燈光，兩道淚痕從他皺紋滿布的雙頰流下。佐雅體液的氣味還留在他身上，他隔著襯衫還聞得到。「他還在夢想著他的優質葡萄酒，你聽到會很高興的。我在替他找有關葡萄栽種的書，下回你可以幫他帶過去。」

「這麼突然。他做的到底是什麼生意？」

「航運。藍迪和艾利克斯已經說服他恢復他在海軍的老關係，要他們答應幫忙。」

「運什麼？」

泰格揮了揮手，順便也將他們不想要的布丁推車打發走。「什麼都有。只要天時地利，價錢又合適，什麼生意都能做。彈性，這是他的口號。這是賺快錢，是割喉戰，不過他的能力游刃有餘。只要有人幫忙。這就是我們的角色。」

「幫什麼樣的忙？」

「辛格公司是推動者，奧利佛。」他小小的頭傾向一邊，眉毛故作善良地抬了起來。「你忘了，你還年輕。我們把利益極大化。我們是創造者。」一根小小的食指指著上帝。「我們的工作是向客戶提供他們需要的工具，同時保有他們的進帳。辛格公司之所以有今天的成績，靠的不是剪掉客戶的羽翼，而是做別人不敢做的交易，奧利佛。最後成功的總是我們。」

奧利佛盡責地以最大努力反映他父親的熱誠，希望藉著將這些話說出口，自己最後也會信以為真。

「他很可能會成功，我知道他會。」他說。

「這當然，他是貴族。」

「他是當年的強盜貴族。他們得抓著他的腳把他拖出來才行。」

「你說什麼？」泰格從辦公桌站了起來，挽住奧利佛的手臂。「我得麻煩你不要用那種說法，謝謝，奧利佛。我們的角色很敏感，用字遣詞也要小心謹慎。明白嗎？」

「完全明白。對不起。只是打個比方。」

「如果那兩兄弟要賺藍迪和艾利克斯所說的那種錢，就需要我們的全套服務：賭場、夜總會、一、兩家旅館連鎖企業、度假村，我們最擅長的各種事業。葉夫根尼再度堅持要完全保密，既然我也正有此意，自然樂得順著他的意。」回到辦公桌上，「我要你親手將這封信交給他。再從保險庫拿一瓶貝瑞的斯佩塞德蘇格蘭威士忌，同時代我向他致意。拿兩瓶吧。一瓶送給艾利克斯。」

「爸爸。」

「兒子。」

「我得知道我們做的到底是什麼生意。」

「財務。」

「這些錢是靠什麼賺來的？」

「靠我們自己的血汗。我們的直覺、我們的判斷力、我們的彈性、我們的長處。」

「比買賣血更低下、更糟糕的是什麼？」

泰格薄薄的嘴唇糾皺在一起，顯得毫無血色。「是好奇心，多謝了，奧利佛。遊手好閒、涉世未深、消息錯誤、自溺、毫無根據、道德主義式的製造問題。亞當是人類的始祖嗎？我不知道。耶穌是在聖誕節出生的嗎？我不知道。在生意上，我們該扮演什麼角色就扮演什麼角色。這可不是自由主義的報紙那些乳臭未乾的老闆傳給我們的。」

•

奧利佛和葉夫根尼坐在陽臺上，喝著伯利恆特釀。堤娜汀在列寧格勒照顧一個憂鬱的女兒。霍本在維也納，佐雅和保羅都跟在他身邊。米哈伊爾帶來了全熟的雞蛋和鹽醃魚。

「你還在學眾神的語言吧，信差小子？」

「是的。」奧利佛沒說實話，深怕讓老人失望，並暗自對自己承諾，一回倫敦就要致電給那位討厭的騎兵軍官。

葉夫根尼接過泰格的信，沒打開，就直接交給了米哈伊爾。大廳裡的行李箱和包裝箱一直堆到天花板那麼高。新房子已經蓋好了，葉夫根尼解釋，那口吻彷彿是一個向權威屈服的人。新家的地點比較符合將來的需求。

「你會有一台新的摩托車嗎？」奧利佛問，拚命擠出一件比較光明的事。

「你希望我有新摩托車？」

「你一定得有一台！」

「那我就弄一台新摩托車，或許來個六台。」

接著他將臉埋進緊握的手裡，靜靜哭了許久，這讓奧利佛非常驚訝。

你不是個懦夫，真是太可惜了，佐雅這樣寫著，這封信正在他的旅館裡等著他。任何事情都不會讓你崩潰。我們大家都會因為你的教養而送命。別自欺欺人，說你沒辦法得知真相。

•

這是辛格公司舉辦的聖誕夜派對。交易室裡所有能移動的東西全都被推到了牆邊。泰格平常深惡痛絕的現代音樂即將從立體音響的揚聲器裡轟隆作響，上等香檳不斷流瀉，龍蝦堆得高如金字塔，還有鵝肝，以及五公斤一桶的特選上等魚子醬，按照藍迪．麥辛漢那段滑稽的演說，這是由辛格公司的客戶「非正式」運來的，他們有「通往裏海的運輸線，那裡的處女鱘魚守身如玉，才能替我們生產出這些美味的小魚蛋」。交易員齊聲喝采，重返江湖的泰格和眾人一起歡呼，將領帶拉正，踏上講臺，發表他激勵人心的年度演說。他對歡欣鼓舞的觀眾說，今天是辛格公司自成立以來，實力最堅強的時刻。音樂響起，第一批來狂歡的人都擠到桌子前面，從桶子裡非常節省地舀了一湯匙魚子醬。這時，奧利佛正小心翼翼地爬上樓梯，經過他天真單純的法務部，一直走到合夥人的保險庫前，只有他和泰格知道這裡的開鎖密碼。二十分鐘後，他回到了派對會場，以胃突然不舒服為由告假。但他的不舒服是真的，而胃只是他全身上下受到影響最小的部位。他的不舒服，是因為惡夢成真。這麼龐大的金額，出現如此之突然，隱藏如此之迅速，只會出自同一個來源。西班牙馬貝拉兩千兩百萬美金。法國馬賽三千五百萬。英國利物浦一億零七百萬鎊。從格但斯克、漢堡、鹿特丹，還有一億八千萬美金的現金正等著接受辛格公司的洗錢服務。

•

「你愛你父親嗎，信差小子？」

這兩兄弟此時已經晉升到博斯普魯斯海峽靠歐洲的海岸上，一棟剛布置好、價值兩千萬美金的別墅內。現在是黃昏時分，是別墅客廳裡的哲學時間。從聖彼得堡運過來的凱薩琳女皇莊嚴的卡瑞爾嘉家具——同樣珍貴的金棕色樺木餐櫃、角落的吊櫃、餐桌和餐椅，在奧利佛還懵懂無知的那段日子裡，曾為莫斯科城外的那幢別墅增添優雅氣息——就立在一樓周圍，等待一個棲息之地。窗外是俄國的雪景，一座座馬拉的雪車挨在剛漆好的牆壁上排隊。起居室裡面擺著一輛用贓錢就能買到的最華麗耀眼的寶馬摩托車。

「騎騎看，信差小子！騎騎看！」

但奧利佛不知為何就是不想騎。葉夫根尼也是。潮濕、罕見的雪，落在斜坡狀的花園裡。海峽上的貨船、渡輪或遊船面對面不斷鬥來鬥去。是的，我愛我的父親，奧利佛答道，模糊地向葉夫根尼肯定這一點。佐雅站在法式窗戶前，想哄保羅在她的肩膀上入眠。堤娜汀點燃磚瓦爐，特地坐在火爐旁的搖椅上假寐。霍本又到維也納去了，這回是要開設新辦公室，預定取名為國際財務公司。米哈伊爾屈身靠在葉夫根尼的肩膀上。他現在留起了鬍子。

「他會逗你笑吧，你父親？」

「一切順利，他心情很好的時候——是的，泰格會逗我笑。」

保羅哭個不停，佐雅在安慰他，她的手伸進保羅的襯衫裡，撫摸他赤裸的背。

「他會讓你抓狂吧，信差小子？」

「他的意思是指美國人講的抓狂，」佐雅解釋，「霍本有點抓狂。生氣。」

「有時候他會令我抓狂，」奧利佛承認，不明白這番問答目的到底是什麼？「但我也會惹他生氣。」

「你怎麼惹他生氣，信差小子？」

「這個嘛，我不是他期望的勞斯萊斯兒子，對吧？他總是有點氣我，要是他自己知道就好了。」

「把這個交給他，這樣他就高興了。」葉夫根尼的手伸進黑色外套內，拿出一只信封遞給米哈伊爾，然後默默地交給奧利佛。

奧利佛吸了一口氣。就是現在，他心想，來吧。「這信裡寫的是什麼？」他問。他必須再重複一次問題。「你剛才交給我的信，這裡面是什麼？我擔心我會在海關被攔下來。」他說話的聲音必然比他本以為的還大，因為佐雅轉過頭來，米哈伊爾可怕的黑眼睛也瞪著他。「我對你們的新買賣一無所知。我是站在守法這一邊的。我就是這種人——守法。」

「守法？」葉夫根尼重複了這兩字，在憤怒的困惑中提高了嗓音。「什麼是守法的？你怎麼會守法呢，拜託？奧利佛是守法的？看來，你是我們這裡頭的獨行俠。」

奧利佛往旁邊掃視，想看看佐雅，但她人已經不見了，現在是堤娜汀在哄保羅睡覺。「泰格說你是做一般貿易的，」他說得結結巴巴，「那是什麼意思？他說你是賺大錢的。怎麼賺？他會帶領你進入休閒業，總共只要六個月，怎麼辦到的？」

在身邊一盞閱讀燈的照耀下，葉夫根尼的臉比伯利恆山上的峭壁還要老。「你會跟你父親撒謊嗎，信差？」

「只有在小事情上面會，這是為了保護他。我們每個人都會扯這種謊。」

「這個人不該對他兒子說謊。我會跟你撒謊嗎？」

「不會。」

「回倫敦去，信差。以後要繼續守法。把這封信帶給你父親。告訴他說有一個俄國老頭說他是個傻瓜。」

佐雅正在他旅館的床上等著他。她把禮物用小小的咖啡色紙包好帶來給他：她母親堤娜汀在共產主義時代每逢聖徒紀念日會偷偷戴在身上的聖像；一根香水蠟燭；她父親葉夫根尼穿著海軍制服的照片；一位她非常看重的喬治亞語詩人所寫的詩。他叫庫塔‧貝魯拉瓦，是一個用喬治亞語寫作的明格里亞人，這是她最喜歡的組合。奧利佛對她的慾望已經上了癮，用一根手指按住她的嘴唇，不讓她繼續說話，她褪去他的衣衫。他已瀕臨失控邊緣。但強迫自己不要和她躺在一起。

「如果我要背叛我的父親，你就得背你的父親和丈夫，」他很謹慎地說。「葉夫根尼做的是什麼生意？」

她轉身背對著他。「全都是壞勾當。」

「什麼是最糟糕的？」

「全都是。」

「什麼勾當最糟糕？比其他的更不堪。他的搖錢樹是什麼？可以賺進幾百萬幾千萬的？」

她使勁抱住他，用雙腿將他緊緊攫住，狠狠地朝他撲去，彷彿讓他進入她體內，就能讓他住嘴。

「他笑得可高興了。」她喘著氣。

「誰笑？」

「霍本。」再度衝刺。

「霍本為什麼笑？他在笑什麼？」

「『這是為了葉夫根尼，』他說，『我們要為葉夫根尼釀出一種新的酒。我們要給他鋪出一條通往伯利恆的白色道路。』」

「這條白色道路是用什麼做的？」奧利佛上氣不接下氣地堅持問下去。

「粉。」

「這個粉是用什麼東西做的？」

她尖叫一聲，聲音大得半個旅館的人都聽得見：「來自阿富汗！來自哈薩克！來自吉爾吉斯！霍本已經安排好了！他們要做新的生意。從東方跨越整個俄國。」她死命地向他進攻，同時發出充滿羞愧的一聲哽咽慘叫。

•

泰格的冰山美人潘姆・霍斯蕾正坐在她新月形的辦公桌前，前面是她的三隻哈巴狗，沙得拉、米煞和艾伯尼歐的照片，還有直接聯繫她和大老闆的紅色電話。時間是隔天早上，奧利佛徹夜未眠。他睜大眼睛，躺在他位於卻爾西港口的床上，他一度努力讓自己相信他還躺在佐雅的懷裡，相信他這輩子從沒坐在希斯洛機場一間混凝紙漿的訪談室裡，向一名穿著制服的海關人員敘述他在那之前都不曾說給自己聽的事。可是這一切都是徒勞無功。現在，站在泰格大廳的接待室裡，高山症、語言損失、性愛後的悔恨和宿醉向他一一襲來。葉夫根尼的信封一下放在左手，一下子又放在右手。他像個白癡似地兩腳在地上滑來滑去，然後清清喉嚨。他背部的神經末梢不停地上下抖動。開口說話時，他覺得自己就像世上最糟糕的演員。可能要不了多久，潘姆·霍斯蕾就會因為這齣戲缺乏真實性而讓它落幕。

「麻煩你把這個交給泰格好嗎，潘姆？葉夫根尼·奧洛夫要我親自交給他，但我想你跟他已經夠親近了。可以嗎，潘姆？可以嗎？」

要不是剛從維也納回來、魅力無窮的藍迪·麥辛漢正好選在這時出現在他的門口，或許還真行得通。「如果葉夫根尼說要你親自交給他，那你就得親自交給他，奧利。」他慢條斯理說著，「恐怕規矩就是這樣，」他朝那扇頂端垂著威基伍德絲帶的門點頭示意，「不過是你爸爸而已，拜託。如果我是你，就直接開門進去了。」

奧利佛沒有理會這個不必要的忠告，他深深陷進柔軟的白色皮沙發裡。只要他往後一靠，浮雕的S&S標誌就會烙印在他的背上。麥辛漢繼續在門口閒晃。潘姆·霍斯蕾的頭陷在她的哈巴狗和電腦螢幕之間。頂上花白的頭髮讓他想起布洛克。信封抓在胸口，奧立佛開始仔細檢視他父親的資格證明書。來自沒有任何人聽說過的文憑製造機的證書。泰格戴著假髮、穿著法袍，因為巴結了某個糟糕透頂的伯爵而取得律師資格。泰格穿著不知什麼博士的愚蠢服裝，手上緊握著一個雕刻的金盤子。泰格穿戴著很可能完美無瑕的板球裝備，拿著還沒使用過的板球拍一揮，接受看不見的觀眾喝采。穿著馬球裝的泰格，從紮著頭巾的小君主手上領取銀杯。泰格在第三世界的會議上，和中美洲毒品暴君配合攝影機握手。泰格在德國湖畔針對老年賤民所開的研討會上，和偉大的人物來往。有一天我會起訴你，就從你的出生日期開始下手。

「泰格先生現在可以見你了，奧利佛先生。」

奧利佛原本陷在一個逃亡者醒著睡覺的情境裡，這時才彷彿像是在沒有攜帶氧氣瓶的情況下，從海底升起來。葉夫根尼的信封在他手裡被溽濕了。他輕輕敲著威基伍德的雙扇門，祈禱泰格不會聽見。那個熟悉得要命的聲音喊著「進來」，他感覺愛就像古老的毒藥一般，在他體內升起。他的肩膀前傾，使勁將體重壓到臀部，他一向都是用這種方法壓低自己的身高。

「老天在上啊，寶貝兒子，你知道讓你在外面等一個小時，要花掉多少成本嗎？」

「葉夫根尼要我親自把這個交給你，爸爸。」

「是嗎？真的嗎？他真好。」他不像是收下這只信封，反而更像是將信從奧利佛緊握的拳頭裡扯下來。在此同時，奧利佛聽到布洛克拒絕接受這封信：謝謝你，奧利佛，但我不像你和奧洛夫兄弟這麼熟。因此我的建議是，儘管我們很想拿走這封信，但還是要把這封信原封不動地交還給你，因為我擔心這是聖經裡那種古老的忠誠考驗。

「他還要稍個信給你。」奧利佛是在跟他父親說話，不是布洛克。

「捎信？捎什麼信？」他選了一把十吋長的銀製裁紙刀。「你已經把信捎給我了。」

「是一句口信。只怕口氣不怎麼禮貌。他吩咐我跟你說，有個俄國老頭說你是個傻瓜。說實話，這是我第一次聽到他說自己是俄國人。他通常都是喬治亞人——」輕輕地緩和這個衝擊。

泰格全天候的笑容依舊留在原位。他劃開危險的切口，抽出一張紙，然後打開來的時候，額外的一絲感動語調讓聲音變得更豐富。「可是，寶貝兒子，他說的一點兒都沒錯，我當然是傻瓜！……徹頭徹尾的傻瓜……任誰都不會給他像我們這樣的條件……我最喜歡讓人家覺得他是在搶劫我……他不會把生意交給別人做吧，什麼？什麼？」泰格把這張紙摺起來，放回信封，然後丟進他的收文架上。他看過沒有？幾乎沒有？但泰格最近很少看什麼東西。他用先知模糊的目光武裝自己。「我原本以為你昨晚就有消息，奧利佛。如果不介意我問問的話，你到哪兒去了？」

奧利佛的腦細胞不太懂得該怎麼否認。我該死的飛機誤點了！但他的飛機還提早了。我叫不到計程車！但計程車多得不得了。他聽到布洛克的聲音：告訴他你認識了一個女孩。「嗯，我真的想打電話給你，不過我想順路過去看看妮娜。」他說謊，這時他紅著臉摸摸鼻子。

「是嗎？妮娜哦？老葉夫根尼的遠房外孫侄女什麼的。」

「她最近不太好。得了流感。」

「你還是很喜歡她，是吧？」

「嗯，我的確還是很喜歡她，沒錯。」

「這樣不會居於下風嗎？」

「沒有——完全沒有——正好相反。」

「很好。奧利佛。」不知怎麼地，他們手挽著手，站在偌大的凸窗前。「我今天早上交了一點好運。」

「我很高興。」

「是很大的好運。這個好運指的是好人交好運。明白我的意思嗎？」

「當然。恭喜你。」

「拿破崙在考慮要不要任用一個應徵者時，會問他的年輕軍官——」

「你交了好運了？」奧利佛替他說了。

「沒錯。你剛才給我帶來的那張紙，是確認我已經賺進一千萬英鎊。」

「太好了。」

「現金。」

「那更好。太棒了。美妙至極。」

「免稅。海外。常規交易。不會麻煩到國稅局。」他們緊緊握著手。奧利佛的手臂像海綿一樣。泰格的手臂則是柔軟而堅實。「我決定把這筆錢拆開。你懂我的意思嗎？」

「不太懂。我今天早上有點遲鈍。」

「你又過度操勞了，是吧？」

「我拿五百萬替將來未雨綢繆。五百萬給我們家的長孫，你覺得如何？」

奧利佛傻笑著。

「我真不敢相信。我感激不盡。謝謝你。」

「你高不高興？」

「高興得不得了。」

「你可比不上到時候含飴弄孫的我一半高興。只要你記住。你的第一個孩子，五百萬英鎊。這件事已經決定了。你將來會記得嗎？」

「當然。謝謝你。真是太感謝了。」

「我這麼做不是要你感激我，奧利佛。而是要讓辛格與辛格公司將來出現第三代。」

「對。太好了。第三代的辛格。太棒了。」他小心翼翼地把手臂抽回來，感覺血液回流了。

「妮娜是個好女孩，我調查過她了。他母親是個妓女，如果你想在床上玩得盡興一點，這也不是什麼壞事。父親那邊是小貴族，有一點離經叛道，但這也沒什麼好怕的。兄弟姊妹的身體健康。他們名下毫無分文。不過，既然我們的長孫有五百萬鎊，誰還在乎這個？我不會妨礙你這門婚事的。」

「太好了。我會謹記在心。」

「這筆錢的事，別告訴她，這可能會影響她的意向。等這一天來臨時，讓她自己去發現。那你就知道她對你是不是真心的。」

「你的想法很有道理，再次謝謝你。」

「告訴我，兒子，」一隻手放在奧利佛的手臂上，對他深信不疑，「最近衝到什麼數字了？」

「衝到什麼數字？」奧利佛重複了一次，丈二金剛摸不著頭腦。他想破腦袋，想記起交易數字、利潤率、淨利和毛利等等。

「和妮娜。多少次？晚上兩次，然後早上一次嗎？」

「噢，我的天哪，」傻笑一聲，擦擦前額的頭髮，「恐怕我們是數不清了。」

「好小子。幹得好，這是我們家族遺傳。」

10.

在花園和布洛克喝過茶後，奧利佛回到灰暗的閣樓房間，之後就一直獨自待在那裡。組員只來打擾過幾次，好確定他住得還舒適——閣樓裡有一張鐵床、一張擺了羊皮罩燈的松木桌子，還有一間腐朽的浴室，鏡子上還貼著小孩的轉印紙，他閒著發呆時，一直很想撕掉，但撕不下來。房裡還有一個電話插座，不過囚犯不能打電話。組員要送飯給他吃，也說要上來跟他作伴，不過兩樣都被他回絕了。組員住進他左右兩側的房間：布洛克儘管對他關懷備至，但還是充滿不信任。此時已近午夜，奧利佛在屋內來來回回走了好幾趟——包括到處尋找他今天早上收拾行李時藏在襯衫堆裡面的一瓶威士忌，但找了半天還是沒找到——現在他又像個囚犯似地，彎腰蹲在床上，他垂著混亂、糾結的腦袋，雙手正忙著把玩一個四十五吋長的氣球。他身上圍著一條浴巾，腳上穿著昂貴名牌 Turnbull & Asser 的藍色絲質襪子。泰格有一天發現他一腳穿著藍色羊毛襪，一腳穿著灰色棉襪之後，就拿了三十雙這種襪子給他。氣球讓他神智清醒，布瑞爾利則是他的師父。當他生活中其他什麼問題都解決不了時，還是可以把一箱氣球擺在腳邊，回想布瑞爾利教他氣球塑型的手藝，布瑞爾利教他如何吹氣和打結，布瑞爾利教他做出鉛筆造型和自由創作，如何看出哪個氣球可用，或是發現哪個氣球不行。在他婚姻破裂那時，他會徹夜看著布瑞爾利的示範錄影帶，海瑟眼淚汪汪的斥責，對他根本是耳邊風。布洛克事先警告過他，除非有失誤，否則你就是凌晨一點鐘上場。我要你恢復翩翩紳士的模樣。

利用沒有窗簾的閣樓窗戶透進來的光，奧利佛將氣球稍微放掉一點氣，捏掉幾公分，做成氣球的頭，然後才想起來，自己根本還沒決定要捏什麼動物。他把氣球扭了一次，量出一個手掌的掌幅，再扭一次，發現手掌在出汗。他放下氣球，恭恭敬敬地用手帕將手擦乾，然後沾了沾擺在旁邊羽絨被上的一盒硬脂酸鋅粉——硬脂酸鋅能讓手指保持順而不滑，布瑞爾利到哪裡都會隨身攜帶。然後，他往床底下摸索，想找到他先前吹好的氣球。把兩段氣球泡泡扭在一起，再拿到窗戶那裡，襯著夜晚的天空看看氣球的造型，選了一個點下手一捏。氣球破了，可是奧利佛沒有責怪自己。正常情況下，他會認為自己應該為每一起自然或非自然的災難負責任。布瑞爾利向他保證，世上沒有哪個魔術師能靠一顆氣球打敗厄運，奧利佛信了他的話。這要不是你拿到一批次級貨，就是它們不適應這天氣，跟你是什麼人沒有關係。就算你是布瑞爾利本人，氣球還是會像鞭炮一樣在你面前爆掉，你在什麼都還沒搞清楚之前，雙頰就被小小的刀片割傷，雙目淚水直流，臉上感覺好像被人一把推進了蕁麻田裡。如果你是奧利佛，這時候只能露出英雄的微笑，再加上洛可的一句如珠妙語，讓你不致於出洋相：「好吧，這也是讓氣球破掉的一個辦法……他明天要拿回店裡去退貨，可不是嗎？」

有人使勁地連續敲著門，艾姬的格拉斯哥口音讓他充滿罪惡感地馬上站了起來，他現在一個頭好幾個大，其中一個一直在為卡門心焦不已：她到了北漢普頓沒有？她眉頭那個地方還痛不痛？她想念我的次數會和我想念她的一樣多嗎？然而他的另外一個頭腦正想著：泰格，你在哪裡？你餓不餓？你累了嗎？不過，既然奧利佛的種種焦慮永遠不會互相排擠，他也沒學會一次只處理一種焦慮的祕訣，所以他也擔心葉夫根尼、米哈伊爾和堤娜汀，還有佐雅，還有，她知不知道自己嫁的是一個殺人兇手。只怕她早就心知肚明。

「剛才樓下聽到的是手槍射擊的聲音嗎，奧利佛？」艾姬隔著門驚恐地詢問。奧利佛咕噥了幾聲，但聽不出在說什麼，一部分是同意，一部分是難為情，他用手腕揉揉鼻子。「我把你的休閒西裝拿來了，衣服也已經熨好，隨時可穿。我可以拿來給你嗎，拜託？」他先將燈打開，裹緊腰上的浴巾之後才開門。她穿著一套黑色長袖運動服和運動鞋，頭髮綁出一絲不苟的結。他接過她手上的西裝，再次將門關上，可是她的眼睛略過了他，故做驚恐地看著他的床架。「奧利佛，那到底是什麼東西？我是說，那是我應該看到的嗎？你是發現了新的罪行還是怎麼了？」

他轉過頭，順著她眼光看過去。「那是半個長頸鹿，」他坦承，「是剛才沒有爆掉的氣球。」

她大為吃驚，根本不敢置信。為了安撫她，他就坐在床上把長頸鹿給捏完，而且在她的堅持下，又捏出一隻鳥和老鼠。她得知道這些氣球能夠維持多久，還有，他可不可以做一個給她住在佩斯里那個四歲大姪女？她和他聊個沒完，而且深感佩服，他也適時接受了她的好意。在他等著受刑之際，不可能有人會對他更好了。再說，她這身打扮也是再適合不過。

「耐特二十分鐘後會召來一支戰鬥部隊，以防有任何最新發展。」她說，「那雙就是你到時候要穿的名牌鞋嗎，奧利佛？」

「這雙鞋子已經很好了。」

「耐特可不這麼想。這雙鞋子不行，他會殺了我。」

一次眼神的交會——她是因為小組奉命得好好照顧他；至於奧利佛，就和平常遇到漂亮女孩盯著他時一樣，是因為他想著要和對方白頭偕老。

•

他們坐計程車把他送到公園巷。開車的是譚比，迪瑞克則假裝付給譚比計程車費。迪瑞克和另外一個男的分據他左右兩側，陪他慢慢走到庫松街——應該是預防他有意逃跑——然後和他道晚安，又跟他走完剩下的五碼路程。等我死去的時候，就是這個樣子吧，奧利佛心想。我的一生是一串互不相連的端點，我面前是兩扇緊閉的門，和一票身穿黑衣的孩子，從大街對面不斷催我往前走。他但願自己此刻已回到華特摩爾太太寄宿公寓的家裡，正和山米一起看著晚間電視。

「星期五交易結束之後，就沒有任何人出入，也沒有任何電話打出去，」布洛克在簡報時這麼說過，「交易室有亮燈，但沒有人在交易。打進來的電話是答錄機接的，留言訊息說辦公室將在星期一早上八點開門。他們是在裝忙。可是溫沙死了，泰格又不知去向，大家樂得什麼都不做。」

「麥辛漢人呢？」

「在華盛頓，準備前往紐約。昨天打過電話。」

「古普塔呢？」——擔心泰格的印度男僕，他住在地下室。

「古普塔一家會看電視看到十一點，十一點熄燈。他們每天都是這樣，今晚也不例外。古普塔和他太太睡在鍋爐房，他的兒子和媳婦睡臥房，小孩睡走廊。地下室沒有警報系統。古普塔到樓下鎖上鋼製大門的時候，就是向這個世界道別。負責監視的人說他以淚洗面，不停搖頭。還有問題嗎？」

奧利佛滿心哀傷地想起，古普塔是最愛泰格的人。古普塔一家三兄弟一百年前被利物浦警方栽贓嫁禍，不過，相傳全靠辛格家族公司的聖泰格大膽介入，才得以平反。只求一輩子為奴為僕的古普塔整天以淚洗面，搖頭嘆息。勇敢的月亮爬上了一座大旅館的第二十一樓，這棟旅館建築是一座龐然大物，彷彿是一根曼哈頓的釘子插入了倫敦的天際線。這時起了一陣粉狀的迷霧，半是雨水，半是露水。鈉製的街燈讓濕熱的光流洩在熟悉的地標上：利雅德銀行和卡達銀行，大通資產管理公司，還有一間充滿英雄氣息的小店，店名叫做「傳統」，專賣舊的模型士兵——奧利佛以前常在這家店的櫥窗前磨蹭，努力鼓起勇氣之後，才能走進辛格公司。他踏上當初發誓再也不會爬上去的五層石階梯，拍拍口袋找鑰匙，結果發現鑰匙就抓在手上。他將鑰匙拿在前面，拖著腳步往前走。同樣的柱子，同樣的銅板，宣示著辛格帝國分布廣闊的各個基地：安提卡的辛格休閒有限公司……辛格與齊銀行……摩納哥辛格度假區有限公司……大開曼島的辛格太陽谷……馬德里的辛格馬齊洛土地公司……布達佩斯的辛格席波洛威公司……聖彼得堡的辛格馬蘭斯基公司……米蘭的辛格雷那度投資公司……儘管奧利佛的目光到處遊移，一直沒停駐在什麼地方，但他矇著眼睛也能背誦出所有空頭公司的名單。

「要是他們換了鎖呢？」

「如果有，也被我們換回去了。」

手上握著鑰匙，奧利佛偷偷往街頭和街尾看了一眼，幻想他看到泰格穿著黑色大衣，大衣翻領上的絲絨小袢，不管從哪個門口，都讓他看得十分著迷。有一男一女站在遮棚的陰影處接吻。一個人躺在一家房地產經紀公司的門前。我派三個人在街上接應你，以防緊急狀況發生，布洛克說。緊急狀況，意思就是泰格很不湊巧地回到他的牢籠裡。他滿身大汗，汗水還流進眼睛。我根本不該穿這件馬甲背心的。他身上的西裝是當年他這位少東晉升為資淺合夥人時，海沃西裝店特地趕工縫製的六套西裝之一。和這六套西裝一起訂製的，還有一打訂製的襯衫和一副卡地亞的金袖扣，袖扣一枚上面是一隻老虎，另外一枚上是一隻小老虎，再加上一輛栗色的賓士跑車，附有四聲道音響，車牌上還寫著TS。他全身冒汗，眼睛開始覺得霧濛濛的，如果說他的背心沒將他壓垮，這把鑰匙也讓他感覺有如千斤重擔。門鎖連吭都不吭地就開了，他推了推門，大門打開十二吋就停住。他又推了一下，感覺到星期六的郵件在他前面滑了出來。他繼續往前爬上階梯，門在他身後緊閉，在地獄裡嚎叫的魔鬼都跳上來迎接他。

早安，奧利佛先生——管理員派特很滑稽地在他面前冒出來。

泰格先生到處打電話找你，奧利佛——接待小姐莎拉從電話交換台後面冒出這句話。

我們給了她一個當早餐，是吧，奧利？——交易室裡一口東倫敦腔的小神童阿奇和少東開玩笑。

「你從來沒離開過公司，」和奧利佛一起坐著等候下班時間過去時，布洛克這麼告訴他，「在泰格眼中，你可沒有離開過。你沒有辭去合夥人的身分，你從來沒有憑空消失。你是休假出國讀書，收集外國的資格，和客戶簽約。依公司的報告，你拿的還是全額薪水。去年全職合夥人薪資總共是五百八十萬。泰格為三百萬的總收入提出退稅申請，這麼一來，你還有兩百萬藏在某個海外帳戶。恭喜啦。聖誕派對的時候，你還很貼心地給公司發了一封電報，泰格當場大聲宣讀。」

「那時我人在哪裡？」

「在雅加達讀海事法。」

「誰會相信那些鬼話？」

「想保住飯碗的人都會相信。」

微弱的街燈從門上方的扇形窗戶滲透進來。著名的鍍金鐵籠隨時打開，把尊貴的訪客送上頂樓。「辛格公司的電梯只上不下！」曾經有個一心想討好他們的財經特派員，在凱特的餐廳接受過午飯招待之後，氣喘吁吁地寫下這句話。泰格把這篇文章裱框，掛在電梯按鍵面板旁。奧利佛捨電梯不搭，反而爬上樓梯，他的步伐很輕，沒有感覺腳碰到地毯，他懷疑自己到底有沒有踩到地毯，任由手指一路扶著桃花心木的欄桿，但沒有抓住，因為扶手的光澤是古普塔太太的驕傲。到了樓梯拐角平臺，他覺得提心吊膽。在他左手邊是一道彈簧雙扇旋轉門，就像小酒館廚房的門，會砰地一聲關上，而門後就是交易室。他輕輕推開門往裡面探看。箱型的霓虹燈從天花板上閃閃發光。一排排的電腦螢幕充滿警戒地不停顫動。大衛、阿馮、阿奇、莎莉、莫夫塔，你們在哪兒？是我，攝政王大奧利。沒有人回答。他們已經跳船了。歡迎登上棄船瑪麗．賽勒斯特號[14]。

跨過拐角平臺，迎面是管理部那道長長的走廊，容納著身穿套裝、被禁止外出的祕書，還有三個被

14　瑪麗．賽勒斯特號（Mary Celeste）於一八七二年十一月七日載有酒精等貨物從紐約離港，準備航向熱那亞進行貿易，但十二月時被人發現在海上漂流，船上空無一人，船長與船員們自此人間蒸發，沒有人再見過他們。

稱為髒尿布男孩的會計人員。這個稱號的由來，是因為他們專門處理超級富豪花錢找人收拾的爛攤子：汽車、狗、屋子、馬、遊艇、艾斯考特賽馬場的包廂，或是用鈔票打發失寵的情人，或和心懷不軌的男僕輕聲細語地談判，這些人現在都已經開著勞斯萊斯，拿著一箱威士忌和客戶的吉娃娃躲了起來。髒尿布男孩當中資格最老的，是一個身材高大的靦腆老頭，姓莫提梅爾，住在瑞克曼沃斯[15]，喜歡打探他照料的那些可怕的傢伙放縱過度的行為。他會用肩膀靠著奧利佛的肩膀，強調話裡的機密性，然後從嘴角輕聲說出：加上她和管家有姦情；加上因為那老小子就快瞎了，於是她盜賣了老公的雷諾瓦畫作，拿複製品取而代之；加上她把他的子女排除在他的遺囑之外，還申請建築許可，在他的圍牆花園裡蓋上二十座獨立式住宅……

奧利佛宛如沒有重量地繼續沿著樓梯爬上下一個平臺。在董事大廳的門口盤桓許久，在腦中組合出一幅情景：泰格端坐在花梨木會議桌一端的大位，奧利佛坐在另一頭，領班麥辛漢將以皮革書套包好的假帳目一一分配給一群落魄的貴族、下臺的政府官員、穿著絲質襯衫的大倫敦區編輯、薪水過高的律師，以及租來的陌生人。他走到另一個樓梯平臺，抬頭看見清潔工那張裝了小腳輪的桌子、以及一面魚眼石鏡子的下半部。現在，他正往麥辛漢迎合公司職員的下流品味，堅持要叫做「敏感地帶」的地方。

「公司有白派和黑派，」奧利佛在希斯洛機場那間混凝紙漿的訪談室，這麼告訴布洛克，「白派的負責付房租，三樓以上屬於黑派。」「那你是哪一派，孩子？」布洛克這麼問。「兩派都有。」奧利佛在長考之後給了他這個答案，從此以後，布洛克就不再以「孩子」稱呼他。

他聽到砰咚砰咚的聲音，把他嚇個半死。是夜賊。是鴿子。是泰格。他差點兒就要心臟衰竭。他加緊速度爬上樓梯，往前逃跑，為眼前躲也躲不開的相遇備妥說詞：

是我，爸。奧利佛。我晚了四年才回來，真是非常非常抱歉，可是我遇見了這麼個女孩，我們聊著聊著，就天南地北，欲罷不能，後來我睡過頭……

哦，哈囉，爸，對不起讓你心煩，只不過我當時出現了良心的危機，你看，或者姑且稱之為良心吧。前往大馬士革的路上沒有耀眼的光什麼的，[16]在辛辛苦苦逐一造訪大客戶之後，我在希斯洛機場一覺醒來，覺得這時候應該出來申報我腦子裡累積的某些違禁品了……

爸！太棒了！看見你真開心！我剛好經過，想進來看看……只不過，我聽說老艾佛．溫沙的事了，你看，我自然而然就在想，不知道你現在過得好不好……

噢，爸，是這樣的，非常感謝你給了卡門五百多萬英鎊。她年紀小了點，沒辦法親自向你道謝，但海瑟跟我對你的好意都感激不盡……

哦，對了，耐特．布洛克說，如果你剛好在逃亡，他非常希望能有機會和你談一個協議。尤其是他在利物浦見過你，有幸親自欣賞過你的技巧。

15 瑞克曼沃斯（Rickmansworth），倫敦近郊赫福郡的住宅區城鎮。

16 聖經〈使徒行傳〉記載，使徒保羅原名掃羅，本為逼迫基督徒的大將。有次欲往大馬士革捉拿基督徒，半途上耶穌向他顯現，「忽然從天上發光，四面照著他」。

嗯，其實還有一件事，爸，如果你不反對，我是來把你偷偷帶到安全的地方。不，不，不，我是來幫你的！我是說，我確實背叛過你，可是那是必要的手術。我內心深處對你還是忠心耿耿的……

他站在一扇暗門前研究著控制門鎖的數字面板，但看了也是白看。有一輛救護車在南奧德利街上呼嘯而過，但是它嘈雜的聲音活像是在爬樓梯。救護車後面跟著一輛警車，而後是一輛消防車。這下可好了，他心中暗想，這時候居然發生火災。「各位先生，我們這裡看見的就是我說的變動式暗碼。」一位表情嚴厲的保全顧問正用退休警察般的破碎聲音，向包括奧利佛在內的那些勉強被召來的高級行政人員解釋。「我們的前四個數字不變，大家都知道是哪些數字。」我們的確都知道。是一九三六，是我們泰格大人出生的那個幸運年。「最後兩位數，就是我們所謂的變動碼，是用五十這個數字減去當天日期得出來的數字。因此，如果我們今天的日期是本月份的十三，這是我手下的間諜告訴我的，錯不了，哈哈，我就像這樣按下三和七這兩個數字。如果我們的日期是本月份的一號，那我就要這樣按四和九的數字。大家都記住了沒有，各位？我很清楚，今天早上我面對的是一群素質很高、而且忙得不得了的聽眾，所以除了交代必要事項之外，我不會耽誤各位辦公。沒有問題了？謝謝，各位先生，你們可以抽菸了，哈哈。」

奧利佛不管三七二十一，逕自按下泰格的出生年份，而後是日期的變動碼，接著將門向前推開。門「呀」地一聲打開了，於是他來到了法務室。你守法嗎，信差小子？葉夫根尼難置信地問他，你守法嗎？隨意擺設的早期英國水彩畫，描繪著耶路撒冷、溫德米爾湖和瑪特洪峰[17]。泰格曾經有個破產的客戶，就是買賣這些畫的。一道門虛掩著。奧利佛再次用手指將門戳開。是我的房間。我的窩。我的倍耐力年曆已經是四年前的了。這裡就是我們這位守法的信差學習竅門的地方。這些竅門包括一輩子沒有交易過、也不會交易的貿易公司。像是因為資產太過熱門，因而無法持有任何東西超過五分鐘的控股公司。像是把沒有價值的股票賣給銀行，好把銀行變成買方，然後透過其他公司把該股票買回來，因為銀行恰好就是你開的。例如為了向客戶提供全面性的資訊而做出的理論概要，自然壓根兒沒想到客戶竟然會不道德到把這些資訊當作專業建言。這些訣竅正是沒有一根白頭髮、身穿以泰格為典範的西裝、靠陽具提供生命驅動力、剛被謀殺的那位已故的艾佛．溫沙的壓箱寶。艾佛，是讓打字組恐怖的傢伙，在走廊讓人深感不安、我道德敗壞的導師……

嗯，艾西爾先生——傻笑，在辦公室另一頭朝我們列席吸取經驗的少東點點頭——為了論證起見，我們先想像你已經從盛極一時的化妝品事業賺到了大筆大筆的錢，姑且說這是跨國企業吧。也許你並沒有經營這種化妝品業，為了論證起見，姑且就先想像你有吧——竊笑——然後我們再進一步想像，你想幫忙你那個人在印度德里的心愛的弟弟，就假設你有這麼一個弟弟好了，請別跟我們說你沒有，嘻嘻。就說這個弟弟名下有一連串旅館好了，身為他的哥哥，你有義務幫他在歐洲弄到，就說是購買吧，昂貴而精密的餐飲設備，因為他在印度買不到這些機器。可憐的傢伙，為了買這批機器，他已經以非正式的

17　溫德米爾湖（Lake Windermere）是英格蘭最大的天然湖，位在「湖區國家公園」內，是著名的風景勝地。瑪特洪峰（Matterhorn），歐洲阿爾卑斯山的著名山峰，位在義大利與瑞士邊界。

方式提前支付給你，就說是七百五十萬美金吧，你身為他的哥哥，我想這在亞洲人的圈子裡是見怪不怪的。依照這個情況，我們再繼續假設，你要去找楚格這個宜人的瑞士城市裡某某銀行裡的某某先生，表示你是辛格與辛格公司的客戶，那位最近晚上常和他一起出來消遣的艾佛瑞德·溫沙先生，要向他致上最誠摯的問候……

一條靠藍色夜燈照名、不太衛生的緊急逃生梯，從法務部走廊的盡頭，穿過兩扇防火門和一間男廁，向上通往泰格藏身處裡極盡奢華的接待室。奧利佛一次爬一階。他眼前出現了一扇鑲板門。這扇修長的弧形門中間是一個銅製把手。他舉起手，正準備敲門，幸好及時住手，抓住門把一轉。他正在著名的圓形大廳裡。從玻璃頂各個部分投射出一片電影裡那種滿是星星的天空，在他頭頂上展開。藉著閃爍不定的光輝，他看見一個又一個書架上那些裝幀得完美無瑕、但根本沒有人看的書：針對重罪的法律書籍，研究什麼人有錢和要欺騙什麼人的書，談契約與如何毀約的書，還有課稅和如何逃稅的書，用來顯示泰格跟得上時代的新書，表示他這個人值得信賴的舊書，用來證明他為人誠懇的莊嚴的書。奧利佛開始發抖，他的頸子、胸前和額頭，全都冒出了風疹塊。他什麼都忘了：他的名字、年齡、現在幾點鐘、他是奉命來到這裡還是出於自己的意願、除了他父親以外他還愛什麼。他左手邊是懶骨頭沙發，和通往麥辛漢辦公室的門。現在已經關起來了。他右邊是潘姆·霍斯蕾的新月形辦公桌和她那三隻狗的肖像。在他的正前方，隔著四十英尺的湛藍色地毯，就是威基伍德的弧形雙扇門，通往泰格的墳墓，現在已經關上，等著人來洗劫一空。

在星光的導航之下，奧利佛穿過圓形大廳，摸索到了雙扇門右手邊的那一扇，他扭轉門把、屈膝，感覺自己緊閉雙眼，側身走進他父親的辦公室。空氣仍然靜謐而甜美。奧利佛吸了口氣，還想像他吸到了皇家御用的身體乳液那種充滿男人味的氣息，這是泰格的必殺技。他發現自己畢竟還是睜著眼睛的，往前踉了幾步，停在那張神聖的辦公桌前，等著被別人發現。這裡很寬敞，在半漆黑的情況下更是如此，只不過沒有寬敞到能降低辦公室主人的身分地位。寶座上是空的。他小心翼翼站直，讓自己更能夠一覽無遺地看著這間辦公室。二十英尺長的會議桌。繞著會議桌的一圈扶手椅，讓顧客能夠比較舒服地坐在上面，聽著泰格向他們講述每一位公民，不分膚色、種族和宗教信念，都享有神聖的權利，取得用不義之財所能買到的最好的法律漏洞。泰格喜歡在凸窗前面，像個艦橋上迷你艦長似地昂首闊步，一把攫住你的手臂，研究他在倫敦天際線上的映像，同時將你尚未出生的孩子變成坐擁五百萬英鎊的大富翁。就在凸窗那裡——哦，上帝啊，萬能的基督啊！——泰格的屍體這時裹著幽靈似的細紗布，筆直地擺著，身上還有傷痕，宛如新月般仰躺在空中漂浮著。受過嚴刑拷打。一直折磨到斷氣為止。泰格和蜘蛛一樣，吊死在自己編織的網裡。

奧利佛慢慢往前走，但那幽靈動也不動，更沒有往後退縮。這是一個詭計。讓你的朋友嚇一大跳！在他們面前活生生將你的合夥人切成兩片！把一張蓋了郵戳、寫了地址的信封，寄到沃辛漢，郵政信箱，魔術數字！他輕聲地喊，「泰格。」除了城市的哭泣和喘息，他沒有聽到任何對他回應的聲音。「爸爸，我是奧利佛，是我。我回家了，沒事了。爸爸，我愛你。」他手臂猛地一揮，在屍體上方畫出一道誇張的弧形，想尋找吊索，結果發現他捉到的是一把壽衣。他往後退縮，以為會出現很可怕的東西，他強迫自己不要閉上眼睛，往下一看，卻看到一顆朦朧的咖啡色的頭往上一抬，和他四目交接，他認出來了，這不是他父親從墓穴裡跳了出來，而是永遠忠心耿耿的古普塔滿臉驚訝、雙眼突出的模樣，從他的吊床裡冒出頭來。古普塔喜極而泣，光著兩條腿，穿著藍色內褲，裹著蚊帳，雙臂抓住少東，兩隻手跟著驚駭之餘的喜悅節奏搖個不停。

「奧利佛先生，你究竟是去了哪兒啦？國外，國外！留學，留學！我的天哪，少爺，你一定心無旁騖地在讀書。誰也不許議論你的事。你是一個大得不得了的謎，不能跟任何人洩漏！你結婚了沒有，少爺？你有孩子了嗎？四年了，奧利佛先生，四年了！我的天啊！我只求你告訴我，說你偉大的父親還活著，身體也還很健康。這麼多天來，我們一點消息也沒有。」

「他沒事，」奧利佛只記得自己鬆了一口氣，其他什麼都忘了，「泰格先生很好。」

「真的嗎，奧利佛先生？」

「千真萬確。」

「你自己呢，少爺？」

「還沒結婚，但也很好。感謝你，古普塔。謝謝。」

感謝出現的不是泰格。

「那我更是喜上加喜了，少爺，我們大夥兒都是。我沒辦法擅離職守，奧利佛先生。我不多做辯解。可憐的溫沙先生。我的天。現在還是他人生的第二個黃金時期。一位真正的紳士。永遠是我們這些小嘍嘍取笑和議論的對象，尤其是女士們。現在大家都要拋下這條沉船逃跑了，人人趕忙離職。星期三有三個祕書走了，星期四又走了兩位優秀的年輕交易員，還有謠傳說我們最優雅的首席助理現在不是放假而已，而是另有高就。我看一定得有人留下來看家才行，即使我們為了安全起見，必須在黑夜中留守。」

「你真是了不起，古普塔。」奧利佛說。

接著是一段讓人很不自在的空白，他們倆各自在重新估量自己看見對方有多麼開心。古普塔有一個野餐用的水瓶，裡面裝著熱茶，奧利佛就著唯一的茶杯喝下。但他一直在躲著古普塔的眼睛。而古普充滿期待的熱切微笑，像是一盞故障的燈，忽明忽滅。

「泰格先生要我問候你，古普塔。」奧利佛打破沉默。

「要你來問候我，少爺？你跟他說過話了？」

「『如果老古普塔在話，替我從背後踢他一腳』，你知道，他說話就是這個樣子。」

「少爺，我愛這個人。」

「他知道。」奧利佛假裝學他合夥人的聲音，聽到自己說的話，非常憎恨自己。「他知道你有多麼忠心，古普塔。他很清楚你忠心耿耿。」

「他真是個大好人。我要說你父親這個人的心胸偉大而無盡廣闊。你們是兩位最仁慈的人。」古普塔小小的臉孔已經因為不安而變得很難看。他所感受到的每一樣東西──愛、忠心、懷疑、恐懼──全都寫在他滿布皺紋的臉上。「我能不能大膽問一句，少爺，你是因為什麼事情而來？」在憂慮之下的古普塔，膽子也比較大了。「你這四年來在海外全無音訊，為什麼會突然帶著泰格先生的口信來到這裡？還請見諒，少爺，我只是一個卑微的僕人。」

「我父親要我從合夥人的保險庫裡拿幾份文件。他相信這些文件可能和上週末發生的不幸事件有關。」

「哦，少爺，」古普塔輕聲說道。

「什麼事？」

「我也是個父親，少爺。」

我也是，奧利佛想告訴他。

古普塔小小的右手悄悄伸到他的胸前。「你爸爸不是一個快樂的父親，奧利佛先生。你是他唯一的煩惱。我是一個快樂的父親，少爺。我知道其中的差異。泰格先生對你的愛沒有得到回報，這是他的感受。如果泰格先生信任你，奧利佛先生，很好，那就這樣吧。」他點點頭。他已經看到他是怎麼走進來的，而且點頭表示他走對了路。「我們會看證據，奧利佛先生，黑是黑，白是白，沒什麼如果但是的。這個挑戰不是我定下的。而是神給我們的幫助。請跟我來。留意我的腳步，奧利佛先生。不要靠近窗戶。」奧利佛跟著古普塔的影子，往一對桃心木門走過去，這道門遮掩了通往合夥人保險庫的入口。古普塔將門打開走了進去。奧利佛尾隨在後。古普塔關上門，打開燈。兩人面對面看著對方，保險庫的門就在兩人中間。古普塔比泰格還矮，奧利佛一直懷疑，這正是泰格選上他的原因。

「你爸爸對個人的信任關係是再謹慎不過了，奧利佛先生。『我們能對誰百分之百地信任，我問你，古普塔？』他對我說，『我們為最愛的人付出那麼多，怎麼都沒看到有人懂得感激，我問你，古普塔？麻煩你告訴我，如果對自己的骨肉至親都不肯付出，還有哪裡能找到百分之百的奉獻。所以啊，古普塔，我得保護自己，以防有人背叛。』這些是他對我說的話，奧利佛先生，這是他夜裡睡不著、以私人身分向我透露的。」不管泰格是否真有這樣說，這確實是古普塔的說法，他以顫抖的控訴說出這番話，同時還用一種神祕的敬意凝視著他們面前這扇上了鎖的灰色鋼門。「『古普塔啊，』他對我說，『如果你兒子有嫉妒之心，那可得好好提防。我不是瞎子。我公司裡發生的某些不幸事件，必須仔仔細細地檢視過所有事實，不能就這麼算了。有些只有某個人和我自己才知道的信函，落入了我們無情的敵人手裡。是誰幹的？誰是叛徒猶大？』」

「他是什麼時候跟你說這些話的？」

「當不幸的事情開始一樁接一樁發生的時候，你父親就開始反省。他常常在你現在想進去的保險庫裡一待就是老半天，質疑除了他以外的其他人的忠誠，少爺。」

「那我希望他能洗去這些毫無意義的懷疑。」奧利佛倨傲地回答。

「我也這麼希望，少爺。這是我發自內心最深處的期盼。奧利佛先生，麻煩你自己慢慢來吧。不用急。我想還是由神來決定。」

這是一個挑戰。在古普塔心細如絲的觀察下，奧利佛彎腰看著號碼盤。這個號碼盤是綠色的，上面是突起的數字。古普塔站在另一側，小小的手臂交叉著，頗有一別苗頭的意味。「我不確定該不該讓你看到，你說呢？」奧利佛說。

「少爺，我是你父親房子實際上的監護人。我正等著你證明你的誠心。」

奧利佛暗暗察覺到，彷彿他早就心知肚明。古普塔是在告訴我，泰格已經改過密碼，要是我不知道新密碼，那就是泰格根本沒把密碼給我。要是他沒給我，自然不會派我來，那我就是滿口胡言，而神即將證實這一點，而且祂將會一擊而中。「古普塔，我得請你到外頭等我才行。」

古普塔老大不情願地關上燈、開門、走了出去，然後再將門關上。奧利佛把燈重新打開，透過鑰匙孔，他聽到古普塔對泰格大加讚揚。泰格是為本身的善良而犧牲的殉道者。是弱勢的捍衛者。被他最親近的某些人特意設計的一場狠心騙局所陷害。他是一位慷慨的雇主，模範丈夫和父親。

「一個偉大的人，只能由他的朋友裁判，奧利佛先生。那些因為嫉妒或個人靈魂的卑鄙而習慣性地反對他的人，根本沒有資格審判他。」

我該死的生日，奧利佛心想。

•

這是一個接近聖誕節的夜裡。奧利佛當布洛克的手下不過幾天，生活卻是已然不同。間諜的工作使他依賴比他自己更堅強的性格，在擔任間諜之前，他從來沒有這麼服從過。今天晚上，布洛克一聲令下，他打算留在辦公室加班，趁著泰格還沒有機會整理前，繼續檢查客戶的海外銀行帳戶。他很緊張地坐在辦公桌前，笨手笨腳地修改一份草約，同時等著泰格下班時順道探頭進來。結果他反而被召到泰格跟前。到了那裡，泰格似乎和平常一樣，不知道該拿他怎麼辦。

「奧利佛。」

「是，爸爸。」

「奧利佛，這時候我該讓你瞭解合夥人保險庫的種種祕密了。」

「你確定你真的想這麼做嗎？」奧利佛問。他不知道自己到底要不要對父親就人身安全發表一段緊急演說。

泰格很確定。揭曉了一項活動之後，他現在必須將之擴大成一起重大事件，因為像泰格這樣的人所做的每一件事，都是驚天動地的大事。「這件事只有你能知道，其他任何人都不可以，奧利佛。這是你我之間的祕密，沒有任何第三者可以分享。你明白嗎？」

「當然。」

「不能在耳鬢廝磨間把祕密透露給新歡，連妮娜也不行。只能有我們兩個人知道。」

「這個當然。」

「說『我保證』。」

「我保證。」

泰格充滿他自己那種高度嚴肅的態度，將這個祕密交代清楚。合夥人保險庫的密碼正是奧利佛生日的日期。泰格在撥盤上輸入日期，然後請奧利佛扭轉偌大的門把。鐵門打開了。

「爸，我很感動。」

「我不要你感激。感激對我毫無意義。這是一個相互信任的象徵。吊櫃裡有一瓶很好的威士忌。幫我們倆倒一杯。老葉夫根尼想喝酒的時候是怎麼說的？『我們正正經經地開個會。』我剛才還在想，我們父子倆或許稍後可以一起吃頓晚飯。何不打個電話給凱特？妮娜有興趣來嗎？」

「其實妮娜今天晚上有事。所以我才在這兒無所事事。」

・

「『古普塔，我被人從背後捅一刀時，要告訴我是誰的手握著這把刀！』」古普塔透過鑰匙孔朝裡面大叫。「『我問我自己，是不是我最心愛的那隻手？是我全心全意餵養、栽培的那隻手嗎？古普塔，如果我跟你說，今天我是世界上最傷心的人，這句話一點都不誇張，無論現在我個人的情況如何，也不管我這種身分的人其實並不適合自憐。』這一字一句都是他親口說的，奧利佛先生。是從泰格的嘴裡說來的。」

一個人待在保險庫裡，奧利佛凝視著號碼盤。別緊張。現在不是發慌的時候，他告訴自己。那什麼時候才是？剛開始，即使只是為了要確定他現在的處境有多絕望，他輸入了舊密碼，左二，右二，左四，右四，左二，然後把門把扭一扭。門把拒絕讓步。我的生日日期已經無效了。在門的另一頭，古普塔繼續哀嘆，而奧利佛則拚命地嘮叨自己。泰格做什麼事情都很謹慎，他推想，每件事情都會強化他的自尊心。在沒有十足的把握之下，他撥了撥泰格的生日日期。動都不動。紀念日！他心想，於是他比較樂觀地撥了 050480 的號碼，這是公司創立的日期，依照傳統是要在泰晤士河上開香檳遊船慶祝的。但還是沒有成功。他聽布洛克說過：「可是你呢，你只要吸吸氣，就能感覺得到他，猜測得到他，能對他感同身受。他就在你這裡。」他聽到海瑟說說：「小女孩才會數玫瑰花，奧利佛。她們想知道對方有多麼愛自己。」這個突如其來的洞見讓他一陣噁心，他再次用冒汗的手指旋轉撥盤，左三，右二，左二，右四，左二。冷峻地，冷靜地，不容許任何情緒展現。他輸入了卡門的生日。

「先生，我還知道怎麼打九九九報警，要求他們前來作適當處理，奧利佛先生！」古普塔尖叫著。

「我很快就會打電話了，你看著好了！」

門栓鬆開，通往保險庫的門打開了，祕密的王國在他面前展開、許許多多的箱子、檔案、書籍和文件、完全依照泰格一絲不苟的方式堆疊起來。他把燈關掉，回到辦公室。古普塔緊扭著雙手，哀哀致歉。奧利佛的臉燒得火紅，五臟六腑翻攪不停，然而他還是很不耐煩地擠出一句話，像是一位捍衛辛格氏主權的軍官。

「古普塔，事出緊急，我必須知道家父自從收到溫沙先生死訊的那一刻開始，做了那些事。」

「哦，他整個人發瘋了，少爺。大夥兒到現在還在猜測，這個消息是怎麼傳到他耳裡的。辦公室謠傳都說是因為一通電話，至於是誰打來的，就不是我們能知道的了。不過，很可能是一家報社。他的雙眼看起來殺氣騰騰。『古普塔，』他說，『我們被人出賣了。一連串的事件已經到達悲劇性的顛峰。把我那件棕色大衣找來。』他完全失去理智，奧利佛先生，整個人糊里糊塗的。『先生，那麼您是要去夜鶯園嗎？』我說。每次他如果要到夜鶯園去，都會穿上他的棕色大衣。這是他的一個標記，一個象徵，是你那位了不起的母親送給他的禮物。所以只要他穿上這件衣服，我就很清楚他要去哪兒。『是的，古普塔，我要去夜鶯園。我要到夜鶯園尋求我愛妻的安慰，同時還要對我唯一還活著的兒子吹響憂愁的號角，我現在急需他的協助。』就在那時，麥辛漢先生沒敲門就走進來了。只要記得麥辛漢先生平時的行為舉止有多麼謙恭有理，就知道這是絕無僅有的事。『古普塔，你先出去。』這話是你父親說的。我不知道這兩位先生到底說了什麼，但他們談話的時間很短。兩人的臉色都和幽靈一樣蒼白，同時看出事態嚴重，正在交換意見。那是我的印象，少爺。他們有提到柏納先生。打電話給柏納，得跟柏納商量才行，我們何不找柏納來解決？然後你父親突然噤聲不語。這個柏納絕對不能信任。他是敵人。霍斯蕾小姐哭得厲害。我不知道她除了因為她的小狗之外還會哭。」

「就你記憶所及，我爸爸沒有安排任何旅行嗎？他沒有派人去找加松？」

「沒有，先生。他已經失去理智了。理智。如果還會恢復理智，我看也是後來的事了。」

奧利佛再次按捺住他嚴厲的語氣。

「注意聽好，古普塔。泰格先生的命運如何，就看能不能找回幾份遺失的文件。我雇了一幫專業的調查人員來協助我。你得留在你的住處，直到他們離開這棟大樓為止。明白嗎？」

古普塔收拾好吊床，急急忙忙地下了樓梯。奧利佛一直等到聽見地下室門「砰」一聲關上。他從泰格的辦公桌打電話給正在馬路對面監視的人，脫口說出那句愚蠢的暗語，那是布洛克為了這一刻的需要而告訴他的。他火速衝下樓梯，拉開前門。先進來的是布洛克，而後是一組身穿黑色田徑運動衣，背著背包的組員，背包內裝著老爺照相機、三角架、燈光和他們隨身攜帶的其他廢物。

「古普塔已經回地下室了，」奧利佛壓低嗓音和布洛克說，「不知道哪個該死的白癡沒注意到他搬到樓上睡覺。我要走了。」

布洛克朝外套領子裡面喃喃說了幾句話。迪瑞克將背包交給隔壁的人，走到奧利佛身邊。除了有迪瑞克的護送，還有艾姬尾隨在後，奧利佛踉踉蹌蹌步下前門階梯，迪瑞克扶著他的一隻手臂，艾姬則用友善的擁抱抓住他空下的那隻手臂。一輛計程車停了下來，開車的是譚比。迪瑞克和艾姬迅速將奧利佛送上車，坐在他們兩人中間的後座上。艾姬一隻手擱在他的手臂上，但被他甩開。他們開進公園巷時，他做了一個白日夢，夢到他在印度，把腳踏車靠在一輛靜止的火車旁邊，然後上了火車，但因為有屍體躺在鐵軌上，列車動也不動。到了他的藏身所，艾姬按下門鈴，迪瑞克則把奧利佛扶到人行道上，譚比剛下車，就站在人行道上等著接住他。奧利佛沒有意識到自己是怎麼走上樓梯的，恍惚間只感覺到自己穿著內衣躺在床上，希望艾姬在身邊陪著他。醒來後，他看見掛在天窗上破舊窗簾後面的晨光，還有布洛克（不是艾姬）坐在椅子上，把一張紙拿給他看。奧利佛用一隻手肘撐著身子坐了起來，揉揉脖子，接過這份影印的信件。上面印著的商標是兩隻鎖子甲長手套，纏繞在一起寒暄，還是要決鬥？上面的電子字體帶有一股說不出的外國腔。

致泰格．辛格先生本人，信使代送。

親愛的辛格先生，

上次和貴公司代表協商之後，很榮幸地正式告知閣下，本公司向辛格公司要求之賠償金額為

£200,000,000（兩億英鎊），依照所損失的收入，加上根據當事人保密特權所告知之祕密遭到洩漏，此乃公平而合理之賠償金額。請在卅天內付款至國際財務伊斯坦堡海外公司的帳戶，相關付款細節，貴公司已經非常清楚，收件人為莫斯基博士，若不付款，將採取進一步行動。擔保品已用其他名義寄至閣下的私人住處。儘早處理此事，不勝感激。

葉夫根尼・奧洛夫用年邁多病的手簽了名，還有泰格名字的首字母工整的會簽，確認他已經看過，也很清楚信函內容。

「記得莫斯基博士嗎？」布洛克問道，「本來叫做 Mirski（莫斯基），結尾字母是I，直到他去了美國兩年，還學聰明了[18]。」

「當然記得。波蘭律師。葉夫根尼的某種生意夥伴。你曾經告訴我要留意他。」

「生意伙伴個屁。」布洛克對他緊追不捨，決心逼他和盤托出。「莫斯基是個騙子。他以前是共產主義的騙子，現在是資本主義的騙子。他假扮銀行家，處理葉夫根尼的兩億英鎊，目的是什麼？」

「我哪會知道？」奧利佛把信推回去給他。

「起來。」

奧利佛很不高興地坐起來，兩條腿一轉，坐在床邊。

「你有在聽我說話嗎？」

「沒怎麼注意聽。」

「古普塔的事我很抱歉。我們並非完美無瑕，以後也永遠不會。你把他哄得服服貼貼的。你解開保險庫的密碼，這完全是天分。只有你才辦得到。你是我手上最出色的執行者。不過，我們找到的信不只這一封。我們的朋友柏納和他的免費別墅也在當中，此外還有另外六個柏納。你在聽嗎？」奧利佛走進浴室，扭開洗手臺的水龍頭，往臉上沖水。「我們還發現了泰格的護照，」布洛克透過浴室打開的門，在他身後喊著。「他如果不是用別人的護照，就是根本哪裡也沒去。」

這個消息聽在奧利佛耳裡，就好像不過是在眾多死者當中再添一樁死訊。「我得打個電話給山米。」回到臥房時他這麼說。

「山米是誰？」

「我得打通電話給他母親，艾西，跟她說我現在安然無恙。」布洛克將電話拿給他，然後監視著他打電話。「艾西，是我，奧利佛。山米還好嗎？很好，哦，對，嗯，回頭見。」全程都是很呆板的語氣，直到掛斷電話後吸了口氣，看也不看布洛克一眼，就撥了海瑟在北漢普頓的電話號碼。「是我。對。奧利佛，就是我。卡門還好嗎？……不，我沒辦法……什麼？嗯，找醫生……聽我說，找私人醫生，我會付錢……很快……」他抬起頭，正好看見布洛克對他頻頻點頭。「他們很快就會去找你……比方說明天或後天……」布洛克繼續點頭，「沒有奇怪的人在附近出沒了嗎？……沒有閃閃發光的車或奇怪的電話了？沒有人再送玫瑰花了？……很好。」他掛上電話，「卡門割傷了膝蓋，」他抱怨，彷彿那

18　莫斯基將自己姓氏拼法改為 Mirsky。

都是布洛克的錯，「可能需要縫合。」

11.

艾姬開著車。奧利佛整個人攤在她旁邊，一下子用手一把一把地打著自己的頭頂，一下子舉起長長的腿，然後「啪」地一聲往下一放，碰在地板，一下子又猜想，如果此時向她進攻，例如趁她換檔時將手擺在她的手上，或是手指從她的衣領和脖子之間滑過去，會發生什麼事。他的判斷是，她會停車把我擺平。薩里斯伯里平原的橄欖山在他們左右兩側不斷移動[19]。綿羊在山坡上吃草。低矮的太陽讓農舍和教堂染上金光。他們開的是一輛沒有登記姓名的福特汽車，後面的橫檔上有一個玩具滑翔翼，儀表板下還藏著第二具無線電。一輛敞篷小貨車在他們前面帶頭，駕車的是譚比，迪瑞克就坐在他旁邊。天線上綁著一條紅色三角旗。艾姬不喜歡迪瑞克，所以我也不喜歡。兩個全身穿著皮衣的摩托車騎士墊後，他們的安全帽上裝飾著紅色箭頭。有時，汽車無線電嗶嗶波波地響著，一個冷漠的女聲唸出一個暗號。有時，艾姬會回答另外一個暗號，有時則試圖要逗他高興。

「我是說，奧利佛，你去過格拉斯哥嗎？」她問，「那裡真的很熱鬧。」

「我聽說過。」

19 薩里斯伯里平原 (Salisbury Plain)，英國的開闊平坦地區，位在英格蘭的威爾特夏（Wishire），上有史前巨石陣等景點。

「我是說，我的意思是，等這件事結束之後，去那裡走走也不錯。」

「好主意。我也許會去走走。」

她又設法哄他說話。「你記得華特這個人嗎？」

「記得，當然，自然啦，華特。譚比手下的彪形大漢。他怎麼樣了？」

「哦，華特，嗯，他剛跳槽到北部一家不起眼的保全公司。年薪三萬五千英鎊，還有一輛配備豪華的路華汽車，真叫人噁心。這年頭，忠誠到哪兒去了？職責到哪兒去了？」

「到底是到哪裡去了？」奧利佛甚表贊同，聽到「配備豪華」這幾個字時還笑了。

「我是說，你當時不覺得很恐怖嗎？發現自己的老爸是個騙子？你才剛從法學院畢業，堅信法律的目的是要保護人民，讓社會能在正軌上運作？我是說，要怎麼樣才能面對那種事，奧利佛？現在你說話的對象，是一個因為自作孽而去讀哲學的人。」奧利佛那時沒跟任何人說話，不管他們讀了什麼，但艾姬繼續說下去。「我的意思，在那種情況下，怎麼樣才能知道你到底是單純地恨那個混蛋，還是熱愛正義？日日夜夜問自己，我是不是一個君子，一直騎著白馬，假裝自己崇高、偉大、有節操，而事實上我爸爸一直都在背後當靠山？你是這樣的感受嗎？或者，這只是我在替你想像而已？」

「是。嗯。」

「我是說，你真是我們的偶像，你知道嗎？一個人孤伶伶地決定一切。理想主義者。有史以來最了不起的志願軍。隊上還有人巴不得能拿到你的簽名照。」這時一陣安靜，或許連一向勇於任事的艾姬都可能希望她剛才沒那麼勇敢。

「沒有什麼白馬，」奧利佛喃喃說著，「比較像是旋轉木馬。」

前面的小卡車打出左轉燈。他們跟著卡車下了交流道，開進一條鄉間小路。摩托車尾隨在後。一簇簇嫩葉在他們的頭頂上聚攏，將天空隔絕在外。陽光在樹幹之間舞動，無線電發出嘎嘎的靜電干擾聲。小卡車開進一個停車處，後面的摩托車脫隊到旁邊轉彎。他們的車向下俯衝，開下一座陡峭的山丘，跨過一灘水。他們來到一座小丘頂上。加油站上方有一顆黃色的阻攔氣球，上面漆著「哈利斯」。她來過這裡，他以眼角餘光看著她，暗暗這麼想著。他們全都來過這裡。她左轉，他們繞著村子外圍開，看到了天際線上的教堂，還有旁邊儲存什一奉獻農產品的倉庫[20]，以及泰格曾經竭力阻止興建的波形瓦木造平房。汽車開進了秋之巷，這裡一年四季地上都躺著垂死落葉。經過名叫夜鶯尾的一條死巷，他們看到路邊停著一輛電力工程車，架起了梯子，還有一個人在上頭修理電線。計程車裡有一個女人在講電話。艾姬繼續往前開了一百碼，在一個公車站旁停了下來。

「你得下車了。」她說。

他下車。樹木後面的天空看起來和白天差不多，但在灌木樹籬裡，天色很快就暗了下來。在一個長滿青草的小島上，立著一座磚造的戰爭紀念碑，上面刻著光榮陣亡的烈士名字。四個姓哈維的男孩，他還記得。全都來自同一個家庭，全都在二十歲的時候死去，而他們的母親則一直活到九十高齡。他舉步前行，聽到艾姬把車開走了。他面前出現兩個巨大的門柱。門柱頂端，雕刻的老虎緊緊抓著幸格家的

20 什一奉獻（Tithe Barn），英格蘭源自中古時期的傳統，居民將農產品的十分之一奉獻給教會後，儲存在什一奉獻穀倉裡。

盾徽。這些老虎出自普特尼的雕塑公園，是花了一大筆錢買來的。這個盾徽是一個姓波茲、喜歡賣弄學問的盾徽顧問找來的，他花了一個週末向泰格探究他的祖先是誰，卻不知道這些祖先會隨著季節更迭。結果調查出一艘漢薩同盟的船隻，代表的是古代呂北克那地方和我國進行貿易往來的人，奧利佛到現在都還不知道是誰。此外還有一隻抬著前腿，用後腿站立起來的老虎，和出自我們薩克遜這一邊的兩隻斑鳩，只不過，斑鳩和薩克遜王朝究竟有何關係，這就是只有波茲先生才知道的謎了。

車道宛如一條黑河，流過薄暮微光下的草地。我就是在這個墳墓裡誕生的，他心裡想。在我長成兒童之前，一直住在這裡。他經過胡椒罐似的門房，以前泰格決定留下來過夜時，司機加松總是會躲來這裡。窗口沒有點燈。上面的窗簾已經拉下。院子裡有一個單間廄舍，拖桿就擺在一堆紅磚上。奧利佛只有七歲大。這是他的第一堂騎小馬的馬術課，他戴著圓頂硬禮帽，穿著格子呢外套，是遠在他鄉的泰格在他的大位上作主決定的。班上沒有任何人戴圓頂硬禮帽，所以奧利佛一直遮遮掩掩，還有一根銀把手的馬鞭，是泰格叫快遞送來給他的生日禮物，因為直到現在，泰格還是很少到這裡來。

「抬頭挺胸，奧利佛！不要無精打采！你的頭一直往下點，奧利佛，你向傑佛瑞多學著點！他的頭可從來不會往下點，是吧？要和士兵一樣挺直，傑佛瑞就是這樣。」

大我五歲的哥哥傑佛瑞。傑佛瑞做得好的事情，我通通做不好。傑佛瑞在各方面都完美無瑕，結果還來不及掌管天下，就因為白血病而撒手人寰。奧利佛經過砂岩的冰窖。這座冰窖像是魔術一般，用三輛綠色廂型車運來，在一個星期後蓋好，立刻就成為處罰他的地方——跑一百七十步到冰窖，摸一下，再跑一百七十步回來，只要有一個拉丁文動詞的不規則變化沒背好，就要跑一趟，不管是拉丁文還是跑步，若表現得沒有傑佛瑞好，那還得多跑幾圈。奧利佛的家庭教師拉斐留斯先生是個數字主義者。泰格也是。他們在長途電話上談的都是得分、分數、距離、花掉的時間和應得的懲罰，還有需要多少個百分點，才能讓他進入一個叫龍校的地方[21]，傑佛瑞就是在這裡拿到他的板球彩帶和獎學金，進人一個更可怕的地方，叫做伊頓公學。奧利佛很討厭惡龍校，但非常欣賞拉斐留斯先生的外套和黑色香菸。後來拉斐留斯先生和西班牙女傭私奔，引起公憤，但奧利佛卻為他歡呼喝采。

他比較喜歡從圍牆花園旁邊繞遠路走，他繞過一個被剷平的小丘，不過那既不是墳丘，也不是高爾夫球的開球區，而是一座直升機機場，用來招待一些因為身分太過尊貴而不能進行陸上旅遊的賓客，像葉夫根尼和米哈伊爾．奧洛夫這種貴賓，他們會用塑膠袋裝著俄國漆器、一瓶瓶的檸檬伏特加、還有用隔油紙包好的煙燻明格里亞香腸。有保鏢隨侍在側的賓客。因為不相信泰格的球桿，而用黑色皮套自備折疊式撞球桿的賓客。但只有奧利佛知道，那個直升機場是一個祕密祭壇。這個靈感來自一個印尼部落的傳說，他們會擺出木造飛機當誘餌，吸引在天上飛來飛去的觀光客。他曾經在這裡擺出傑佛瑞最愛吃的東西，希望引誘他從天堂下凡，回到人世來過完他的童年。但天堂的食物顯然比較好吃，因為傑佛瑞一直沒有回來。而且缺席的人不只是傑佛瑞。在翻騰的迷霧中，有白得耀眼的跳欄，還有一年四季不斷畫線和割草的馬球場，馬廄裡的每個馬鞍、籠頭、馬嚼子和馬燈都擦發亮，以備為事業奔波在外二十年

21 龍校（Dragon School）位在英國牛津的一所學校，包含招收八至十三歲學生的預備學校和招收四至七歲學生的學前班。取名「龍」，是為了紀念英格蘭的守護聖者、屠龍的聖喬治。

的泰格先生，有天會坐著加松的車開上這個車道，重新過著好不容易才得到的封建式英國生活。然而這一天總是遙遙無期。

車道兩側是高高的銅紅山毛櫸。前面則是兩棟磚石和燧石蓋起的員工宿舍。他閒蕩著走過這兩座小屋，希望能看見管家卡夫特先生和他的妻子正坐著喝茶。他以前很喜歡卡夫特夫婦，把他們當成自己的窗口，以瞭解在夜鶯園圍牆之外的世界。但卡夫特太太在十五年前過世之後，卡夫特先生就回到了故鄉荷爾，還帶走一個蛋形珠寶盒和一組十八世紀的微型畫，畫中是泰格身分撲朔迷離的祖先，這回冒出來的祖先是德裔賓州人。奧利佛緩緩步行下山，眼前出現的正是夜鶯園。他先是看到煙囪管帽、然後是一整座灰石堆成的房子，座落在寸草不生的瓦礫地上，他往前廊走去時，瓦礫像碎冰一樣，讓他的腳步嘎吱嘎吱地響個不停。拉索鈴是一隻拇指和其他指頭連在一起的銅製手，他抓住拉索鈴往下一拉，而他的心，隨著一個身為人子者無可避免的渴望而砰咚砰咚響著。正要拉第二次時，他聽到門的另一頭響起拖著腳走路的聲音，驚慌之下，一時間竟不知道該怎麼叫她，因為她討厭人家叫她媽，叫媽咪更是不行。他發覺自己已經忘了她的名字。他連自己的名字也忘了。他七歲大，坐在六英里外的警察局裡，翹家的他連自己家的名稱都不記得。門打開了，一陣黑暗朝他襲來。他露齒而笑，喃喃自語。他的耳朵被塞住了。當她展臂環繞他的頸子時，他感覺到毛海開襟毛衣的細毛扎著他的嘴角。他將她抱入懷中。閉上眼睛，希望能回到童年時光，但一點用也沒有。她吻吻他的左臉，他聞到薄荷香和一股口臭。她又吻吻他另一邊的臉頰，他想起了她的身材有多麼高，比任何女人都還高。他想起了她的顫抖和她身上肥皂般的薰衣草味。不知道她是隨時隨地都在發抖，還是純粹因為他的關係。她向後一退，離開他的懷抱。兩人眼睛都充滿淚水。

「奧利，親愛的。」說對了，他心想，因為有時她會衝著他叫傑佛瑞。「怎麼不事先通知我一聲，奧利？可憐我這顆心啊。你是造了什麼孽啊？」

娜迪雅，他想起來了：別叫我媽，奧利親愛的。叫我娜迪雅，你害我覺得自己好老。

•

天花板很低的廚房面積不小。破損的長柄銅煮鍋是室內設計師在一場拍賣會買來的，但這個設計師現在已經不知所蹤了。長柄鍋吊在古老的橫梁下，這棟房子已整修過不知幾次，這些橫梁就是翻修時加上去的。廚房裡的桌子很長，足足坐得下廿個僕人。黑暗的角落裡塞了一個正面凸出成弧形的荷蘭式火爐，一直都沒接上煙囪的煙道。

「你一定是個愛吃鬼。」她以分析的口吻對他說，彷彿自己不吃東西似的。

「其實我真的不是。」

他們看冰箱裡有沒有東西可以餵飽他。一瓶牛奶？一包裸麥黑麵包？一罐鯷魚？她不停顫抖的手擱在他的肩上。等一下我也要開始抖了。

「親愛的，今天韓德森太太放假，」她說，「我週末節食。這是我的老習慣。你忘了。」他們四目相接，他發現她很怕他。不知道她是喝醉了，或是才剛開始喝而已。有時候她喝不到兩口，就已經像個小女孩似地口齒不清。有時候連灌幾瓶黃湯，看起來卻照樣冷靜自持。「你的氣色不大好，奧利親愛的。工作太辛苦嗎？你這個人就是要求太高了。」

「我很好。你的氣色也不錯。真讓人驚訝。」

沒什麼好驚訝的。每年聖誕節前夕，按照她的說法，她照例要去度個小假，回來的時候臉上一條皺紋也沒有。

「你是從車站走過來嗎，親愛的？我沒聽到車子開過來的聲音，傑可也沒聽到。」傑可是一隻暹羅貓。「如果你事先打電話過來，我會去接你的。」

你已經好幾年沒開車了，他心想。自從你在除夕夜開著路華汽車撞進穀倉牆壁之後，泰格就把你的駕照給燒了。「老實說，我喜歡走走路，」他說，「你知道我這個人就是這樣。就算外面下雨我也無所謂。」再過一分鐘，我們就找不到話題了。

「星期天火車好像一律不開。韓德森太太如果要去探望她兄弟，還得在斯文頓換車。」她埋怨道。

「我的火車很準時。」他坐在飯桌的老位子。她繼續站著，寵著他，顫抖著，擔心著，像個小嬰兒要討奶喝似地舔著嘴唇。「有人在這裡留宿嗎？」他問。

「只有我跟小貓咪，親愛的。怎麼會有人留宿呢？」

「我只是好奇。」

「我已經不養狗了。自從珊曼莎憔悴而死，就再也不養了。」

「我知道。」

「到後來，牠就這麼坐在門廳裡，等著勞斯萊斯的車聲。最後動也不動，不吃東西，也不聽我說話了。」

「你跟我說過了。」

「牠決定當一隻獨行狗。泰格說把牠埋在養雞場旁邊，我們就照辦了。我和韓德森太太。」

「還有加松。」他提醒她。

「加松挖了個洞，韓德森太太唸禱文？恐怕大夥兒的心情都不太好。」

「他在哪兒，媽？」

「你是說加松嗎，親愛的？」

「泰格。」

她忘了臺詞了，他心想，看著她開始湧出淚水。她很努力地回想自己該怎麼說才是。

「噢，奧利，親愛的。」

「怎麼了，媽？」

「我以為你是來看我的。」

「是啊。我在想泰格人在哪裡。他回來過。古普塔跟我說了。」

這不公平。沒有一件事是公平的。她正以呼天搶地的自憐庇護自己。「每個人都來問我，」她泣訴著，「麥辛漢。莫斯基。古普塔。維也納來的那個姓霍本討厭鬼。柏納。養哈巴狗的霍斯蕾那個跟鬼一樣的巫婆。現在又是你。我一律告訴他們。不知道。你還以為靠傳真機、行動電話和其他天知道的什麼東西，他們應該能隨時掌握一個人的行蹤。結果不行。你爸爸總是說，資訊不等於知識。他說得對。」

「柏納是誰？」

「柏納，親愛的。你認識柏納啊。泰格以前幫過的那個高大、禿頭的利物浦警察。柏納・波爾洛克。你以前都叫他『捲毛』，他差點把你給宰了。」

「那一定是傑佛瑞，」奧利佛說，「還有莫斯基，他就是那個律師。」

「當然啦，親愛的。艾利克斯那個活潑的波蘭朋友，從伊斯坦堡來的。泰格只是需要一點私生活，」她抗議著，「像他這樣每天被所有人注目著，想當一陣子的無名小卒，也是再合理不過。我們每個人有時候都會這樣。你就是。你為了當個普通人，連名字都改了。親愛的，不是嗎？」

「我想你已經聽到消息了。一定是的。」

「什麼消息？」她的反應很激烈，「我不會跟報社的人說話，奧利。你也不要。我會掛他們電話。」

「艾佛瑞・溫沙的消息。我們的法網神鷹。」

「那個討厭的小傢伙？他到底做了什麼事？」

「恐怕他已經死了，媽。他被槍殺了，他在土耳其遇害。不管兇手有幾個人，目前都還沒查出來。他是去替辛格公司辦事，結果有人一槍把他給殺了。」

「噢，真是太可怕了，親愛的。實在讓人受不了。我非常、非常遺憾。那個可憐的女人。她得去找份工作才行。真是太殘酷了。哦，親愛的。」

你早就知道了，他心想。我還沒把事情說完，你就已經準備好要怎麼回了。他們手牽手，站在她稱為晨室的那間暖房正中央。在這棟房子南側的幾間起居室當中，這是最小的一間，邋遢貓傑可躺在電視下方一只縫上布面的籃子裡。告訴我，從你上次來過之後，這裡有哪些東西變了，親愛的，她這麼說。我們來玩記憶遊戲，來嘛！他陪她玩，在四周尋找著線索。泰格的雕花威士忌杯，他光滑的臀部在他最喜歡的椅子上留下的印痕、一份粉紅色的報紙、在轉角南奧德利街的雷修糕餅店買來的手工巧克力，他每次到夜鶯園來都會帶巧克力。

「那幅水彩是新的。」他說。

「奧利親愛的，你真是精明得不得了！」她無聲地拍拍手。「這幅畫至少有一百年了，不過在這裡是新的，你觀察得很仔細。這是畢阿姨留給我的。是給維多利亞女王畫鳥的那位女士筆下的作品。我從不指望人家過世時會留什麼東西給我。」

「那你最後一次看見他到底是什麼時候，媽？」

不過她沒有回答他的問題，反而開始激動地描述韓德森太太臀部動的手術，當地醫院是怎麼棒得不得了，政府這時居然還打算關閉醫院，政府老是來這一套：「我們親愛的比爾醫生已經照顧我們一輩子了，他才剛——嗯，他，嗯，是的。」她已經亂了套。

他們轉移陣地，到男孩的遊戲室去，看著他已不記得曾經玩過的木製玩具，還有曾經騎過的搖木馬，只不過，她發誓他曾經差點就把木馬給搖壞了，所以他估量她又想起了傑佛瑞。

「你們都很好吧，親愛的？你們一家三口？我知道我不該這麼問，但我只是一個母親，我不是石頭。你們一家都如你願，過著健康、幸福、自由自在的生活嗎，親愛的？再也沒有發生不好的事情了？」

繼續對他微笑著，就像家庭錄影帶一樣不停閃爍，而她拔過的眉毛現在是彎月形。這時，他遞給她一張卡門的照片，看著她拿起用石榴石項鍊吊著的折疊式眼鏡，隔著一段距離好奇地打量，照片隨著她的手臂晃動，她的頭又跟著照片晃來晃去。

「現在她已經比照片上大了，我們給她剪了頭髮，她每天都會說新的話。」

「真是可愛極了，親愛的。好福氣啊。」把照片推回給他，「你們夫妻都做得很好。好一個可愛、漂亮、幸福的小女孩。海倫還好吧，過得開心吧？」

「海瑟很好。」

「那我就高興了。」

「媽，我必須知道。我必須知道你最後一次看見泰格是何時，發生了什麼事。大家都在找他，我非得第一個先找到他不可。」我們不要眼對眼地看著對方比較好，他想起來了，於是只管盯著那個搖木馬。

「別威脅我，奧利親愛的。你知道我老是記不住日期。我討厭時鐘，討厭黑夜，討厭被人威脅。凡是不好吃、不能讓人意猶未盡、不陽光的東西，我都討厭得很。」

「可是你愛泰格。你不希望他有事。你也愛我。」

她的聲音突然變得像個小女孩。「你知道你爸爸這個人，親愛的。他總是一陣風似地來，又一陣風似地走，弄得你左支右絀，等他走了，你還搞不清楚他到底有沒有來過。如果你是可憐的娜迪雅，一樣會這麼想。」

他對她既厭倦又受不了，正因如此，他七歲那年才會企圖翹家。他希望她已經和傑佛瑞一樣死了。

「他來過這裡，告訴你說溫沙被人槍殺了。」他說。

她的手越過身體，緊緊攫住自己的上臂。她穿著一件長袖薄紗襯衫，鑲摺邊的袖口遮住了靜脈。你爸爸對我們很好，奧利佛。住手吧。你聽到我的話沒有？

「他人在哪裡，媽？」

「你要尊敬他。尊敬是我們人和動物不一樣的地方。他沒有拿你跟傑佛瑞比。你考試不及格，被迫離開學校的時候，他沒有棄你於不顧。別的父親就會這麼做。他不介意你寫詩或是去做任何事情，即使這些事情都沒有錢賺。他送你去跟家庭教師上課，把傑佛瑞在公司裡的位子給了你。對一個篤信榮譽、而且獨自經歷大風大浪才熬過來的人，這是很不容易的。你可以離開利物浦，我卻沒這個福氣。你要是瞭解利物浦這個地方，就會有傑佛瑞那種精神。不會有兩樁婚姻是一樣的，根本不可能。他一直很喜愛夜鶯園，也把我照料得很妥當。是你不忠，奧利佛。不管你對他做了什麼，對他都太殘忍了。你現在也有自己的家了。回到他們身邊吧。別再假裝自己人在新加坡，你明明就在得文，這我清楚得很。」

他像死人一樣冰冷，她的劊子手。「是你告訴他的，對吧？」他淡淡地說，「泰格是從你這裡套出來的。他來這裡看你，告訴你溫沙的事情，你就把我的事告訴他。我人在哪裡，我的新名字叫什麼，你寫信到哪裡去給我，銀行裡是杜谷德負責的。他一定感激得不得了。」他必須扶著她才行，因為她正垂頭喪氣，咬著自己的食指，從模仿黛安娜王妃的瀏海底下，悲痛不已地向他哀哀埋怨。「拜託你，娜迪雅，我想知道的是，泰格到底跟你說了什麼？」他冷酷無情地繼續說道，「因為你要是不告訴我，我很清楚他的下場就會跟艾佛瑞．溫沙一樣。」

她必須換個地方才行，於是他領著她穿過走廊到餐廳去。這裡有一座麥立牌白色雕花大理石壁爐，列柱壁龕裡的裸女雕像，可能是卡諾瓦(Canova)的作品。在他青春期的年代，這些裸女雕像一直是他幻想中深愛的女妖。從半掩著的門偷偷看她們神聖的笑容和完美無瑕的臀部一眼，便足以令他興奮不已。雕像上面掛著一幅家庭風俗畫，當時的畫者是誰已經沒有人記得了。金黃色的雲朵在夜鶯園上方升起，泰格騎著一匹騰躍的小馬，奧利佛穿著伊頓公學的外套，伸手要去摸那個馬嚼子，泰格年輕的美麗嬌妻娜迪雅柳腰纖細，穿著寬鬆的家居服，拉住孩子太過好奇的手。而泰格身後，看起來像一位金髮義大利王子的，是傑佛瑞的鬼魂正策馬躍進，從照片中復活過來，飄著一頭金髮，騎著名叫司令的灰色小馬，騰躍著穿過陽光，臉上露出勇敢的笑容，而家裡的僕人一個個揮舞著帽子。

「我好糟糕，奧利佛，」娜迪雅埋怨著，把這幅畫看成某種斥責，「泰格當初根本不應該娶我的。我根本不該生下你們兄弟倆。」

「別擔心，媽，就算不是你，也會有人把我們生下來。」他強顏歡笑地說。他懷疑傑佛瑞究竟是不是泰格的骨肉。她曾經在酒醉之後說到泰格在利物浦的一個出庭辯護律師同行，他是一塊真正的璞玉，有一頭亮麗的頭髮。

他們在彈子房裡。他又開始逼問：我非得知道不可，媽。我得知道你們倆到底說過什麼。她在告白的同時，一邊打嗝，一邊搖頭否認一切，但眼淚已經止住了。我太年輕、太脆弱、太敏感了，親愛的，泰格哄我把話說了出來，現在你竟也這樣對我。這是因為我沒讀過大學，我父親認為女孩子不該讀大學，感謝上帝，我沒有生個女兒。她轉換了代名詞，在說自己時，好像在說另外一個人似地：「她只跟泰格說過一點點，親愛的。絕對沒有全盤托出，她才不會這麼做。如果奧利一開始沒有把祕密洩漏給可憐的娜迪雅，她也不可能透露給泰格聽，對嗎？」你說的真他媽的一點都沒錯，他心想。跟你說什麼都沒用。我早該任由你酗酒、擔心到你進棺材的時候為止。「他好傷心，親愛的，」她邊啜泣邊解釋，「傷心溫沙的死。最讓他傷心的是你。我看他那個叫凱特的女人早就行為不軌。我寧可要傑可陪著我。我只希望他看看我，叫我一聲親愛的，抱著我，說我現在還是很美。」

「他在哪裡，媽？他是用什麼名字上船的？」他緊緊抓著她，她全身的重量都靠在他的手臂上。「他一定跟你說過他要去哪裡。他什麼事都會跟你說。他不會讓他的娜迪雅一無所知地蒙在鼓裡。」

「我不能信任你。不能相信你們任何一個。莫斯基或霍本或麥辛漢或任何人都一樣。奧利佛是始作俑者。放開我。」

皮製椅子、和馬有關的書、中學校長用的書桌。他們已經到書房裡了。壁爐上掛著一幅史塔布斯[22]的純種馬畫，彷彿有些蹊蹺。奧利佛大步朝窗邊的椅子走去，手沿著裝飾板的頂端摸索，直到摸著一把積滿灰塵的銅製鑰匙。他把史塔布斯這幅可疑的畫作從掛勾上取下，放在地上。畫的後面是一個位置和

---

22 史塔布斯（George Stubbs, 1724-1806），英國畫家，受到他對解剖學的研究和熱愛的影響，最擅長畫動物，尤其以馬畫聞名。

泰格一樣高的嵌壁式保險櫃。他像小時候一樣打開保險櫃往裡看，那時他相信保險櫃是一個神奇的母雞型收納盒，裡面藏著一個偉大的祕密。

「裡面什麼都沒有，奧利親愛的，裡面向來什麼都沒有。不過是無聊的遺囑和契約，還有他從口袋掏出來的外幣。」

這時什麼都沒有，那時也是什麼都沒有。他鎖上保險櫃，將鑰匙放回原位，而後注意到了書桌抽屜。一只馬球手套。一盒散彈槍子彈。註明『收訖』的零售商帳單。文具。一本黑色筆記簿，封面沒有印任何文字。我要筆記本，布洛克說過。我要備忘錄、記事本、日記、字跡潦草的地址，我要的是火柴盒裡，被揉掉的紙團裡，任何他想丟掉但沒有扔掉的紙上所寫的名字。奧利佛翻開筆記簿：晚餐後演說者指南。笑話、格言、智慧小語、引言。他把筆記簿扔回抽屜。「有沒有什麼包裹送來給他，媽？包裹、大張的信封、有登記的東西、快遞？你沒有替他收著什麼嗎？他走了之後就沒有東西送來嗎？」擔保品已用其他名義寄至閣下的私人住處。葉夫根尼，奧洛夫簽名。

「當然沒有，親愛的。除非是帳單，否則沒有人會寫信到這裡給他。」他帶著她回到廚房，為她泡了一壺茶，而她就在旁邊看著。「至少你的樣子已經不醜了，親愛的。」她這麼說，是覺得這件事會讓他們倆都感到安慰。「他哭了。自從傑佛瑞死後，我還沒見他哭過。他借了我的拍立得相機。你不知道我還會攝影吧？」

「他拿相機到底是想幹什麼？」──想到護照、簽證申請。

「他想將他喜愛的一切全都拍下來。我，我們一家人的畫、圍牆花園，在你還沒把一切搞砸之前能讓他高興的每一樣東西。」

她還想要一個擁抱，於是他上前抱住她。

「老葉夫根尼最近來過嗎？」

「去年冬天來過，親愛的。來獵雉雞。」

「但泰格還沒有打到大熊吧？」——開個玩笑。

「沒有，親愛的。我不覺得他喜歡獵熊。熊和人太像了。」

「還有誰跟著一起來？」

「可憐的米哈伊爾，他麼東西都獵。要是有機會，連傑可都會挨他的槍。葉夫根尼做什麼都帶著他，真是體貼。當然還有莫斯基。」

「莫斯基來做什麼？」

「在溫室和藍迪下棋。藍迪和莫斯基非常親密。我還懷疑他們是不是有問題。」

「哪一種問題？」

「這個嘛，藍迪幾乎不往女人堆裡跑，是吧？而親愛的莫斯基博士是生冷不忌。如果你相信，我還逮到他在廚房裡和韓德森太太調情，要她到格但斯克去給他做牧羊人派。」

他拿一杯茶遞給她。一片檸檬，絕對不加牛奶。他的聲音還是讓人如沐春風。「那泰格——這回——來看你，是怎麼到這裡的？加松送他過來的嗎？」

「是計程車，親愛的。從車站坐過來。他和你一樣是搭火車，不過那天不是星期日。他不想引起別人注意。」

「那你怎麼辦？把他藏在柴房？」

她還站著，緊抓著椅背撐住。「我們沿著教區到處走走，和平常沒兩樣，去看每一樣他喜歡的東西，然後拍照留念。」她傲然以對。「他身上穿著我在他四十歲生日時送他的那件棕色拉格蘭式外套。我們管那是他的愛之外套。我說，不要走，留下來。我說我會照顧他。他不肯聽我的話。他得去救那艘船，他說。還有時間。葉夫根尼必須知道真相，這樣一切就不會有事了。『我在聖誕節擊退了他們，現在我也會讓歷史重演。』我真為他感到驕傲。」

「聖誕節發生了什麼事？」

「瑞士，親愛的。我以為他會帶我去，就像當年那樣。但他從頭到尾就是工作，工作。像個溜溜球似地忙來忙去。連聖誕節的布丁都沒吃，儘管他很愛吃。韓德森太太差點就要哭了。可是他贏了，他把對方給擊敗了，全輸給他。『我把他們打得頭破血流，』他說，『葉夫根尼最後還是支持我。他們短期內不會重施故技了。』」

「他們是誰？」

「不管是誰都好。霍本或莫斯基。我怎麼知道？都是想跟他過不去的人，是叛徒。你也是其中之一。他說過他得送一樣東西給你。如果他再也見不到你，或沒辦法聽到你的聲音，雖然你用這種骯髒的手段對付他，身為你的父親，他還欠你一樣東西，這是他早就答應過你的。這是他的人生目標，也是我的目標。我們總是教你要做個言而有信的人。」

「你就是這時候把卡門的事告訴他的？」

「他料想我知道你在哪裡。他很聰明。一向如此。他注意到我不像平常那樣擔心你。為什麼呢？他是個律師，你根本沒辦法和他爭論。我隨便搪塞幾句，結果被他拆穿。和以前一樣，這不難，但一點也不簡單。我試著繼續替你欺瞞下去，但後來我覺得根本沒必要了。你是我們唯一的兒子。是屬於我們兩個人的。我告訴他，他已經當祖父了，然後他又哭了。兒女總覺得父母親很冷酷，除非他們掉眼淚，這時候兒女又會覺得父母很傻氣。他說他需要你。」

「需要我？需要我幹嘛？」

「他是你爸爸，奧利！他是你的合夥人！他們聯手一起對付他。如果不找自己的兒子，那他應該找誰？你虧欠他。現在該是你出來支持他的時候了。」

「他是這麼說的嗎？」

「對！他就是這麼說的。告訴他說他虧欠我！」

「告訴他？」

「是的！」

「他有帶手提箱嗎？」

「他帶了一個咖啡色的袋子，好搭配他的愛之外套。是一件隨身行李。」

「他要飛去哪裡？」

「我沒有說他要飛！」

「你說是一件隨身行李。」

「我沒有。我沒有！」

「娜迪雅，媽，聽我說。警方已經全面徹查每一份班機名單和旅客名單。完全找不到他的蹤影。他搭飛機怎麼會沒被警方注意到？」

她把手往他身上一揮，掙脫他的手。「他說你是。他說對了。你是跟警方一夥的！」

「我得幫他才行，媽。他需要我。這是他說的。如果我找不到他，而你又知道他在哪裡，到時候責任就會落在我們頭上。」

「我不知道他在哪裡！他不像你，他不會把我藏不住的話告訴我。別再這樣逼我了！」

出於對自己的恐懼，奧利佛趕緊從她身邊退開。她哀哀泣訴，「這樣有什麼好處？只管告訴我你想知道什麼，然後就別再打擾我了。」說著說著，她開始哽咽。他回到她身邊，雙臂環抱著她。將自己的臉貼著她的臉頰，感覺到臉頰黏著她的淚。她向他屈服了，就像她當時屈服於他的父親一樣，他心裡多少有些得意，同時卻又恨她這麼脆弱。「之後就沒有人見過他了，媽。你是唯一見過他的人。他是怎麼離開的？」

「他很勇敢。抬頭挺胸。戰士本該如此。他一定會說到做到。你應該以追隨他的腳步為傲。」

「我指的是交通工具。」

「他的計程車開回來。如果手上沒有那個袋子，他就會走路到車站。『一切又打回原形了，娜迪雅，』她說，『我們又回到當年在利物浦走投無路的日子。我說過永遠不會讓你離開，以後也絕對不會。』他又回到以前的樣子。他沒有揮手。他就這麼上車走了。你為什麼要這麼做，奧利？如果你不想讓泰格知道，當時為什麼要說給傻氣的娜迪雅聽呢？」

因為我是一個昏了頭的父親，而且卡門才剛出生三天，他心裡絕望地想著。因為我愛我的女兒，以為你也想愛她。她僵硬地坐在桌子前，緊緊抓著手中那個冷掉的茶杯。「媽。」

「別說了，親愛的。夠了。」

「如果港口有人監視，而他拿著隨身行李，他打算怎麼出奇制勝，讓敵人混淆呢？例如他拿的是什麼護照？」

「不是任何人的，親愛的。你這下又過度戲劇化了。」

「你為什麼說『不是任何人的』？為什麼一定不是用別人的護照？」

「住口，奧利！你別自以為和你爸爸一樣是個出色的出庭辯護律師。你不是。」

「他拿的是誰的護照，媽？如果不知道是什麼名字，我根本幫不了他，對嗎？」

她長嘆一聲。搖搖頭，結果這個動作讓她又開始掉淚。但馬上恢復過來。「去問麥辛漢。泰格太仰賴他的屬下了。結果他們就在背後捅他一刀，跟你一樣。」

「是英國護照嗎？」

「那是真的，他只跟我說了這麼多。那不是假護照。它屬於一個真實存在的人，只不過這個人現在用不著。他沒有說是哪個國家，而我也沒多問。」

「他有拿出來給你看嗎？」

「沒有。他只是自誇而已。」

「什麼時候的事？不是這一次吧？他這時候應該沒有誇耀的心情了。」

「一年前的三月」──她一向痛恨日期──「他在俄國還是什麼的地方有些生意要料理，又不想讓別人知道他的身分，於是就自己弄來這本護照。藍迪替他弄來的。還有出生證明做為佐證。這份出證明讓他年輕了五歲。這是我們兩人之間的笑話，天上的大稅吏給了他五年的退款。」她的聲音變得極其冰冷，和他差不多。「我能告訴你的就只有這些了，奧利。這就是我所知道的全部。一點一滴全都告訴你了。是你毀了我們的一切。每次都是你害的。」

奧利佛原本是慢慢地走下車道。手臂上披著他那件灰狼外套。走著走著，他把它往身上一套，先把一隻手臂套進去，然後是另一隻，腳步同時越來越快。等到了門口，他已經是用跑的了。電力公司的工程車還停在原地，不過折疊梯已經收了起來，計程車裡坐著兩個人。他一直跑到叉路口，看到停在那裡的福特汽車對他一閃一閃地打亮車燈，艾姬愉快的身影從駕座上朝他揮手。乘客門打開。他鑽進車裡，坐在她旁邊。

「你能用那個玩意兒找到布洛克嗎？」

她已經將電話遞過來給他了。

「這麼說來，他從沒去過澳洲。」海瑟說，「澳洲也是騙人的。」

「就說是掩護吧。」布洛克建議。

碰上這種場合，他會用一種神職人員的口吻說話。這種口氣很適合用來表達一種很深切的關懷感。他會教導新進人員，當你處理一個人的時候，就是在處理他的問題。你不是馬基維利，你不是詹姆斯·龐德，你是一個過勞的福利官員，必須把每個人的生活都安排妥當，不然就會有人發瘋。

他們靜靜地坐在北漢普頓郡的鄉下小警察局裡，裡面有一張簡陋的桌子，布洛克坐在這一邊，海瑟坐在另外一邊，她托著頭，眼睛睜得大大的，但沒有在看什麼東西。這時，她將目光從他身上移開，望著訪談室昏暗的角落。現在已經是晚上了，訪談室裡的燈光很暗，被通緝的男人和失蹤的兒童，像是一個由地獄靈魂組成的無聲合唱隊，從陰暗的牆壁看著他們。透過分隔牆，傳來一個遭監禁的醉漢的連聲奚落、警察無線電單調的聲音、還有把飛鏢射在板子上的啪啪聲。布洛克懷疑莉莉會怎麼看她這個人。他每次碰到女人都會這麼思索。「一個好女孩，耐特，」她會這麼說才是，「就算她有什麼不是，只要有個好丈夫，一個禮拜就改好了。」莉莉認為每個人都應該有個好丈夫。這是她恭維他的方式。

「他真的跟我說過雪梨的海鮮，」海瑟非常驚異，「他說那是他在全世界吃過最美味的海鮮，說我們將來有一天要到那兒去，在他當過服務生的每一家餐廳吃大餐。」

「我想他一輩子沒當過服務生。」布洛克說。

「不過他一直是你的服務生，不是嗎？到現在還是。」

布洛克沒有因此大驚小怪。「他不喜歡自己做的事，海瑟。他認為這是他的責任。他必須知道我們是站在他這一邊的，我們所有人，尤其是卡門，她是他的全世界，是卡門。他要她知道，他是個好人。他希望你能在孩子的成長過程中，不時替他說幾句好話。他不希望孩子以為爸爸是毫無理由地遺棄她。」

「你爸爸靠滿嘴謊言來到我的生活，但他是個好人——像這樣嗎？」

「如果可以的話，希望能更好一點。」

「那你倒是教我一套說詞啊。」

「海瑟，我不認為真有那一套說詞。我想應該這樣比較好，你提起他的時候笑一笑，讓他在孩子心目中成為一個他夢想中的父親。」

12.

為了要前往普魯托的狗窩——一個只有九頭蛇怪小組的幾名成員才知道的安全藏身處——布洛克先是搭地鐵往南過了河，然後跳上一輛開往東邊的公車，再晃進一家能清楚看見人行道的三明治速食店。跳上第二輛公車之後，他提前兩站下車，徒步走完剩下的幾百碼路，步伐既不會太過刻意，也不至於過分漫不經心，他還不時駐足享受船塢區某些令他心儀的景緻——一排生鏽的起重機、一艘腐壞的遊船、一個舊輪胎廢棄場——直到他一步步來到一排高架橋般的砌磚拱前面，每個洞口都是某種臨時的金屬車間。他走到一扇笨重的黑色大門前，門上寫著八號，還貼著有一句令人鼓舞的話：去西班牙了，滾開。他按下蜂鳴器，朝對講機宣稱自己是艾佛瑞的弟弟，要來看看那輛奧斯頓·馬丁汽車。

獲准入內之後，他穿過一個堆放汽車零件、舊壁爐和各式汽車牌照的倉庫，爬上一個搖搖晃晃的木造樓梯，來到一扇才剛裝好的鋼門前面。為了恰如其分，這道門已經用相配的塗鴉亂塗亂畫了一番。他站在那兒，等著窺視孔變黑。窺視孔準時暗下來，前來開門的是個幽靈般的男人，身穿藍色牛仔褲、跑鞋、格紋襯衫，戴著一副皮槍套，掛著一把九釐米的史密斯與威森自動手槍，槍托上貼著一塊舊膠帶，彷彿不記得是在哪次惡作劇時割傷了自己。布洛克走進去，身後的門關了起來。

「他怎麼樣了，梅斯先生？」他問道。緊張得說話都帶著氣音，像是首演時的神經過敏。

「那得看你問的是什麼，長官。」梅斯說，他和布洛克一樣不多話。「能專心的時候就看看東西。下棋，這有幫助。不然就玩填字遊戲，上流社會的玩意兒。」

「還是很害怕嗎？」

「嚇得屁滾尿流，長官。」

布洛克往走廊走去，經過小小的廚房、一間睡房和一間浴室，最後迎面碰上第二個男人。此人身材略胖，一頭長髮紮在頸後。他的槍套是帆布做的，像個嬰兒吊帶似地掛在他的脖子上。

「都還好嗎，卡特先生？」

「好得很，謝謝你，長官。剛打完一輪惠斯特紙牌。」

「誰贏了？」

「普魯托，他作弊。」

之所以叫做梅斯和卡特（只要是在行動期間），是因為艾登・貝爾任意給這兩個人取了圖坦卡門陵墓發現者的名字。普魯托則是地獄冥王之名。布洛克打開一扇木門，走進一間長形的閣樓房間，天花板上有裝了鐵柵的天窗。兩張燈芯絨面的扶手椅已經被拉到火爐前面。兩張椅子中間是一個紙箱，上面擺滿報紙，一張扶手椅是空的，另外一張裡則坐著尊貴的藍諾夫，又名藍迪・麥幸漢，也稱普魯托，不久前還隸屬於英國外交部和其他可疑的單位，他穿著一件瑪莎百貨的居家拉鍊式藍色開襟毛衣，腳上不是他習慣穿的鹿皮鞋，而是一雙用仿羊毛鑲邊的橘色臥室拖鞋。他抓著椅子的扶手屈膝向前，可是一看到布洛克，就把手放在腦後闔上，把穿著拖鞋的雙腳跨上紙箱，接著故作輕鬆地往後一靠。「我的耐特叔叔又來了。」他拉長調子慢吞吞地說，「聽著，你把我的免死金牌帶來沒有？沒有的話，就不必浪費你的時間了。」

布洛克聽到這個問題似乎樂得很。「過來一下，先生。我們兩個骨子裡都是公務員，何時有過首長會在週末簽署豁免證明的事情？如果我催得再緊一點，只會惹人討厭而已。莫斯基博士在老家是什麼身分？」他這麼問，秉持的原則是，對審問者而言，最好的問題就是自己早就知道答案的那些。

「沒聽說過。」麥辛漢很不高興地回嘴。「我想從我家拿幾件像樣的衣服。我可以給你鑰匙。威廉到鄉下去了。我不叫他回來，他是不會回來的。只要別在週二和週四過去就行，安布洛斯太太那時候會過去打掃。」

布洛克再次搖頭。「恐怕這目前是完全不可能的，先生。他們可能會監視你家。我最不願意發生的，就是有人從你家跟蹤來到這裡，謝了。」這只是一個小小的謊言。麥辛漢忙著自首，驚慌之餘連換洗衣服都沒帶。布洛克知道眼前他監護的這個人喜歡細緻的羽絨，便抓住機會，拿寬鬆的工作服和腰部有鬆緊帶的毛料長褲挫挫他的銳氣。「現在呢，先生，」布洛克坐下的同時也打開了筆記簿，還拿出莉莉的筆。「有隻小鳥兒告訴我，去年一月，你和前面提到的莫斯基博士曾在夜鶯園下棋。」

「那你這隻小鳥兒撒謊。」麥辛漢覺得受到威脅時，就喜歡來幾句洋涇濱英語。

「我聽說你和莫斯基博士講了一些低下三四的笑話。他不是你那一夥的，是嗎？」

「沒見過，也沒聽說過這個人，沒跟他下過棋。既然你問起，他不是我們這一夥的。他是另外一國的。」麥辛漢答道。他拿起一份《觀察家報》，抖了一下，假裝看起報紙來。「我很喜歡這個地方。兄弟們都很可愛，吃的是山珍海味，地點也是一時之選。我考慮把這個地方買下來。」

「你看，先生，豁免協商向來有個麻煩的地方，」布洛克解釋的語調仍然和善得不得了，「我的部長和他的同事得知道他們要給人豁免什麼罪狀。討厭的就在這裡。」

「這番說教我已經聽過了。」

「那麼，要是我再重複一次，也許你就能聽進去。恕我冒昧，你不能拿起電話來，打給你在外交部認識的大人物什麼的，然後說，『藍迪．麥辛漢想拿一點消息來換取保證豁免，麻煩替我們揮一下魔棒，好嗎，老兄？』長遠來看，這是行不通的。我的上司個個都很挑剔。『豁免什麼罪名？』他們會問自己。『麥辛漢是挖地道到英國銀行，還是調戲了未成年女學生？他和魔鬼是同一黨的嗎？因為他要是這種人，那我們寧願他另請高明。』但那個問題，其實我問你也是白問。因為根據你目前告訴我的消息，老實說，根本一文不值。如果你希望，我們會保護你。這一點我們非常樂意。住的地方不會像現在這麼舒服，不過你會得到妥善保護。因為你要是繼續這個樣子，我的頂頭上司不只會收回他們的好意，甚至還會給你加上妨礙司法公正的罪名。先生。」卡特把茶端了進來。「麥辛漢先生今天有沒有打到他的辦公室，卡特先生？」

「五點四十五分，長官。」

「從哪裡打的？」

「紐約。」

「那時誰跟他在一起？」

「我和梅斯，長官。」

「他有沒有守規矩？」

麥辛漢把報紙往下一摜。「他媽的乖得像隻羔羊，真的。使出渾身解數，可不是嗎，卡特？承認吧。」

「聽起來是沒問題，長官，」卡特說，「我是覺得有點太造作，不過他一向如此。」

「你要是不相信我的話，就聽錄音帶。我在紐約，天氣真是太棒了，我剛給我們搖擺不定的華爾街投資人打完氣，現在又要出發去多倫多，把同樣的事從頭再來一次。有沒有人知道我們可憐的流浪者泰格的消息？回答，淚漣漣的一聲沒有。對還是錯，卡特？」

「截至目前，我會說這是相當正確的描述。」

「他是跟誰說話？」

「安琪拉，他的祕書，長官。」

「這番說法你看她有這麼容易吞下去嗎？」

「她每次都吞下去，」麥辛漢拉長聲調說。卡特臉色鐵青地走了出去。「唉呀，是我太淫穢了嗎？」

「卡特是個虔誠的教徒，先生。他喜歡的是和哥兒們作伴跟足球隊。」

麥辛漢這下子垂頭喪氣。「噢，天哪。噢，該死。我說話真是太粗俗了。噢，千萬代我向他道歉。」

布洛克又回到他的筆記簿上，慈祥地搖搖他白髮蒼蒼的頭，就像是每個人夢寐以求的父親。「先生。麻煩你，關於你最近接到的這些威脅電話，我能否多向你請教一下？」

「我知道的都已經告訴你了。」

「是的，嗯，我們在追蹤這些電話的時候，還是遇到了一點困難。只不過我們處理這種要求時，必須說明被判罪的可能。這就是我所謂的黃金拍檔。既有被判罪的可能，又有明確的證據顯示，一旦得到豁免，你就願意和當局合作。」停頓一下，預示稍後將採取比較強硬的口氣，「根據你對我手下官員所做的證詞，你的第一印象是，這些電話是從海外打來的。正確嗎？」

「背景有外國的雜音。電車之類的東西。」

「你還是認不出那個聲音。你日日夜夜都在想，但就是想不起來。」

「要是想得出來，我就告訴你了，耐特。」

「我也這麼認為。每次打來的聲音都一樣，而且是很快地連續打了四通，說的也是同樣的事情。而且都是從國外打來。」

「都有同樣的——大氣干擾——空洞。很難描述。」

「舉個例子，不是莫斯基博士吧？」

「有這個可能。如果他拿手帕塞進嘴裡什麼的。」

「霍本？」布洛克拋出這些名字，留意每一個名字是不是正中目標。

「不夠美國味。艾利克斯說話就像一個小時前鼻子才剛去整型。」

「夏爾瓦？米哈伊爾？不是葉夫根尼本人吧？」

「那口英文說得太好了。」

「而且我看那個老小子也會跟你講俄語——除非俄語聽起來可能不夠有威脅。」他照著他的筆記簿唸。「『名單上的下一個人就是你，麥辛漢先生。你躲不掉我們。我們可以隨時炸掉你的住家，或是一槍幹掉你。』沒有進一步行動？」

「才沒有這麼戲劇化。你讓事情聽起來很可笑。沒那麼可笑，是很恐怖的。」

「可惜自從你向我們自首以後，你的神祕電話就沒再響過了，不然我們可以更改你的電話線路，」布洛克以體貼的耐心惋惜著，「四個小時內就打來四通。結果你一向我們自首，這人就再也不打了。這難免讓人懷疑，他知道的可能不只是如何對自己有利而已。」

「我只知道這對我不利。」

「我也相信這對你不利，先生。對了，泰格用的是什麼護照？」

「我想是英國護照。你上次問過我。」

「在我國，協助取得假護照或竄改的護照，不論什麼國籍，都是重罪，你本身曾經擔任外交官員，我想你知道這一點吧？」

「我當然知道。」

「既然如此，如果我能證明有一位尊貴的藍諾夫．麥辛漢先生確實明知故犯，提供了這樣一本假護照——甚至，還拿一份偷來的出生證明做為佐證——你很可能會從這個舒服得不得了的住處搬到牢房去住。」

麥辛漢坐直了，一隻手撥弄著下唇。他的雙目低垂，眉頭深鎖，彷彿是在思考下一步關鍵性的棋要怎麼走。「你不能讓我去坐牢。也不能逮捕我。」

「為什麼不行？」

「因為這樣你的行動就會一敗塗地。你和我們在同一條船上。你也是想盡量把案子繼續辦下去。」這番話是對布洛克現在處境的精確評估，布洛克內心裡一點都不高興。表面上，他的一舉一動繼續散發出一份簡單的莊重。「你說得完全沒錯，先生。讓你不受傷害是對我有利。但是我不能對上司撒謊，你也不能對我說謊。所以拜託你別再繼續扯謊。告訴我，你親自提供給泰格．辛格先生的護照上，到底是什麼名字？」

「史瑪特。湯米．史瑪特。簡寫是ＴＳ，配合他比較普通的黃金袖釦。」

「那麼我們稍微再談談莫斯基博士。」布洛克建議，同時將他的勝利隱藏在不得不擺出來的眉頭深鎖官僚式表情底下；他設法讓自己在那裡多坐個二十分鐘，然後才趕忙將消息通知他的組員。

但是他對譚比吐露了心裡最祕密的焦慮。「他在向我撒一個彌天大謊，譚比。他說的每個消息都一文不值。」

監視小組已經回報，說目標獨自在家。電話監視器也已證實，目標人物拒絕了兩個晚餐邀約，先是推說要去打橋牌，後來則是說事前已經有約。這裡是公園巷，時間是晚上十點。一場直直落下的溫暖小雨正在人行道上舞動。譚比開車送他來到這裡，艾姬坐在譚比開的計程車後座陪著他過來，喋喋不休說著格拉斯哥的中國小吃。

「如果你累了，我們可以等到明天。」布洛克的這句話沒什麼說服力。

「我很好。」奧利佛這個幾近善良的士兵答道。

凱・艾爾特勒蒙，他唸著，遮著眼睛，以免被雨淋到，同時研究著發亮的電鈴按鈕。十八號公寓。他按下按鈕，一盞燈照在他臉上，他聽到一種亦男亦女的叫聲。「是我，」他對擴音器說，「奧利佛。不知道能不能跟你討杯咖啡喝。不會耽誤你太久。」

在大氣雜音中爆出刺耳的聲音。「老天。真的是我。我按蜂鳴器，你推。準備好了嗎？」但他推得太早了，必須等一下再推一次，玻璃門這才終於開了。在一間未來派的大廳裡，幾個穿著灰色西裝的人駐守一張白色辦公桌，比較年輕的那位戴著一枚徽章，上面寫著馬帝。比較年長的是賈西瓦，正在看著《週日郵報》。

「中間電梯，」馬帝口齒不清地對奧利佛說，「而且什麼都別碰，一律由我們為您服務。」

電梯往上升，而馬帝沉入地面。到了八樓，門自動打開，她正等著他，一個永遠三十幾歲的女人，身穿石洗的牛仔褲，和泰格的奶油色絲質襯衫，袖子捲到手肘，兩隻手腕各戴著一圈圈雜亂、糾結的小金鐲。她走上前去，將他整個人拉過來，貼在她身上，她正是以這種方式歡迎她所有的男人，胸口貼胸口，腹股溝對著腹股溝，只不過因為奧利佛身材高大，這些部分沒法如願地緊密契合。她的長髮梳得很整齊，還有剛洗過澡的味道。

「奧利佛，這不是太可怕了嗎？那可憐的艾佛瑞——每一件事？泰格到哪兒去了？」

「不如你告訴我吧，凱特。」

「你去了哪兒呢，老天？我還以為他去找你還是什麼的。」她將他推開，只為了更仔細地好好打量。他注意到裂痕正在壓力點上形成。同樣淘氣的微笑，卻用了更多的氣力在保持這個笑容。工於心計的眼神，尖銳的聲音。「你成家立業了沒有，親愛的？」打量完畢之後她這麼問他。

「應該是沒有。不，我想沒有。」咯咯傻笑。

「你有對象了。我很欣慰。不過，話說回來，我一向如此，不是嗎？」他跟著她走進起居室。一個在尋找藝術家的工作室，他記得。宗教雕塑、機場藝術、肯辛頓的編織地毯。列支敦斯登基金會的財產。我擬定合約，溫沙負責審查，基金會在凱特名下，和以前一樣的混合體。「來杯酒好嗎，親愛的？」

「樂意之至。」

「我也是。」酒櫃其實是一個冰箱，做成西班牙旅行箱的造型。他拿出一瓶銀雕花瓶裝的辛口馬丁尼，倒滿一只磨砂笛型杯，然後又倒了半杯。曬出古銅色的手臂；凱特二月份時去過巴哈馬的拿騷。她的雙手像步槍一樣穩。「男生的份量，」她說，把倒滿的杯子拿給他，把女生的份量留給自己。

他才啜一口，就有了幾分醉意。就算是蕃茄汁，他也會喝醉的。他再啜了一口，神智清醒過來。

「生意好嗎？」他問。

「財源滾滾啊，親愛的。我們去年賺了錢，結果泰格大發雷霆。」她高高坐在貝都因的馬鞍上。他蹲坐在她腳邊的一堆長毛墊子上。她光著雙腳。小小的腳指甲，活像是一小點一小點的鮮血。「告訴我，親愛的。不准省略任何細節，不管有多麼淫穢。」

他在說謊，不過在凱特琳娜面前，他發現說謊是一件很容易的事。他得知消息時人在香港，他說，這是引述布洛克告訴他的封面故事。潘姆．霍斯蕾發了一份傳真給他，說溫沙遭人槍殺，而泰格「離開他的位子，去處理緊急事務」，奧利佛也許應該考慮回家一趟。那時倫敦還是午夜，因此他沒有繼續逗留，立刻找到一班國泰航空的飛機飛到蓋威特機場，然後叫了一輛計程車到庫松街，把古普塔給叫醒，火速趕往夜鶯園去看娜迪雅。

「她好嗎，親愛的？」凱特琳娜插了一句話，帶著情婦對情人的妻子所表示的那種特殊關懷。

「她好得很，多謝關心，」他答得很不自在，「我也沒想到。對。老是跟我鬥嘴。」

在他說話的這時間裡，她的目光一直沒放過他。「你還沒去找我們的警察朋友，是嗎，親愛的？」

「哪些警察？」奧利佛解讀著她的表情。

「我還以為你會找親愛的柏納幫忙。還是，你跟柏納的關係不大好？」

她很精明地問，像是一個打橋牌的人，打量著他的臉。

「你跟他關係好嗎？」

「可沒有他想的那麼好，感謝上帝。我的小姐都不肯沾惹他。他願意出五千英鎊，要安琪拉跟他去他的小公館。她告訴他，說她才不是那種女人，我們大夥兒聽了都覺得好笑。」

「我還沒找過任何人。公司拚命要隱瞞泰格失蹤的事。他們很擔心公司會發生擠兌事件。」

「那你為什麼來找我呢，親愛的？」

他誇張地聳了聳肩，但甩不掉她凝視的眼神。「我想找消息可靠的人打聽。」

「而這個人就是我，」她用腳趾頭戳戳他的側身，「還是想在我們的苦難當中得到一點溫柔真摯的關懷？」

「你是他最知心的朋友，凱特，不是嗎？」他咧嘴一笑，然後將臉轉過去不看她。

「除了你以外，親愛的。」

「再說，他聽到艾佛瑞出事的消息後，第一個找的人就是你。」

「是嗎？」

「古普塔是這麼說的。」

「然後他又去過什麼地方？」

「去看娜迪雅。嗯，她是這麼說的。我是說，她不會編謊。那有什麼意義呢？」

「看過娜迪雅之後呢？他接下來又去找誰了？哪個我不認識的密友嗎。」

「我還以為他可能回到這兒來了？」

「親愛的。他回來幹嘛呢？」

「嗯，他不是那麼擅長自己打點事情，是吧？要出國的話，他可沒辦法。他沒帶你一起去，我倒是有點驚訝。」

她點了一根菸，這讓他嚇了一跳。泰格不在的時候，她還會做什麼事？「當時我正在睡覺，」她閉上眼睛，吐了口氣，「身上只穿著一件小可愛。那天晚上搖籃店裡搞得一團糟。幾個包機機主帶了一位阿拉伯王子來，他對佛拉迷得不得了。你還記得佛拉吧，」——又用腳趾頭戳了一下，這一次是戳他屁股的肉——「美若天仙的金髮美女、夢幻般的酥胸、無比修長的雙腿。人家可是還記得你，親愛的——跟我一樣。艾哈邁德想用他的噴射機立刻把她載到巴黎。但是佛拉的男朋友剛從牢裡放出來，所以她不敢。結果吵成一團，我到凌晨四點鐘才回到這兒，關掉電話，抽一了根摻迷幻藥的菸，接著就睡得不省人事了。等我醒來已經是午餐時間，泰格穿著那件像野獸一樣的棕色大衣，站在我旁邊說，『他們轟掉了溫沙的腦袋作為懲罰。』」

「轟掉他的腦袋？泰格怎麼知道的？」

「我怎麼知道呢，親愛的？大概只是一種措辭而已吧。那時候我自己精神很差，聽到這個當然嚇一大跳。『老天啊，為什麼會有人要殺艾佛瑞？』我說。『他們是誰？你怎麼知道不是一個心生嫉妒的丈夫幹的？』不，他說，這是一宗陰謀，他們全都有份，霍本、葉夫根尼、莫斯基和全體武裝兵。他想知道我把鞋刷放在哪兒。你也曉得他慌張起來是什麼樣子。就算死，他腳上的靴子也要乾乾淨淨的。」奧利佛不知道他爸爸這麼容易慌張，但還是很聰明地點點頭。「然後，他想找零錢打電話。他的口齒不清，所以我剛開始還以為他是叫我要把電話線給改掉。不是，不是，零錢，他說。一英鎊硬幣、五十便士的銅板，我有多少？『別傻了，』我說，『這裡的電話費是你付的。只管用我的電話。』這樣不行。

必須找一個妥當的電話亭。其他地方都被他的敵人竊聽了。『找藍迪。』。不行。得找幾個先令。『找柏納。』我說，『你要是有了麻煩，伯納就是這個用處。』不能從這裡打，他說。『可是，親愛的，他是警察呀，』我說，『警察不會竊聽警察的電話。』他搖搖頭。又來那一套什麼小女人的理論，說我沒辦法看清楚事情全貌，但他看得出來。」

「真可憐。」奧利佛說，還在努力習慣泰格慌張得口齒不清這件事。

「我們當然不可能找得到什麼零錢，對吧？我停車用的零錢放在車裡。車又停在地下室。說實話，我認為你那位備受尊敬的爸爸已經發神經了——怎麼了，親愛的？你那樣子好像吃錯了什麼東西。」

奧利佛什麼都沒吃。他在腦子裡把一起起事件加總起來，卻怎麼想都想不通。他估計泰格收到葉夫根尼向他索取兩億英鎊的來信，到古普塔看著泰格離開庫松街，這時間差距大概只有幾分鐘，泰格的神情顯然還非常鎮定。奧利佛狐疑，在庫松街和凱特家中可能會發生什麼事，竟讓他父親緊張到說話口齒不清。

「於是我們在公寓裡摸索了十分鐘，我穿著日本和服，到處找散落的零錢。真巴不得回到我那個臥室兼起居室的住處，有一整罐十便士硬幣準備付瓦斯費。我們找到了兩英鎊，這打越洋電話是不夠的，對吧。不過，他當然沒有說是要打到國外，一直到我們到處找完了為止。『我的天啊，』我說，『叫馬帝到轉角書報攤去給你買幾張電話卡好了。』那也不行。門房都是信不過的。他寧願自己下樓去買。於是他就走了。好幾個小時過後，我才又睡著，然後就夢到了你。」她深深吸進一口菸，然後是一聲心懷不滿的嘆息。「噢，而且，你會很樂意聽到，這都是你的錯，不只是莫斯基和博吉雅家族而已。我們全都聯合起來對付他，我們全都背叛了他，而你是背叛他最嚴重的一個。我很嫉妒。你有嗎？」

「此話怎講？」

「天知道，親愛的。他說你留下了蹤跡，而他要追蹤到最源頭，那個源頭就是你。我第一次聽說蹤跡還有源頭，但他就是這麼說的。」

「他沒有說他得打電話給誰嗎？」

「當然沒有，親愛的。我是不能被信任的，對嗎？他到處揮舞著他那本小小的 Filofax 筆記本，看樣子顯然沒有把號碼記在腦裡。」

「但那是越洋電話。」

「他是這麼說的。」

現在是午餐時間，奧利佛心想，「書報攤在哪兒？」他問道。

「出了門右轉走個五十碼，眼前就是書報攤。你是大偵探白羅嗎，親愛的？他曾說你是猶大。可是我覺得你棒極了。」她補充說。

「我才剛剛搞清楚。」他說。這是一幅他之前連作夢都沒有夢過的畫面：泰格陷入狂亂、不理性，而且還在逃亡，穿著棕色的拉格蘭式大衣和擦得光亮的皮鞋，擠在一間電話亭裡，而情婦已經睡回籠覺去了。「他去年聖誕節和某個人對決，」他說。「有一票人想用卑鄙的手段對付他。他飛去蘇黎世，把他們全給擺平了。這件事你有印象嗎？」

她打了個呵欠。「很模糊。他本來打算開除藍迪。他老是嚷說要開除藍迪。他們全都不是好東西，莫斯基也不例外。」

「葉夫根尼也是嗎？」

「葉夫根尼總是搖擺不定。他太容易受別人影響了。」

「誰的影響？」

「天知道，親愛的。你的酒怎麼樣？」他喝掉了手上的馬丁尼。凱特琳娜一面抽菸，一面盯著他瞧，一隻光腳很貼心地按摩著另外一隻腳。「你不就從他手掌心溜走了嗎，頑皮的小子？」她若有所思地說。「他從來沒有提起你，你知道嗎？除非是他情緒激動時。嗯，也不能說是激動，因為這只有逢閏年時才會發生。你先是休假出國讀書，然後你引進了外國的生意，然後你又回去深造。他還是以你為榮，但有他自己的方式。他只是覺得你是個叛徒和雜碎。」

「他大概過幾天就會出現。」奧利佛說。

「噢，如果他是獨自一人，那很快就會跑回來。他受不了獨處，向來都不行。就因為這樣，男人才要養情婦。他從我身上得到的，不足以讓他繼續活下去。坦白說，反之亦然。或許他需要換投手。在他這個年紀，這也是意料中的事。說起來，在我的年紀，這也不出意料」——她又用腳趾頭戳他，這回更靠近腹股溝。「你也有情婦嗎，親愛的？一個知道如何讓你瘋狂的人？」

「那樣其實算是腳踏兩條船吧。」

「那個可愛的妮娜曾經到搖籃來看我。她不懂你為什麼跟泰格說你們就要結婚了，卻從來沒跟她提過。」

「是啊，真對不起。」

「不必跟我道歉，親愛的。她有什麼不好？在床上不夠活潑？我倒覺得她有一副性感而嬌小的身材。第一流的屁股。渾圓的臀部非常漂亮。我看了都會巴望著自己是個男人。」

奧利佛轉過頭，離她更遠一點。「娜迪雅說莫斯基常去，」他改變話題，「到夜鶯園去和藍迪玩棋。」盡量打聽莫斯基的消息，布洛克交代他。

「我可以告訴你，親愛的，他可不光是玩棋而已。只要有一絲機會，他連我都想玩。他可不是沒有試過。他比柏納還糟糕。對了，我們不可以稱呼他莫斯基。他的護照常常換來換去。我完全不驚訝。」

「那你們都怎麼稱呼他？」

「來自布拉格的穆斯特博士。這博士真了不起，以防你不知道，我還是他的私人祕書呢。穆斯特博士需要一架直升機飛到夜鶯園？叫凱特去辦。穆斯特博士需要麗池宮大飯店的新娘套房？凱特會搞定的。穆斯特博士一早就要叫三個妓女和一個盲眼小提琴師？凱特會幫他拉皮條的，沒問題。我想他玩得很過火，冰山美人應付不來。」

「我以為泰格說莫斯基也在陰謀算計他。」

「那是這個月的事，親愛的。上個月他還是天使長加百列呢。然後呢，才一下子，莫斯基就和壞人合夥，葉夫根尼是個沒用的老傻瓜，竟然會聽信一個油嘴滑舌的波蘭人的話，而且是藍迪這個馬屁精唆使他這麼做的——據我所知，你也有份，不是嗎？你住在那裡，親愛的？」

「大多住在新加坡。」

「我是說今天晚上。」

「康登。法學院的朋友那裡。」

「男的朋友？」

「對。」

「那不是很浪費嗎？除非你是藍迪那種人，你當然不是啦。」就在差點要笑出來的時候，他忽然捕捉到她的眼神，在那當中看到一種不一樣、比較黑暗的目光。「如果你想留在這兒，還有一張多餘的床。是我的床。保證你滿意。」她說。

奧利佛考慮著這個提議，發現自己並不驚訝。「我想我應該去他房間看看，」他反對她的提議，彷彿那妨礙了什麼似的。「看看有沒有什麼文件什麼的。免得被別人先發現。」

「你可以去他房間看看，然後再回我房間來。不能嗎？」

「只不過呢，我沒有他的鑰匙。」他帶著一抹不懷好意的笑。

他們肩並肩站著，身體側面緊貼在一起。她的鑰匙全都用象尾毛串在一起。她抓著他的手掌，將鑰匙放在掌上，然後把他的手指彎過去蓋住。她一把將他拉過去吻，然後不斷親吻愛撫，直到他回應她的擁抱。在泰格的襯衫底下，她的胸部是赤裸的。她用舌頭輕碰他的舌頭，同時，她的雙手輕輕撫觸他的褲襠四周。她抓住他的手，然後把它張開，挑選一把鑰匙，兩人一起插進鑰匙孔裡一轉。他們插進第二把鑰匙。電梯上升，而後停下，電梯門打開，進入一座鑲了玻璃的屋頂走廊，彷彿是一節停靠的火車車廂，一邊是一根根的煙囪管帽，一邊是倫敦的通明燈火。她仍舊一言不發地選出一把很長的銅柄鑰匙，上面還連著另一把，然後頗具暗示性地將鑰匙放在他的手指和拇指之間，讓這兩把鑰匙分別朝外和朝上指著它們想像中的目標。她再次吻了他，同時手擺在他的屁股上，硬要他步入走廊，往一扇兩側都點著電氣花園燈的桃心木門走去。

「快點。」她輕聲地說。「答應了？」

他一直等到電梯消失了，然後，為了保險起見，他又按了一次電梯按鈕，直到回來的是空電梯為止。他脫下一隻運動鞋把門撐開，以免電梯升降到其他樓層，因為他知道在三座電梯當中，只有這一座能通往閣樓，因此在邏輯上，唯一有可能想在這時候上來的，除了泰格之外，就只有凱特琳娜最後還是決定上來陪他。手上握著鑰匙，一隻鞋子脫下，一隻還穿著，他一跛一跛地穿過走廊。桃心木門馬上就打開了，他走進了一間十八世紀紳士的倫敦住宅，只不過這間屋子是十五年前在這屋頂建起的。奧利佛從來不在這兒過夜，從來不在這裡大笑，從來不在這兒梳洗、做愛或是玩樂。在寂寞的夜晚，泰格有時會要他過來，兩人喝了一杯又一杯的睡前酒，坐在那兒看著令人心智弱化的電視。除此之外，他對這個地方的唯一記憶，是泰格因為市政府拒絕核准他的直升機升降場而大發雷霆，還有凱特琳娜為了所有不屬於泰格的朋友所辦的夏季派對。

「奧利佛！妮娜，請過來！奧利佛，你再跟我們說一次那個蠍子想渡過尼羅河的笑話。不過要慢慢地講。殿下想寫下來……」

「奧利佛！占用你一點時間，好孩子，容我從你可愛的伴侶身邊把你搶走！今天早上那個案子，你向我們報告時說得很流暢，再跟閣下解釋一下這個案子的法律基礎。既然我們現在是私底下說話，你可能想用比較不受拘束的用詞……」

他站在前廳，胯下還因為凱特琳娜的愛撫而脹痛著。他繼續往屋子裡走，感官還在興奮當中。他搞不清楚這些房間是怎麼回事，不知道該怎麼走，不過那是凱特琳娜的錯。他沿著角落轉了個彎，穿過一間起居室、一間彈子房和一間書房。他又回到前廳，在外套和雨衣口袋裡翻找，尋找布洛克非常看重的紙片。電話旁邊的備忘錄上，似乎有泰格寫下的什麼東西。他對凱特琳娜仍然有強烈的渴望，於是把備忘錄塞進口袋。他剛才在一個房間裡看到了什麼，但不記得是哪一間了。他在起居室裡盤桓，等待靈感，想拋開凱特琳娜的胸部靠在他手掌中、以及她的臀部壓著他大腿的記憶。不是這個房間，他想，同時用手梳理著頭髮，藉此消除雜念。到其他地方試試看吧。往彈子房走去時，他注意到一個皮製廢紙簍，就挨在一張閱讀椅和茶几之間，也知道他先前看過，只是沒有看出它有什麼重要性。裡面只有一個加了軟墊的黃紙袋，袋子已經空了，不過原本裝在裡面的東西把袋子給撐大了。他抬起眼睛，盯著眼前像是書櫃一樣矗立著的兩扇櫃櫥門。這兩扇門是打開的，露出裡面垂直擺放的一排視聽電視設備。他一腳穿著一隻好鞋，一隻腳只穿著襪子，一跛一跛地走過去，發現有一道綠色的光點從錄影機器上朝他不斷地閃爍。錄影機蓋子上放著一個白色、沒有標示的錄影帶盒子，而且裡面是空的。奧利佛的頭腦清醒了，他的慾望褪去。至於盒子裡原本的是什麼，已經非常明顯了，只差沒在盒脊上寫著「擔保品」三個字，然後畫一個箭頭，向下指著閃爍的燈光。擔保品已用其他名義寄至閣下的私人住處。葉夫根尼·奧洛夫。電話響了。

是找泰格的。

是自稱為穆斯特的莫斯基。

是凱特琳娜說她要上來，但電梯動不了。

是禿頭的柏納自願幫忙。

是門房說他們正要上來。

是布洛克說你的事跡敗露，中止行動。

電話繼續響著，而他也不管。沒有答錄機攔截。他按下錄影機上的退帶鈕、取出錄影帶、放進白色盒子裡，然後將盒子放進加了軟墊的黃紙袋。貼條上寫著，泰格・辛格先生收。是用電子列印的。親手交付，但沒有快遞標籤，也沒有寄件人名字。他一跛一跛地走到前廳，看到一張自己當年穿戴著出庭辯護律師的假髮和法袍的照片，著實嚇了一大跳。他從一整排外套裡抓了一件皮夾克，往肩膀一套，把加了軟墊的紙袋夾在腋下，用夾克掩飾。他拿回卡住電梯門的鞋子，穿上，走進電梯，羞愧地猶豫了一會兒之後，按下一樓的按鈕。電梯以四平八穩的節奏下降。他通過了十二樓和十一樓，電梯下到十樓時，他整個人縮在角落，因此經過八樓時，她便無法透過窗戶看到他。然而在他心裡，他想像自己讓她全身一絲不掛地把四肢攤開，耀眼亮麗地躺在她和泰格曾經同枕共衾、如今卻是多餘的床上。大廳裡，馬帝把賈西瓦的《週日郵報》偷偷拿過來看。

「能否麻煩你將這個交給艾爾特勒蒙小姐？」奥利佛把凱特的鑰匙遞給他。

「到時候我會交給她。」馬帝繼續看著報紙，頭連抬都沒抬。

到了人行道上，他往右轉，然後輕快地步行，一直走到二十四小時營業的穆罕默德書報攤。過了書報攤沒多遠，欄桿旁邊窩著三座電話亭。他聽到身後汽車喇叭戲謔的叫聲，很快地回過頭，一半是害怕那是凱特琳娜開著辛格公司的保時捷汽車。不過開車的人是艾姬，她正從綠色的迷你賓士駕駛座朝他揮手。

「格拉斯哥，」他低聲地說，充滿感激地跳進她旁邊的位子，「而且要加足油門。」

•

康登之家的客廳是一個天然的戲院，空氣中瀰漫著發霉的三明治和死屍味道。布洛克和奧利佛坐在會扎人的沙發上。布洛克之前已表示要自己一個人看。奧利佛推翻了他的建議。一連串的數字在螢幕上滾動。這是一部小電影，奧利佛想，心裡記起凱特琳娜的手摸著他：真是怕什麼來什麼。然後，他看見艾佛瑞．溫沙被鐵鍊綁著，跪在一個滿布岩石的山坡上，一個身穿白色雨衣的蒙面天使，拿著一把閃閃發光的自動手槍抵著他的頭。他聽到霍本帶有鼻音的恐怖嗓音，向艾佛瑞解釋他為什麼非得轟掉他的腦袋不可。看完之後，他滿腦子只想到泰格穿著他棕色拉格蘭式的大衣，獨自在他的閣樓裡，眼睛看著，耳朵聽著同樣的東西，然後到八樓叫醒凱特。組員在廚房裡聽著霍本低沉的聲音，同時喝著茶，眼睛盯著隔間牆不放。你們等一下到第二間屋子裡去，布洛克這樣交代過他們。男組員們一言不發地坐在一起。艾姬一個人另外坐，閉著眼睛，用拇指關節頂著牙齒，想起她當時是怎麼用葉片學鳥叫給柴克聽。

布洛克很喜歡在午夜時分把麥辛漢從床上踢下來。他在小小的樓梯平臺上逗留，很欣慰地聽到麥辛漢被卡特和梅斯用幾乎是最小的力氣叫醒時發出的尖叫聲。被兩人從臥室拖出來的時候，他的樣子就像是個被宣告死刑的人，穿著寬鬆的哈伯老媽媽的晨衣、拖鞋和醜得不得了的條紋睡衣，活像是要娛樂大眾的模樣，惺忪睡眼眨個不停，一邊苦苦哀求，左右兩側各有一名獄卒。布洛克內心冒出一個惡毒的想法，活該，然後才硬是將自己的五官變成官僚面無表情的眼神。「突然闖過來，我很抱歉，先生。有一個消息曝光了，我非得通知你不可。麻煩拿一台錄音機來，梅斯先生。部長屆時會想親自聽聽。」

麥辛漢壓根不理他。卡特往後退開。梅斯出去找錄音機。麥辛漢動也不動。「我要找我的律師，」他說，「除非得到書面保證，否則我再也不說任何一個字。」

「照現在的情況看來，先生，你最好準備一輩子過著熙篤隱修會士的生活[23]。」

布洛克老老實實地打開通往閣樓起居室的門。麥辛漢假裝沒看見他，逕自向前走去。各自坐在自己的老位子上。梅斯拿來了一台錄音機，按下開關。

「如果你已經起訴威廉……」麥辛漢開口了。

「我沒有。任何人都沒有。我想跟你談談刑罰問題。你還記得吧？」

23 熙篤隱修會士（Trappists），天主教派的一支，又稱熙都隱修會士，以禱告、工作、默觀為生活重心，強調寡言，少吃肉。

「我他媽的當然記得。」

「很好，因為部長的私人辦公室讓我非常頭痛。他們認為你有所隱瞞。」

「那就雞姦他們。」

「我不好此道，謝謝。午餐時間，泰格·辛格從庫松街失蹤了。但你已經離開了那棟大樓。當天早上十一點以前你就離開了辦公室，回到你在卻爾西的住處。為什麼？」

「這犯法嗎？」

「要看理由是什麼，先生。你在家裡待了整整十個小時，一直到晚上九點五分，向我們要求保護為止。你可以確認這一點嗎？」

「我當然可以確認。這是我告訴你的。」麥辛漢的口氣很大，好掩飾他越來越緊張的態度。

「那天早上你為什麼提早回家？」

「你真的一點想像力都沒有嗎？溫沙被殺害的消息走露，辦公室吵成一團，電話響個不停。我有一大票人要聯絡。需要安寧和平靜。除了回家，我還能去哪裡？」

「你剛好就在那裡接到了恐嚇電話，」布洛克心想，說謊的人偶爾也會吐實。「到了同一天下午兩點，有個快遞員送來了一個包裹。包裹裡裝的是什麼？」

「什麼也沒有。」

「又來了，是嗎？」

「我沒收到什麼包裹。所以包裹裡自然什麼都沒有。這是謊話連篇。」

「你家裡有人收到了。而且還簽了名。」

「拿出證據來啊。你拿不出來。你找不到那家快遞公司。根本沒有簽收，連碰都沒碰過。整件事都是捏造出來的。如果你以為威廉收到了，那根本是弄錯了對象。」

「我從來沒說過是威廉簽收的，先生。這話是你說的。」

「我警告你：別把威廉扯進來。他那天早上十點鐘起就待在奇切斯特。一整天都在排練。」

「可以請教一下是排練什麼嗎？」

「《仲夏夜之夢》，以愛德華時代為背景。他演帕克。」

「那他是什麼時候到家的？」

「一直到七點鐘才回來。『快走，』我跟他說，『快離開這兒，這裡不安全。』他不明白究竟是怎麼回事，但還是走了。」

「去哪裡？」

「不關你的事。」

「他走的時候有帶東西嗎？」

「當然有。他收拾了行李，還是我幫忙打包的。然後我替他叫了一輛計程車，他不會開車，以後也不會。他上了很多課，但就是學不會。」

「他把包裹一起帶走了嗎？」

「沒有什麼包裹」——現在非常冷硬——「你所謂的包裹根本就是胡說八道，布洛克先生，根本就不存在，以後也不會有那玩意兒。」

「下午兩點整，你的一個鄰居看到一個騎摩托車的快遞員手上拿著包裹，走上通往你家的階梯，下來的時候手上已經空了。因為大門用鏈子拴住，所以她沒看到是誰簽收。」

「那位鄰居撒謊。」

「她有多發性關節炎，那條街上發生的每件事都逃不過她的眼睛，」布洛克答道，帶著超乎常人的耐心，「而且她會是很好的證人，可以為控方作證。」

麥辛漢不以為然地檢視自己的手指頭，彷彿是說，看看它們成了什麼樣子。「我想可能是電話簿什麼的，」他猜測，提供一個雙方都能接受的解釋，「那些電信公司的人老是在很古怪的時間冒出來，我想我也許在不知情的情況下簽收了。按照我那個時候的狀態來看，這是可能的。」

「我們談的不是電話簿。而是一個加了軟墊的信封，黃色的，貼了一張白色標籤。大概是這麼個大小」——他慢條斯理地環顧這個房間，好整以暇地走到電視機和錄影前面——「就是這些平裝本的大小。」麥辛漢轉頭過去看。「不然，也可能是個錄影帶盒，」布洛克接著說，好像這是他剛剛才想到的，「你家架子上那些錄影帶其中的一卷，活靈活現地描繪你已故的同僚艾佛瑞．溫沙如何被人槍殺身亡。」他的眼睛固執地凝視著，和布洛克提到威廉的時候一樣，除此之外沒有任何回答。「裡面還寫了一句話，」布洛克繼續說著，「這部影片已經夠讓人震驚了，但附帶的那句話更慘。我說得對嗎？」

「你知道你說得很對。」

「這句話實在太令人震驚了，因此在尋求英國關稅署的保護之前，你捏造了一個荒誕不經的故事，否認這捲帶子的存在，你把這捲帶子交給了威廉，吩咐他把東西燒掉，然後將燒成的灰燼撒入空中——反正就是這麼回事。」

麥辛漢站了起來。「你口口聲聲所謂的這句話，」他高聲宣示，一面將手伸進那件寬鬆的晨衣口袋，同時頭往後仰，「根本就不是一句話，而是一堆對我極盡汙衊之能事的謊言，根本是把我直指為害死溫沙的人。指控我犯了天光下的每一條罪行，卻沒有一絲證據佐證。」他很戲劇化地走向坐在椅子上的布洛克，膝蓋靠近布洛克的臉，低頭跟他說話。「你真的以為我會跑到你家門口——也就是我的東道主，英國關稅署——揮舞著一份極盡誹謗之能事，把我描述成是古往今來的超級雜碎的文件——錄影帶——來當作我的入場卷嗎？你八成是瘋了。」

布洛克沒有瘋，他反而開始欣賞這位對手了。「另一方面，麥辛漢先生，如果中傷你的人說的沒錯，你就有兩個很好的理由來毀滅證據，而不是一個而已，不是嗎？他確實這麼做了，他——你的威廉——毀滅了證據嗎？」

「那不是證據，所以他沒有毀滅什麼證據。那是一個謊言，本來就應該被毀滅，而且也已經毀掉了。」

看完溫沙被處決的午夜場演出之後，布洛克和艾登・貝爾各自端著一杯茶，坐在河邊那間房子的休息室裡。時間是凌晨兩點。

「普魯托知道一件我不知道的大事，」布洛克說，這句話就和他對譚比坦言的差不多，「這件事緊緊盯著我。就像不知道哪裡點燃的一枚炸彈。我聞得到燃燒的味道，卻看不到炸彈在哪裡，只能等著被炸掉。」接著他們開始談起波爾洛克，最近好像都是這個樣子。他在會議上的一舉一動：很明顯。他奢華的生活方式：很明顯。據說他在黑道有極佳的消息來源，這些人事實上就是他的生意伙伴：很明顯。

「他是在考驗上帝的耐心，」布洛克引用莉莉所言，「他要看看在上帝剪掉他的翅膀之前，自己能飛多高。」

「她的意思是融化，」貝爾反駁道，「她想到的是伊卡魯斯[24]。」

「好吧，是融化。有什麼差別？」布洛克沒好氣地承認。

24　伊卡魯斯（Icarus），希臘神話人物，未從父訓，穿戴父親為他製作的翅膀後，飛得過高，使得翼上蠟質融化因而墜海身亡。

13.

就算事先沒有經過男女雙方的辯論，這場奉旨成婚的戲碼也是在布洛克和負責計畫的人反覆不斷爭執之後才安排的。大夥兒很快就決定兩人必須去瑞士度蜜月，因為他們追蹤到化名為湯米．史瑪特的泰格．辛格出境英國之後，就是前往瑞士。史瑪特或辛格深夜去到希斯洛機場，當晚在希斯洛機場的希爾頓飯店過夜，在房裡吃了一頓很簡樸的晚餐，然後搭了次日早上的第一班飛機前往蘇黎世。全程一律以現金付帳。他在公園巷的公用電話亭打出的那通電話也是打往蘇黎世。經過確認，和他通電話的是一家國際法律事務所，也就是辛格公司海外交易長期的合作夥伴。一個為數六人的支援小組將隨時尾隨這對夫婦，提供反監視和訊息的傳遞。

他們可不是隨隨便便就決定讓奧利佛和艾姬結為連理。布洛克最初的計畫是奧利佛到了海外就和在老家一樣：名義上是一個人，有一組人員監視他，而布洛克本人則是隨傳隨到，趕來聽取任務匯報，並且替他輕輕擦拭眼淚。等到就計畫細則逐一討論之後——奧利佛該帶多少現金？用哪一種護照？哪些信用卡？什麼名字？小組應該和奧利佛搭同一班飛機，住同一間飯店？還是應該保持距離？——布洛克才改弦更張。有件事一直讓他如鯁在喉，他很尷尬地告訴貝爾，我就是無法眼睜睜看著這種事發生，艾登。看什麼事發生？我就是不能看著奧利佛，布洛克說，帶著偽造的護照和信用卡和口袋裡的一疊鈔票，還有擺在床頭的一支無線電話，就這麼單槍匹馬到國外去。就算有一整團的監視人員在街上看著他，或在計程車後座保護他，或是坐在他隔壁桌，或是住在他兩邊的房間也不行。可是艾登・貝爾逼問他理由何在時，布洛克居然一反常態地不知所以然了起來。

「是因為他該死的把戲。」他說。

貝爾誤會了他的意思。他極其嚴厲地詢問，奧利佛耍了什麼把戲是布洛克沒向他報告的？貝爾的原籍是愛爾蘭。對他來說，人就是人。你付給他應得的代價，等他不值這個代價的時候，就把他丟進陰溝。如果他把你領到花園裡，你就在後街和他說句悄悄話。

「是他變的戲法，」布洛克解釋，他自己都覺得聽起來很蠢，「這是他慣用的獨門絕計，故意把人搞得一頭霧水，從來不會達成什麼結論，就算有，他也不會讓你知道。」他試圖再解釋一次。「他的戲法就是沒日沒夜地坐在房裡，洗著他手上的紙牌，丟沙包，做他該死的氣球雕塑。我從來沒信任過他，但現在我是根本搞不懂他了。」但他還沒抱怨完，「他為什麼不再問我麥辛漢的事了？」他譏笑自己發明出來的藉口，「『亡羊補牢？周遊列國？安撫客戶情緒？』這種封面故事怎麼騙得過像奧利佛這麼聰明的人？」

即使如此，布洛克還是無法說清楚他究竟為何感到不安。他想說，奧利佛身上正在發生某種翻天覆地的變化。他內心出現了幾天之前還沒有的自信。布洛克在播完那部影片之後就感覺到了，那時，他本以為奧利佛會在地上打滾，威脅著要到修道院出家之類的無稽之談。可是在燈光亮起之後，他反而很貼心地繼續坐在原位，彷彿剛剛看完肥皂劇《鄰居》一樣地平靜。「他不是葉夫根尼殺的。這是霍本獨奏的表演。」他極為自負地這麼宣稱。奧利佛這種堅定的信念也給他自己壯了不少膽子，結果當布洛克表示要將帶子回播給工作人員看時——他們後來看得鴉雀無聲，離場時個個臉色蒼白，表情堅定——奧利佛似乎還有意陪組員再看一次，只為了證明自己的觀點，直到他在布洛克帶著訓誡意味的眼光下站起來，伸了伸懶腰，慢慢晃到廚房為自己泡了一杯熱巧克力，端進他的臥室。

布洛克選擇在溫室裡舉行這場儀式，而且隨時隨地注意到花朵的存在。「你們要以夫妻的身分上路，」他告訴這兩個人，「這表示你們得共用同一把牙刷、同一間臥房和同一個姓氏。如此而已，奧利佛。這一點我們說得很清楚了吧？因為我不希望你回國的時候斷了兩條手臂。有聽到我說話嗎？」

不管奧利佛有沒有在聽。他起初是皺著眉頭，接著一副故作神聖的表情，彷彿是在思索這種安排究竟符不符合他高道德的原則。接著他傻氣地咧嘴而笑，結果被布洛克奚落一番，頗感難堪，只好咕噥地說，「你怎麼說怎麼對，老闆。」

艾姬倒是紅了臉，這讓布洛克大為震撼。柏拉圖式的假結婚是組員執行海外任務時的標準配備。讓女孩子跟女孩子搭配，或男的跟男的搭配，實在太引人注目。那又怎麼會出現這種少女般的困惑呢？布洛克判斷，這是因為奧利佛嚴格來說並不是組員，於是便怪罪自己沒將艾姬拉到一旁，先來一段婚前訓誡。他沒有想到，那其實是出於愛情和愛情的種種變奏形式。他可能就和奧利佛自己一樣，過分盲目地相信只有無助的女子才會傾心於他，而艾姬——雖然布洛克原本要在許久之後才會告訴她這番話——非但根本不是什麼無助的女性，還是他在三十年公職生涯中見過最傑出、也最理智的女性。

一個小時過後，布洛克帶著兩名中年的九頭蛇怪分析師進到奧利佛的房間，給他幾句很有智慧的臨別贈言，結果發現他沒有在收拾行李，反而是站在床邊拋沙包——把皮袋子填進沙子縫起來——身上只穿著襯衫。他已經能夠同時拋擲三個沙包，當這兩個女的在為他喝采之際，還加上了第四個沙包。後來有幾個光榮的時刻，他還能同時拋接整整五個沙包。

「方才你們看到的是個人最精彩的表演，兩位女士，」他用他招攬客人的聲音吟誦著，「耐森耐爾．布洛克，長官，如果你能同時拋接五個沙包十次，你就可以做個男子漢，我的孩子。」這小鬼到底是怎麼搞的？布洛克再次狐疑——他的心情簡直太好了。「我還想打電話給艾西．華特摩爾，」那兩個女的一出去，奧利佛立刻對布洛克這麼說，因為布洛克已經下令屆時不准從瑞士打電話。於是布洛克領著他到電話那裡，並且待在原地一直等到他講完電話為止。

做出結婚的決定之後，布洛克就一直在想，應該讓這對夫妻叫什麼名字。最簡單的解決辦法就是讓艾姬變成海瑟，而奧利佛就繼續姓霍桑。信用卡、駕照和公開檔案都是一致的，更別提奧利佛過去在澳洲那段想像中的生活了。任何想要調查他們倆的人，都會得到充分得不得了的證實，除此之外就什麼也問不出來。如果他們查到兩人已經離婚，管他們的：奧利佛和海瑟已經破鏡重圓。然而這種作法會碰到的問題，是一個在操作上不爭的事實：霍桑這個姓氏必然已經曝光，不只泰格知道，連其他不知名的人也已經察覺。布洛克很罕見地採取妥協作法。奧利佛和艾姬將各自擁有兩份工作護照，而不是一份。第一份護照登記的名字是奧利佛與海瑟．辛格，職業是兒童雜耍藝人和家管，英國籍，已婚。至於第二份護照，兩人的名字是馬克與夏米安．威斯特，商業藝術家和家管，美國籍，現居英國——後面這兩個身分已經事先得到批准，可在美國以外的地區執行任務時短期使用。威斯特夫婦的信用卡、駕照和住址也是現成的，可以做有限運用。至於到底要用哪一本護照，則要依照各個情況的利弊決定。艾姬會拿到以這兩個名字為抬頭的旅行支票，同時負責保管沒有派上用場的護照。她同時也負責掌管所有的零用錢和付款。

「你的意思，你連家務都不放心交給我管？」奧利佛假裝抗議地哀哀泣訴，「那我不要娶她了。把客人的禮物都送回去。」

布洛克注意到艾姬一點都不喜歡這個笑話。她緊抿著唇，皺起鼻子，彷彿情況已經完全失控。譚比開車送他們到機場。組員向他們揮手道別——唯獨布洛克除外，他從樓上的一扇窗戶凝視著他們倆。

•

城堡就座落在樹木繁茂的都勒山坡的一塊圓丘上，這座中世紀的堡壘已矗立在此至少百年以上，有鋪了綠色瓷磚的角塔、條紋的窗門、裝了直櫺的窗戶和一個雙車庫，一隻用漫畫手法畫出來、呲牙咧嘴的紅色大惡狗，花崗岩門柱上還有一塊銅門牌，上面寫著洛泰爾·史托姆與康拉德，律師事務所。底下寫著的一行字是：律師、法律及財務顧問。奧利佛從容地走向鐵門，摁下電鈴。他往下掃視，看見被群樹分成一小塊一小塊的蘇黎世湖，還有一間兒童醫院，牆壁上畫著一個個快樂的家庭，屋頂停著一架直升機。隔著馬路的對面，作學生休閒打扮的迪瑞克正坐在長凳上，整個人沉浸在陽光中，聽著一台修理過的隨身聽。山上停著一輛黃色奧迪，後窗吊著一個火焰魔鬼，車上坐著兩名長髮女子，兩個都不是艾姬。「你是他的老婆，那就做老婆在老公出差時該做的事，」當時她極力爭取要加入監視小組，布洛克就在奧利佛聽得見的地方這樣對她說，「閒逛、看書、逛街、逛藝廊、看電影、做頭髮。你在笑什麼？」沒事，奧利佛說。門鎖的蜂鳴器響起。奧利佛提著一只黑色手提箱，裡面裝著偽造的檔案，一本電子日誌、行動電話和其他大人的玩具。其中一個——他不清楚是哪一個——還兼作無線電麥克風之用。

「辛格先生，奧利佛！五年了。我的天啊！」身形肥胖的康拉德博士歡迎奧利佛的熱誠頗有節制，以表示同感哀悼。他抬起頭，張開肥胖的雙臂從辦公室衝了出來，然後用他肥胖的左手掌緊緊夾住兩人的右手，把誇張的手勢縮小成一個充滿同情的握手，然後尖聲說，「真是讓人萬萬想不到——可憐的溫沙先生——這真是一場悲劇。我看你一點兒都沒變。身材當然還是這麼健碩！吃了那麼多美味的中國菜，也沒發福。」正說著，康拉德博士拉著奧利佛的手臂，帶著他經過他的助理馬迪太太和其他助理身邊，及其他合夥人辦公室門口，走進一間嵌有鑲板的書房，裡面有一座哥德式的石造壁爐，壁爐上方是一個打扮奢華的高級妓女，脫得幾乎一絲不掛，只剩黑色長襪和金色畫框，將自己展示在舞臺中央。

「你喜歡她嗎？」

「她很漂亮。」

「其實我有幾個客戶覺得她有點傷風敗俗。我的客戶當中有一位是住在契諾的伯爵夫人，我會為了她改換成一幅霍德勒的作品。我非常喜歡印象派。但也喜歡長春不老的女人。」這種小小的知心話讓你感覺自己很特別，奧利佛記得。貪婪的外科醫生在給你開刀之前，就是這樣喋不休。「你在這段期間成家了吧。奧利佛？」

「是的。」想到了艾姬。

「她是個美女嗎？」

「我認為是。」

「而且不老？」

「二十五歲。」

「黑髮？」

「有點灰金色。」奧利佛回答時帶著一種不知名的膽怯。同時，在他記憶深處，泰格一說起我們這位高大威武的博士，就變得阿諛諂媚。我們在海外的巫師，奧利佛，是小公司裡面的頭號人物，全瑞士只有他能夠矇著眼睛指點你妥善應付二十個不同國家的稅法。

「你喝咖啡嗎？滴濾還是濃縮？我們現在有咖啡機——現在什麼都是機器做的！也要低咖啡因嗎？麻煩來一杯滴濾咖啡，馬迪太太，麻煩加烈酒！要加糖嗎？還要加糖！要不了多久，我們律師也是機器人。而且不接電話。馬迪太太，就算女王打電話來也不接，再見！」他同時揮手招呼奧利佛坐上他對面的一張椅子，從開襟毛衣的口袋裡拿出一副黑框眼鏡，穿開襟毛衣是為了強調他這個人不拘禮節。他從抽屜拿出一塊麂皮擦拭眼鏡，坐進椅子，身體略向前傾，將眼睛抬得比眼鏡的黑框還高，仔仔細細再次好好打量著奧利佛，同時再度為溫沙的辭世而哀悼。「全世界都一樣？沒有一個人是安全的，連瑞士也不安全。」

「真糟糕。」奧利佛同意。

「兩天前在拉玻斯維爾，」康拉德博士接著說，不知為何，他目不轉睛盯著奧利佛的領帶不放——一條新領帶，是艾姬在機場買的，因為我不會讓你繼續戴著那條染上湯漬的橘色玩意兒——「一位很體面的女人被一個很正常的男人開槍打死，是個木匠學徒。那女人的丈夫還是一家銀行副主管。」

「真可怕。」奧利佛再次同意他的話。

「或許可憐的溫沙也是如此。」康拉德博士表示，他壓低了嗓音，這讓他的說法有了一種不知名的說服力。「我們瑞士這裡有很多土耳其人。在餐廳打工，開計程車。其實整體而言，他們目前都很循規蹈矩。但還是要小心點。誰也說不準。誰也說不準。」

對，誰也說不準，奧利佛深有同感，同時將他的公事包擺在辦公桌上，「砰」地一聲把鎖打開，希望接下來可以開始談正事，同時引導右邊的鎖發出信號。

「狄特問候你。」康拉德博士說。

「天哪，狄特。他好嗎？太棒了，你非得把他的地址給我才行！」狄特是一個奶油色頭髮的虐待狂，康拉德博士在庫斯納特市有一間專門招待百萬富翁的俗麗酒店，狄特曾經和我在酒店的閣樓裡打桌球，以廿一比零贏了我，我們的父親那時則在日光浴室裡喝著白蘭地，談論著情婦和金錢，他記得。

「謝謝，現在狄特也二十五歲了，在耶魯管理學院讀書，他希望後再也不要見到他的父母親。不過這只是一個階段。」康拉德博士驕傲地說。奧利佛不記得康拉德博士的妻子叫什麼名字，焦慮得半晌不說話，然而艾姬明明親手將那名字寫在了一張提示卡上，還在他離開旅館時硬要他收下，此時此刻就貼在他的心口上。「夏綠蒂也很好，」康拉德博士主動開口，替他解了圍，並從桌上抽出一份薄薄的公文夾擺在他面前，然後張開手肘，用指尖按住公文夾兩側，以確保它不會飛掉。奧利佛這時才發現康拉德博士的手正抖個不停，上唇已經冒出油膩的小汗珠，像是不受歡迎的不速之客。

「那麼，奧利佛，」康拉德挺直了身子，開始新話題，「我問你一個問題吧，行嗎？這個問題很唐突，但我們都是老朋友了，你應該不會生氣。你我都是律師。有些問題非問不可。或許未必能得到答案，但問是一定要問的。你不介意吧？」

「完全不介意。」奧利佛很有禮貌地說。

康拉德鼓起他不停冒汗的嘴唇，專注得不得了地皺起了眉頭。「我今天接見的人是誰？以什麼職務來見我？我接見的這位是泰格心急如焚的兒子？是辛格公司東南亞代表奧利佛？還是學習亞洲語言成績斐然的學生？是葉夫根尼．奧洛夫先生的朋友？還是討論法律層面的一位律師同業——如果是這樣，那誰是他的當事人？今天下午和我談話的人到底是什麼身分？」

「家父是怎麼形容我的？」奧利佛拿這個問題來搪塞。每個問題對你都是一種威脅，他心想，看著康拉德煩躁得雙手一下闔一下開。每個手勢都是一個決定。

「他其實沒說過什麼。他只說你會來而已，」康拉德博士答得太急了，「他說你會到這兒來，到時候我應該告訴你必須怎麼做才行。」

「為了什麼必須怎麼做才行？」

康拉德想擺出欣然愉悅的表情，但恐懼讓他的微笑凝結。「其實是為了讓他逃過一劫。」

「他說過這種話？就用那幾個字——逃過一劫？」

現在，他連太陽穴都在冒汗。「或者他說的是得救吧。得救或是逃過一劫。除此之外，他沒有跟我提過其他有關奧利佛的事。或許是他忘了。我們當時還有很重要的事情要討論。」他深吸了一口氣，「那好吧。請問你今天的身分是什麼，奧利佛？」他用平板的語調重複問了一次。「請回答我問題。我真的非常急著想知道。」

馬迪太太端了咖啡和焦糖比司吉進來。奧利佛等她離開之後，才氣定神閒地將布洛克告訴他的標準說詞複述一遍，中間沒有一句格格不入的謊言，就像他之前和凱特說過的一樣，就這麼一直說到他抵達英國為止。「看過整個情況，加上和員工討論過後，我知道必須有人接管公司，而且這個人選最好是我。我沒有溫沙的經驗，也沒有他在法律上的操作技術。但現在只剩我這麼一個合夥人，我跟在他身邊，知道他做事的方法，也瞭解泰格的作風。我知道屍體埋在哪裡。」康拉德博士睜大眼睛，表現出非常驚駭的樣子。「我的意思是，我嫻熟公司內部的運作，」奧利佛很有耐心地解釋，「如果我不接替溫沙的位子，還有誰接得了？」他整個人坐直了。漫天撒謊，他大膽低頭看著康拉德，想得到他的讚同，結果他只是不置可否地點了點頭。「我的問題在於，公司裡沒有一個能夠商量的人，留下的書面資料也寥寥可數。這是故意的。泰格的下落不明。半數員工又都請了病假。」

「麥辛漢先生呢？」康拉德博士用毫無抑揚頓挫的聲音打斷他的話。

「麥辛漢到全國走透透，好讓投資者安心。如果我半途把他召回，正好會給人留下我們就要先發制人的印象。再說，麥辛漢在法律方面幫不了什麼大忙。」康拉康的五官唯一的表情，只有反映出浮誇的不安。「然後就是我父親自己的心態——健康——問題，不論你是怎麼說的。」他故意讓自己遲疑了好半天。

「從聖誕節前開始，他就已經承受了嚴重的壓力。」

「壓力。」康拉德重複了一次。

「他的抗壓性很強——我相信你也是——但這時剛好出現了一種東西，叫做精神崩潰。一個人越是強悍，就能支持得越久。但只要是明眼人都能看出一些症狀。這個人沒法盡全力履行他的職務了。」

「此話怎說？」

「他的表現已經失去理性，只是他自己沒有意識到。」

「你是心理學家？」

「不是，但我是泰格的兒子、合夥人，也是最崇拜他的人。再者，你也常說他要靠我幫忙，而你是他的律師。」但照康拉德博士嚴峻的表情看來，他連這個也不打算承認。「家父已經不顧一切了。在他玩失蹤之前的幾十個小時裡和他最接近的人，我都一一跟他們談過了。他只想做一件事，就是和卡斯帕·康拉德談一談。也就是你。非你不可。在他和這世上任何一個其他人談話之前。他偷偷來到此地。連我都蒙在鼓裡。」

「那你又怎麼知道他是來找我的，奧利佛？」

這話問得算是一針見血，奧利佛盡量充耳不聞。「我必須趕緊找到他。盡我的能力給他一切所需的協助。我不知道他人在哪裡。他需要我。」設法讓康拉德把聖誕節發生的事情告訴你，布洛克這麼說過。為什麼光是十二月和一月份，泰格就已經來見過他九次。「幾個月前，家父碰上一項重大危機。他寫信給我，控訴有人陰謀要扳倒他。他說除了我之外，他唯一信得過的就是你。『卡斯帕・康拉德是我們的人。』你們聯手擺平對方。不管是誰，都成了你們的手下敗將。泰格洋洋自得。幾個星期以前，溫沙被人轟掉了腦袋，家父又立刻趕來見你。接著就失蹤了。他人到哪兒去了？他一定交代過接下來他要去哪兒，下一步又是什麼？」

14.

這是歷史重演。康拉德一開口，奧利佛心裡就這麼想。五年前，泰格就站在這張辦公桌前，而我乖乖待在他身邊，經過前晚在克隆恩荷內餐廳吃了小牛排、煎馬鈴薯餅和紅酒的父子晚餐之後，又到我的旅館套房裡喝迷你吧裡的飲料，享受比較私密的樂趣，現在已經覺得很煩膩了。泰格在發表他的一篇國家現狀演說，而這個國家照例是我。

「卡斯帕，好朋友，請容我為你介紹奧利佛，這是我的兒子和剛上任的合夥人，現在還是你的重要客戶。我們有指示要給你。你現在可以接受指示了嗎？」

「其實只要是你的指示，泰格，我隨時洗耳恭聽。」

「我們的關係是一種戀人的關係，卡斯帕。奧利佛知道我所有的祕密，我對他的祕密也瞭若指掌。這一點你同意，也瞭解吧？」

「我同意，也瞭解，泰格。」

然後就外出到傑克餐廳吃午飯。

三個月後，這次來了一大群人：泰格、米哈伊爾、葉夫根尼、溫沙、霍本、夏爾瓦、麥辛漢跟我。我們一起共享咖啡的友誼饗宴，接著就到這條路前面的多德大飯店吃了一頓比較豐盛的宴席。我前晚在卻爾西和妮娜求愛，藏在Turnbull& Asser襯衫底下的左肩，還有她齒痕留下的撕裂傷口。葉夫根尼非常安靜，搞不好已經睡著了。米哈伊爾看著窗戶外的松鼠，巴不得能開槍大肆獵殺。麥辛漢滿腦子想著威廉，霍本討厭我們所有人，康拉德博士則在描述何謂完美的和諧。我們將合而為一，幾乎是一體。一家無限的海外公司——幾乎可以這麼說。我們將成為優先的股東——幾乎就是這麼回事，儘管其中有些人會比其他人更優先。即使在最和樂的家庭裡，也會出現這種微不足道的差異。我們將具有稅務效益——也就是一毛錢的稅金都不用繳。我們將在百慕達和安道爾註冊，幾乎完全平等地享受從格恩西島到大開曼島到列支敦斯登的一連串公司群帶來的利益，傑出的國際律師康拉德博士將擔任我們的告解神父，公司資金的保管人，以及主要領航者，根據辛格公司不時傳達給他的不干預、不具名的指示，來巡察我們的資本和收入動向。一切都進行得相當順利——只要再唸幾段康拉德博士出色的工作底稿，大家就可以吃午飯了——藍迪・麥辛漢這時若無其事地將一隻優雅的麂皮鞋尖插進這個複雜、可拒絕的、常規交易的機制中，讓奧利佛大吃一驚。他從特意挑選位處在霍本和葉夫根尼之間的重要位置上，慢條斯理地說：

「卡斯帕，我確信我這番話聽起來會像是在和辛格公司的利益唱反調。但如果我們給閣下的指示先經過泰格和葉夫根尼共同徹底地討論過，而不是由我這位獨一無二的董事長一個人交給你，整體而言，那不是稍微民主一點嗎？我只是想防患未然，避免摩擦。奧利佛，」麥辛漢用一種過度輕鬆的口吻小聲地解釋，「現在就化解掉我們的歧見，免得成為日後隱憂。如果你明白我的意思的話。」

奧利佛一聽就明白了。麥辛漢現在是想讓鷸蚌相爭，好讓自己漁翁得利，同時還把自己描繪成是個好好先生。只是他的反應沒有泰格來得快。麥辛漢的話還沒說完，泰格就衝著他來了。

「藍迪，你這麼有先見之明、鎮靜、沉著，而且又——我可以這麼說嗎？——勇敢，事先提出一個重要得不得了的重點，能否容我向你說道謝？是的，我們必須要有一個民主的伙伴關係，同時也要分享權力。不只原則上如此，更要務實地進行。不過，我們在這裡要談的不是權力。而是如何給康拉德博士清晰的聲音，以及清楚的命令。康拉德博士不能接受一座巴別塔的指示。對吧，卡斯帕？總不能讓他聽從一個委員會的指示辦事，即使是像我們這麼和諧的也不行！卡斯帕，告訴大家，說我的話是對的。或是不對也行。我不介意。」

他當然是對的，而且一路到多德大飯店都完全沒錯。

•

康拉德博士正說到虛偽的諂媚者。圖謀不軌的諂媚者。沆瀣一氣、背叛恩人的諂媚者。康拉德博士對他們的恐懼已經很明顯，義憤之情讓這股恐懼更顯濃烈。俄國的諂媚者，波蘭的諂媚者，還有英國的。他說起話來言簡意賅，有時還壓低嗓子。像豬一樣的眼睛變得更大、更圓。辛格的諂媚者是進行不知名陰謀的不知名諂媚者，而他以榮譽擔保，他本人絕對沒有參與其中。儘管如此，諂媚者還是出現了，他們今年聖誕節的主謀者是莫斯基博士——「我可以向你打包票，他聲名狼藉，還有個玉腿修長的美麗嬌妻，姑且就先假設那是他妻子吧，因為碰上莫斯基這種波蘭人，誰也說不準。」他猛然吐出一口氣，拿出一條藍色的絲質手帕，拍了拍浸透汗水的眉毛。「能告訴你的我會告訴你，奧利佛。我不會知無不言，但只要是我專業良心過得去的，我一定言無不盡。這你能接受嗎？」

「我非接受不可。」

「我不加油添醋，也不會臆測什麼。我不接受任何追問。就算是某些人的行為已經完全令人無法忍受。所以呢，我們是律師，我們的職務是尊重法律工具。我們的工作不是去證明黑即是黑、白即是白。」他又是一副愁眉苦臉，「或許莫斯基博士並不是這一列火車的火車頭。」他低聲表示。

聽得一頭霧水的奧利佛，很聰明地點點頭。

「或許火車頭在後面。」

「或許是吧。」奧利佛表示贊同，不過更加搞不清楚是怎麼回事。

「這是大家都知道的事——我這不是在洩露專業機密——到現在已經兩年了，有些情況一直很不好。」

「辛格公司的情況有困難嗎？」

「辛格公司，某些客戶，某些顧客有困難。只要顧客還在賺錢，辛格公司就替他們管理。不過，要是客戶下不了蛋了呢？那辛格公司也無計可施。」

「這當然沒辦法。」

「這很合理。有時雞蛋還會被打破，簡直是一場災難。」溫沙的腦袋像雞蛋一樣爆裂的噁心畫面閃過眼前。「辛格公司的顧客都是我的當事人。這些顧客有許多利益。究竟是哪些，我不清楚，那不關我的事。如果你們告訴我是出口業，那就是出口業。如果你們說是休閒業，那就是休閒業。如果你們說是貴金屬礦、原礦石、科技和電子商品，那我也接受。」他輕輕擦拭自己的嘴唇，「我們稱之為『多面向』，是嗎？」

「是的。」有道理，奧利佛鼓動他。說出來吧，不論是怎麼回事。

「這份夥伴關係很穩固，氣氛很好，客戶和顧客都很高興，那些諂媚者也是。」哪些諂媚者？麥辛漢穿著馬爾佛利歐[25]的緊身褲、交叉吊襪帶和馬甲的畫面突然閃過眼前。「賺取大筆大筆的金錢，收益增加，休閒產業蓬勃發展，城鎮、村落、旅館還有進出口業，不知道還有哪些。結構嚴密得不得了。我不是傻瓜。你父親也不是。我們很小心。我們是學院派，但我們也很實際。這個你能接受嗎？」

「絕對接受。」

「可是最近，」康拉德閉上眼，吸了一口氣，但手指頭一直舉著不放，「剛開始只是稍微有點難堪。無足輕重的機關當局問東問西。在西班牙、葡萄牙、土耳其、德國、英國。這是經過組織協調的嗎？我們不知道。以前可以接受我們的地方，現在都對開始懷疑我們。銀行帳戶被凍結，等待調查，原因不明，交易不知道為什麼暫時中止了。有人被逮捕，我認為這完全不合理。」他朝上指著的手指放了下來。「個別獨立的事件。但在某些人眼裡則未必盡然。問題太多，沒有得到足夠的解答。太多最後不

25 馬爾佛利歐（Malvolio）是莎士比亞喜劇《第十二夜》當中的虛構角色，他是奧利維亞家自負，傲慢，專制的管家。這個名字在義大利語中的意思是「惡意」，暗指他討人厭的個性。

屬於巧合的事件——拜託。」絲質手帕變得更忙了。汗水像露珠般冒在他臉上。宛如恐懼的淚水在他的眼袋湧現。「這些公司不是我開的，奧利佛。我是律師，不是貿易商。我負責的是紙上作業，不是船上作業。這艘船上的貨不是我裝的。我不會剝開每一根香蕉來驗明正身。我不負責開立——貨物清單嗎？」

「是同一個字。就是貨物清單。」

「拜託。我把一個箱子賣給你。你在裡面裝什麼，我概不負責。」他用手帕繞著脖子擦拭。他說話越來越快，呼吸也越見急促。「我根據得到的資料提供建議。收取費用，如此而已。如果資訊不正確，怎麼能叫我負責呢？我可能會得到錯誤的資料。被誤導也不是什麼罪惡。」

「即使在聖誕節也一樣。」奧利佛慫恿他繼續說下去。

「就說這個聖誕節吧，」康拉德也有同感，很快地吸了一口氣，「去年聖誕節。其實是聖誕節前五天，十二月廿日當天，莫斯基博士突然快遞來一份長達六十八頁的最後通牒給我。令尊，我的當事人，必須馬上處理這個既成的事實。『立刻在這裡簽名等等，期限是一月廿日。』」

「要求什麼呢？」

「實際上是將旗下所有公司，原封不動地轉移到伊斯坦堡國際財務公司手中。這家新公司自然是一家海外公司，但經過莫斯基博士等人策劃的錯綜複雜的股分操作，現在也是維也納國際財務公司的母公司，而莫斯基博士則被任命為該公司的董事長，同時也是總經理和執行長。」他說話的速度極快。「是誰任命的？這就是另外一回事了。你爸爸的幾個諂媚者——我要說，這些都是無情無義的人——同時也是這家新公司的股東。」康拉德被自己的話震撼到，再次抹抹額頭，繼續說下去。「這其實很典型。一種波蘭人典型的心態。聖誕節的時候根本沒有人會注意到，大家都在烤蛋糕、給家人買禮物。馬上在這裡簽名。」他的聲音突然開始顫抖，但還是勁道十足。「莫斯基博士其實不是一個靠得住的人。」他透露，「我在蘇黎世有不少朋友。他根本不是什麼善男信女。還有這個霍本。」他搖搖頭。

「怎麼轉移？這可是一個巨大的網絡。把倫敦轉移到地底還比較快。」

「說得好！一點都沒錯。就是這個意思。把倫敦轉入地下的說法非常完美。」他那根英勇的手指再次高高舉起，另外一隻手則拿起一個文件夾，從中抽出一份用紅布綁起來的厚重檔案，貼著腹部牢牢守住。「我很慶幸你跑了這一趟來，奧利佛，真的。我很高興。你的用字遣詞常常令人刮目相看。有其父必有其子。」他迅速翻閱著檔案，像連珠砲似地提供當中內容：「所有辛格公司代表某些客戶控制的股分和資產，都要立刻轉移，交由海外伊斯坦堡國際財公司公司控制……這其實就是偷竊……按照他們的決定，所有海外的營業都要由莫斯基博士和他的老婆跟小狗來全權管理——可能是從伊斯坦堡發號施令，我不知道，也可能是在馬特洪峰的峰頂——為什麼一個波蘭人會在土耳其代表一個俄國人？辛格公司放棄身為簽約者的所有權利，麻煩你聽清楚……主導所有公司事務的所有權力必須重新界定，這當然是要把辛格公司排除在外……由某些歡欣鼓舞的諂媚者取而代之，至於如何遴選這些歡欣鼓舞的諂媚者，完全由葉夫根尼和哈伊爾．奧洛夫兩位先生，以及他們任命的人斟酌處理。他們兩位任命的人，自然是最後通牒上早已清楚指出的幾位興高采烈的諂媚者……這根本就是造反。徹頭徹尾的宮廷政變。」

「要是不接受呢？」奧利佛問，「如果泰格拒絕呢？如果你拒絕呢？那又會怎麼樣？」

「你這個問題問得一點都沒錯，奧利佛！我認為這是一個完全合理的問題。如果不接受的話。這是勒索！如果辛格公司不同意莫斯基的大計畫，幾個不知名的諂媚者會立刻停止雙方所有進一步的合作——這當然是成事不足，敗事有餘。這些諂媚者會得寸進尺，把既有的所有契約條款全都視為無效——要是我們提出告訴，他們馬上就會以違反保密義務、未盡善良管理人之責任、瀆職，以及其他不知道什麼的藉口提出反訴。除此之外——我想這只是要暗示一下，但卻是這份最後通牒裡的弦外之音——」他朝閃閃發亮的鼻子側面輕輕拍了拍，儘管他說話的速度越來越快，這個動作表示他的嗅覺已經非常成熟——「辛格公司要是拒不從命，某些國際和國內的主管機關可能會恰巧得知一些有關辛格公司海外活動的負面消息，對此他們深感遺憾。這實在太丟臉了。一個波蘭人居然在瑞士威脅一個英國人。」

「你們採取了什麼行動——你和泰格——看到這份最後通牒後，你們到底做了什麼？」

「他去跟他們談。」

「我父親。」

「自然是他。」

「怎麼跟他們談？」

「就在你現在坐的地方，」指指位在兩人當中的電話，「就在這裡，談了好幾次，由我付費。無所謂。常常一講就是好幾個小時。」

「打給葉夫根尼？」

「沒錯，就是老奧洛夫。」他已經放慢節奏。「我認為令尊非常英明。非常有魅力，但也非常堅決。他發了個誓。還真的拿一本聖經起誓，我們這裡自然有，馬迪太太給他拿了過來。『葉夫根尼，我鄭重向你發誓，沒有任何人出賣過你，辛格公司沒有任何輕舉妄動，這全是莫斯基和那些不知名的諂媚者子虛烏有的胡言。』我相信葉夫根尼先生的耳根子很軟。一下這樣，一下那樣，像個鐘擺似地。你父親也做了一些讓步。這是沒辦法的事。到時候會訂立這一份協議，把那一份取消，這是配套措施。不過話說回來，這樣的配套措施，包含了一個我們耳熟能詳、又非常脆弱的人類處境，也就是一個老人不知道他應該聽誰的話才好。老奧洛夫一掛電話，他看到的人會是誰？諂媚者。每個人背後都拿著一把短刀。」康拉德博士將拳頭往自己背後一伸，作為示範。「這份協議會維持多久？我相信不會太久。只能撐到老人再次改變主意，或是下一場災難發生時。」

「災難也的確發生了。」奧利佛表示。這時，他們再次緊張兮兮地默不作聲，直到聽見全身虛脫的康拉德博士低聲喊了好幾次「我的天哪」，才打破沉寂。奧利佛繼續說，「自由塔林號被登艦之際發生了一場槍戰，過了幾天，溫沙的腦袋就被轟掉了，家父心裡一慌，於是趕到這兒來滅火。」

「要滅這場火，根本不可能。」

「為什麼？」

「因為燒得太熱了。更加厲害，更加危險。」

「為什麼？」

「首先，真的有一起事件發生——一艘船被逮捕，原料被沒收、船員死亡、可能是被捕，我們不知道，這是不容忽視的事情，即使這筆帳根本算不到你父親頭上，我就更不必說了。同樣的，貨物的內容——」

「其次呢？」

「電話無人接聽。」

「你說什麼？」

「沒有任何人接我們的電話。千真萬確。」

「哪裡的電話？誰的電話？」

「所有的電話號碼、傳真機、每一間辦公室。伊斯坦堡、莫斯科、彼得堡。這裡的國際財務公司，那裡的國際財務公司，私人電話號碼、公開的電話號碼。沒有得到任何正面的回應。」

「你是說電話全部被切斷了？」

不耐煩地聳聳肩。「我們四處碰壁。找不到葉夫根尼．奧洛夫先生，連他弟弟也不知去向。他的行蹤成謎，根本聯絡不上。我們得到通知，表示早已和辛格公司做了所有適當的聯繫，現在辛格公司只需要承擔它在金錢上的責任，否則後果自負。阿們，謝謝。」

「這些話是誰說的？就是後果什麼的——是誰說的？」

「來自維也納的霍本先生說的，不過他當時不在維也納。而是在某個我不知道的地方打行動電話。可能是在直升機上，可能在冰河縫裡，也許是在月球上。我們稱之為現代通訊。」

「莫斯基怎麼樣呢？」

「莫斯基博士也聯絡不到。我們再次碰壁，你父親這麼相信著。他們希望在他周圍築起一道沉默的圍牆。壓力和恐懼，這是大家耳熟能詳的組合，而且非常有效。連我也不例外。」他在奧利佛面前漸漸失去勇氣。他拍拍自己下垂的上唇，聳聳肩，然後就像是一個謹慎的律師，即使抗議對方的論證荒謬至極，還是能看出對方的力道所在。「聽好了，這也沒有這麼不合理。他們遭遇到巨大的損失，辛格公司已經提供了一項服務，這項服務或許無法讓人百分之百滿意，他們認為是辛格公司的責任，所以開口要求賠償。客觀地說，這只是一般的商業往來，看美國就知道了。你是勞工，不知怎麼地斷了手指頭，麻煩賠償一億美金。辛格公司要不就付錢，要不就不給錢。也許他們會付一部分。也許雙方會交涉。」

「家父有指示你和對方交涉嗎？」

「這是不可能的。你也聽到了。沒有人接電話。一個人是要怎麼和牆壁交涉呢？」他站了起來。「我對你一直坦誠相告，奧利佛，也許太坦白了。你不只是一位律師，還是你爸爸的兒子。就這麼再見吧，嗯？祝你好運。就像我們說的，祝你直搗黃龍。」

奧利佛還坐在椅子上，假裝沒看見他伸過來的手。「到底發生了什麼事？他到這兒來，打過電話，沒有人接電話。你是怎麼處理的？」

「他還有其他事要辦。」

「他當時住在哪裡？那時候已經是晚上了。你有問過他嗎？他到哪兒去了？你當了他二十年的律師。就這樣把他扔進黑夜裡？」

「拜託，你太激動了。你是他的兒子，但你也是個律師，請你聽我說。」

奧利佛是在聽，但他必須先等一會兒。話說出來的時候，還夾雜著痛苦、沉重的呼吸聲。「我也有我的問題。瑞士的律師協會——一些其他的單位——還有警察——都找我談過。他們沒有指控我什麼，但態度很不客氣，而且越跟越緊。」他舔了舔嘴唇，噘著嘴。「遺憾的是，我必須告訴令尊，這些事情已超乎我的專業能力能應付的範圍。在銀行方面的困難——會計事務——或許是凍結的帳戶——這些我們還能討論。但是水手死亡——非法貨物——一名律師死亡，也許不只這一個——這實在太誇張了。拜託。」

「你的意思是，你就這樣放棄了我父親這個當事人？把他買單？再見了？」

「我沒有為難他，奧利佛，聽我說。我們也不是沒有心肝。馬帝太太開車送他到銀行，他想去銀行。他得看看自己還有什麼牌好打，這是他自己說的。我主動借了錢給他，不多，我不是有錢人，大概有幾十萬法郎。我有一些比較富裕的朋友，也許他們可以幫他的忙。他全身髒兮兮，一件棕色舊大衣，襯衫也很髒。你說得對。他已經不正常了，誰也沒辦法勸告一個不正常的人。請問你這是在幹什麼？」

奧利佛還在座位上，拎著公事包，坐也不是，站也不是。就這麼鬧夠了以後，他站了起來，腳步沉重地繞過辦公桌，一把抓住康拉德的開襟毛衣和襯衫前襟，想使勁把他拖到最近的牆壁那裡，抓著腋窩把將他舉起，同時繼續再問他幾個問題。不過這個動作實際上做起來，要比想像中困難。就像泰格經常掛在嘴邊的，我缺乏殺手的本能。於是他放開了康拉德，讓他垮在地上，一邊發抖，一邊哀嚎。他伸手拿了收藏莫斯基洋洋灑灑六十八頁聖誕最後通牒的公文夾，當作是安慰獎，往公事包裡的假檔案中間一塞。他還趁機仔細看過辦公桌的抽屜，不過唯一引起他注意的，是一把笨重的警用左輪槍，很可能是康拉德在瑞士軍隊裡當兵的英雄時代所留下的遺跡。他走到前面馬帝太太正著打字的辦公室，關上了身後的門，隔著她的辦公桌斜倚向前，一副打情罵俏的模樣。

「我要謝謝你開車送家父到銀行去，」他說。

「哦，您太客氣了。」

「他有沒有提過，去完銀行之後要到哪兒去呢？」

「唉呀，恐怕他沒有提過。」

手上拎著公事包，奧利佛小跑步穿過公園的小徑，來到人行道上，然後轉身往山下走。迪瑞克跟在他後面。下午的天氣很悶熱。他們走過用鵝卵石鋪成的一條陡峭巷街，這裡寬得一輛汽車都能開過去。奧利佛邁開大步很快地往前走，一邊搖頭晃腦，腳跟一顛一簸地踩在鵝卵石上。他身邊經過小小的別墅和熟悉的臉孔。在一座花園裡面，他看到卡門穿著她那件白色禮服坐在盪鞦韆上，山米・華特摩爾在後面推她。泰格則在兩個小孩的隔壁割草，死去的傑佛瑞留著那長長的耀眼金髮，在旁邊看著泰格。一絲不掛的佐雅從閣樓的窗戶向他揮手。他左手邊出現一條巷子。拐進巷子裡以後，他跑了好一會兒，迪瑞克一路尾隨在後。然後跑到一條寬闊的馬路上，看到那輛黃色奧迪就停在他面前一個電車站旁邊的停車位上等他。汽車的後車門打開了，迪瑞克跟在他後面跳上車。女孩子們用的名字是派特和麥克。派特今天是個黑髮女子。和他一起負責駕駛的麥克則戴了一條頭巾。

「你為什麼要關掉，奧利？」開車上路時，麥克回過頭來問他。

「我沒有。」他們朝山下開，前往湖泊和城鎮。

「你有。就在你準備要離開的時候。」

「可能不小心碰到了什麼，」奧利佛帶著他出了名的那種模糊語氣說道，「康拉德拿了一份檔案給我看。」他將公事包交給迪瑞克的時候這麼告訴他。

「他什麼時候幹的？」坐在前座的麥克準備打破沙鍋問到底，牢牢盯著鏡子裡奧利佛凝視的眼神。

「幹什麼？」

「把檔案拿給你。」

「就只是把檔案塞給我而已，」奧利佛說，和以前一樣模糊，「看樣子八成是不想承認。他對泰格落井下石。」

「那個我們有聽到。」麥克說。

他們在湖邊放他下車，也就是車站大街的起頭。

15.

在銀行辦事時，奧利佛有些心不在焉。他一面微笑一面說謊，一面微笑一面跟人握手。他先坐下，然後站起來微笑，接著又坐下。他正等著東道主會出現恐慌或是攻擊的跡象，結果什麼都沒看見。和康拉德會面的整個過程中，他的憤怒不斷高漲，現在反而變成了麻木不仁。被人領著在一間間柚木鑲板的辦公室之間來來去去，聆聽他幾乎已經不記得的舊識，跟他大談最近發生的種種戲劇性變遷——某某先生已經接管了貸款部，但向他表示問候，另外，某某太太現在正擔任格拉魯斯的地區主管，不能和他見面一定很難過——奧利佛在意識時有時無的狀態中漂浮不定，這讓他想起盲腸開刀之後待的恢復室。他是個無名小卒，誰叫他幹什麼，他就得幹什麼。他是個還沒有背熟臺詞的候補演員。

他從銀行大廳搭上一座沒有控制裝置的緞光鋼製電梯上樓。一名胡蘿蔔髮色的男人前來招呼，這是阿爾布雷希特先生，他第一眼還以為是他小時候讀書時的某位校長。「相隔這麼多年，令尊又才剛來過沒多久，我們很高興見到您再次蒞臨，辛格先生。」兩人握手時，阿爾布雷希特先生這麼表示。我那位好爸爸怎麼樣，或者，你也和康拉德那個混帳一樣，對他落井下石？奧利佛答道，不過他顯然只在自己的腦子裡這麼問，因為接下來他只知道自己在一位好心女士的陪同下，踏過一條藍色地毯，去見一位李林菲德博士。有鑑於新的管理條例，他會影印你的護照。——「有多新？」——「哦，非常新。再說您已經很久沒來了。我們必須確定您還是同一個人。」我也是，奧利佛心想。

原本的簽名還是五年前比較圓潤、比較年輕的版本，李林菲德先生向奧利佛要一份新簽名。如果他要一份血液樣本，奧利佛也會欣然同意。不過，那位好心的女士把他送回阿爾布雷希特校長那裡時，泰格就坐在奧利佛幾分鐘前坐著的那張花梨木椅上。他的模樣就和奧利佛預期中差不多，沒有梳洗，還穿著那件棕色的愛之外套。不過，當全球的價格在阿爾布雷希特先生身後滿牆的監視器上反彈和暴跌時，他說話的對象是奧利佛，而不是泰格。還有一個圓眼小精靈從陰暗處走出來，他是斯坦普夫里先生，不是泰格，他表示自己是現在負責處理辛格公司家族相關帳戶的行政人員。斯坦普夫里先生向奧利佛保證，一切都令人非常滿意。原本的授權仍然有效——這是永久性的——當然啦——諂媚的傻笑——奧利佛要檢視自己的私人帳戶，無需授權，阿爾布雷希特先生也欣然向他報告，這個帳戶狀況好得不得了。

「好，太好了。謝謝。太棒了。」

「不過還是有一個小障礙，」隔著斯坦普夫里先生髮絲漸疏的腦袋，校長阿爾布雷希特先生向他表示，還把障礙唸成了「障疑」。「你要求所有往來紀錄的副本，很遺憾，相關授權並沒有允許您影印副本。除非是老辛格先生親自來拿，否則任何銀行的往來記錄都不能離開銀行。授權指示當中寫得非常明白，我們必須遵守這個限制。」

「我想應該可以做筆記。」

「令尊正希望您這麼想。」阿爾布雷希特先生鄭重表示。

這麼說來，這是早就規定好的，奧利佛心想。我不必擔心了。這回換成了一條橘色的長地毯。斯坦普夫里先生在奧利佛身邊掙扎前進，一個鑰匙叮噹作響的獄卒。

「家父有帶走任何文件嗎？」奧利佛問。

「令尊對安全性有非常敏銳的本能。但如果他提出要求，自然是會得到允許。」

「這個自然。」

這房間是一所紀念堂，只是少了泰格的屍體。臘做的花、一張為死者準備、擦得發亮的桌子。一盤盤的報表紙，列印的是骨肉至親的私人文件。一疊疊的結帳單，擺在仿皮革的檔案夾裡，用銅條鉗緊。一具訂書機、一個塑膠的大頭針分配器、迴紋針和橡皮筋，還有裝訂得條理分明的筆記本。一疊問候的明信片，上面的照片是一個恩格丁的農夫，在一座鬱鬱青山的山頂上，揮舞著瑞士國旗，奧利佛不禁想起了伯利恆。

「您喜歡咖啡嗎，奧利佛先生？」斯坦普夫里用充滿抑揚頓挫的聲音，提供他在人世間的最後一餐。

斯坦普夫里先生住在索洛圖恩。目前是離婚狀態，離婚之後他很後悔，但他的妻子已決定就算自己孤家寡人，也不要跟他在一起。那他還能怎麼辦呢？他有一個女兒，叫做艾露亞特，跟他同住，現在身材有點胖，不過她才十二歲，只要運動就可以瘦一點。現在是五點鐘，銀行正準備打烊，不過要是奧利佛需要他，斯坦普夫里先生很樂意加班到八點，他沒有什麼特別的事要做，夜晚的時光總是難熬。

「艾露亞特介意你晚歸嗎？」

艾露亞特在打籃球，斯坦普夫里先生答道。她每個星期二都會打籃球，打到晚上九點鐘。

奧利佛邊記邊看，而且一下子喝了太多咖啡。他成了布洛克。我要禿頭的柏納和他的狐群狗黨好看。他成了泰格，「衛星帳戶」的主人，然後這些帳戶再用靜脈注射連結到辛格海外控股公司的母帳戶。他又變成奧利佛了，被永久授權來行使他的合夥人和父親享有的一切權限。他是禿頭的柏納，名下擁有一個叫做托缽僧的列支敦斯登基金會，價值三千一百萬英鎊，還有一家叫做安提卡天藍資產的公司。布洛克說，柏納以為自己刀槍不入。柏納以為他可以他媽的在水上行走，如果照我的意思，他那個見不得人的傢伙這輩子完蛋了。他是天藍資產公司，這些資產不是一棟別墅，而是足足十四棟，每棟各自屬於一家獨立的資產所有公司，取的是賈奴斯、網狀組織、神經叢，或是曼托這種可笑的名字。柏納是老大，布洛克說，柏納是九頭蛇怪最大的那顆頭。他又成了布洛克，談論著考績差強人意的公務員如何登記爭取第二份退休金。他是泰格的兒子奧利佛，在斯坦普夫里先生令人不敢造次眼神監視下，耐著性子清清楚楚地寫字。他是個十二歲的孩子，正在參加考試，監考的是拉斐留斯先生，不是斯坦普夫里先生。他是人在索洛圖恩的艾露亞特，為了雕塑身材，要打籃球打到九點鐘。某一頁文件上寫著他在安提卡，下一頁是在列支敦斯登，接著是大開曼群島。他在西班牙、葡萄牙、安道爾公國和塞浦魯斯北部寫作。他是一家連鎖賭場、旅館、度假村和舞廳的所有人。他是泰格，正在計算他的個人資產，看看比兩億英鎊還少了多少。答案是，泰格不假思索地說：一億一千九百萬英鎊「常用帳戶」，他唸著。沒有收支表，只有一個六位數數字，同時在這一頁最頂端寫著TS這兩個字母。現值一千七百萬鎊的各種貨幣。前兩個星期記載了兩個減項：一個是五百萬零三十英鎊，上面註明「轉帳」，另外一個是五萬英鎊，上面有日期，也註明了「持有人」。

「我父親用現金提了這個數字嗎？」

是現金，斯坦普夫里先生證實。是斯坦普夫里先生親自幫忙他將錢裝進自動充氣袋裡。

「哪一種貨幣？」

「瑞士法郎、美金、土耳其里拉，」斯坦普夫里先生回答，活像個瑞士語音時鐘，同時很驕傲地加了一句，「是我親自拿來給他的。」

「你也可以幫我提點錢嗎？」

奧利佛自己聽了也頗感驚訝。他之所以會突然冒出這個問題，是因為兩個外在因素使然。首先，他無意間看到自己的銀行帳戶，發現裡面有三百萬英鎊。其次，他很氣布洛克禁止他在海外使用他自己的錢，這帶有一種侮辱暗示，表示他有可能會一時興起逃跑了——這三天來，他一直反覆思索著到底要不要這麼做。

斯坦普夫里先生不能留奧利佛自己在這兒看文件。由於情況非同小可，他便打電話給夜班出納，以奧利佛的名義要求提出總額三萬美金的百元鈔票、幾千塊的瑞士法郎，噢，跟我爸爸一樣，也要一些土耳其里拉。一位修女出現，帶著一疊紙鈔和一張收據。奧利佛在收據上簽了名，將紙鈔分裝在他那件海沃外套的各個容量頗大的口袋裡。沒有任何魔術師會做得比他更謹慎。為了表示慶祝，他伸手拿了一張銀行的搖旗手的明信片，潦草地給山米寫了一句讓人高興的話，然後悄悄一併放進口袋。他回頭繼續看那些數字。在他的勇氣耗盡之前，七點的鐘聲響了。

「我實在不忍心讓艾露亞特久等。」他帶著靦腆的笑容向斯坦普夫里先生坦白。他小心地從筆記本上撕下這幾頁寶貴的手寫筆記，斯坦普夫里先生拿來一只胖胖的信封，打開讓奧利佛把這幾張紙放進去。接著，斯坦普夫里先生護送奧利佛走下大樓梯，一直送到前門為止。

「家父有沒有提過他接下來要到哪兒去？」

斯坦普夫里先生搖搖頭。「既然領了里拉，可能是去土耳其吧。」外面的天空已經黑了一半，迪瑞克正在等著。「你們的身分改了，」兩人慢慢走向一輛停在路邊的計程車時，迪瑞克這麼宣布。「耐特的命令。現在你們是威斯特夫婦，住在蘇黎世另外一頭的一間商務旅客的愛巢裡。」

「為什麼？」

「搜索。」

「是誰派人搜索的？」

「不知道。可能是瑞士方面，可能是霍本的人，可能是九頭蛇怪。可能康拉德騙了你。」

「他們做了什麼事？」

「跟蹤艾姬，詢問旅館的人，聞你的內褲。這是命令。你要低調一點，不要引起任何人注意，早上搭第一班的飛機回國。」

「回倫敦？」

「蚊子叫暫停。你希望他怎麼做？把你綁在樹上等著餵狼？」

在計程車裡，奧利佛坐在迪瑞克旁邊，盯著湖邊的路燈瞧。在一棟髒兮兮、透著一股隔夜湯味的大樓裡，迪瑞克在大廳用內線電話打到五〇九號房，派特和麥克則在研究著公告欄。奧利佛趁這時將寄給山米的明信片從口袋裡變出來，在原本應該貼郵票地方潦草地寫著「記在五〇九號房帳上」，丟進旅館的信箱。

「她正在等你，」迪瑞克低聲說，向奧利佛指出電梯所在，「你先請吧，伙伴。」

•

很小的房間裡擺著一張雙人床。這張床就連一對小情侶睡起來也嫌太小，對兩個身材高大、盡量不想碰到對方的已婚陌生人而言，根本就是不可能的事。房裡有一個迷你吧台和一部電視機。床腳塞了兩張小小的扶手椅，床頭板上有一個投幣孔，只要兩法郎，就可以來一次按摩療程。她早已打開兩人的行李箱。他的另外一套西裝掛在衣櫃裡。她擦著一種氣味宜人的香水。他以前從來沒將她和香水聯想在一起，她比較像是喜歡戶外活動的人。這些都弄清楚了以後，他背對著她坐在床邊，而她正站在浴室的水槽邊，在化好妝的臉上補上幾筆。他原本就隨身帶著浣熊洛可，這時正好拿來擺在自己肩膀上，而且因為口袋裡放了錢，他一直沒將外套脫下。

「在這裡講話安全嗎？」他問。

「除非你有被害妄想症，」她透過打開的門口回嘴，而他正小心翼翼地拿出外套裡的現金，解下襯衫釦子，動手把鈔票塞進褲腰帶裡。

「每個人都聯合起來對付他，只有葉夫根尼站在他這一邊。連我也不支持他，」他埋怨說，把一疊百元鈔票塞進背後的腰間。

「那又怎樣？」

「我對他有所虧欠。」

「虧欠他什麼？」他猜想她正抿口紅什麼的，因為她的口氣聽起來有點像海瑟。「奧利佛，我們不可能虧欠每一個人。」

「當然會，」他說。錢全都塞進襯衫裡。他脫下外套，讓洛可再度上場，在他肩膀上來回擺弄。

「我觀察過你。你就像個巡房的護士。每個人都是你的病人。」

「一派胡言。」不過因為她的嘴唇不知道正在做什麼，「言」這個字沒有講出口。「而且別在我面前擺弄那個動物，因為那只會貶低你自己，而且惹我生氣。」

這是我們婚後第一次吵架，奧利佛心想，同時摩擦著洛可的大鼻子，還朝他做鬼臉。她走出浴室，他走進浴室，把身後的門關上，鎖好。他拿出藏在腰間的錢，塞在馬桶水箱後面。沖水之後，他將水龍頭打開。回到臥室裡，隨手翻找一件乾淨的襯衫。她拉開抽屜，遞給他一件新襯衫，搭配她在希斯洛機場買給他的領帶。

「你是什麼時候買的？」

「不然我一整天還能幹什麼？」

他記得有人來搜索他們，猜想她應該是為了這個不高興才是。「到底是誰在跟蹤你？」他很關心地問。

「我不知道，奧利佛，再說，我也沒機會當面問。組員有看到他們。以我現在的身分，不能表現出一副知道有人在監視的樣子。」

「哦。對了。沒錯。當然。對不起。」回到浴室換上新襯衫好像有點可笑。再說，正好趁現在兩手空空，一派光明正大的時候讓觀眾看個夠。他脫下舊襯衫、縮腹，一面拆開玻璃紙。新襯衫是用大頭針固定在裡面的厚紙板上，他很笨拙地在裡面摸索著。「應該在包裝上說清楚裡面到底有多少根針才對，」他忍不住埋怨，她拿過他手上的襯衫，把大頭針一一拆下。「如果直接從頭上套下去，很可能會被針扎傷。」

「這是平袖口，」她說，「是你喜歡的那種。」

「我不太喜歡袖釦。」他解釋。

「你不必告訴我。我注意到了。」

他穿上襯衫，然後轉身背對著她，拉開拉鍊，將下擺塞進褲子裡。他打領帶的技術一向很差，想起當初海瑟不管三七二十一，硬是要他重來一次，打成一個溫莎領結，這位偉大的魔術師一直沒有學會這個訣竅。接著他開始狐疑，海瑟到底跟過多少男人，才學會了這種技巧。還有，娜迪雅有沒有幫泰格打過領帶，或是凱特有沒有？現在泰格的脖子上是不是打著一條領帶，或者，舉個例子，他會不會用這條領帶上吊，或是被人勒死了？還是他戴著這條領帶時，被人一槍轟掉了腦袋，因為奧利佛的心思就像顆皮球般，在他的腦子裡到處蹦來蹦去，而他毫無辦法，只能假裝若無其事，佯裝鎮定，悄悄拿走一份他在大廳櫃臺旁邊的架子上發現的飛機和火車時刻表。

他們的飯桌是一張情人雅座，頂上垂著牛鈴。餐廳其他位子上，坐著一些身穿灰色西裝的男子，模樣看起來都差不多，正面無表情地吃著東西。派特和麥克單獨坐在靠牆的位子，有一百隻寂寞的男人眼睛正悄悄在將她們寬衣解帶。艾姬點了美國牛肉和炸薯條。我跟她一樣，麻煩你。她如果點了牛胃和洋蔥，他也會說，我跟她一樣。他不知道該怎麼決定小事。他叫了半公升的都樂酒，但艾姬只肯喝礦泉水：要有氣泡的，她跟服務生說，不過你想喝就喝吧，奧利佛。

「因為你在值勤嗎？」他問。

「什麼？」

「我戒酒。」她回答了，但他沒留意她說了什麼。你真美，他用眼神告訴她。即使是在這種死白的燈光下，你仍舊美得荒唐、美得健康、美得耀眼動人。「這還真有點辛苦。」他埋怨說。

「什麼有點辛苦？」

「白天是一個人，到了晚上又變成另外一個人。我已經搞不清楚要當什麼人了。」

「做你自己就好了，奧利佛。就破例這一次。」

他在腦袋上揉了一下。「是啊，我也差不多面目全非了，真的。既然泰格和布洛克都不需要我了。」

「奧利佛，如果你要這樣講話，那我還是獨自吃好了。」

他閉嘴了一陣子，然後再試試看，這位少東以前在各階層共同參加的聖誕晚會上，總是問辛格公司的女職員：她更大的抱負是什麼，她五年後的人生規劃是什麼，她想要小孩還是事業，或者兩者都要。

現在他也拿那些問題來問艾姬。

「說真的，奧利佛，我他媽的完全不知道。」她說。

這頓飯好不容易終於吃完了，她簽了帳單，而他看著她：夏米安．威斯特。他提議到酒吧去喝杯睡前酒——酒吧就在櫃臺另一邊。只要到櫃臺那裡稍微晃一下，我就穩操勝算了，他心想。好啊，她答應了，咱們到酒吧喝杯睡前酒。或許她也樂得晚一點再回房間去。

「你到底在找什麼？」她問。

「你的外套。」他們出門的時候，海瑟總是會穿著一件外套。她喜歡他快速地幫她穿脫外套，而且在表演之間的空檔替她掛起來。

「我從臥室到餐廳再回去，幹嘛要穿外套？」

當然不必。我真笨。艾姬在櫃臺詢問旅館職員，有沒有給威斯特的留言。完全沒有，等他們繼續往酒吧的時候，奧利佛已經在外套的左口袋內藏了幾張時刻表，觀眾什麼都沒看見。愛是不必付出代價的。在酒吧裡，他點了一杯白蘭地，而她點了一杯礦泉水，這回在她簽帳單的時候，他說了一個很隱晦的笑話，講一個被包養的小白臉。可是她沒有笑。電梯裡只有他們倆，她也一直很疏遠：她可不是凱特琳娜。她比她先進入臥室，到了裡頭，她已經全都打點好了。他的個子比她高大，所以他睡床，她說。她把那兩張扶手椅併起來睡綽綽有餘。鴨絨床墊和兩個枕頭歸她，奧利佛分到毯子和床罩，還可以先使用浴室。他覺得自己瞥見了她眼中的失望，心想，要是他能夠放棄演出，而不是一心要達成自己的目的，有關兩人怎麼睡覺的安排，不知道是不是會讓人覺得更舒服一點。他脫下襯衫，但繼續穿著鞋子和長褲。他將外套掛在衣櫥裡，拿出時刻表塞在腋下，將浴袍往肩上一套、拿出他的盥洗袋，嘟囔著要等到早上再洗澡什麼的，拖著腳步走進浴室，然後鎖上門。他坐在馬桶上研究時刻表。把錢從水箱後面撈出來，放進盥洗袋內，假裝潑水和刷牙，為他的計畫做最後的準備。隔著門，他聽到美國電視新聞的鼓號軍樂聲。

「如果是賴瑞．金，就把那個混蛋轉台。」他以高超的演技喊著。

他用水洗臉，把洗手臺洗乾淨，敲敲門，聽見「進來。」然後回到臥房裡，看見她脖子以下全用浴袍裹住，頭髮包在浴帽裡。她走進洗手間，將門關好，鎖上。電視裡播的是黑暗非洲的大災難，由一個妝化得漂漂亮亮、穿著防彈衣的女人報導。奧利佛等著水聲響起，但一直沒聽見。門打開了，她看也沒看他一眼，逕自拿了她的髮刷和梳子回到浴室，重新將門鎖上。他聽見蓮蓬頭的水嘩啦嘩啦地沖下。他把襯衫穿回去，把盥洗袋扔進一只帆布提袋內，把洛可、襪子、內褲、幾件襯衫、他的沙包和布瑞爾利的氣球雕塑教學錄影帶也全都往裡面丟。蓮蓬頭的水還在繼續沖。他放心了，很快地穿上外套、拿起帆布袋、躡手躡腳地走向房門。經過床鋪時，他停下了腳步，隨手在電話留言簿上潦草地寫了一句話：對不起，我非得這麼做不可。愛你。奧。他覺得安心多了，手握著門把一轉，藉著非洲叢林的災難掩蓋開門聲。門打開了，他轉過頭去，要看這個房間最後一眼，卻發現摘下浴帽的艾姬，正從浴室門口看著他。

「把門關上。輕輕地。」

他關上門。

「你他媽的想去哪裡？聲音小一點。」

「伊斯坦堡。」

「坐飛機還是搭火車？決定了沒？」

「還沒。」他急著想躲開她憤怒的目光，低頭凝視著自己的手錶。「有一班火車晚上十點卅三分會從蘇黎世車站出發，大約早上八點到達維也納。我可以搭乘十點半從維也納飛伊斯坦堡的班機。」

「不然呢？」

「十一點整搭火車到巴黎，九點卅五分從戴高樂機場起飛。」

「你打算怎麼到火車站？」

「搭電車或走路。」

「怎麼不坐計程車？」

「叫得到就坐。看情況。」

「為什麼不直接從蘇黎世起飛？」

「我想搭火車比較容易隱瞞身分還是什麼的。換個地方搭飛機。反正我得等到早上才有飛機坐。」

「真是聰明。迪瑞克就在走廊對面，從我們房間到電梯之間，還有派特和麥克駐守。你想過這一點沒有？」

「我想他們應該睡了。」

「這麼晚拎著行李偷偷從櫃臺前面溜過去，你以為旅館會放過你，是吧？」

「還有你來跟他們結帳，不是嗎？」

「你哪來的錢用呢？」他還沒得及回答，「不用說了。你從銀行提了錢。就是你藏在浴室裡的那些。」

奧利佛搔搔腦門。「反正我非走不可。」他的手還擺在門把上，人還是直挺挺地站著，他希望自己外表看起來就和內心一樣堅決，因為他知道，要是她企圖阻止他——例如把迪端克和其他女孩叫起來——無論如何，他一定得避免讓她得逞。她轉身背對他，脫下浴袍，全身光溜溜的，然後開始穿上衣服。這時他才突然想到，一個主動提議要在兩張扶手椅上清清白白度過一夜的女孩，應該會把睡袍或睡衣拿到浴室裡，好衣著整齊地走出浴室才對，可是艾姬沒有這麼做。只是等奧利佛想通這一點的時候，已經太遲了。

「你這是在幹嘛？」他像白癡一樣目瞪口呆地看著她。

「跟你一起去啊。不然你以為我在幹什麼？你他媽的連過馬路都不安全。」

「布洛克那邊怎麼交代？」

「我又沒嫁給布洛克。把那個袋子擺在床上，讓我好好收拾一下。」

他看著她把袋子收拾好。看著她加進自己的東西，但沒有全都放進去，所以兩個人中間還擺著一只行李箱。他看著她將她剩下的東西放進第二個袋子，這樣「等迪瑞克早上醒來的時候，一切都收拾好了。」她輕聲細語地說。他發現她似乎不太介意害迪瑞克陷入窘境。她回去浴室時，他沒來由地在這個小得不得了的房間裡躡著腳走來走去，隔著像紙一樣薄的牆壁，他聽見她用浴室裡的電話壓低聲音叫了一輛計程車，同時請櫃臺準備好住房帳單，因為他們得馬上退房。她回到房間，低聲告訴他，叫他待會兒跟在她後面，拎著行李箱，腳步一定要輕。她轉動門把，往上一提，門無聲無息地打開了，他開門的時候可不是這樣。走道正對面有一扇門上面寫著「工作人員專用」。她打開那道門，向他點頭示意，他跟著她走下一排醜陋的石階，他不自覺想起了庫松街那裡的後樓梯。他看著她在櫃臺付帳，她無意識地扭動著臀部，就像他先前在康登的花園裡看到的那樣，全身重量集中在一條腿上，另一邊的臀部翹得高高。他注意到她還是把頭髮垂下來，即使在頭頂那種可怕的燈光下，他依然能想像她騎著馬、在山谷攀爬、用假蠅釣鮭魚的時候，看起來活像是一個雨衣的廣告。

「計程車來了嗎，馬克？」她簽名時轉頭詢問。奧利佛因為還在做白日夢，也幫忙四處張望，看馬克在哪裡，然後才想起自己現在是什麼身分。

他們悄悄坐車前往車站。抵達車站之後，由她去買票，他負責看守行李，因為他老是忘記他們的月台號碼，又反覆查看了好幾次。突然間，他們成了一對普通的威斯特夫婦，在月台上推著兩人共用的情人行李箱，尋找他們的臥鋪位。

16.

直到那天晚上為止，布洛克一直靠這個冗長的遊戲留住麥辛漢，不管白天或晚上，他會在任何奇怪的時間突然冒出來，連珠砲似地丟出幾個神祕兮兮的問題，至於其他問題，則是別有用心地連提都不提，而他當初的承諾正在積極地審議當中——對，先生，我們正在辦你的豁免權——不，先生，我們不會咬著威廉不放——在此同時，你能否幫我們說明下面這個小問題？不擇手段地要讓他繼續說下去，他跟艾登・貝爾說，不計一切繼續鼓動他，從中套取線索。

「為什麼不乾脆省事一點，直接盤問？」貝爾反駁。

因為他擔心的不光是我們這麼簡單，布洛克回答。因為他愛威廉，也知道哪裡才是要害。因為他是個忠心耿耿的叛變者，這種人是最糟糕的。因為我搞不懂他當初為什麼找上我們，或是他在躲避什麼。也搞不懂為何一向實事求是的奧洛夫兄弟都已經這麼一大把年紀了，怎麼還搞起宗教式的殺人儀式來。

不管怎麼說，布洛克知道，今晚他比麥辛漢快了一步，採取的手段因而也有所不同，儘管多少還是和前幾次見面時一樣，不知道為什麼，就是缺乏信心：有什麼事情不對勁，好像少了什麼似的。他已聽過奧利佛和康拉德的對話，是同一天下午由英國駐蘇黎世領事用數位加密傳來的。他已經取得奧利佛從銀行帶出來的筆記，雖然他知道分析師要好幾個星期才能完全解讀出來。他已經用奧利佛的眼睛看過了活生生的證據（如果他曾經懷疑過的話），證明辛格確實曾支付大筆金錢給九頭蛇怪組織，而波爾洛克正是替這個組織管荷包的帳房和主管會計。他腋下夾著莫斯基博士六十八頁的最後通牒，是搭當天末班飛機回到倫敦的，現在正待在用英國關稅署的膠帶封起來的棕色信封內。布洛克按照原訂計畫，人還沒坐下來，就立刻拋出第一個問題。

「你去年聖誕節是在哪兒過的，先生？」他口中說出「先生」的時候，活像在揮一把切肉刀。

「在洛磯山脈滑雪。」

「和威廉一起去？」

「當然。」

「霍本人在哪兒呢？」

「這跟他有什麼關係？我想是跟他的家人在一起吧。」

「哪裡的家人？」

「應該是他的岳家吧，我不清楚他自己的父母還在不在。老實說，我總把他當成孤兒，你不也這麼認為嗎？」麥辛漢回答得有氣無力，故意要和布洛克忙不迭的態度作對。

「這麼說，霍本是在伊斯坦堡，和奧洛夫一家在一起。霍本是在伊斯坦堡過聖誕節的，是嗎？」

「我想是吧。艾利克斯這個人，誰也說不準。如果我沒用錯形容詞的話，這個人是有點深藏不露。」

「莫斯基博士聖誕節期間也在伊斯坦堡。」布洛克表示。

「真是太巧了。那裡的人口是倫敦的兩倍，他們一定是在路上不小心絆倒對方的。」

「如果你知道莫斯基博士和艾利克斯．霍本是多年老友，你會驚訝嗎？」

「不特別驚訝。」

「你認為他們是什麼關係——這麼多年來？」

「他們不是一對戀人，親愛的，如果你是這個意思的話。」

「我不是這個意思。我是說，他們兩人的關係是其他因素促成的，我是在問你到底是哪些因素。」

不高興，布洛克記錄著，他的情緒越來越激動。拖延時間。眼睛看著桌上的信封。又將目光收了回去。潤潤嘴唇。不知道這個小王八蛋知道多少，我又得向他透露多少？

「霍本是個野心勃勃的蘇聯職業黨工，」麥辛漢仔細想過後開口招認，「莫斯基則是在波蘭作職業黨工。兩人一起做生意。」

「你說職業黨工，指的是哪一種政黨組織？」

麥辛漢面帶不屑地聳聳肩。「什麼都有。我只是懷疑你有沒有權力調查這種事。」他很沒禮貌地說。

「那就是情報單位。他們在各自國家的情報單位工作。一個是蘇聯，一個是波蘭。」

「姑且就說他們是密探好了。」麥辛漢再次企圖要挫挫布洛克的氣焰。

「你和英國使節出訪莫斯科期間，不就參與了和蘇聯情報人員的暗中交易？」

「我們有過幾次試探。是相當非正式、相當浪漫、而且祕密得不得了。我們是在尋求雙方共同的立場。雙方都具有潛在利益的目標。或許可以透過什麼方法繼續攜手合作。恐怕我只能告訴你這麼多了。」

「哪一種目標？」

「恐怖活動。當然是俄國人沒有資助的部分。」

麥辛漢洋洋得意。

「犯罪活動？」

「在他們沒有涉入的部分。」

「毒品？」

「那不算犯罪嗎？」

「問你啊，」反擊的布洛克很高興地想像自己擊中了目標，因為麥辛漢把手指頭擱在嘴唇上，遮住了嘴巴，他凝視的目光已經悄悄移到書架上，「艾利克斯．霍本不就是你在蘇聯方面試探的人士之一？」他問。

「這真的不干你的事。我恐怕得和我的老長官把事情交代清楚。抱歉。我沒辦法繼續回答你的問題。」

「就算你送錢給你的老長官，他們也不會跟你說話。問艾登．貝爾就知道。霍本是不是蘇聯那方面的人？」

「你明知道他是。」

「他的專長是什麼？」

「犯罪。」

「組織犯罪？」

「這種說法很矛盾，親愛的。這種犯罪本質上是雜亂無章的。」

「他還參與了蘇聯的犯罪幫派？」

「他幫他們掩護。」

「你是說，他收了幫派的錢。」

「別這麼假正經，你很清楚這遊戲是怎麼玩的。這是盜獵者和獵場看守員之間互有往來的遊戲，每個人都得分到一點好處，否則就沒得玩了。」

「莫斯基當時也在嗎？」

「在哪兒？」

「你和霍本身邊。」布洛克突然靈機一動。沒有經過任何事前規劃，在這一刻之前，他連想都沒想過要這麼做。他拿起信封拆開，抽出用紅色外皮裝訂的文件，然後丟回紙箱上。接著把信封揉成一團，精準無比地丟進閣樓另一頭的垃圾桶。有好一陣子，那本紅簿子就像火一樣在暗室裡悶燒著。「我剛才是問你，你是不是在一九八〇年代末期造訪莫斯科的時候認識了莫斯基博士。」布洛克提醒麥辛漢。

「我見過他幾次。」

「幾次。」

「你太疑神疑鬼了。莫斯基參加會議，我參加會議，這不代表我們就會趁吃午飯的時候搞七捻三。」

「莫斯基是代表波蘭情報局參加。」

「如果你想說得誇張一點，沒錯。」

「波蘭情報局參加英國和俄國情報員的祕密會議幹什麼？」

「討論合作事宜，提出波蘭的觀點。捷克、匈牙利和保加利亞都有代表參加，」——口氣變得像在爭論了——「我們鼓勵他們參加，耐特。除非得到蘇聯的同意，否則跟這些附庸國談也沒有任何意義，不是嗎？那何不乾脆簡單一點，一開始就讓附庸國參與會議？」

「你是怎麼見到奧洛夫兄弟的？」

麥辛漢語帶嘲弄地叫了一聲，聲音很尖，顯得有些傻氣。「那是好多年之後的事了，你這個笨蛋！」

「是六年。你替辛格公司拉了六年的皮條。泰格要和奧洛夫搭上線也是由你居中牽線。你是怎麼辦到的？是透過莫斯基，還是霍本？」

麥辛漢探詢的眼光又仔細端詳了紙箱上的紅簿子一次，然後回頭看著布洛克。

「霍本。」

「霍本那時已經跟佐雅結婚了嗎？」

「可能吧，」——悶悶不樂地——「這年頭誰還相信婚姻？艾利克斯立志要娶葉夫根尼的女兒，哪一個都無所謂。女婿跟著雞犬升天。」他很不自在地咯咯傻笑，加上了這麼一段話。
「是霍本把莫斯基介紹給那兩兄弟的。」
「大概吧。」
「泰格有反對莫斯基中途加入嗎？」
「他幹嘛反對？莫斯基精得要死，他是個有財有勢的波蘭律師，精通各種旁門左道，具備第一流的組織能力。如果這兩兄弟想繼續往西方尋找機會，找莫斯基就沒錯了。他在港口的人面很熟。他來自格但斯克，可以幫他打開門路。葉夫根尼夫復何求？」
「你的意思是霍本夫復何求，是吧？」
「此話怎講？那終究是奧洛夫的買賣。」
「但經營的是霍本。說穿了，這根本是霍本和莫斯基的舞臺。那時候葉夫根尼已經是掛名的老闆。實際上掌控的人是霍本、麥辛漢跟莫斯基。」布洛克說完了，用手指頭在紅簿子上一戳。「你是壞人，麥辛漢先生。你在當中牽涉得很深。你不只負責洗錢，你還親自下場，參與世上最骯髒的遊戲。先生。」
麥辛漢修剪過指甲的兩隻手不斷在原地抽搐。短短兩分鐘內，他第二次清喉嚨。「根本不是這麼回事。那從頭到尾都是一齣鬧劇。錢是由泰格交給葉夫根尼，貨是由霍本運送到莫斯基那裡。整個作業都是靠親手傳遞的信件指揮，我從來沒有看過這些信。只有泰格一個人能看。」
「可以問你一件事嗎，藍迪？」

「你可別想把整件事情栽贓到我頭上。」

「你有沒有——就說從一開始好了——舉個例子，霍本把你帶到高山上去的時候——或者是莫斯基帶你去的——或者是你帶他們去的——你們把王國指給對方看[26]——而你把泰格拉到一旁，他也如法炮製——或者他帶你去的時候，我不是在計分——你們任何一個人，是否曾經很大聲地向對方，以一對一的方式，提到毒品這個字眼？」麥辛漢嗤之以鼻地聳聳肩，表示這個問題荒謬透頂。

「彈頭呢？核子或其他的彈頭？核子分裂物質？也沒有？」麥辛漢聽到每一個都搖搖頭。「海洛因？」

「天哪，沒有！」

「古柯鹼？請教一下，那我們是怎麼規避這個棘手的字彙問題？容我無禮地說一句，咱們是用什麼遮羞布來遮醜的，先生？」

「我能說的都說完了。我們的任務是把奧洛夫的買賣從黑道轉為白道。我們事後才出面。而非事前。這是雙方的約定。」

布洛克向麥辛漢那裡靠過去，和他離得很近，幾乎像是求人幫忙似地拜託他：「那我們這是在幹什麼，先生？如果你一切都正正當當，幹嘛急著找我們談條件？」

「你很清楚為什麼。你也看到了他們的所作所為。他們也會這樣對付我的。」

「對付你。不是對付泰格。是對付你。為什麼是你？你做了什麼泰格沒幹過的勾當？你知道什麼泰格不知道的事情？你到底幹了什麼壞事，會怕成這個樣子？」沒有回答。布洛克繼續等著，還是沒有回答。他心中怒火已經到達致命的臨界點。要是麥辛漢覺得恐懼，那就讓他更恐懼吧。讓他眼看著自己的一生在眼前腐爛。「我要那份黑名單，」布洛克說，「泰格手中那一份達官顯貴的名單。不是格但斯克那些貪污的波蘭人，或是不來梅腐化的德國人，或鹿特丹腐敗的荷蘭人。我喜歡他們，但他們沒辦法令我興奮。我要找的是收受賄賂的英國人。是有很多權力可以濫用的國產貨。就像你這種人。地位越高，我就越想得到他們。你要告訴我說，泰格知道這些人是誰，但你一無所知。而我要告訴你的是，你的話我一個字也不相信。我認為你遲遲不肯全盤托出真相，卻希望我慷慨給予你豁免權。我不會的。這不符合我的本性。除非你告訴我這些人的名字和電話號碼，否則我不會繼續替你爭取豁免權。」

在一股前所未有的恐懼和憤怒的交集中，麥辛漢擺脫了布洛克嘲弄的眼神。「懂得人情世故的人是泰格，不是我！泰格當惡棍的辯護律師，和警察交好。他是在哪裡拔乳牙的？利物浦，跟移民和吸毒的人混在一起。他的第一個一百萬是怎麼賺來？是靠投資房地產，賄賂議會的公職人員。你對我搖頭是沒用的，耐特！這是事實。」

但布洛克已經改變立場。

「你瞧，我一直在問我自己一個問題，麥辛漢先生，為什麼？」

「什麼為什麼？」

「為什麼麥辛漢先生找上我？是誰指使他來的？他這齣傀儡戲的幕後操縱者是誰？接著，有一隻小

26 聖經記載，魔鬼試探耶穌的時候，在高山上「將世上的萬國與萬國的榮華都指給祂看」。

鳥斜倚著小樹枝對我說：是泰格。泰格想知道我知道多少，還有我是怎麼知道的。又是誰告訴我的。於是他派出旗下演技一流的首席助理，擺出一副飽受驚嚇的英國子民的姿態來找我，而他自己則在某個沒有引渡條約的美好避稅天堂做日光浴。你是代罪羔羊，麥辛漢先生。因為我要是抓不到泰格，就只好拿你充數！」不過麥辛漢再度鎮靜下來。緊閉的雙唇間流露出一抹懷疑的微笑。「哄你來找我的人，如果不是泰格．辛格，那就是奧洛夫兄弟。」布洛克繼續說，努力顯出一副志得意滿的口氣，「那些冒牌的喬治亞海洛因販子一向詭計多端，這是一定的。」不過麥辛漢卻是越來越笑容可掬。「莫斯基為什麼搬到伊斯坦堡？」布洛克問他，怒氣沖沖地把紅色的文件往前一推，一口氣滑到紙箱另外一邊。

「為了他的健康著想，親愛的。柏林圍牆就要倒了。他不想被掉落的磚塊給砸傷。」

「我聽說他可能會被審判。」

「就說土耳其的氣候很適合他吧。」

「你在伊斯坦堡國際財務公司有沒有股分？」布洛克問，「不管是你，或國內外任何一家你擁有股權的公司？」

「根據增修條文第五條[27]，我拒絕回答。」麥辛漢說。

「我國沒有第五條。」布洛克回答，隨著這段對話，訊問者和審問對象之間出現了一次極其神祕的休兵，幾分鐘過後，雙方又開始激烈的唇槍舌戰。「你瞧，我能懂你為什麼要出賣泰格，藍迪，這一點我不難理解。假如是我幫泰格做事，一樣也會逮到機會就出賣他。我明白你為什麼要跟幾個前蘇聯情報圈的壞蛋陰謀串通，這些都不會令我困惑。我明白。我可以瞭解霍本和莫斯基為什麼要威脅葉夫根尼，將泰格一腳踢開，而再怎麼說你也是助了他們一臂之力。可是在你們的計謀沒有得逞的時候，世上畢竟是沒有聖誕老人的——接下來他媽的發生了什麼事？」謎底就快揭曉了！他能感覺得到！答案就在這個房間裡。就在隔著紙箱的對面。藏在麥辛漢的腦袋瓜裡，拚命哀求著要跑出來——直到最後一秒鐘，又急急忙忙地跑回去躲了起來。「好吧，自由塔林號被逮捕了，」布洛克坦承，一面繼續大搞神祕地拐騙他，「真不走運。奧洛夫兄弟損失了好幾噸的毒品，還折損了好幾個人。發生這些事情也是在所難免。搞得顏面盡失。已經出現了太多的自由塔林號。非得殺雞儆猴一番。必須要求償。但你在這裡面扮演了什麼角色，麥辛漢先生？除了維護自己的利益之外，你站在哪一邊？你到底為什麼一直坐在這裡，忍受我的侮辱？」

儘管布洛克一直來來回回地提問，用十幾種不同的方式質問麥辛漢，將這份六十八頁的文件推到他面前，逼他白紙黑字地唸出他惡形惡狀的證據，雖然麥辛漢時而粗暴、時而傲慢地回答一連串沒那麼急迫的問題——這些問題是根據奧利佛拜訪康拉德博士和銀行所得到的資料——布洛克回到他位於斯德蘭街的辦公室的時候，失敗的挫折感卻是比先前更加深沉。他憤世嫉俗地告訴譚比，應許之地依舊在，而且尚未征服，譚比說不妨先去睡一會兒。但布洛克沒有去睡。他打電話給貝爾，將案情複述了一遍。他又打電話找了好幾個遠處的線人。他撥了個電話給他的太太，很愉快地聽她對於要如何處理北愛爾蘭人

---

27 麥辛漢在此指的是美國憲法增修條文第五條的內容，賦予刑事被告緘默之權利（不得要求刑事被告做不利己之陳述）、重罪被告有權接受大陪審團之審判、一罪不兩罰、（剝奪人身自由及財產的）正當法律程序，以及對私有財產的保護等基本人權。

的荒謬看法。這些對話都沒辦法讓他更有可能破解麥辛漢的密碼。他打盹了一會兒，接著突然被電話聲驚醒。

「蘇黎世的迪瑞克打免付費電話來，」譚比用他哀傷、慢吞吞的西鄉腔調說，「這對新婚夫婦逃跑了。沒有留下轉寄地址。」

17.

山頂是位在煙霧上方一片迷醉的海洋。清真寺的圓頂像是曬著太陽的烏龜漂浮在海上。清真寺的塔尖是斯文頓靶場豎立的標靶。艾姬熄掉租來的福斯汽車引擎，聆聽著空調漸漸消逝的喘息聲。博斯普魯斯海峽就在腳下，但是被煙霧遮住了。她搖下窗戶，讓一點空氣透進來。儘管已是黃昏時分，還是有一波熱氣從柏油路面衝上來。煙霧的臭味和濕潤春草的氣息混在一起。她搖上窗戶，繼續小心警戒。她頭頂上的天空灰色積雲不斷聚集。下雨了。她發動引擎，啟動雨刷。雨停了，積雲變成粉紅色，她周圍的松樹漸漸變黑，直到樹上的毬果看起來活像是困在樹葉之間豐滿的蒼蠅。她又將窗戶搖下來，這回，車裡充滿萊姆和茉莉的香氣。她聽見蟬鳴，還有一隻青蛙或蟾蜍在打嗝。她看到灰色胸口的烏鴉，直挺挺地棲息在頭頂的電纜上。天空中一陣爆炸，把她從椅子上震了起來。火花也在她頭頂上的天空爆開，緩緩落入山谷，後來她才發覺附近有一棟房子正在舉辦煙火派對。火花消失之後，黃昏的薄暮漸漸暗了下來。

她身上還是逃跑當時所穿的牛仔褲和皮夾克。因為沒有和布洛克家族聯繫，所以身上沒有配槍。她下榻的旅館沒有收到任何用包裝紙包好的包裹，在辦簽證的鐵柵窗口，也沒有人從底下塞給她一個厚厚的信封，粗聲粗氣說：「請在這裡簽名，威斯特太太。」除了奧利佛之外，全世界沒有人知道她在哪裡。山頂這地方安靜得不得了，就像她的生活也突然變得十分寧靜。她身上沒有任何武器，身陷在愛河與險境之中。她沿著一片美麗的土耳其山坡，凝視著一道鐵製圍牆門，嵌進她下方一百碼的防彈牆壁裡。牆壁後面是莫斯基博士那座非常現代的磚砌堡壘的平坦屋頂，在見多識廣的艾姬眼中，這不過是又一個毒品律師的住處，有九重葛、防盜燈、噴泉、攝影機、亞爾薩斯狗和雕像，還有兩個結實魁梧的男人，穿著白襯衫、黑長褲和黑色背心，無所事事地駐守在前院。而她的愛人就在堡壘裡頭。

他們先去過了莫斯基博士在市中心的法律事務所，沒想到撲了個空，之後才來到這裡。「博士今天不在，」一個美麗的女子從淡紫色的櫃臺後面對他們說，「或許麻煩兩位留下姓名，明天再來。」他們沒有留下姓名，可是一出到人行道上，奧利佛在口袋裡搜了又搜，終於找到一張記有莫斯基住家地址的小紙片，這是他偷看了從康拉德博士的辦公室偷來的一份檔案之後記下來的。他們一起攔下一位德高望重的紳士，他還以為他們是德國人，因此不停用德文喊著喊著「dahin, dahin」（那邊，那邊），將大致方向指給他們看。到了山坡上，有更多德高望重的紳士為兩人指路，直到他們突然間開上了莫斯基的私人道路，經過了莫斯基的堡壘，引起了莫斯基家的狗、保鏢和攝影機的注意。

原本艾姬說什麼也要跟著奧利佛一起進去，但是他不願意這麼做。他想以律師的方式一對一交談，他說。他要她把車停在一百碼以外的地方等。他提醒她，現在他們要找的人是他的父親，而不是她的爸爸。而且無論如何，不管有沒有槍，你像壁花一樣坐在那裡又有什麼用？還不如待在這兒，看我出不出得來。要是我出不來，就趕快求救。他要主宰他自己的生命，她心想。還有我的。她不知道自己究竟是擔憂還是驕傲，或是兩者皆然。

她把車停在一處廢棄建築工地上，旁邊是一輛粉紅色的卡車，車身漆著一個檸檬汁的瓶子，另外還有六輛福斯金龜車，裡面全部空無一人。她心裡估量著，除非有一個非常精密的監視攝影機，或是非常精明的保鏢，才會發現她停在這麼遠的地方。不過，又有誰會留意一個女人開著一輛沒有天線的棕色小汽車，在夜暮中講行動電話？她倒不是在講電話，絕對不是這麼回事。她正在一個接著一個收聽布洛克的留言。耐特，他很沉得住氣，活像是暴風雨中的一位優秀的西默塞郡船長，沒有責難，也不會大驚小怪——「夏米安，又是你爸爸打來的，我們希望你一聽到這個留言，就馬上打個電話給我們，麻煩你……夏米安，我們非得聽到你的消息才行，拜託……夏米安，如果你因為某種因素而聯絡不上我們，就拜託跟你叔叔聯格……夏米安，我們要你們倆盡快回家來，拜託。」所謂的叔叔，指的是英國代表。

她一面聽，目光一面很快地掃過鐵製的圍牆門、樹木、周圍花園的籬笆、從藍灰色煙霧中透出的燈光。等她不再繼續收聽布洛克的留言時，她聆聽著自己複雜的心情發出的相互衝突的聲音，試圖探索她究竟欠了布洛克什麼，又欠了奧利佛和她自己什麼，儘管後兩者事實上是同一項債務，因為每次一想到奧利佛，他就回到她的懷裡高聲朗笑，滿心懷疑地搖搖頭，因為臥車過熱而揮汗如雨，整個人看起來輕鬆愉快、興致勃勃，她不禁覺得自己一輩子就是為了想辦法將他從牢籠裡救出來，而一旦告發他，就像把他丟回囚籠，永無赦免的一天。隊上有一個可以聯絡的留言台，艾姬將號碼記在腦子裡。一方面她想妥協，打個電話說奧利佛和艾姬還活得好好的，不必擔心。另一方面她又很堅強，知道即使是短短的一句話，也算是背叛。

夜色很快黑了，煙霧漸漸散去，防盜燈將一個白色圓錐投射在堡壘上，橫跨博斯普魯海峽的橋上的車燈，襯著海水的黑暗背景，像是一條會動的項鍊。艾姬發現自己在祈禱，而且這並沒有影響她的觀察力。她打起精神。圍牆門打開了，兩邊各有一個穿黑背心的男人。一對車頭燈沿著山坡朝上照到了她這裡。她看見車燈從遠光變為近光，聽見遠處汽車喇叭聲大作。車子轉進大門入口，在圍牆門關上之前，她認出那是一輛銀色賓士。由司機駕駛。一個身材臃腫的男人坐在後座，但距離太遠，她看到他的時間太短，因此無法根據她曾在遠在萬里之外的倫敦見過的照片，認出此人就是莫斯基。

•

奧利佛按下電鈴，卻莫名其妙聽到一個女子的聲音。這讓他想到一件事，當你滿腦子想著一個女人時，其他女人就成了你在無意識中通往她的管道。她先用土耳其語跟他說話，可是他一開口說英文，對方馬上改成歐洲腔的英語，說她先生剛好出門去了，何不到他的辦公室試試看？奧利佛答說他已經去過辦公室了，可是白跑了一趟，花了一個多小時才好不容易找到這裡來，而他是康拉德博士的朋友，有機密口信要帶給莫斯基博士，他司機的車子已經沒油了，或許莫斯基太太可以透露一下，她先生可能什麼時候會回來？他估量一定是他說話的聲音不知道哪裡讓她開了竅，八成是他和艾姬親熱之後留下的某種混合了權威和調情的語氣，因為她接著問他「你是美國人還是英國人」的時候，用的是一種輕鬆、幾乎是剛剛燕好之後的那種低沉、又帶著顫抖的聲音。

「百分之百的英國人。這樣我會被取消資格嗎？」

「你是我先生的客戶嗎？」

「目前還不是。只要他願意接我這個當事人，我馬上請他當我的律師。」他誠心誠意地回答。聽到這句話，她沉寂了幾秒鐘。

「不如進來喝杯檸檬汁，等亞當回來好嗎？」她提議。

很快地，一個穿黑背心的男人將一邊的鐵製圍牆門往回推了一點，剛好能容納一個行人進入，另一名男子則用土耳其語咆哮著，叫那兩隻亞爾薩斯犬閉嘴。照這兩個男人的表情看來，奧利佛搞不好是從外太空降落的，因為他們先是皺著眉頭，大惑不解地沿著馬路上下打量，接著目光停留在他完全沒有沾染塵土的鞋子上。於是奧利佛用大拇指往山下一指，笑著說「司機去加油了」，希望他們如果聽不懂他的話，至少可以因為他提出了解釋而釋懷。等他走達前門時，門已經打開。一名全身穿著黑西裝的職業拳擊手正把守著大門。他和奧利佛一樣高，虛張聲勢，態度傲慢，一雙手盤在身體兩側，一邊用眼睛從頭到腳打量著奧利佛。

「歡迎。」他終於吐出這句話，領著奧利佛穿過一個城堡的外庭，來到第二扇門前。門打開之後是一座庭院，裡面有一座有燈光照明的游泳池和一個飾有彩燈的鋪石露臺，露臺上方種滿喇叭花，還有幾張籐編搖椅從椽梁上垂吊下來。有一個小女孩坐在其中一張搖椅上，卡門要是滿六足歲，可能就是她這個模樣，綁著辮子，上排牙齒還連續缺了兩顆牙。擠在她旁邊的是一個大她兩歲、雙眼烏黑的羅蜜歐，說也奇怪，這張臉孔他不知在哪裡見過。小女孩正從一個共用的盤子裡舀著冰淇淋吃。瓷磚地板上散置著圖畫本、紙剪刀、蠟筆和一堆破破爛爛、拼出來的玩具戰士。這兩個孩子的對面坐著一個長腿的金髮女子，大著肚子，看樣子就快要生了。康拉德博士說得對，她確實很美。她旁邊躺著一冊翻開來的波特女士英語版的《彼得兔》。

「小朋友，這位是英國來的威斯特先生，」她一面和他握手，一面假裝很了不得地宣布。「見見斐蕾迪和保羅。斐蕾迪是我們的女兒，保羅是我們的朋友。我們剛剛才發現萵苣會讓人昏昏欲睡，是不是啊，小朋友？我是莫斯基太太——保羅，昏昏欲睡是什麼意思啊？」

奧利佛猜測她是瑞典人，而且非常無聊，他想起當初海瑟從懷孕第五個月開始，就會跟任何一個超過十歲以上的男性打情罵俏。斐蕾迪，也就是六歲時候的卡門，一面笑，一面舀著冰淇淋，而保羅則是瞪著奧利佛，那瞪著的眼神彷彿是在控訴他。但控訴他什麼？受害者是誰？在什麼地方發生？穿黑西裝的職業拳擊手為他端來了檸檬汁。

「想睡覺。」等到大家都忘了問題是什麼，保羅才終於回答她。這時才恍然大悟已經太晚了：保羅，老天爺啊！佐雅的保羅！原來是那個保羅！

「你今天到的？」莫斯基太太問道。

「從維也納來的。」

「你在那裡有生意？」

「可以這麼說。」

「保羅的父親在維也納也有生意，」為了讓孩子們聽明白，他放慢語速，咬字也很清楚，但一雙大眼睛很欣賞地看著奧利佛。「他住在伊斯坦堡，可是在維也納工作，是吧，保羅？他是個大生意人。現在每個人都在做生意。艾利克斯是我們很好的朋友，可不是嗎，保羅？我們非常佩服他。你也是做生意的嗎，威斯特先生？」她有氣無力地把她的毯子拉過來，蓋著胸口。

「差不多。」

「你買賣的是哪種商品，威斯特先生？」

「大部分是貨幣。」

「威斯特先生是買賣貨幣的。保羅，告訴威斯特先生，說你會講哪些語言——俄語，這是當然的，土耳其語，一點點喬治亞語，英語呢？冰淇淋不會讓你昏昏欲睡吧，保羅？」

保羅是派對裡陰鬱的孩子，奧利佛認出他以後，就一直感同身受地想著。和他母親一樣哀痛欲絕。保羅是飽受喪親之痛的孩子，保羅是被離棄的孩子，永恆的繼子，你很想乞求他笑一笑，你一出現，他那雙布滿黑影的雙眼就亮了起來，等時間到了，你要收拾所有魔術離開時，他就一直用責難的眼神看著你。保羅背負著八年的痛苦記憶，試圖要找回和一個叫信差小子的瘋狂怪物在記憶中朦朧的相遇。當年外公外婆還住在莫斯科郊外一座滿是樹葉的城堡裡，裡面有一輛摩托車，信差騎摩托車的時候，媽媽把我抱在胸口，用手摀住我的耳朵。

坐在椅子上的奧利佛突然彎下身子，一把從地上攫起一本圖畫本和一把紙剪刀——等他得到保羅的點頭同意——接著從圖畫本裡撕下一張跨頁，迅速摺完再對摺，拿起剪刀開始剪紙，結果竟剪出一串頭尾相連的快樂小白兔。

「真的好厲害啊！」率先開口的莫斯基太太喊道。「你有孩子嗎，威斯特先生？可是你沒有小孩，怎麼會這麼厲害？你真是天才！保羅，斐蕾迪，你們要跟威斯特先生說什麼？」

可是奧利佛比較擔心威斯特先生要跟莫斯基博士說什麼。如果佐雅和霍本順路過來接他們的小兒子，他又要跟他們說什麼。他搯了幾架飛機，而且真的飛了起來，大夥兒都很高興。有一架飛機降落在水面上，於是他們就派救援飛機前去搭救，接著用一根桿子將兩架飛機撈回乾燥的地上。他搯出一隻鳥，因為太過珍貴，斐蕾迪不肯讓鳥兒飛上天空。他從斐蕾迪的耳朵變出了一張五端士法郎的鈔票，正要從保羅的嘴巴再變出一張鈔票時，他聽到汽車喇叭發出雙音的叫聲，斐蕾迪興高采烈地喊了一聲「爸爸！」，表示這位好博士已經回家了。

前院出現一陣騷動，僕人啪啦啪啦地跑來跑去，汽車車門「砰」地關上，樂不可支的狗兒沙啞叫著，還有波蘭人打招呼時讓人安心的喊叫聲。這時，一個吵鬧、喧囂、額頭有個美人尖的黑髮男子衝進了庭院裡，使勁脫掉領帶、外套、皮鞋等等，整個人大大鬆了一口氣，光著渾身是毛的身體跳進了泳池，在水底來回游了一趟。接著就像一頭毛剃了一半的熊似地從水裡出來，從拳擊手那裡抓過一件彩色浴袍裹著身體，先是擁抱他的太太，接著又抱抱女兒，叫了一聲「嗨，保羅！」像個老朋友似地在保羅的頭髮亂抓一氣，接著又朝他太太身邊靠過去。直到這時，他才很不高興地向奧利佛點了個頭。

「冒昧打擾，非常抱歉。」奧利佛用他最令人不設防的上流社會的嗓音說。「我是葉夫根尼的老朋友，康拉德博士要我向您問好。」沒有回答，只是目不斜視地瞪著他，眼神比保羅老了幾百年，窩在腫脹的眼皮之間。「希望能和您單獨談談。」奧利佛說。

奧利佛跟著莫斯基博士彩色的背和赤裸的腳跟後面走。穿著黑西裝的拳擊手則是跟在奧利佛身後。

他們穿過走廊，爬了幾層階梯，走進一間低矮的書房，景緻優美的窗戶，俯瞰不停閃爍著刺眼燈光的陰鬱山頂。拳擊手將門關上，靠門站立，一隻手塞進胸口。

「好，你他媽的到底想幹嘛？」莫斯基發出的是重低音，彷彿在施放禮炮。

「我是奧利佛，泰格．辛格的兒子。我是庫松街辛格父子公司的資淺合夥人，我想找我的父親。」

莫斯基用波蘭語低喝了幾句。職業拳擊手把兩隻手深情款款地擺在奧利佛的腋窩下面摸索一番，接著繼續搜索他的胸部和褲帶。他把奧利佛轉過來，但不是像佐雅那樣親吻奧利佛，或是把他拉到床上，而是和凱特一樣摸索他的鼠膝部，然後一路撫摸到他的腳踝。他拿走奧利佛的皮夾，交給莫斯基，然後搜出用威斯特的姓名登記的護照，接著是他口袋裡的垃圾，如果是一個十二歲的學童被搜出這些東西，一定會覺得很丟臉。莫斯基雙手弓成杯狀，把這堆東西拿到書桌上，戴起一副品味絕佳的眼鏡。好幾千瑞士法郎——他把剩下的錢留在行李箱裡頭——一些零錢、一張卡門在海邊騎在一頭驢子身上的照片、從一本叫做《魔咒》的週刊上剪下、還沒讀的剪報，提供「全新和更創新的魔術戲法」、艾姬硬塞給他的剛洗乾淨的手帕。莫斯基拿起護照，對著光線仔細打量。

「這是從哪裡弄來的？」

「麥辛漢給我的。」奧利佛說。他想起了夜鶯園的娜迪雅，有那麼一剎那，他巴不得自己就在夜鶯園。

「你是麥辛漢的朋友？」

「我們是同事。」

「麥辛漢派你來的？」

「不是。」

「是英國警方派你來的？」

「是我自己要來的，來找我父親。」

莫斯基又說了幾句波蘭語。拳擊手回答。接著是一段斷斷續續的對話，似乎是討論奧利佛是怎麼來的，莫斯基斥責了拳擊手幾句，便叫他出去。

「你會危及我的太太和家人，明白嗎？你到這兒來是沒有用的。明白嗎？」

「我知道了。」

「我要你離開我家，現在就走。要是再回來，就只有上帝能保佑你了。把這鬼玩意兒拿去，我沒興趣。你是怎麼到這兒來的？」

「搭計程車。」

「他媽的伊斯坦堡有女人開計程車嗎？」

他們發現她了，奧利佛心想，心裡暗暗佩服。「我是在機場的租車公司請到她的，花了一個小時才找到這棟房子。她還得去接另外一個客人，而且汽油又用光了。」莫斯基面帶嫌惡地看著奧利佛把他那堆垃圾重新裝回口袋。「我非找到他不可，」奧利佛將皮夾塞進外套內。「要是你不知道他在哪兒，告訴我有誰知道。他現在身陷險境。我非得救他不可。他是我父親。」

庭院對面，莫斯基太太把兩個孩子交給女僕帶去睡覺，莫斯基和奧利佛聽見莫斯基太太和孩子愉快的談話聲。職業拳擊手又回來了，似乎是報告剛才吩咐的事情已經辦妥。莫斯基彷彿老大不情願地吩咐他去做另一件事。拳手態度遲疑，莫斯基就對他大呼小叫。拳擊手離開一會兒，便拎著一條牛仔褲、一件格子襯衫和涼鞋回來。莫斯基脫下身上的浴袍，光著身子，穿上褲子和襯衫，雙腳踩進涼鞋，邊說「耶穌基督啊」。拳擊手尾隨其後，搶在奧利佛前面，走下一條通往前院的後走廊。一輛銀色賓士面對著緊閉的圍牆門停放，司機就坐在駕駛座上。莫斯基打開司機旁邊的車門，猛地將他拉出來，又咆哮著吩咐他另外一件事。拳擊手從左腋拔出一把槍，交給莫斯基，莫斯基一面非常不以為然地搖搖頭，一面把槍托朝前，塞進他的褲腰帶內。拳擊手護送奧利佛到乘客座位旁邊的車門，一隻手按著他的手臂，迅速讓他坐進乘客座位。圍牆門打開了。莫斯基把車子開上馬路之後，左轉下山，朝城市的燈火開去。奧利佛想轉過頭來找艾姬，可是不敢輕易造次。

「你是麥辛漢很重要的朋友？」

「他是個雜碎，」奧利佛覺得這時候不能再遮掩了，「他出賣我父親。」

「那又怎麼樣？我們都是雜碎。有些雜碎還不會下棋呢。」

莫斯基突然在馬路中間停車，拉下車窗等著。他們右手邊的羊腸小徑循著S形的路線，通往山峰上一閃一閃的天線群。天空繁星密布，一輪明月將地平線上的黑色山脊照得清亮，他們腳下的博斯普魯斯海峽不時閃耀著。莫斯基盯著照後鏡繼續等著，但艾姬並沒有尾隨他們下山。莫斯基咒罵了幾句，猛力發動車子，搖搖晃晃下了公路，開上小徑，快速繞過一個彎道，顛顛簸簸地開過五百碼的草地和石礫，停在一個從大馬路上根本看不見的停車處。周圍全是高聳的樹幹。奧利佛想起他自己在阿伯茲碼頭山頂上的祕密基地，並且懷疑這裡是不是莫斯基的祕密基地。

「我不知道你爸他媽的在哪裡，行嗎？」莫斯基的口氣就像是被迫參加了一個共犯結構。「我說的都是實話。我把事實真相告訴你，你就立刻滾出我的生活，遠離我家、我太太、我的孩子，回到你他媽的英國去，我不在乎你到哪兒去。我是個有家的男人，我很重視家庭。我喜歡你爸爸，行嗎？他死了，我很難過，可以嗎？我很遺憾。你滾回家去創造一個新王朝，把你老爸忘得乾乾淨淨。我是個德高望重的律師，我喜歡這種身分。如非必要，我再也不幹見不得人的勾當了。」

「是誰殺了他？」

「也許他們還沒動手，也許他們明天或今晚就會把他幹掉，有什麼差別呢？等你找到他，他已經沒命了。到時候你也會跟著陪葬。」

「是誰要殺他？」

「他們全都想幹掉他。那一大家子都是。葉夫根尼、堤娜汀、霍本、每一個叔伯兄弟姪兒，我怎麼知道是誰動的手？葉夫根尼為世代血仇下了全新定義，向全人類宣戰，沒有任何赦免的餘地。他是高加索人。人人都要付出代價。泰格、泰格的兒子、他兒子的狗、他養的那隻該死的金絲雀。」

「全都是因為自由塔林號？」

「自由塔林號把一切全給搞砸了。到聖誕節的時候——好，我們是做了幾件事。麥辛漢、霍本和我——我們受不了其他人出的錯，覺得也該是時候好好整頓、加強保安、進行現代化了。」

「把老傢伙趕出去，接管生意。」奧利佛說。

「當然，」莫斯基很大方地說，「讓他們全垮臺。做生意就是這樣，有什麼新鮮的？我們想全面接管，來一場不流血的政變。有何不可？採用和平的手段。我這個人向來以和為貴。我好不容易才有今天。一個來自利維夫[28]、渾身跳蚤的小髒鬼，苦學成為一名優秀的共產黨員，十四歲就精通四國語言，攻讀法律取得優異成績，成為黨內舉足輕重的人物，擅長經營，舉足輕重，懂得怎麼看風向，偶爾上上教堂，受洗成為教徒，舉辦大型香檳派對，參加團結工會。只是人算不如天算，新的當權者認為應該把我抓去坐牢，於是我來到了土耳其。我在這裡過得很好。開了新的事務所，娶了一個女神。也許我有點厭倦了三位一體。也許有一天我會改信伊斯蘭教。我很有彈性，而且愛好和平，」他鏗鏘有力地說著，「如今和平是唯一出路，除非碰上幾個瘋狂的俄國人決定發動第三次世界大戰。」

「他們把他帶去哪裡了？」

「到他們帶他去的地方。我怎麼會知道？葉夫根尼在哪裡？看他們把屍體帶去哪兒。艾利克斯在哪裡？看葉夫根尼去了哪兒。泰格在哪裡？要看艾利克斯把他帶去哪兒了。」

「誰的屍體？」

「他媽的米哈伊爾的屍體啊！不然你以為呢？葉夫根尼的弟弟米哈伊爾。你是腦袋裝了石頭還是怎樣？在自由塔林號上被殺的米哈伊爾，拜託。要不然你以為葉夫根尼為什麼非得宣戰不可？他只是想把

28 利維夫（Lviv）位在現今烏克蘭境內，此地原屬波蘭，一九三九年德蘇聯合入侵波蘭之後，成為蘇聯領土，直到一九九一年蘇聯解體，烏克蘭獲得獨立。

屍體找回來。為此付了一大筆錢。『把我弟弟的屍體帶回來給我。安置在一副鋼造棺材裡，裡面放滿冰。然後，我要殺了全世界。』」奧利佛同時間注意到很多事情。他的眼睛看到的是負影像而不是正影像，所以有幾分鐘，月亮是在白色天空裡閃耀著黑光。他現在溺水，無法說話，也喪失了聽覺。艾姬伸手過來救他，但他不斷往下沉。等他恢復知覺之後，莫斯基又說到了麥辛漢。「艾利克斯通知藍迪船上裝了什麼，藍迪密報給他的昔日長官，該死的英國祕密情報局。他的老長官再度密告給莫斯科。莫斯科於是召集了全體俄國海軍，製造新的珍珠港事件，殺了四個人，扣押船隻，三噸品質最精良的毒品就這樣送回了敖得薩，讓海關人員發了一筆橫財。葉夫根尼氣瘋了，下令轟掉溫沙的腦袋。這不過是剛開始。現在才是來真的。」

在穿過樹林前往城市的路上，奧利佛硬梆梆地搶在他前面開口。「軍方登艦的時候，米哈伊爾在自由塔林號上幹什麼？」

「押運貨物，加以保護，幫他哥哥一個忙，我跟你說過了。他們已經失去了太多，在這裡犯了太多錯誤，太多帳戶被凍結，損失了太多金錢。大夥兒都很火大，人人相互指責。米哈伊爾想為他哥哥當一次救難英雄，所以就帶著他的卡利希尼科夫衝鋒槍上了船。俄國海軍一登艦，米哈伊爾就槍殺了好幾個士兵，把氣氛弄僵了。軍方開火反擊，每個人都得付出代價。這很合理。」

「泰格來見你。」奧利佛說，語氣同樣硬梆梆地。

「媽的一點都沒錯。」

「他幾天前才剛來過伊斯坦堡。」

「也許來了，也許沒有。他打過電話給我，打到我的辦公室，我只知道這麼多。這通電話很不尋常，聽起來不像是個正常人，好像嘴裡含了洋蔥。可能是一把手槍。聽我說，我很抱歉，行嗎？他是你老爸。」

「他想幹什麼？」

「他出言侮辱我。說我去年聖誕節的時候想搶他的錢。『搶你的錢，我不知道，』我說，『那時候我們有一種很不好的感覺，覺得你在搶我們的錢。反正是你贏了，誰還管那麼多？』接著他跟我說，我應該取消賠償兩億英鎊這種荒謬不堪的要求。你去找葉夫根尼談，我告訴他。去跟霍本談。這筆錢不是我要求的。去跟當事人大呼小叫，別跟我發飆，我告訴他。找那兩個傢伙一起談，他們現在離鄉背井。接著他說，『如果我兒子奧利佛跑來找你，別理他，他是個他媽的神經病。叫他就此打住，叫他不要追蹤我。叫他離開伊斯坦堡，找個地洞藏起來。跟他說玩笑已經開完了。』」

「那聽起來不像我爸爸的語氣。」

「他是這麼交代的。只是用我的話說出來。這也是我要對你說的話。我是個律師。我講重點。馬上滾蛋。你想去哪裡？機場？火車站？你身上有錢嗎？我送你到計程車招呼站。」他發動了引擎。

「誰告訴你說是麥辛漢告的密？」

「霍本。艾利克斯知道內情。他在俄國還有些關係，是政府單位的人。是間諜。」莫斯基沒有打開車頭燈，只是放開手煞車，讓車子緩緩朝公路滑行，讓月亮替他照亮前面的路。

「為什麼霍本要告訴你是麥辛漢出賣了自由塔林號？」

「因為他就是會告訴我。他把我當朋友。當初年頭不好的時候，我們就合作過，兩個間諜，邊盡力為共產主義服務，邊賺外快。」

「佐雅在哪裡？」

「她是個神經病。別跟她胡來，聽到沒？俄國女人都是瘋子。艾利克斯還得回伊斯坦堡，把她送進療養院什麼的。艾利克斯忽視他應盡的婚姻義務。」他已經到了山腳下。他一路上都在盯著照後鏡，奧利佛也緊盯不放。他看見那輛福斯汽車從後面開過來，莫斯基停車時，他看見了艾姬，她的表情堅毅，兩隻手穩穩地握著方向盤，從他們旁邊開過去。「你是個好人。希望從此後會無期。」他掏出插在褲腰帶裡的槍。「你要來一把嗎？」

「不了，謝謝。」奧利佛說。

莫斯基在一條環形交叉路前把車停下。奧利佛下車後在圍欄上等著。莫斯基以飛快的速度繞了環形交叉路一圈，然後往家裡開回去，沒再多看奧利佛一眼。間隔了一段適當的時間之後，換成艾姬把車子開過來。

「米哈伊爾就是葉夫根尼的山米。」奧利佛兩眼茫然地注視前方說著。他們在海邊停了車。奧利佛將發生的事情報告給艾姬聽。

「山米是誰？」她已經用行動電話打給布洛克了。

「我認識的一個男孩子，幫忙我變魔術。」

艾西・華特摩爾在睡夢中聽到門鈴聲，之後又聽見她的亡夫傑克告訴她，銀行又來找奧利佛了。接著傑克不見了，換成是穿著晨衣的山米。外面亮著探照燈，他說門口有兩個便衣警察，八成是有人被殺了，其中一名便衣還是個禿頭。山米最近老是想著一些血腥暴力的事情。似乎對死亡和災難有著莫大興趣。

「如果他們是便衣，你怎麼肯定他們是警察？」她邊披上家居服邊問他。「現在到底幾點了？」

「他們開了警車過來，」山米回答，跟著她走下樓梯，「車上寫著『警察』。」「我不要你在我旁邊，山米，別跟著我。你待在樓上比較好。」

「我才不要。」山米說。這又是一件令她擔心的事：他不聽話，奧利佛才離開沒幾天而已。除此之外，他還會尿床，巴不得每個人都在災難中送命。她從門上的窺視孔看出去。離門口比較近的便衣警察帶著一頂軟呢帽，另一名警察沒戴帽子，腦袋光禿禿的，活像個摔角選手，艾西以前從沒見過滿頭光禿的警察。他的頭皮在門廊的燈光下閃閃發亮，她覺得他應該是用一種特殊的油抹過。兩人身後，緊挨著奧利佛的魔術廂型車的，是他們停的白色路華車。她打開門，但還是用鍊子拴住。

「現在是凌晨一點十五分。」她透過打開的隙縫說。

「很抱歉，相信您是華特摩爾太太。您正是華特摩爾太太，是嗎？」

戴帽子的警察開口說話，禿頭的那個在一旁看著。倫敦口音，是唸過書的，只可惜他自己覺得唸得還不夠多。「如果是呢？」她問。

「我是詹寧斯探長，這位是艾密斯探員。」他朝她揮了揮一張護貝的卡片，不過那也可能是他的公車通行卡。「我們查到相關線索，在發生下一宗重罪案件之前，我們想找一個人談談。我們認為您或許能協助警方調查。」

「他們要查奧利佛，媽！」山米從她的左手邊，以粗啞聲音很嚴肅地低聲說。艾西差點要開口罵人，叫他閉上他那張笨嘴。她解開鍊子，將門打開。警察走進大廳，一個緊跟在另一個後面。是他的前妻，為了贍養費問題要跟他打官司，她心想。他出去飲酒作樂，出手打了人。她眼前出現一個畫面，奧利佛蜷縮著身子側躺著（就和她那次發現他躺在臥房地板上一樣），瞪著牢房的牆壁。

戴著帽子的警察將帽子脫下。兩隻眼睛濕答答的，活像個酒鬼。自己覺得很丟臉。可是腦袋禿得發亮的警察完全不覺得羞愧。他發現了「休息」的登記本，於是俯身向前一頁頁地翻閱，好像這本子是他的。流氓似的肩膀。屁股小得和身體其他部分不成比例。

「姓威斯特的，」禿頭探員用舌頭舔了一下大拇指，又翻了一頁。「認不認識一個姓威斯特的？」

「三不五時總會有這樣的客人。這是很普通的姓。」

「給她看看。」探員說，然後繼續翻閱，戴著帽子的探長從皮夾裡抽出一個防油紙信封，給她看一張奧利佛的照片。他的頭髮燙成了波浪形，眼皮腫腫的，看起來很像貓王，那段時間他做的還是他後來逃掉不幹的勾當。山米踮起腳尖想看一眼，嘴裡說著，「我，我。」

「他名叫馬克，」探長說，「馬克·威斯特。六英尺高，黑髮。」

艾西・華特摩爾只能靠本能反應，記憶中奧利佛壓低嗓子打來的電話，彷彿是從一艘正漸漸沉沒的船上發出的緊急求救信號：你好嗎，艾西？山米好嗎？我沒事，艾西，不必擔心我。我很快就會回來看你了。山米的央求變成了「給我看，給我看」，同時在她跟前不停地彈指頭。

「不是他。」她粗聲粗氣地說，像是一個已經演練太多次的正式宣告。「不是誰？」禿頭的探員說，同時立起身子，轉身衝到她面前。「誰不是誰？」

他的眼睛如水一般蒼白而空洞，這種空洞把她嚇著了：她看得出來，不管任何人往裡面傾注多少的慈悲，都是徒然。就算眼看著自己的母親在垂死邊緣掙扎，他的表情也不會有絲毫改變，她心想。

「我不認識這照片裡的人，所以不是他，對嗎？」她把照片遞回去。「你們應該覺得很丟臉才對，莫名其妙在半夜三更把良民百姓給吵醒。」

山米再也忍受不了自己被排擠在外。從她的衣角邊衝出來，大步走到探長面前，大膽地將手一伸。

「山米，上去睡覺。我沒在開玩笑。你明天還要上學。」

「給他看看。」探員下令說道，雖然他的嘴唇連動也沒有動一下。區區一個探員，向探長發號施令。

探長把照片遞給山米，山米裝模作樣地打量了半天，先是瞇著一隻眼睛看，接著睜開兩隻眼睛仔細端詳。

「這裡沒有什麼馬克・威斯特。」他把照片當成廢物似地推回這個男人手上，然後跺著腳上樓去睡覺，連頭也不回。

「霍桑呢？」回頭翻閱登記本的禿頭探員問道。「奧・霍桑。他是誰？」

「那是奧利佛。」她說。

「什麼奧利佛？」

「奧利佛・霍桑，是這裡房客。一個表演藝人。表演給小孩子看。奧利叔叔。」

「他在嗎？」

「不在。」

「他人在哪兒？」

「他到倫敦去了。」

「去倫敦幹什麼？」

「表演。他有一場表演。是個老顧客。一場特別演出。」

「那辛格（Single，單人）呢？」

「你只是不斷地問『誰誰誰呢？』。我不知道你到底是要問什麼？有沒有單人房（single rooms）嗎？我們這裡全都是雙人房。」她已經找到心中的怒氣，現在最需要的就是這種清楚而強烈的憤怒。

「你們沒有這個權利。你們沒有搜索票。給我出去。」

她把門拉開，等著他們出去，她感覺得到自己的舌頭腫了起來，她爸爸總是說，只要她一說謊就會這樣。禿頭的探員已經走到她面前，把威士忌和薑汁的味道全都呼到了她臉上。

「你們這裡有沒有哪個客人，男的，最近出國去了瑞士，不管是出差還是旅遊？」

「就我所知，沒有。」

「那為什麼會有人寄了一張瑞士農夫在山頂上搖著旗子的風景明信片給你兒子山繆，說他很快就會回來。為什麼這張明信片上貼的郵票，是記在馬克·威斯特先生房間的帳上？」

「我不知道。我沒見過半張明信片，有嗎？」

那雙空洞的眼睛更靠得更近，威士忌的酒氣也越來越重，也越來越熱。「要是你對我撒謊，太太，而且我認為你是在撒謊，那麼你跟你那個大嘴巴的兒子將會生不如死。」探員說道。然後他把帽子戴上，微笑著向她道晚安，然後才和同事走回他們的車子。

山米在她的床上等著。

「我做得很好，可不是嗎，媽媽？」他說。

「他們比我們還要害怕，山米。」向兒子這麼保證時，開始發抖的她連文法都顧不得了。

18.

很久以前，年輕氣盛那時，耐特・布洛克曾經把一個男人打哭。突如其來的眼淚弄得布洛克方寸大亂，同時感到非常羞恥。和艾姬通完電話不到一個小時，走進普魯托的狗窩時，他想起了這件事。每次只要很想揍人的那股衝動一回來，他總是這個樣子，然後對自己發誓說要謹守上次的教訓。卡特打開鋼製的大門，他從布洛克的臉上看出有什麼事情正在醞釀。困在走廊裡的梅斯，整個人畢恭畢敬地貼在牆壁上，好讓布洛克迅速通過。在下面的街道上，譚比正坐在他毫不起眼的計程車上等候，他的計程表還在繼續跳著，行動無線電還在收音。現在是晚上十點，麥辛漢正坐在扶手椅上，用塑膠叉子吃著外賣的中國菜，一面看著幾個暗自竊笑的電視新聞記者相互恭維對方的聰明機智。布洛克在門口拔掉電視機的插頭，命令麥辛漢站起來，而他也照辦了。麥辛漢臉上的脆弱神情就像是一塊污漬，在過去這幾天裡，隨著每一次的訊問而加深。布洛克鎖上門，把鑰匙放進口袋裡，至於為什麼要這麼做，他後來一直無法解釋。

「情況是這樣的，麥辛漢先生，」這回他決定要採用體貼而平靜的口吻，「米哈伊爾・伊凡諾維奇・奧洛夫在自由塔林號被槍殺身亡。這個你知道，但你覺得不適合告訴我們。」他故意停了半晌，並不是想引誘麥辛漢開口，而是要讓他將這個指控聽進去。「為什麼不適合呢，我想不通？」沒有得到任何回答，只見對方聳聳肩，沒有任何說服力。「我同時也收到消息，說葉夫根尼・奧洛夫把他弟弟的死同時怪在你和泰格・辛格的頭上。你得到的消息也是這樣嗎？」

「是霍本害的。」

「你說什麼？」

「霍本把這件事歸咎到我頭上。」

「真的嗎？容我請教一下，你是怎麼得知這個消息的？」

麥辛漢沉默良久，最後說出幾個字：「那是我的事。」

「會不會是針對你個人量身訂做的那一卷艾佛瑞・溫沙被殺的錄影帶，對你透露了什麼？有什麼量身訂做的訊息或是附註，讓你意識到自己身陷險境？」

「他們說下一個要殺的就是我。米哈伊爾死了，我出賣了他。我和我愛過的人，尤其是威廉，都要血債血償，」麥辛漢的聲音乾渴，「這是個陷阱。霍本騙了我。」

「應該是黑吃黑吧？你已經出賣了泰格。」

沒有回答，但也沒有否認。

「你在之前的計畫中扮演了積極的角色，大約在去年聖誕節左右，掏空了你老闆辛格的資產，創立一家由霍本、莫斯基和你本人控制的空頭公司。你是在點頭嗎，麥辛漢先生？麻煩你說聲『是』，好嗎？」

「是。」

「多謝了。我稍後會請梅斯先生和卡特先生來，同時也會正式起訴你幾項罪名。其中將包括藉由知情不報和掩滅證據妨礙司法公正，與已知及未知人士串謀進口違禁品。要是你現在跟我合作，我就會在你受審時出庭作證，請求為你減輕將來非常嚴酷的刑期。如果現在你不跟我合作，那麼，當我呈報你在本案中所扮演的角色時，會設法讓你在各項起訴罪名上都被判處最重的刑期，同時還會讓威廉以犯案前、犯案後及犯案期間的共犯身分，坐在你旁邊的被告席上。我會當庭宣誓否認我剛才說過的話。你打算怎麼辦，麥辛漢先生。好，我合作；還是不，我不合作？」

「好。」

「好什麼？」

「好，我合作。」

「泰格．辛格人在哪兒？」

「我不知道。」

「艾利克斯．霍本在哪裡？」

「我不知道。」

「要讓威廉坐在你旁邊的被告席嗎？」

「不，你不能這麼做。我句句實言。」

「是誰向俄國當局洩漏自由塔林號的消息？請你回答時務必小心，因為之後沒有任何機會修正你的說法。」

低聲說了一句。「是那個混蛋把我拖下水。」

「把你拖下水的混蛋是誰？」

「我跟你說過了，該死的。是霍本。」

「麻煩你，我想聽聽背後的理由是什麼。我現在還沒把事情完全搞清楚。從霍本和你的角度而言，自由塔林號和好幾公噸品質精良的海洛因被俄國當局沒收——更別提米哈伊爾被殺——對你們有什麼好處？」

「我當時根本不知道米哈伊爾在那艘該死的船上！霍本從來沒告訴我。要是我知道米哈伊爾會在船上，我壓根兒不敢和他合作！」

「合作什麼？」

「他要的是壓垮駱駝的最後一根稻草。在一連串不如意之後，終於一敗塗地。這是霍本的用意。」

「但你也一樣。」

「好，我們是一丘之貉！點子是他提出的，我覺得這個想法很有道理。就跟他合作。我是個傻瓜。這樣你滿意了嗎？要是自由塔林號被沒收，一切已成定局，霍本就可以搞定葉夫根尼。」

「搞定是什麼意思。麻煩你說話大聲點。我聽不見。」

「搞定就是就是說服的意思。你不懂英文嗎？霍本對葉夫根尼有些影響力。他娶了佐雅。他是葉夫根尼唯一的孫子的爸爸。他可以操控他。要是自由塔林號出事，葉夫根尼就再也不會抵抗，也不會在最後關頭改變心意。連泰格也沒辦法用甜言蜜語勸他回心轉意。」

「所以霍本另外安排米哈伊爾上了船，卻沒告訴你。恐怕你又要昏倒了是吧？」

「安排他上船，我不知道。米哈伊爾決定要上船。霍本事先早就知道這批貨的消息已經走漏，卻沒阻止他。」

「米哈伊爾因此命喪黃泉，因此你面對的不是紙上的暴動，而是五星級的喬治亞血仇。」

「這是個詭計。這樣等於是我出賣了他們，於是我就成了首要標靶。霍本向葉夫根尼暗示，是泰格要我出賣他的，因此盯上了我。」

「我又聽不懂你的話了。你為什麼要出賣他們？你是怎麼讓自己陷入那個境地的？霍本為什麼不自己揭發自由塔林號的事？霍本為什麼不自己出手做他這件骯髒的勾當？」

「密報必須來自英國。如果是由霍本說出去，他在這一行的老朋友不小心就會發現，那葉夫根尼遲早會知道。」

「這是霍本向你做出的推論？」

「對！而且言之有理。如果密報來自英國，理論上那就應該是泰格放的消息。如果是我幹的，也是出於泰格的吩咐。是泰格出賣葉夫根尼。這是一個陰謀，目的是把泰格揭發出來。」

「但你也跟著被揭發了。」

「結果——到頭來——是的。依照霍本打的如意算盤——是的，按照我的辦法——可不是這樣。」

他的聲音恢復原狀，還帶有一種自以為是的憤怒。

「所以你就跟他合作了？」

沒有回答。布洛克朝他面前走了半步，半步就夠了。

「是，我跟他合作了。但我當時不知道米哈伊爾也在船上。我不知道霍本會把局面弄得對我們不利。我怎麼會知道？」

布洛克彷彿在想事情想得出神。他點點頭，手撐著下巴，模糊地表示同意。「所以你答應告密，」他思索著，「怎麼告密的？」沒有回答。「我猜猜看。麥辛漢先生去找了他在我們所謂外交部的老朋友。」還是沒有回答。「有我認識的人嗎？我說，有我認識的人嗎？」麥辛漢搖搖頭。「為什麼沒有？」

「那我又是怎麼查到自由塔林號從敖得薩運出的是什麼貨物？在酒館無意間聽來嗎？在電話搭錯線時偷聽到的？他們馬上就會把我請進去好好審問一番。」

「沒錯，他們會這麼做。」布洛克在充分思考之後也同意他的說法。「他們對你會比對自由塔林號更好奇。這樣就行不通了，對吧？你要找的是一個不會問問題的消極盟友，不是一個深思熟慮的情報官員。所以你找上了哪個人，麥辛漢先生？」布洛克現在和他靠得好近，他的一言一行都非常謹慎小心，他們當中任何一人，都沒有必要、也不適宜大聲咆哮，只能喃喃低聲談話。所以當他突然大喊一聲，才更令人震驚。「梅斯先生！卡特先生！麻煩你們進來！快點！」想必他們是在門外逗留，因為發現門被鎖住了，又懷疑布洛克可能遭受威脅，他們立刻破門而入，然後守在麥辛漢兩邊，而布洛克才剛剛將他的指令下達完畢。「麥辛漢先生，」布洛克接著說，「拜託你當著這兩位紳士的面告訴我：你——非常機密地——知會了英國的哪一個執法單位，說從敖得薩出發的蘇聯自由塔林號上，將會發現非法貨物？」

「波爾洛克。」麥辛漢上氣不接下地低表示。「泰格告訴我……一旦我需要警方協助，就去找波爾洛克……波爾洛克有一幫人……什麼事情都能搞定……要是我強暴了誰……如果威廉吸食古柯鹼被人逮到……如果哪個人勒索了哪個人，或是我需要除掉某個礙事的傢伙……不管什麼事，波爾洛克都會照辦，波爾洛克是他的人。」

然後他哭了起來，用眼淚指控布洛克，讓大夥兒都很尷尬。但布洛克沒時間同情他。譚比正在門口等著傳話給他，艾登・貝爾正在諾斯霍特機場，領著幾個厲害的傢伙待命。

•

他們開過一條長長的水上大橋，並按奧利佛相互矛盾的指示，探索另外一群山丘。「這裡左轉，不對，右轉……等一下，這裡左轉！」可是艾姬沒有抗議，她只是盡力任由他發揮他的直覺，而坐在位子上的他則是引頸向前，活像一隻尋血警犬，一邊嗅著血跡，皺著眉頭，一邊在記憶裡搜尋。此時已過午夜，路上再也沒有什麼德高望重的紳士。只有村落、山頂餐廳，還有在夜裡狂歡的人，開著快車朝他們迎面衝過來，活像前來攻擊的戰鬥機，然後脫隊俯衝到山谷裡。一個個黝黑的空洞窪地，一陣陣突如其來的霧靄，不斷將他們包圍，又釋放他們。

「藍色瓷磚，」他對她說，「一種穆斯林的藍色瓷磚，上面寫著不所云的書法，還有白色的

『三五』。」

他已經寫下好幾個可能的地址，他和艾姬並肩坐在停車處，研究一張公路地圖，然後是一份街道地圖，在地名索引裡到處搜尋——會不會是這一條街，奧利佛？那一條街呢，奧利佛？——她幾乎沒有運用他們剛才發生不久的親密關係，頂多只是偶爾帶著他的手指在地圖上找地方，還有一次吻了他因為冒冷汗而潮濕、顫抖的太陽穴。在公用電話亭裡，她費盡九牛二虎之力，想找一個會說英文的查號台總機，幫他們查到奧洛夫，葉夫根尼·伊凡諾維奇或是霍本，艾利克斯（源於父系的名字不詳）的電話和地址。不過伊斯坦堡的電話總機八成是放假或過生日去了，再不然就是提早下班，因為她聽到的全都是用結結巴巴的英語向她保證，同時很有禮貌地請她明天再打。

「想想看法式落地窗看出去是什麼景觀，」她催促他，同時在一個觀光客的瞭望點停車，將引擎熄火。「你當時看到的某樣東西，地標。房子是在歐洲那一邊。你看到的是亞洲。當時看到了什麼？」

他離她如此遙遠，什麼都悶在心裡。這是她第一次看見的那個奧利佛，穿著灰狼大衣走進康登之家，深受傷害，眼神凌厲，對所有人都不信任。

「雪，」他說，「當時在下雪。對岸是宮殿。船隻、彩燈。有一道圍牆門，」說著說著，這些影像在他眼前漸漸成形，「是一間警衛室，」他修正自己所說，「在花園的盡頭。有幾個平臺，在花園盡頭有一道開了圍牆門的石牆，圍牆門內側就是這間警衛室。另一邊是一條狹窄的街道。地上鋪的是鵝卵石。我們走過那裡。」

「誰走過？」

「葉夫根尼跟我，還有米哈伊爾。」說到米哈伊爾時，他頓了一下，「我們繞著花園轉了個彎。米哈伊爾非常驕傲。他很喜歡住在這麼一大片地上。『很像伯利恆。』他老是這麼說。警室裡有一盞燈，裡面有人住，是霍本的人，守衛什麼的。米哈伊爾不喜歡他們。從窗口看見他們的時候，不是皺眉頭就是吐口水。」

「外型是什麼樣子？」

「我沒看見他們。」

「我說的不是人，奧利佛。是警衛室。」

「雉堞式的。」

「那到底是什麼意思？」——打趣，希望能讓他轉轉性子。

「角樓。石造的鋸齒。」他很模糊地在潮濕的擋風玻璃上勾勒出輪廓。「雉堞式的。」他又說了一次。

「還有鵝卵石街道。」她說。

「怎麼樣？」

「是村子裡的街道嗎？鵝卵石聽起來像是個村莊。你低頭看著下雪的花園時，警衛室另外一邊有沒有街燈？」

「有紅綠燈，」他的心思還在很遙遠的地方，「警衛室左下方。別墅座落在兩條馬路中間的一角。底下是鵝卵石鋪的小路，旁邊有一條重要的公路，小路和公路交會處有紅綠燈。「他為什麼說他講話時好像嘴裡含了洋蔥？」她在地圖上搜尋時，奧利佛不斷地思索著。「他認為我來找他是為了什麼？我想他早就知道我會去找娜迪雅。」先專心應付眼前的任務，她勸告他。「有兩條公路。濱海公路和山路。米哈伊爾喜歡山路，因為這樣可以炫耀他的開車技術。有一家瓷器店和一家超市。還有一個亮燈的啤酒廣告。」

「哪一種啤酒？」

「艾飛斯。土耳其啤酒。還有一所清真寺。有一座古老的宣禮塔，上面設了一根天線。我們聽過清真寺通報祈禱時刻。」

「還看到了天線，」她發動汽車，「南側緊挨著一道牆，警衛室裡有人居住，有一條鵝卵石街道和一個村落，山下就是博斯普魯斯海峽，對岸是亞洲，門牌號碼是三五號。來吧，奧利佛。我需要你的眼睛。你可得好好活著，現在不是死的時候。」

「瓷器店。」他說。

「怎麼樣？」

「店名叫巨無霸巨無霸巨無霸。我記得在一家瓷器店裡看過三隻大象。」

在另外一個電話亭裡，他們找到一本破爛的電話簿和巨無霸巨無霸巨無霸的地址，可是一看地圖，卻發現這條街根本就不存在，或者就算曾經有這麼一條街，現在也已改了名字。他們沿著山坡緩緩前進，沿途還得不斷閃避路上坑洞，直到奧利佛的頭突然往前一伸，手抓住她的肩膀。他們開到了一個路口。前面是一條鵝卵石的街道。沿著這條街的左邊是一道牆。在這道牆的中央，一座古老角樓尖尖的漆黑鋸齒刺入布滿繁星的天空。他們的右邊矗立著一座清真寺。宣禮塔頂上甚至還有一根天線，只不過艾姬懷疑那會不會是一根避雷針。在他們前方的小路上，一對紅綠燈正在閃著紅光。艾姬只打了側燈，在雉堞式警衛室的陰影下，繼續往紅綠燈開過去。拱窗裡沒任何燈光。她在紅綠燈的路口左轉上山，經過一個指向安卡拉的路標。

「這裡又要左轉。」奧利佛吩咐，「現在停車。大概再一百碼就到了，那裡有一座高聳的圍牆大門和前院。前院種了很多樹。房子就在樹下。」

她小心翼翼地把車停在砂石路肩，避免壓到錫罐和玻璃瓶。她熄掉車燈。他們是兩個在尋找私密空間的情人。博斯普魯斯海峽再次躺在他們的腳下。

「我自己進去就行。」奧利佛說。

「我也要去。」艾姬說。她將手提包擱在大腿上，在裡面掏了半天。她拿出她的手提電話，藏在駕駛座下。「把你的土耳其貨幣給我。」

他交給她一疊鈔票，她把其中一半還給他，剩下的和辛格的護照一起藏在座位下方。她從鑰匙孔抽出鑰匙，拔下上面的鑰匙圈和租車人名牌。她下了車，他也跟著照辦。她打開引擎蓋，拿出工具箱，再從工具箱裡面拿出齒輪架，把橇棍那一頭塞進腰帶裡。她關上引擎蓋，接著拿著小型手電筒開始在地上找來找去。

「我帶了瑞士刀，如果你要的話。」他說。

「閉嘴，奧利佛，」她彎下身子拾起了一個沒有蓋子的生鏽鐵罐。她鎖上車子，然後拿起鑰匙和生鏽的鐵罐。「看到沒？要是我們分散了或是遇上了麻煩，先回到車子這裡的人就拿鑰匙。不要耽擱時間。」她把鑰匙放進鐵罐，把罐子挨著左前輪的內側擺好。「會合地點，宣禮塔底下。撤退的路線，火車站大廳，從清晨六點起，每兩個小時有一班火車。你畢竟是受過訓練的，奧利佛。」

「我不要緊。我沒事。」

「假設我們分散了。不管誰先到車子這裡，要盡快打熱線電話向耐特報告。先按1，然後撥出。要先打開電源，好嗎？你懂我的意思嗎，奧利佛？我覺得我好像在自言自語。過來。」她用兩隻手圍住他的耳朵。「這是行動指令。接下來不論發生什麼事，拜託你千萬記住。大多數人做錯事時都會自命英雄，事實上，他們根本就是卑鄙小人。而你——你做的都是該做的事，卻總是以為自己是個卑鄙的人。這是大錯特錯。你聽到了嗎，奧利佛？你帶頭，這裡是你的老地盤。快。」

他走在前面，她緊跟在後。這條路上全是爛泥和雨水坑。他身後有一支筆式手電筒照路。他聞到了狐狸或者是獾、還有露水的味道。她的手擺在他的肩膀上。他停下腳步，轉頭面向她，在黑暗中沒辦法看清楚她的模樣，但感覺得到她眼裡的關懷。我也很關心地看著你，他心想。他聽到貓頭鷹的叫聲，接著聽到貓的聲音，然後是一陣舞曲。他右手邊的山上出現了一幢華麗非凡的別墅，每一盞燈都打開了，車道上停著一大排汽車。窗戶裡隱約可見歡宴的人跳舞的影子。

「那是誰？」她低聲地說。

「詐財的百萬富翁。」

他很想要她。他希望他們倆能搭上從伊斯坦堡舊火站開出的東方快車，就這麼一路做愛到巴黎。接著他想起來，東方快車已經不再開到伊斯坦堡了。一隻白色翅膀的貓頭鷹劈劈啪啪地飛出了胡頹子樹叢，把他嚇得魂不附體。他漸漸接近圍牆門，艾姬尾隨在後。圍牆門位在一個陡峭的柏油斜坡道底部，從小徑往內縮了十五碼。門的一邊立著一座哨兵亭。防盜感應燈照在大門上，縛著沉重的鍊子，頂端是剃刀網。大門的兩根門柱上，大大的白色數字「三五」閃閃發光，以漩渦狀的摩爾圖案為背景。奧利佛帶著身後的艾姬快速跨過斜坡道，來到第二個比較樸素的入口，手下和貨物的出入運送都是走這道門。兩扇鋼板打造的圍牆門高達六英尺，頂上還有專門伺候基督教殉道者的尖釘，擋住了他們的去路。過了圍牆門就是別墅的後面，擺著一堆亂七八糟的排水管、煙囪頂管和滴水嘴。似乎沒有一扇窗戶內開了燈。艾姬用手上的筆式手電筒檢查門鎖，接著將齒輪架的橇棍頭插進兩扇門之間的縫隙試了一下，然後很小心地抽出來。一根電線從門鎖旁邊的一個小孔伸出。她舔舔手指，將指頭擺在電線上，然後搖搖頭。她把齒輪架插進奧利佛的褲腰帶，背部靠牆，兩隻手橫過肚子，以手掌朝上的方式扣在一起。

「就像這樣。」她低聲地說。

他聽她的吩咐照做。她一腳踏上他的手心，沒有絲毫停留。她往上一蹬時，他感覺兩隻手往下沉了一下子，看到她一腳跨過折磨殉道者用的尖釘，躍入繁星之中。她落地時，他聽到一陣拖著腳走路的聲音，接著不由得慌張起來。我要怎麼跟上她？她要怎麼回來？供人出入的小門「呀」地一聲打開了。他從門縫溜進去。突然間他認得路了。他們走上別墅和圍牆之間的一條鋪石小路。他以前曾經在這裡和葉夫根尼的外孫女們玩過追逐的遊戲。以天空為背景的一座飛扶壁的拱圈，巨大的排水管像是古老的大砲沿路排開。小朋友拿這些排水管當作踏腳石。奧利佛帶頭走在前面，一手扶在牆壁上保持平衡。他想起通往泰格閣樓的玻璃走廊，以及當時是怎麼只穿著一隻鞋、一跛一跛地往前走。他們已經到了別墅正面。月光下，花園裡逐漸降下的平臺，好像打牌似地平躺著。他們腳下的圍牆和警衛室，活像是小孩的玩具堡壘那種剪出來的城牆。

艾姬用雙臂環抱著他，輕輕取回齒輪架。「待在這兒，別亂跑。」她向他示意。他別無選擇。她已經側身沿著別墅正面悄悄移動，一扇又一扇地向法式落地窗裡頭凝視，像貓一樣急速跳躍，一邊窺看，一邊移動，接著在窺伺之前再次駐足。她招招手，於是他跟上前去，也知道自己的身手笨拙。月光如同黑白電影裡的白晝。第一扇窗戶他並不熟悉。屋內空無一物。枯死的花朵散落一地：衰褪的玫瑰、康乃馨、蘭花、一些銀箔。釘成十字形的兩根木條倚在角落。他注意到那根木條，在比較下面的地方又釘了一根木條，這令他想起了東正教的十字架。一個油漆匠用的狹窄板桌座落在正中央，但他沒有看見油漆刷或油漆罐。她又朝他打了個信號：過來。

他走到第二扇落地窗前，看到一張小孩的床和床頭櫃、閱讀燈、一疊書和一件吊在勾子上的小晨衣。他移動到第三扇落地窗前面，差點失聲大笑。葉夫根尼好幾件貴重的樺木家具被推到牆壁邊。地板正中央最重要的位置，寶馬摩托車活像裹了屍布的席德蘭小馬，在防塵罩下沉睡不起。他想讓艾姬看看這個滑稽的景象，便轉過身去，卻看見她整個人靠在牆上動也不動，雙手張開，同時朝距離她最近的最後一扇落地窗那裡，不斷將頭歪過去。他躡著腳來到她身邊，停留在同一扇窗戶左側，朝屋內打量。佐雅坐在堤娜汀的搖椅上。她穿著一件很像晚禮服的黑色長裙，和一雙黑色的俄羅斯皮靴，頭髮梳出一個凌亂的髮髻，那張臉宛如一張她自己的聖像，形容憔悴，瞪著一雙大眼睛。她凝視著長長的法式落地窗外，但神情非常憂鬱而飄忽，奧利佛懷疑，她除了自己的心魔之外，究竟有沒有看到什麼。她旁邊的桌上點著一支燭火搖曳不定的蠟燭，膝蓋上橫擺著一把卡拉希尼科夫式衝鋒槍。右手的食指勾著扳機。

•

起初艾姬搞不清楚奧利佛究竟要跟她說什麼，他還得比手劃腳好次，剛開始兩隻手低低的，接著舉起手來大比特比，直到她從腰帶裡抽出齒輪架蹲下來，同時用手勢示意他如法炮製。她伸出雙臂做成搖籃狀，奧利佛完全照做。她將齒輪架朝前丟了差不多五英尺左右，跨過落地窗，他伸出一隻手抓住齒輪架，完全違背她的意思。他比出一連串的手勢，想告訴她其他事情。他拍拍胸口，指著佐雅的方向，然後點點頭，對著艾姬將大拇指朝上指，要她放心：我們是老朋友。他用手掌做出放慢動作的手勢：我們要慢慢來，慢慢來。他又指指自己：現在是我表演的時候，不是你，我要進去，你不行。他很不好意思地拍拍腦袋側面，暗示佐雅可能精神不正常，接著心存懷疑地皺皺眉，搖搖頭，對自己平庸的診斷頗表質疑，他衷心相信著：我曾經是她的情人，對她有責任。他不知道艾姬對這其中的緣由了解多少，但依照她溫馴的性情判斷，他猜想她已經知道了不少，因為仔細看過他的舉動之後，她親吻自己的指尖，然後朝他的方向吹過去。

奧利佛站起來，也明白如果是單獨行動，他一定會害怕，可能還會不知所措，可是因為有艾姬的關係，他才能看清事情，也知道自己該怎麼做。他知道法式落地窗裝的是防彈玻璃，因為米哈伊爾曾經喜孜孜地向他展示支撐玻璃所需的強化鉸鏈和關門用的鎖，藉此示範這些玻璃到底有多重。因此，臨時拿來的橇棍絕對不會是他首先要使用的工具，恐怕反而是他的最後手段。但有一點無庸置疑，艾姬把橇棍拿給他，等於是把這件任務交給他辦，這一點正合他意。讓艾姬跟著他一起衝鋒陷陣，害得艾姬好心沒好報，挨了卡拉希尼科夫式衝鋒槍瞬間齊發的子彈，變成他救援途上的另外一具屍體，是他完全無法面對的事。防彈玻璃是一回事。一把高速的手提輕機槍在六英尺射程子彈齊發，又是另外一回事。

於是他像艾姬一樣將齒輪架塞進自己的褲腰帶，同時側著身子，用僵硬的動作，漸漸移步到落地窗正中央，然後稍微前進一點，好讓佐雅能看見他的臉完整地出現在同一塊玻璃上，而不是被兩塊玻璃分割。他敲敲防彈玻璃，剛開始手勁兒很輕，後來才用力地敲。等她抬起了頭，目光似乎集中在他身上時，他露出某種迷人的笑容，喊著，「佐雅。是奧利佛。讓我進去。」他希望聲音大得能穿透玻璃。

佐雅慢慢張開眼睛，直到雙眼瞪得大大地，接著馬上手忙腳亂地拿起大腿上的槍，彷彿準備要瞄準他似地。他雙手手掌在窗戶上拍個不停，同時將臉孔盡可能地上前貼近，又不至於看起來很滑稽。

「佐雅！讓我進去！我是奧利佛，你的愛人！」他高喊著——要注意，艾姬人就在現場，但那一刻他渾然不覺，不過就算他注意到了，還是會照說不誤。顯然艾姬也會希望他這麼說，因為他從眼角餘光瞥見她很有同理心地向他點頭表示支持。可是佐雅的反應，彷彿像是一隻動物聽到一個依稀記得聲音：我認得這個聲音——幾乎可以這麼說——但是敵是友？她已經站起身子，雖然不清楚究竟是怎麼回事——他猜測她沒有吃東西——但她依然緊握著槍。盯著奧利佛看了好一會兒之後，她表情嚴厲地往房間四周仔細打量，顯然是懷疑會有人趁她的注意力被正前方發生的事情吸引之際，在身後埋伏偷襲。

「能幫我開門嗎，拜託，佐雅？我非得進去不可，你看。門鎖上有鑰匙嗎？不然我們可以繞到前面，你可以從前面開門讓我們進來。只有我而已，佐雅。我跟一個女孩，你會喜歡她的。沒有其他人了，我保證。也許你可以試著轉動鑰匙看看，拜託？我好像記得是一個小銅鎖。要轉個三、四次才行。」

但佐雅手上仍舊拿著槍，把槍管轉過來對準奧利佛的鼠蹊部，她的動作如此遲緩無力，臉上表情如此絕望，對生死如此毫不在意，彷彿就算死了也無所謂。因此他就這樣動也不動地站了良久，艾姬在側面看著他，佐雅則努力在經歷了這些年來的遭遇之後，重新在腦子裡接受他的出現。最後，繼續用槍瞄準他，她往前走了一步，接著又走了一步，直到他們一男一女一對一地站在玻璃的兩側，而她也能仔細端詳他的雙眼，斷定他的眼神向她透露了什麼。她仍舊用右手持槍不動，伸出左手試圖開鎖，但她的手腕很纖細，力氣不夠。最後她放下槍，理一理頭髮，準備迎接他，用兩隻手開門讓他進來，艾姬緊跟在後面，並且立刻趕到他前面，一把抄起卡拉希尼科夫式衝鋒槍，夾在腋下。

「能不能請告訴我，還有誰在屋子裡？」她很平靜地詢問佐雅，彷彿她們已經認識了一輩子。

佐雅搖搖頭。

「沒有別人了嗎？」

沒有回答。

「霍本人在哪兒？」奧利佛問。

她閉上眼睛，不予理會。

奧利佛扶著她的手肘，把她拉到他身邊。他將她的手臂張開，繞在自己的肩上，接著把她往懷裡一帶，緊緊抱著她發冷的身體，輕拍她的背，一面輕輕搖著她，而艾姬發現卡拉希尼科夫式衝鋒槍已經上膛，於是拉上槍機，把槍打橫拿著，悄悄走進大廳，進行她對這幢房子第一階段的檢查。艾姬出去以後，奧利佛將佐雅抱在懷裡良久，等待緊靠在他身邊的她融化、軟化，整個人重新溫熱起來，等著她緊握的雙手鬆開他大衣的領子，抬頭看著他的臉頰。當她開始重重抽泣，把胸口一波波的悲痛吐出來時，他感覺到她的心在跳動，削瘦的背不斷顫抖，胸前肋骨不斷起伏。她的瘦弱令他震驚，但他猜想她已經削瘦了好一段時間。她的臉頰凹陷，當他抬起她的下巴，把她的太陽穴靠在他的臉上時，他感覺得到她的皮膚從骨骼滑過去，彷彿是一個老婦人。

「保羅好嗎？」他問，如果能引誘她談談她的兒子，或許可能藉這個機會套問其他事情。

「保羅還是保羅。」

「他在哪裡？」

「保羅有朋友，」她解釋著，彷彿這是保羅和其他小孩不同的地方，「他們會保護他。他們會給他飯吃。他們會讓他睡覺。保羅不會去參加葬禮。你想看看遺體嗎？」

「誰的遺體？」

「可能已經運走了。」

「是誰的遺體，佐雅？我父親的遺體嗎？他們已經把他殺了？」

「我帶你去看。」

別墅正面的房間一律有門相通。她雙手緊緊抓著他的手臂，領著他經過凱薩琳女皇的家具和蓋著防塵罩的摩托車，穿過保羅的房間，進入地上散落著花朵，中央有一張油漆擱板桌，還有建築工人的木條釘成東正教十字架的房間。

「這是我們的傳統。」她在擱板桌旁邊停了下來。

「什麼傳統？」

「我們先把他安置在打開的棺材裡。由村民處理他的屍體。這裡沒有村民，我們就自己動手。一具有這麼多子彈孔的屍體，裝扮起來很不容易。而且臉部也受到影響。不管怎麼說，總算處理好了。」

「是誰的臉？」

「我們把他最喜歡的東西和屍體一起入殮。他的傘、他的錶、他的背心、他的手槍。但我們為他保留了樓上的床鋪，飯桌上也留了一個位子給他。我們點起一盞蠟燭，在旁邊代表他吃飯。鄰居來跟他道別時，我們跟鄰居寒暄，並且代表他喝酒，但我們沒有鄰居，我們是流亡之民。我們的傳統是要開著一扇窗，好讓靈魂能像小鳥一樣離去。他的靈魂也許已經離開了，但天氣很熱。屍體離開時，時間倒轉了三次，桌子整個翻覆，所有的花都被拿走了，棺材上路之前三度撞門。」

「米哈伊爾的屍體。」奧利佛表示，她一次又一次很不祥地重重點頭，證實了他的猜測。

「那也許我們應該這樣才對，」他裝作一副英明睿智，以免顯露出內心鬆了一口氣。

「你的意思是？」

「把那張桌子翻轉回來。」

「那是不可能的。他們走了以後，我一個人的力氣不夠。」

「我們兩個加在一起就行。來。讓我來。我何不把桌子折起來算了？」

「我記得你是個很好心的人。」她很欣賞地微笑著，看著他折起桌腳，壓回原位，將桌面朝下放在地板上。

「也許我們應該把花也清理一下。掃把在哪裡？我們需要掃把和簸箕，這是最好的東西。你們家的刷子放在哪裡？」廚房讓他想起了夜鶯園：挑高很高，架著椽架，還有冷冷的石頭味。「告訴我在哪兒。」

和娜迪雅一樣，她拉開好幾個碗櫥，才終於找到她要找的東西。她和娜迪雅一樣，嘟囔著僕人都不在。他們回到前面的房間，她把地上的花大致清掃了一下，他就替她拿著簸箕。接著，他拿過她手上的掃把，靠牆放好，然後緊緊抱住她，因為她又哭了。這一次，奧利佛感覺是他們之間的情誼讓她得以重生，而她的眼淚具有淨化作用。他傾盡所有照顧她——他的感情和同情心和意志力，全都傳達到了她身上。除了安撫她脫離目前的緊張狀態、恢復生氣之外，什麼也不能想，這是基本的紀律：因為要是不這麼做，就等於棄她於不顧。他任由她哭泣和抽搐，然後跑回廚房左邊數過來的第二個碗櫥，那裡有一個和他大衣顏色相近的咖啡色袋子——這就是娜迪雅口中的隨身行李——很醒目地貼著泰格的筆跡所寫的湯姆．史瑪特先生的標籤，乾癟地斜倚在發霉的靴子、橡膠套鞋，或是過期的俄語報紙之間。

「時代背叛了我父親，」佐雅說道，「霍本也背叛了他。」

「究竟是怎麼回事？」

「霍本不愛任何人，自然也算不上背叛任何人。他在出賣別人時，是忠於他自己的。」

「除了你，他還背叛了誰？」

「他背叛了上帝。等他一回來，我就要殺了他。這件事非做不可。」

「他怎麼背叛了上帝？」

「這不相干。誰都不會知道。保羅非常喜歡足球。」

「米哈伊爾也喜歡足球。」奧利佛想起以前在草坪上四處踢球，米哈伊爾的手槍都還插在靴子裡，就忙著衝過來。「霍本是怎麼背叛上帝的？」

「這不相干。」

「但你就為了這個而想要他的命。」

「他在看足球比賽時背叛了上帝。我當時在場。我不喜歡足球。」

「但你還是去了。」

「保羅和米哈伊爾要去看足球賽，事前就安排好了。霍本弄到了票。他買了太多張。」

「在伊斯坦堡這裡？」

「當時是晚上。伊諾奴體育場是滿月。」她轉過去凝望著落地窗。她又開始發抖了，所以他再次將她揣進懷裡。「霍本早就弄到了四張票，所以問題來了。米哈伊爾不喜歡霍本，他不希望霍本跟著去。可是如果我也一起去，米哈伊爾就拒絕不了，因為他很疼我。霍本對這一點心知肚明。我從來沒看過足球賽，我會怕。伊諾奴體育場可以容納三萬五千人，不可能全都認識。足球賽有中場休息，中場休息時間，兩邊隊伍會回休息區討論，我們也在討論事情。我們帶了麵包和臘腸，同時還帶了米哈伊爾要喝的伏特加。葉夫根尼不准米哈伊爾喝太多伏特加，可是霍本帶了一瓶。我坐在這群人的最旁邊。隔壁是保羅，然後是米哈伊爾。旁邊坐的是霍本。燈光太亮了。我不喜歡開燈。」

「你們討論事情？」奧利佛輕聲地說，試圖引導她。

「我們跟保羅討論足球。他把其中的奧妙解釋給我聽，他很高興。他的父母很少一起參加這種場合。同時也討論了自由塔林號的事。霍本建議米哈伊爾搭自由塔林號出海。他像魔鬼般引誘他。那會是一趟很美的航程。從敖得薩到博斯普魯斯海峽，沿途風景如畫。米哈伊爾會很開心的。這件事要瞞著葉夫根尼。當作一份禮物，給他一個驚喜。」

「米哈伊爾同意出海？」

「霍本對付他的手段非常狡猾。魔鬼一向很狡猾。他把這個想法灌輸到米哈伊爾的腦子裡，大力鼓吹，但說起話來，又可以確保這個想法是米哈伊爾自己想出來的。他恭喜米哈伊爾想出這個好主意。他轉頭對我說。米哈伊爾想出了這個天大的好點子。他要跟自由塔林號一起出海。霍本是個邪惡的傢伙。這很正常。那天晚上，他又比平常更加邪惡。」

「你有沒有把這件事告訴葉夫根尼或是堤娜汀？」

「霍本是保羅的爸爸。」

他們已經回到起居室，顯然艾姬受訓時曾經學過護理技術，因為她已經用高湯塊做出一碗湯，還打了兩個蛋進去，現在她正坐在佐雅身邊餵她喝湯，還替她量脈搏，用從浴室拿來的古龍水擦在她的手腕上，又輕輕拍在她臉上。奧利佛不免想起，有幾次他發高燒、整個人不停發抖時，海瑟也是這樣照顧他的，只不過海瑟總是因為照顧他而得到某種快感，而艾姬似乎只是認為自己對整個宇宙都有責任，即使覺得很窘，但奧利佛很欣慰，因為在此之前，他一向認為只有他自己才會這樣。他拿了泰格的袋子，上面什麼線索都沒有，只能證實不管泰格到底在哪裡或不在哪裡，身邊都沒有帶著換洗衣物。艾姬已經把希尼科夫式衝鋒槍繳了械，擺在角落，同時拿來新的蠟燭，因為她和奧利佛一樣，天生善於保持氣氛，不想讓刺眼的電燈驚動佐雅。

「你是誰？」佐雅問她。

「我？我是奧利佛的新夥伴。」她很高興地笑著回答。

「請問那是什麼意思？」

「我愛上她了。」奧利佛解釋，看著艾姬為她蓋上毛毯，把她從樓上拿來的枕頭給拍鬆，又在她的眉頭輕輕拍上一點古龍水。「我父親人呢？」

在隨後一陣漫長的寂靜中，佐雅似乎恢復了她的記憶。突然間，她放聲大笑，讓奧利佛吃了一驚。

「真是太荒唐了。」她答說，樂得直搖頭。

「為什麼？」

「他們把米哈伊爾送回來，從敖得薩送過來。他們先把他帶到敖得薩，後來葉夫根尼給了他們一筆錢，他們就把人送回伊斯坦堡。棺材是鋼打的，活像個炸彈。我們買了冰塊，葉夫根尼做了個十字架。他氣瘋了。他把屍體放在桌上棺材裡的冰塊中間。」

「那時我父親已經到這裡了嗎？」

「他不在這裡。」

「可是他來過。」

她又放聲大笑。「這是一齣戲，真是太荒謬了。有人按門鈴，家裡沒有女僕，霍本就去開門，他以為是又有人送冰塊來。結果不是冰塊，是穿著一件大衣的泰格．辛格先生。霍本高興得不得了，他把人領到房間，對著葉夫根尼說，『你看。總算有鄰居登門拜訪了。泰格．辛格先生希望向被他謀殺的人致意。』葉夫根尼的頭重得實在抬不起來，霍本還得把你父親拎到他跟前，他才願意相信。」

「怎麼？怎麼拎過去的？」

她把一隻手臂放在背後，盡量舉高。接著抬起下巴，做出同樣深感痛苦的表情。「就這樣。」

「然後呢？」

「然後霍本說，『要我把他帶到花園裡一槍斃命嗎？』」

「保羅那時人在哪兒？」奧利佛毫無來由地突然為這個孩子擔憂不已。

「感謝上帝，他在莫斯基家裡。米哈伊爾的屍體送來的時候，我就把他送到莫斯基家去了。」

「這麼說，他們把我父親帶到了花園？」

「沒有。葉夫根尼說不，不要開槍殺他。如果現在死者在這裡，那麼上帝也在這裡。於是他們把他五花大綁。」

「是誰綁的？」

「霍本手下有人。從俄羅斯來的俄國人，從土耳其來的俄國人。都不是好東西。我不知道他們叫什麼名字。有時候葉夫根尼會把他們打發走，然而他忘記了，或者是後悔了。」

「五花大綁之後呢？接著他們又把他怎麼樣了？」

「他們逼他看著桌上的米哈伊爾。他們把子彈孔指給他看，他不想看，他們就逼他非看不可。然後他們派了一名守衛看著，把他關進房間裡。」

「閣樓裡有一張單人床，」艾姬說，「全都濕透了。」

「被血浸濕了嗎？」

她先是搖搖頭，然後皺皺鼻子。

「他們把他關了多久？」奧利佛問佐雅。

「也許是一個晚上，也許更久。也許六個晚上，我不知道。霍本就像馬克白。他謀殺了睡眠。」

「他現在人在哪兒？」——他說的還是他父親。

「霍本老是說：我要殺了他，讓我殺了他，他是叛徒。但葉夫根尼不想這麼做。他已經完了。『最好帶他跟我們一起走。我有話跟他說。』他們把他帶下來。有人打過他，也許是霍本。我替他紮了些繃帶。他太矮小了。葉夫根尼很客氣地跟他說話。我們要帶你一起上路，我們包了一架飛機，我們必須安葬米哈伊爾，他的身體不潔淨，你不能抗拒，你是我們的囚犯，你得像個男子漢一樣跟我們走，否則，霍本會一槍把你斃命，或是把你從飛機上扔下去。這些我沒聽到，是霍本告訴我的。也許是一篇謊言。」

「飛機飛到哪兒？」

「中那基，在喬治亞。這是個祕密。他們要把他葬在伯利恆。由第比利斯的特穆爾負責安排。那將是一場雙重葬禮。霍本殺了米哈伊爾，也等於是殺了葉夫根尼。這很正常。」

「我以為喬治亞已經不歡迎葉夫根尼了。」

「情況很難說。如果他很低調，如果他不跟黑手黨競爭，就會被容忍。要是他送很多錢，也會得到寬容。最近他已經沒有能力送多少錢了。所以情況很難講。」她長嘆一聲，眼睛閉了一會兒，接著慢慢張開。「葉夫根尼即將不久於人世，到時候霍本就能掌控一切。但他不會滿足。只要這世上還有一個純真的人，他就不會滿足。」她露出一抹美麗的微笑。「保重了，奧利佛。你是最後一個純真的人。」

氣氛漸漸緩和，奧利佛隨之起身，露齒微笑，舒展一下筋骨，搔搔頭，把手臂伸到後面，弓著背，此外大致上就是做做他維持同一個姿勢坐了太久，或是腦子裡同時想著太多事情，因而體內馬達必須釋放出一點蒸汽的時候所做的那些動作。他問了幾個問題——不經意地——例如，特穆爾有沒有其他名字，還有他們到底是哪一天起飛的，她還記得嗎？正當他到處走動，默默記住她的答案時，奧利佛忍不住要到隔壁房間去對那台寶馬摩托車稍稍朝聖一番，掀開防塵罩，向它晶光燦爛的外型會心一笑——同時透過兩個房間之間相通的門，確定永遠溫柔體貼的艾姬趁著他不在的這時，再去端一碗湯給她的病人。

逃開她的視線，他敏捷地步向法式落地窗，握住銅門把，只敢輕輕地轉動，把門打開。然後他往前推了一吋，證明這些落地窗和起居室的窗戶一樣，都是往外開向花園的，這個發現令他非常滿意。這時，他心中湧起一股幾乎難以承受的罪惡感，差點就要回到起居室，看是要坦承他做了什麼事，或者是邀請艾姬跟他一起上路。可是這兩件事他都不能做，因為一旦如此，他就再也沒辦法保護她，既然他的任務很危險，他認為這樣才是正人君子的作為。於是他躡手躡腳，像個逃課的學童，透過兩個房間之間相通的門再看了一眼，確定佐雅和艾姬兩個人還在繼續聊天之後，他打開法式落地窗，悄悄掀開摩托車背上的防塵罩，把摩托車從台座上搬了下來，騎上去，點火，按下啟動馬達的按鈕，隨著一陣彷彿從他五臟六腑發出的隆隆怒吼，躍入星光閃耀的天空，跨過征服者之橋，前往他的目的地，伯利恆。

19.

自從泰格宣布摩托車的水準比較低之後，奧利佛就愛上了摩托車。他經常在睡夢中騎車兜風，還加裝了翅膀和其他神奇的性能；在夜鶯園隔壁的村子裡，他騎車跟在農家兒子的後面，品嘗速度的無窮快感；在青春期，他曾經夢到赤裸著雙腿的女孩騎在他的後座墊上。不過這趟前往安卡拉的摩托車之旅雖然滿足了他許多極具異國風情的期望——一輪明月，夜晚的穹蒼，通往任何地方、毫無人跡的蜿蜒道路——眼前的種種危險仍是揮之不去的夢魘，而被他留在後面的人，也讓他無法釋懷。

他在福斯汽車那裡稍做停留，只來得及從行李箱拿錢，然後草草寫下一張短箋，塞進雨刷裡——*對不起，我沒辦法拖你下水，奧利佛*。現在他覺得這些話無法表達他的心意，巴不得能想辦法打電話給她，或是掉頭回去親自把事情解釋得更清楚。他們的衣服、她的手提電話、辛格夫婦的護照、剩下的錢——他原封不動地留下。他踏上了前往安卡拉的路，因為他看到了路標，而且他猜測布洛克在聽到消息時所做的第一件事，就是監視從伊斯坦堡起飛的所有班機。但這不表示安卡拉就是安全的，也不表示他能自由地從安卡拉搭機飛往第比利斯。再說，威斯特先生沒有喬治亞的簽證，奧利佛直覺他需要簽證。可是一想起深植在他腦海裡的泰格，手臂被擰到背後，在艾利克斯．霍本的威迫下前進的畫面——泰格被毒打，泰格鮮血直流，泰格被迫注視米哈伊爾千瘡百孔的屍體，泰格在等待被押送到伯利恆槍決期間嚇得尿濕了褲子——這些憂慮全都不算什麼了。他很矮小，佐雅這麼說過。

起初他只走高速公路；別無選擇。他的車速很快，但路面的坑洞總讓他心驚膽跳。黑色的山丘從他的兩側往後飛躍，沿途不時點綴著宛如發光鑽油井似的超高衛星城鎮。他駛入一條隧道。快速穿過隧道之後，看到一條有著燈光和數字的水平藍色橫桿，以齊頭的高度在他面前冒了出來。這是一個收費站。他及時煞了車，把一張五千萬里拉的鈔票丟給窗口一個滿臉驚愕的男人，然後繼續向前急馳。他被臨檢過兩次，或許不只兩次，警察穿著塑膠的黃色工作服，胸前還有閃閃發光的銀色橫槓。他們拿著手電筒，仔細端詳他的容貌和護照，看看有沒有庫德族或類似騷亂的跡象。有一次他騎得飛快，沒看清路況，結果撞上一個大坑洞，差點從摩托車上摔下。有一次他在一個巨大溝壑的邊緣打滑停了下來。汽油用完了，他千拜託萬拜託地求人家送他一程，結果發現路口轉角五百碼就有一個加油站。可是這些磨難如同夢境一般掠過，醒來時，他正站在安卡拉機場的詢問櫃臺前，得知要飛往第比利斯的唯一辦法，就是回伊斯坦堡搭乘晚上八點鐘的飛機，也就是十四個小時之後。可是伊斯坦堡是他撇下艾姬的地方，等到晚上八點，霍本可能已經讓泰格脫離苦海了。

奧利佛想起他現在家財萬貫，而且還帶了不少錢財在身上，泰格老是喜歡說，錢是世上最好用的多用途工具。於是他好整以暇地走到機場行政部門，把五張一百塊美金鈔票擺在桌上，用緩慢的英語向一位手持安神念珠的肥胖紳士說明來意。最後，這位先生打開一扇門，對一個下人呼喝幾句，下人回來時，身邊帶著一個形容憔悴的男子，他穿著一件髒污的綠色連身裝，口袋上還有一對翅膀，他名叫法魯克，法魯克有一架自己擔任駕駛飛行的運輸機，目前正在機棚內進行維修，但一個小時後就可以起飛，結果一直等了三個小時才出發。法魯克的飛機只要一萬美金就可以出租，條件是奧利佛不會暈機，也不能跟任何人說法魯克載他飛到了第比利斯。奧利佛隨後表示要飛到申那基，但法魯克不為所動，即使可以額外多賺五千美金。

「申那基這個地方太危險。俄國人太多了，軍隊太多，阿布卡西亞會惹大麻煩。」

議定契約之後，這位手持安神念珠的肥胖紳士反而不高興了。某些根深柢固的官僚本能告訴他，事情發生得太順利，也太快了。「要白紙黑字寫下才行。」他告訴奧利佛，拿了幾張土耳其語的陳年表格給他。奧利佛婉拒。這位胖紳士找其他理由來為難他，但終究還是不了了之。

他們一路搖搖晃晃地勉強從山頂低空飛過，到了後半段的航程，奧利佛很幸運地睡著了，法魯克可能也在打盹兒，因為他們在第比利斯降落時，飛機發出了轟然巨響，只滑行一小段距離就停了下來，彷佛飛行員直到最後一分鐘才從熟睡中醒來。第比利斯機場規定旅客必須持有效的入境簽證，法律可不是開玩笑的。無論是掌管移民局的陸軍元帥，他的同僚保安司令，或是他們為數眾多的任何一名侍從官、副官和船員，要是低於五百塊美金的現金，根本不會考慮讓奧利佛進入這個國家，而且不接受大鈔。當時已經入夜。奧利佛搭計程車前往特穆爾的地址，門口有十個門鈴的按鈕，按鈕旁的牌子又沒有寫上姓名。他先按下其中一個，又按另一個，接著一口氣全都按完，雖然有幾扇窗戶開了燈，卻沒有人下來為他開門，等他高喊一聲「特穆爾」時，有好幾盞燈都熄了。他到一家咖啡館打電話，但無人接聽。他走在路上。一陣極地吹來的北風猛烈地吹過高加索山，從城市當中撕裂而過。木造房屋像陳年舊船一樣嘎吱作響。小路上，穿著外套和連帽大衣的男男女女擠在一起，圍繞著燃燒的汽車輪胎取暖。他回到特穆爾的住處，再次按下門鈴。毫無反應。他又走到街上，盡量貼近街道正中央，因為在一片漆黑之中，他突然莫名其妙地恐慌起來。他走下山，看到一扇裝有彩燈的馬賽克金色大門，顯示裡面是古老的礦泉浴池，這才鬆了一口氣。一名老婦人收了他的錢，把他帶到一間沒有人的白色瓷磚房間。一個穿著運動短褲的瘦男子請他泡在一個硫磺浴池裡，讓他伸展四肢，赤裸裸躺在肉架上，用一個絲瓜布為他刷洗，直到他從脖子到腳趾都刺痛為止。現在他全身發燙，跑到一家迪斯可舞廳，再一次打電話找特穆爾不成之後，就自己找了一家沒有名字的膳食公寓投宿。雖然只有兩條街的距離，但路上非常黑暗，他差點就迷路了。經過一排陰森的無軌電車，他突然想起第比利斯的無軌電車只要一停電就停擺，而大多數時間都在停電。他敲了敲門，然後在門外等著，聽到裡面有人將鎖打開。一個穿著晨衣、戴著髮網的老人走了出來，用喬治亞語跟他說話，但妮娜給他上的課已經過去很久了。老人改口說俄文，這樣更糟糕，於是奧利佛將兩隻手合在一起，把頭擺在上面，模擬睡覺的樣子。老人把他帶到閣樓的一個房間，裡面擺了一張行軍床，一盞裝飾著歡樂女神的羊皮紙燈罩，一塊軍用肥皂和洗手盆，還有一塊毛巾，這如果不是一塊很大的面巾，就是一塊小得不得了的浴巾。警笛聲徹夜響了又停，停了又響。是火災？政變？還是暗殺事件？或者有個小女孩被車撞死了，而她的名字就叫卡門？儘管如此，他還是糊里糊塗地睡著了，身上還穿著襯衫、長褲和襪子，其他衣服就疊在床上，好睡得更暖一點。他被刮了一層的皮膚刺痛發癢，北風從木頭屋簷劈啪劈啪地吹了進來，此時他熱切地渴望著艾姬，更為泰格擔心得要命。他夢見泰格在啜泣，被人從伯利恆的一個角落帶到另一個角落，霍本和葉夫根尼爭執著要在哪裡轟掉他的腦袋最好。驚醒之後，他感覺全身冰冷。等他再度醒來，全身冒著硫磺味的汗水。第三次醒來時，他撥了特穆爾的電話號碼，對方立刻接聽，效率高得不得了。計程車和直升機？沒問題，奧利佛。三千塊美金的現金，十點鐘過來。

「那些傢伙知道你要去嗎？」特穆爾問。

「不知道。」

「或者我跟他們說。免得他們緊張。」

•

在布洛克當時可能對艾姬下達的所有命令當中，她認為最最糟糕的，就是要她稍安勿躁，等待進一步指示。如果他當初叫她一頭跳進博斯普魯斯海峽，如果他說過一句強而有力的譴責，如果他當時命令她立即灰頭土臉地前往使館的後門，以便馬上遣返英國，或許她至少還會覺得比較沒那麼丟臉。然而她只聽到睿智、平靜的斯高斯腔調說：[29]「你在哪裡，夏米安？……你方便跟我們說話嗎？……那這件事是什麼時候發生的，記得嗎？……留在原地，拜託，夏米安，在你母親或我跟你聯絡之前，千萬別輕舉妄動……」正因為如此，這兩個小時她都將自己關在一家錫屋頂的咖啡館裡，裡面是沒有人坐的長凳，露出頸子的雞，還有一隻患了淋巴結結核的黃狗，叫做阿波羅，把下巴靠在她的膝蓋上，含情脈脈地看

29 斯高斯（Scouse），指英格蘭北邊利物浦居民特有的英語腔調，源自十八世紀以降蘇格蘭、愛爾蘭等地移民的影響。

著她，直到她再買一個牛肉漢堡給牠為止。

全都是我自己的愚蠢錯誤，她一直對自己這麼說。這個變故一直緩緩在醞釀著，遲早會爆發出來，於是就在我的首肯之下發生了。她早就發現了摩托車，她從他身上看出了徵兆，她眼看著他對佐雅細心呵護，但她知道他很擔憂。當她眼睜睜看著他像個偌大的銀色野兔，搖搖晃晃地橫過月光下的草地，騎上車道，在房子後面脫離她的視線，她這時第一個想到的是你這個急性子的混蛋，要是你多等一會兒，我就跟你一起上路了。

不過這是個危機，而艾姬和往常一樣著手應付。她仔細、謹慎地做好她該做的事，彷彿即將踏上此生中最長的旅程，不知為何，她的感覺就是這樣。她跑到車子那裡，看到奧利佛留下的紙條，自然氣得火冒三丈，直到她想起他用極為平靜的聲音對佐雅說，「我愛上她了。」她打到布洛克的熱線電話，接電話的是譚比，她用最冷靜的口吻簡單交代了句話：「普來姆偷了摩托車，相信正前往喬治亞。兩小時候再回報進一步訊息。通話完畢。」她跑回佐雅身邊，佐雅的心情似乎因為奧利佛的離開而輕鬆起來，因為她正沾沾自喜地對自己微笑，要是在其他時空環境下，艾姬一定會非常惱火。可是她還有任務在身，還有承諾必須完成，即便那只是對她自己的承諾。她送佐雅上樓，在旁邊陪著她梳洗，然後兩人一起為她找了一件睡衣，還有早上要換的衣服。艾姬替佐雅忙東忙西，同時還被迫要聆聽佐雅憑著瘋子的權威所提出的些許對於奧利佛和艾姬自己的種種可疑見解。艾姬答應記住她的忠告，思索著應該再替她做些什麼。電話旁的牆壁上貼著一張字跡潦草的便條，上面寫著莫斯基家裡的電話，這下她知道該怎麼辦了。她撥了號碼，聽到莫斯基的答錄機。她自稱是佐雅來自紐西蘭的朋友，順便過來探望她，自己雖然不願意多管閒事，但莫斯基能不能趕緊過來照顧佐雅一下——例如送她去看醫生，或是把她接過去幾天？她拆下卡拉希尼科夫式衝鋒槍的槍機，放進手提包裡，然後回到樓上，確定佐雅仍躺在床上，很慶幸看到她已經睡著了。然後她小跑步回到福斯汽車那裡。

開車前往伊斯坦堡機場的路上，一個新的夢魘不斷折磨她。奧利佛已經往東逕行進入土耳其崎嶇的高山區了？她相信什麼事都難不倒他。在出境大廳把福斯汽車退回給租車公司之後，她故意擺出一副痛不欲生心、心如死灰的模樣。她百分之百地投入，這不難。她是夏米安．威斯特，現在她生不如死，她這樣對土耳其航空櫃臺後面那位眼光敏銳的年輕職員說。她把自己的護照拿給他看，同時露出了一抹極為迷人的微笑。她和馬克結婚剛好六天，昨晚他們莫名其妙大吵一架，是他們第一次發生齟齬，等她早上醒來時，看見一張字條，說他要永遠走出她的生活……職員在電腦鍵盤上輕輕按了幾下，把她擔心會發生的事情告訴她：今天早上沒有一張航班表顯示有一個姓威斯特的人從伊斯坦堡飛往任何地方。沒有任何一張訂位名顯示他會在當天稍後離開。

「好吧，」艾姬說，意思是一點都不好，「假設他搭公車到安卡拉，然後從那裡起飛呢？」

職員這時候只能深表遺憾，安卡拉的航班表已超出他的浪漫精神能發揮範圍。於是艾姬離開了機場區域，來到這家咖啡館，這也是她最後的機會，在阿波羅的陪同下，她依照承諾，用行動電話打給了布洛克。接下來她就無事可做，只能等，繼續等你母親或是我的通知，她現在就是在等候通知。

我真正的母親——一個除非自己的利益被忽視，否則絕對不會高興的人——會怎麼說呢？你想怎麼做就怎麼做吧，瑪莉．艾格尼斯，只要你沒對他造成任何傷害……

而我的父親，那位模範的蘇格蘭校長呢？你是個堅強的女孩，瑪莉．艾格尼斯。為了真命天子，你的行動必須低調一點……

她的電話響了。打來的不是她的母親，也不是她的父親，而是中央訊息交換機，說話的是一個每分鐘十五轉、自命不凡的女人。

「天使長請注意。」

就是我。

「前往玩具城的班機已經訂妥你的位子。」

玩具城就是第比利斯。

「到時候會有人在入境大廳接你。緊急聯絡人，你在當地的叔叔。」

哈利路亞！那就是暫時得救了。

艾姬高興得跳了起來，丟了一疊鈔票在桌上，給阿波羅一個最後的熱情擁抱，滿心歡喜地出發前往出境大聽。她在半路上想起從卡拉希尼科夫式衝鋒槍卸下來的槍機和彈匣，也發揮了足夠的常識，在通過X光檢查之前就把這兩樣東西丟進垃圾桶裡。

•

布洛克在諾斯霍特機場登上迷彩的軍事運輸機時，覺得他這輩子凡是雞毛蒜皮的事情都做得很好，遇到重要的事情反而處理得荒腔走板。他逮捕了麥辛漢，可是麥辛漢從來就不是他的主要目標。他看出波爾洛克是最爛的一枚蘋果，卻又缺乏上了法庭之後足以讓他鋃鐺入獄的證據。所以他需要泰格，而且根據他的推斷，抓到泰格的機會微乎其微。那天早上，布洛克和俄國及喬治亞方面的人談好條件時，說好只要俄國人能抓到霍本和葉夫根尼，他就可以把泰格帶走。然而布洛克暗地判斷，等他找到泰格的時候，他還活著的機率是零，最讓他苦惱的就是，明知道在決定把老子繩以法的時候，他已經把兒子也送上了絕路。我根本不該放任他自由行動的，他對自己說。我早該親自到場全天候坐鎮才對。

他照例一味地責怪自己。和艾姬一樣，他覺得自己早已看出明顯的徵兆，卻沒有做出任何顯而易見的結論。我把他推出去，但泰格卻把他拉過去，泰格的拉力比我的推力強。唯有眼前迫在眉睫的這場戰役才能讓他感到慰藉，經過所有的穿梭、躲避、祕密的算計，終於定下了時間和地點，任命了副手，選用的武器也已獲核准。至於他自己要冒的風險，他和莉莉已經用他們迂迴的方法討論過，也一致認為在這個問題上，他沒有任何選擇。

「有個年輕人，」他一個小時前在電話上告訴莉莉。「我給他惹了很多麻煩，你看，而且我也不敢說自己當初做對了。」

「哦，是嗎？那他怎麼樣了，耐特？」

「這個嘛，他一個人出去走走，你看，因為我的關係，他落到了壞人手裡。」

「那你一定得去救他才行，不是嗎，耐特？那樣可不行，不能讓一個年輕人發生這種事。」

「對，我就知道你會這麼想，莉莉，我很感激你，」他回答，「因為這件任務很不簡單，如果你懂我的意思的話。」

「當然不簡單。值得去做的事情向來都不簡單。從我認識你以來，耐特，你一直都在做該做的事。如果你還想繼續作自己，就不能在這個時候放棄。你就放手去做吧。」

可是她還有更要緊的事要和他討論，這也是他一直深愛她的原因。女郵政局長那個輕浮的女兒，已經跟營造商帕瑪跑了，帕瑪把孩子們全丟給了他可憐的老婆。莉莉下次見到帕瑪那個年輕人時，可要跟他好好談談。她很想特地到他的工地去一趟，把她對他的看法說給他聽。至於那位女郵政局長，把女兒丟給全村最有錢的人之後，就坐在防彈的櫃臺後面，以為這樣就可以刀槍不入。

「你可千萬要保重，莉莉，」布洛克告誡她，「現在的年輕人可不像以前那麼敬老尊賢了。」

追捕隊共有八個人。艾登．貝爾說，因為到時候會有聯繫上的問題，超過八個人就太擠了。「如果俄國人帶著榴彈砲，我也不會驚訝。」他很悲觀地預言。他們分成三個人和四個人一排，坐在飛機上，身上是輕便的戰鬥裝備，迷彩、黑色釘鞋和連帽大衣。「在第比利斯換機的時候，會把最後一個人接上來，」貝爾已經跟他們說了，但沒有提到最後一個人是女的。布洛克和貝爾雙雙擔任最高指揮官，但沒有坐在一起。布洛克穿著黑色的單寧工作服，就像是件防彈衣，胸口有英國關稅署的字樣，就像是一條動帶。他不肯拿手槍，他寧願死，也不想面對內部調查，問他為什麼開槍殺了自己的手下。貝爾穿著制服，上衣塗著一閃一閃的亮光漆，標示出他隊長的身分，不過只有戴了正確的護目鏡才能看到。飛機不斷咕嚕咕嚕地搖晃，似乎一直停滯不前，直到他們飛進了無人地帶的雲層上空。

「殺人放火的事交給我們，」貝爾對布洛克粗聲粗氣地說，「社交的部分由你負責。」

20.

當奧利佛走到那兩個在直升機升降臺上等著，穿著牛仔褲、眼神凶狠的年輕人中間時，他第一個注意到的，就是牽引機。黃色的農業牽引機。萬一我需要一兩台黃色牽引機，隨時都可以到伯利恆借，他們絕對不會注意到，他得意洋洋地想。他強迫自己只能想外在的事物。他早就決定這麼做。前往伯利恆的路上，他折服於群山的雄偉。降落時，他欣賞著四個小村莊、山谷的十字形狀，和山頂積雪的金邊。走著走著，又看到了牽引機。想看什麼就看，他告訴自己，只要是看外面東西，不要在心裡胡思亂想。

棄置的牽引機。那原本是用來興建新馬路的，結果工程突然停擺，馬路再度成了田野。牽引機本來是要用來剷平土地蓋房子、鋪設灌溉和排水管、挖鬆田地、把砍下來的樹木拖走，只不過一棟新房子也沒看見，輸送管疊在一起，並沒有鋪設，砍下來的樹木也還躺在原地。牽引機像鼻涕似的，黏著一條條污漬。牽引機充滿渴望地向上凝視著閃耀的山峰。但這些就這麼閒置著。這些牽引機沒有一台有任何動靜，連些微的震動也沒有。一口氣全都丟在種了一半的葡萄園裡，和只鋪了一半的輸送管堆裡。外觀上看不見的緩衝器撞壞了，連一個駕駛員都沒看見。

他們跨過一條鐵軌。雜草從棄置的傾卸車車輪間冒出來。山羊在枕木之間漫步。情況很難說，佐雅說。要是他送很多錢，就會得到寬容。最近他已經沒能力再送錢了。所以情況很難說。住在石造小屋裡的人，從門口不懷好地盯著他看。護送他的人也不怎麼友善。他左邊的男孩臉上有疤，行為舉止都老氣橫秋的。他右邊的年輕男子跛著一腿，隨著一跛一跛的節奏咕噥個沒完。兩個人都拿著自動來福槍。看樣子很像隸屬於某個祕密組織。他們領著他到農舍，不過走的是一條陌生路線。以前走的那條路被溝渠、淹水的地基和一條崩潰的人行道給擋住了。牛群和驢子在大批靜悄悄的水泥攪拌機之間吃草。不過，他們抵達時，農舍仍和他記憶中的樣子差不多：有迴紋裝飾的階梯、橡木露臺、敞開的大門，裡面依舊是一片漆黑。跛腳的年輕人作了個手勢，請他走上階梯。奧利佛爬上露臺，聽著他沉重的腳步在夜晚的空氣中迴響。他敲敲敞開的大門，可是沒有人答應。他走進黑暗中，不敢輕舉妄動。屋裡一點聲音也沒有。沒有堤娜汀燒菜的味道。只有一股發霉的甜味，證實了不久前有死人擺在這裡。他認出了堤娜汀的搖椅、喝酒用的羊角、金屬火爐。接著是砌磚壁爐，還有用破舊的石膏畫框框起來的那幅哀傷老婦的畫作。他往後轉身。一隻小貓從搖椅上跳了下來，朝他弓著背，讓他想起了傑可，也就是娜迪雅養的邋遢貓。

他喊著：「堤娜汀？」他等了一下。「葉夫根尼？」

房間後面有一扇門慢慢打開了，一束黃昏的陽光灑在地上。在這束陽光的正中央，他看見一個斜斜的鬼影。等時候差不多了，葉夫根尼才尾隨著出現，奧利佛怎麼也沒料想到他會虛弱成這個樣子，穿著臥室拖鞋和開襟羊毛衣，拄著枴杖。他原本棕色的頭髮已經換成了短短的白髮，連臉頰和下顎也都布滿了絨毛似的銀塵。四年前在眼皮之間閃著光芒的那對狡猾老練的眼睛，現在成了用刀劈出來的黑暗洞穴。跟在葉夫根尼後面，半是男僕、半似魔鬼的，隱約是艾利克斯．霍本那無動於衷、完美無瑕的身影，穿著一件白色夏季夾克和深藍色長褲，他的行動電話裝在巫婆的黑盒子裡，從他的手腕像手提包一樣盪來盪去。或許就像佐雅一直堅稱的，他真的是魔鬼，因為他和魔鬼一樣沒有影子，他的影子好不容易才姍姍來遲，落在葉夫根尼的鬼影旁邊。

葉夫根尼先開了口，他的聲音和以前一樣堅定而凶殘。「你來幹什麼，信差小子？別到這兒來。你搞錯了。回家去吧。」他轉過頭去，氣衝衝地將命令再向霍本吩咐一次，可是來不及了，因為奧利佛說話了。

「我是來找我爸爸的，葉夫根尼。我的另外一個父親。他在這兒嗎？」

「他在這兒。」

「還活著？」

「他還活著。沒有人開槍殺他。目前還沒有。」

「那我可以向你問候一下嗎？」他很勇敢地移步向前，舉起雙臂要擁抱他。葉夫根尼本來也要禮尚往來，因為他低聲說了一句「歡迎你」，然後舉起雙手，結果看到霍本的眼神，又將手放了下去。他頭一低，拖著腳步向後退，讓出地方，讓奧利佛有足夠的空間走過去。奧利佛很快地走上前，無意理會這份怠慢，再說，得知泰格還活著也讓他鬆了一口氣。他凝視整個房間，充滿欣喜和懷舊之情。說也奇怪，他看了老半天以後，目光才落在堤娜汀身上，她老了三十歲，坐在一把燈芯草高椅上，兩隻手在大腿上交疊成一個十字架，脖子上也戴了一個十字架，上頭的牆壁掛了一幅基督聖嬰在母親遮住的胸前吮奶的聖像。奧利佛在她身邊跪下，握住她的手。他上前要吻她的時候，才察覺她的容顏已不復當年。額頭和臉頰上布滿縱橫交錯的皺紋。

「你這幾年到哪兒去了，奧利佛？」

「躲起來了。」

「躲誰？」

「躲我自己。」

「我們沒辦法像你一樣。」她說。

他聽到「喀」的一聲，轉頭去看。原來是從容走到一扇後門的霍本，用指尖把門推了開來，把頭歪向奧利佛，邀他一起進去。

「你跟著他去。」葉夫根尼吩咐他。

奧利佛跟在霍本後面，走過庭院，來到一個低矮的石造馬廄，負責看守的兩個武裝年輕男子，和領著他來到農舍的那兩個人是同一副德行，讓人看了就不舒服。擋在門上的兩根木梁座落在鐵托架上。

「可惜你來不及參加葬禮。」霍本表示，「你是怎麼找到這地方來的？佐雅派你來的？」

「沒有任何人派我來。」

「那個女人就是管不住自己的嘴巴。你還有邀其他人跟你一起來嗎？」

「沒有。」

「有的話，我們會殺了你爸爸，然後再把你給做了。我會親自執行。」

「我相信你會。」

「你跟她上過床？」

「沒有。」

「是這一回沒有吧？」他敲著門。「有人在家嗎？泰格先生，我們帶了一個人來看你了。」

這時，奧利佛已經從霍本和守衛身邊擠了過去，很粗暴地把木梁移開。他在門上又搥又踢，直到門打開為止。他喊了一聲「爸爸」，然後大步走了進去，嗅到甜甜的乾草和馬匹的氣味。他聽到一聲痛苦的叫喊，像是一個孱弱的病人醒了過來，接著就是一陣稻草沙沙作響。馬廄裡有三個馬廄欄，裡面全都鋪了稻草。第三間馬廄旁邊的一根釘子上，掛著泰格的棕色拉格蘭式外套，他的父親半裸著側躺在草堆裡，和奧利佛傷心時一模一樣，他穿著黑色名牌襪子、白色內褲和一件骯髒的 Turnbull ＆ Asser 名牌襯衫，襯衫領子原本是白色的，他的膝蓋頂著胸口，一雙手臂抱著膝蓋，他的臉因為瘀傷而烏青，因為恐懼這幾天剛進入的這個世界，他浮腫的雙眼發紅了。他被人用一條鍊子綁著。這條鍊子先是將他的雙腳綁在一起，接著縛住雙手，然後鍊子繫在一個嵌進木頭柱子裡的鐵環上。奧利佛走上前來的時候，他很想站起來，但始終功敗垂成，又跌倒在地，然後又想再試著站起來。因此，奧利佛並沒有因為擔心身高超出他太多，而恭敬地保持適當距離，反而用雙手扶著他的手臂，順勢把他拉了起來，奧利佛和佐雅一樣，注意到他的體格輕盈又矮小，在名牌襯衫裡又是多麼地骨瘦如柴。他仔細端詳他父親被打得面目全非的臉孔，想起華特摩爾太太溺死的丈夫傑克，儘管他只從照片和街議巷談中認得他。她曾告訴過奧利佛，他在水裡泡了十天，我還得去普里茅斯認他的屍體。他想到的是為你不想親吻的人做口對口人工呼吸。他想到是死去的傑佛瑞，他懷疑一個擁有夜鶯園、一間樓和一輛勞斯萊斯的人，是如何忍受被人手銬腳鐐，關在沒有景觀又沒有祕書的馬廄裡。

「我見過娜迪雅了，」他覺得自己應該捎點什麼消息來才對，「她要我問候你。」

他不知道自己為什麼特地挑了這件事情來說，只不過泰格用前所未有的熱情擁抱他，他們的臉頰很小心地轉了一個角度，歪歪地假裝親吻對方——只不過才剛親到，泰格就將他推開，而且擺出一副（故意讓霍本聽到的）急躁務實性格，說道：

「他們順利找到你了，對吧，無論你在哪兒——香港還是哪裡？」

「對，他們找到我了。香港。瞭解了。」

「我本來不太清楚你會在哪兒，知道嗎？你到處跑來跑去。我永遠不知道你到底是在讀書還是在做生意。我想這就是年輕人的特權：神龍見首不見尾。什麼？」

「我應該多和你保持聯繫的，」奧利佛也同意，然後對著霍本說：「把鍊子解開。家父要跟我們一塊到屋子裡。」看到霍本一臉鄙夷的冷笑，奧利佛一把抓著他手肘，在守衛的注視下，把他帶到其他人聽不見的地方。「你已經一敗塗地了，艾利克斯，」他對他說，其實憑的只是虛張聲勢和假設，「康拉德會向瑞士警方全盤托出，莫斯基和土耳其人已達成協議，麥辛漢躲進他的防空洞了。你殺了艾佛瑞・溫沙，所有人全都在通緝你。我不認為現在是你殺人的好時機。家父跟我很可能是你手上僅存的籌碼。」

「你在這齣喜劇裡是扮演什麼角色，信差小子？」

「我是卑鄙的告密者。我四年前就把你出賣給英國當局了。我出賣了我父親、葉夫根尼和所有人。

我的老闆只是刀子磨得有點慢。不過他們很快就會找上你，我保證。」

霍本和葉夫根尼一家商量的時候，耽擱了一些時間。他回來之後對守衛下了個命令，他們解開鍊子，看著奧利佛先用桶子裡的水將他父親擦拭乾淨，努力要想起在他的童年時代，泰格最後一次替他擦洗身體是什麼時候，然後斷定一次都沒有。他把泰格被扔到乾草架上的西裝一把拉過來，盡量整理好，再幫他穿上，先套上一隻腳，然後是另一隻腳，先套上一隻手，然後是另外一隻手，接著再為他繫上鞋帶。

農舍裡，大家漸漸甦醒，或者應該說是回去睡覺，是在死亡過後，重新恢復生活中令人感到安慰的例行活動。在霍本充滿懷疑的眼光下，奧利佛讓他父親隔著壁爐，坐在葉夫根尼對面的一張椅子上，然後從桌上的一只酒瓶裡給每個人倒了一杯伯利恆特釀。儘管葉夫根尼拒絕承認泰格的存在，寧願目不轉睛地盯著熊熊火焰，但某種心照不宣的共犯結構，迫使他們同時啜飲下第一口酒，藉著一味地忽略對方，來給予彼此相互認知。奧利佛從旁觀察，使盡渾身解數營造這種愉快的氣氛，不管有多麼矯揉造作。扮演著他最理所當然的角色——收養的浪子回頭了——他幫堤娜汀給蔬菜削皮、替她一下子把燉鍋拿到火上，一下子又拿下來、找蠟燭、火柴、在桌上擺放盤子和餐具，他的行為舉止就算稱不上輕率浮躁，多半也像是著了魔似地非得忙東忙西不可。「葉夫根尼，幫你把酒杯斟滿好嗎？」當然好，他的辛苦還獲得了低聲的一句「謝謝你，信差」。「很快就能吃飯了，爸爸，吃點臘腸墊墊肚子好嗎？」，泰格雖然對自己骯髒的指甲覺得很難為情，還是從恍惚中醒了過來，拿了一塊臘腸，用他瘀青的嘴巴咀嚼著，然後宣稱這是最好吃的臘腸，同時露出愚蠢、沾沾自喜的笑容，而且因為重獲部分的自由而鬆了一口氣，開始自鳴得意起來，用瘀青的雙眼盯著奧利佛在屋子裡轉來轉去。

「這地方顯然是葉夫根尼的夜鶯園。」他高聲地說，壓過了火爐發出的劈啪聲。他掉了一顆門牙，因此說話口齒不清。

「對，沒錯。」奧利佛也同意，在桌上擺餐刀。

「你當初就可以跟我說了。我當時不瞭解。你早該預先警告我才是。」

「其實我以為我警告過你了。」

「我不喜歡被蒙在鼓裡。幾個度假村沒有什麼壞處。說起來是四個。每個山谷一個。」

「可能經營得非常好。四個度假村是個好主意。」

「正中央是旅館、迪斯可廳和夜總會、奧運標準的游泳池。」

「簡直是絕配。」

「你喝過這種酒了吧，我想？」——很嚴肅，儘管少了一顆牙齒。

「喝得可多了。」

「很好。你覺得怎麼樣？」

「我喜歡。我很愛喝。」

「應該的。香醇味美。我看這是我們的一個機會，奧利佛。我很驚訝你當時居然沒發現。你知道我一直對美食醇酒很有興趣。這自然有助我們休閒事業的利益。你看到外面那些閒置的牽引機了？」

「當然。」——用一把古老的鍘刀切開煎餅。

「你看到的時候，有什麼想法？」

「我想我是有點難過。」

「你應該想到你爸爸。我最擅長處理這種狀況。破產的股票，倒閉的事業。所有等待發揮創意的事情。低價收購這家工廠，採用現代方法將基礎設施合理化，分配勞動力，整個企業可以在三年後起死回生。」

「真了不起。」奧利佛說。

「銀行會大為激賞。」

「一定會的。」

「美食，醇酒，良好的服務，簡單的生活樂趣。這是一個千禧年追求的目標。可不是嗎，葉夫根尼？」沒有回答，此時泰格讓自己充滿鑑賞力地再啜一口他的伯利恆特釀。「我要叫老凱特把這種酒放進酒單上，」他再度向奧利佛宣告，「一種百分之百令人滿意的紅酒。單寧酸有點重。」輕啜。「在瓶子裡多保存幾年會更好。不過確實是品質卓越的好酒，毫無問題。」把酒吞下去，反覆品嘗。「要訣是辦一次盲品會。凱特會做得非常好。我不介意跟你打賭，一定會有個人喝得面紅耳赤。我現在就能想到一、兩個自以為是品酒行家。大家都喜歡看到高手栽跟斗。」又喝了一大口。用酒在嘴裡漱一漱。吞下去。砸唇作響。「我們需要一個設計師。跟藍迪談談。弄一個很好的商標，設計酒瓶的風格。那些長頸瓶子是很好看。亞哥納酒堡，怎麼樣？西班牙人不會喜歡的，我先告訴你。」他咯咯地笑。「天哪，不會吧。」

「西班牙人可以做另外那件事。」奧利佛一邊擺桌子，一邊轉過頭去對他說：聽到這句話，泰格興奮得不得了，突然大聲拍起手來。

「這句話說得就像個不折不扣的英國人，少爺！我前兩天才跟古普塔說。一旦自命不凡起來，這世上沒有任何人比西班牙人更傲慢。不管是德國人、法國人、還是義大利人。可不是嗎，葉夫根尼？」沒有回答。「幾百年來，西班牙人一再激怒我們，我可以告訴你。」他又喝了一口，搖晃不定的目光再次找到葉夫根尼，很勇敢地把他小小的下巴往下一沉，擺出宣戰的姿態，可是沒有成功。他絲毫沒有膽怯，靈機一動，用一隻手往他的膝蓋使勁一拍。「我的天哪，葉夫根尼，我差點忘了！堤娜汀，親愛的夫人，這件事一定會讓你們高興得不得了！有時候壞消息太多了，就會把好消息給忘了——奧利佛當爸爸了。一個非常美麗的小姑娘，叫做卡門——和我們乾一杯，葉夫根尼——艾利克斯，你今晚看起來真消沉——堤娜汀，親愛的——為卡門．辛格乾杯——長命百歲、身體健康、萬事如意——還有大富大貴——奧利佛，我恭喜你。你很適合當爸爸。你長大了。卡門。」

而你縮小了，奧利佛心裡想著，有一會兒很不高興他女兒被這樣拿來炫耀。你已經徹徹底底地洩露出你巨大、無限的空虛。在死亡邊緣，只能瞎扯你這些芝麻綠豆的小事，此外無計可施。

然而這些從奧利佛的一舉一動中完全看不出來。他表示贊同，做出鼓勵；向堤娜汀舉杯，只不過沒有和霍本敬酒，他很愉快地走到廚房、餐桌，還有坐在壁爐旁的兩個老男人之間，他全心全意要營造一種審慎的好伙伴的氣氛。只有霍本，萬分珍惜地看著他的女巫電話，坐在一張板凳上，兩邊各自站著一個表情陰沉的手下，完全看不出想進入這種派對氣氛的跡象。不過他怨憤而陰沉的存在，還是無法阻止奧利佛的決心。什麼也阻止不了。魔術師活起來了。這位魔術師，永恆的荒謬情境的調解者和轉移者，戰戰兢兢的舞者，以及不可能的果報的創造者，正在回應舞臺前端燈光的呼喚。大雨滂沱下的候車站、兒童醫院和救世軍青年旅館裡的那個奧利佛，正在為了拯救他自己和泰格的性命而賣力演出，這時候堤娜汀在燒菜，而葉夫根尼似聽非聽，同時在火焰中細數他所遭遇的不幸，而霍本和他的惡魔同黨則在幻想他們拙劣的惡行，同時思索著他們手中越來越少的選項。奧利佛很瞭解他的觀眾。他對觀眾的混亂、茫然的知覺和混淆的忠誠，都能感同身受。他知道，在他自己的生命裡，有多少次跌到谷底深淵的時候，他願意不計一切，只求能找到一個帶著填充浣熊娃娃的差勁魔術師。

即使是葉夫根尼也漸漸無法抗拒他的魔術了。「你為什麼沒有寫信給我們，信差？」當浪子再度把酒杯斟滿，葉夫根尼在火邊語帶指責地說道。還有一次是說：「你為什麼放棄了我們心愛的喬治亞語？」對於這兩個問題，奧利佛都用令人不設防的口吻答說，他只是肉體凡胎，他曾經不忠過，但他已經知道自己的作法是不對的。從這些看似無辜的對話中，產生了一種瘋狂，一種對於何謂正常的共同幻象。飯菜已經準備好了，奧利佛招呼大夥兒上桌，請葉夫根尼坐上主位，而他也從善如流。有好一陣子，這個老人只是一味地坐在那兒，低頭看著自己的食物。接著彷彿恢復了視覺似地，他猛然坐直起來，緊握拳頭，挺起他寬闊的胸膛，大聲喊著還要喝酒。這回堤娜汀是差遣霍本去拿酒，而不是奧利佛。

「我該拿你怎麼辦才好，信差？」葉夫根尼問道，眼淚出現在他幾乎消失的兩隻眼睛的角落。「你爸爸殺了我弟弟。你告訴我！」

可是奧利佛憑著隨時可能惹來殺身之禍的一片誠懇，反駁他：「葉夫根尼，米哈伊爾的死，我真的很遺憾，不過家父沒有殺他。我父親不是叛徒，我也不是叛徒的兒子。我不明白你為什麼把他當成畜生一樣對待。」他偷偷瞥了霍本一眼，霍本毫無表情地坐在他手下兩個惶惶不安的保鏢中間。奧利佛發現他的電話不知到哪兒去了，這讓他不禁暗自慶幸，霍本的朋友和魅力都已經用完了。「葉夫根尼，我想我們應該好好享受你的熱情款待，等天一亮，就盡快帶著你的祝福離開。」他說。

葉夫根尼似乎有意贊同這個提議——直到泰格實在忍不住出來攪局，打斷了他們的對話。「如果你不介意，這個讓我來處理，奧利佛。我們的主人家——我懷疑多半是受了我們這位朋友艾利克斯・霍本的煽動——有很不一樣的看法——不，不要打斷我，拜託——他們的立場是，既然我是自己送上門來，他們就占了雙重的上風。首先——我說話時別打岔，奧利佛，謝謝——首先，他們已經要求了好幾個月，要說服我把名下的一切全都轉讓給他們。其次，要為米哈伊爾的死報仇，理由是我在藍迪・麥辛漢的默許之下，設計害死了他，這根本是栽贓嫁禍。沒有任何人——無論是我的公司或是家族——和如此惡行有一絲一毫的牽扯。但你也看得出來，不管我怎麼否認，他們都當是耳邊風。」

這麼一來，反而激得霍本把他的罪狀重新細數了一遍，即使那駭人的聲音似乎欠缺了他一貫的傲慢。「令尊把我們大夥兒全都給害慘了，」他宣稱，「他和麥辛漢達成了附帶交易。他和你們的英國祕密警察談妥了條件。殺害米哈伊爾是交易的一部分。葉夫根尼不但要復仇，還要把他的錢討回來。」

然而泰格再度魯莽地掉進這個陷阱，把奧利佛當成他的陪審團。「這是百分之百的胡說八道，奧利佛。你跟我都很清楚，我早就把藍迪・麥辛漢看成一顆爛蘋果，在這件事情上，就算我有錯——其實我不認為我有錯——也是因為我對麥辛漢縱容太久。整件陰謀的主導者並不是麥辛漢和我本人，而是麥辛漢跟霍本。葉夫根尼，我乞求你現在就樹立起你的權威——」

不過長大成人的奧利佛已經打斷了他的話。「告訴我們，艾利克斯，」他沒有加重語氣，彷彿只是想釐清某個語意學的問題，「你最後一次看足球賽是什麼時候？」

然而奧利佛問這句話的時候，對霍本並沒有懷著絲毫敵意。他沒有把自己視為一個閃閃發光的武士，或是偉大的偵探，要來揭開壞人的真面目。他是一個表演者，對一個表演者而言，只有不鼓掌的觀眾才是他的敵人。他最大的目就是要用魔術把他的父親弄離開這個地方，如果想道歉的話，就說聲對不起，儘管他也不肯定自己真有此意。他必須敷藥治好他父親臉上的瘀傷，給他做個假牙，穿上一套熨燙過的西裝，把鬍子刮乾淨，然後把人交給布洛克，等布洛克那裡結束之後，再讓他坐在庫松街那張半英畝的辦公桌後面；讓他東山再起，可是要告訴他，「好了，你現在要靠自己了，我們誰也不欠誰了。」除了這些問題之外，霍本也是個難纏的傢伙，這是他父親愚蠢行為造成的結果，而不是原因。於是，他就像佐雅當時對他說的時候那樣，沒有半點裝腔作勢，平靜地娓娓道來，一直說到中場休息時的臘腸和伏特加，父母親都在身邊，小保羅有多麼驕傲，還有米哈伊爾不信任艾利克斯，而佐雅的出現克服了這一點，也帶來了殺機。他說話很理性，沒有提高聲調或指東指西，而是運用他懂得的所有發聲技巧，維護著假象如同玻璃般的脆弱纖細。說著說著，他看得出來，大夥兒漸漸恍然大悟，看清事實的真相究竟是什麼：無論是臉色蒼白、動也不動、工於心計的霍本，還是霍本惶惶不安的同夥；因為奧利佛的照料而再度堅強起來的葉夫根尼；站起來悄悄步入黑暗中的堤娜汀，經過她丈夫身邊時，一隻手沉重地沿著他的肩膀拖過去，免得他擔心；還有泰格，從他假裝高人一等的繭裡聽到他說的話，手指茫然地摸索著自己遭到毒打的臉部輪廓，再次確定自己到底是誰。等到奧利佛把足球賽那天的情況說完，並且讓這件事情代表的意義有時間在葉夫根尼的記憶中迴響時，這時，他被自己對誠實的渴望深深感動，差點就要拋開所有的策略，對在場的所有人，而不只是霍本，坦白承認自己的背叛。不過幸好老天垂憐，現場發生了幾個外來的狀況，他才沒有魯莽行事。

首先是出乎意料地聽見一架直機嗡嗡地從頭頂上飛過——一聽就知道是雙旋翼獨特的聲音。聲音漸漸消失，安靜了一會兒之後，又來了第二架直升機。雖然全世界再也找不到一個安靜的地方，而直升機和其他動力飛航器又在深夜造訪這個神祕的高加索山區，但飛機的聲音讓奧利佛激起了很大的希望，以至於飛機開過去的時候，他不禁大失所望。霍本提出抗辯，當然——應該說是大聲咆哮才對——但他是用喬治亞語抗辯，遭到葉夫根尼一一駁斥。堤娜汀先前告退到屋子裡的不知道哪個角落，現在也回來了，她拿著一把手槍，奧利佛一看，發現這把槍的設計就和莫斯基在伊斯坦堡要拿給他的槍一模一樣。不過，大家還來不及注意這回事，就看到霍本的兩個同夥突然匆匆逃跑，一個從大門跑到露臺，另外一個從壁爐和廚房之間的窗戶跳了出去。跑到目的地之前，兩個人滑了一下，整個人摔倒在地。緊接著，這兩人為什麼要逃跑，又為什麼會倒地不起的原因，已經明白揭曉了：其實是這麼回事，就在這兩個人企圖逃跑之際，有幾個漆黑的人影進了房間，結果是這些拿著漆黑武器的漆黑人影大獲全勝。

但這時還是沒聽見有任何人開口說話或開槍，直到房間隨著短暫而清楚的一聲「砰」而大放光明，出現爆炸的火焰，這不是來自閃光彈或昏迷彈，而是堤娜汀的手槍擊發的聲音，她的兩隻手像職業高爾夫球員一樣緊握著槍，很精準地指向霍本。這一套土法煉鋼的魔術演完之後，霍本的額頭正中央上鑲了一顆又大亮的紅寶石，臉上一副目瞪口呆的表情。布洛克就趁這個時候，把泰格拉到了角落，用最簡單也最有力的默西塞郡辭令勸告他，要是不肯答應百分之百合作，他的人生接下來會有多麼悲慘。按照他的說法，泰格聽進去了。他畢恭畢敬地仔細聆聽，雙手放在身體兩側，肩膀下垂，抬起了眉毛，好聽得更清楚。

這是怎麼回事？奧利佛不禁狐疑。我現在明白了什麼我以前不瞭解的事？對他來說，答案就和問題一樣清楚。他已經找到了，可是他要找的東西根本不存在。他來到了他一心一意要找的那最後一個、最隱密的房間，他已經撬開了最高機密的盒子，而裡面卻空無一物。泰格的祕密就是他根本沒有祕密。

更多的人從窗戶湧進來，顯然他們不是布洛克的人，因為全都是俄國人，用俄語大呼小叫。帶頭的是一個留著鬍子的俄國佬，讓奧利佛覺得嫌惡的是，這個留著鬍子的領隊正用某一種包著皮革的短棍朝葉夫根尼腦袋的側面敲下去，造成大量出血。但這個老人好像根本沒注意，或者根本不在乎。他站了起來，雙手被他們用某種瞬間止血帶綁在背後。堤娜汀高聲尖叫，要他們放開她的丈夫，只不過堤娜汀也幫不上忙，因為他們已經把她繳了械，臉孔朝下地按倒在地，她眼前的一切都是從靴子的高度斜著眼睛看到的。奧利佛萬萬沒想到，自己這下也遭遇了和她相同的待遇。就在他走上前去，要向攻擊葉夫根尼的大鬍子提出抗議之際，他感覺腳被人從下面一踹。他的頭飛越過雙腳，接下來，他只知道自己躺倒在地，一隻像鋼鐵般堅硬的腳跟朝他的腹部狠狠一踹，燈光霎時全部熄滅，他以為自己死了。可是沒有，因為燈光再度亮起時，先前踢他的男人已經躺在地上，緊抓著自己的鼠膝部呻吟，奧利佛很快就推測出是艾姬把他給撂倒的，她手上揮舞著一把輕機槍，穿著一身豹紋裝，臉上畫著阿帕契人的戰紋迷彩。

事實上，要不是她濃厚的格拉斯哥口音，加上活像女教師的強調語氣，他搞不好還認不出是她：「奧利佛，站起來，拜託你，站起來，奧利佛，馬上起來！」發現他沒有任何反應的時候，她拋下手中的武器，一廂情願地想硬拖著他站起來，而他整個人東倒西歪，只是擔心卡門，還有像這樣叫叫嚷嚷的，會不會把她給吵醒。

謝詞

我謹在此特別感謝以下諸君：英國得文郡托凱市的魔術師、藝人亞倫・奧斯汀（Alan Austi），土耳其伊斯坦堡鮑佳西大學旅遊管理學程的蘇卡魯・雅肯（Sükrü Yarcan），明格里亞的提穆爾和吉歐吉・巴克拉亞（Temur and Giorgi Barklaia）兩人，傑出的皇家海關行動調查組幹員菲爾・考耐利（Phil Connelly），還有一位我只知其名為彼得的瑞士銀行家。倫敦東方及非洲研究學院高加索語系教授喬治・修衛特（George Hewitt）再度拯救了我，免於出糗丟臉。

後記

不寫小說的時候，我幾乎都在計畫寫一本很坦誠的自傳。這本自傳的主要目的，是再做最後一次的努力，試圖接納一個善變、可悲、又完全令人無法理解的父親。而照例又是同樣的因素令我卻步：為什麼還要回顧那一段可怕的歷程？我花了一輩子的時間，除了透過寫作的方式以外，還藉由一段又一段自己造成的混亂期，以及短暫地效忠於某種將我的自私完全侵蝕的重大外部因素，想驅除那些憤怒、困惑、愛、憎恨與同情。既然如此，為什麼還要讓一切重新來過？

除此之外，我告訴自己，像這樣一本自傳，其他作家寫得已經夠多了。世界上並不是只有我這麼一個兒子，遇上一個畢生招搖撞騙、詐欺、反覆無常，並且和他所信仰的神祇較量膽識的爸爸。傑佛瑞·伍爾夫的那本讓我和哥哥讀得感激涕零的《欺世公爵》不就是了？[30]而且伍爾夫並非唯一的一個。睜開眼睛看看，你很快就會發現世上有一大堆心靈受創的兒子，躺在文學的沙發上，叨叨絮絮地告白他們自己和父親的故事。

30 傑佛瑞·伍爾夫(Geoffrey Wolff, 1937-) 美國小說家，散文家，傳記作家和旅行作家。在《欺世公爵 *The Duke of Deception: Memories of My Father*》一書中，伍爾夫對其父親藉由騙局維生的描述和對家人的關愛，和勒卡雷的父親有頗多相似之處。

問題就是，當然，他總是陰魂不散。有太多的話你一直沒和他說，有太多問題你從來沒有逼他回答，萬一他死了，只怕帶來的疑雲，要比解開的謎團還多。才不過幾個星期前，我正在參加一場正式午宴，兩位年長的婦人走上前來。她們彼此互不相識，我和這兩位夫人也是素昧平生。她們兩人初次見面，就憑著一股衝動，從屋子另一頭走過來告訴我，說她們曾經是家父的情人。

也因為他老是陰魂不散。因為他是我一輩子永遠解不開的謎，無可避免，我三不五時會寫出某一個版本的他，這不是真實的版本，也沒有任何紀實性，而是一種假設，一個「如果……的話」。而《辛格家族》裡的「如果……的話」是這樣的：如果我父親沒有被法律的力量識破——不幸地，他老是這麼倒楣——如果他和周遭許多奸商一樣，能在招搖撞騙之後全身而退，成為他多年來夢寐以求的一位倫敦西區德高望眾的政治金主，名下擁有一堆白金漢郡的速成古蹟，擔任當地足球俱樂部、板球俱樂部的主席，以及在重建教堂屋頂的慈善園遊會上慷慨捐贈的話呢？

如果他不是只有偶爾到法律系註冊，而是具備足夠的自律精神去研讀法律，而非淺嘗即止——並且因此學到讓許多黑心律師得以在金融領域大撈一筆的技術的話呢？

如果我沒有偷偷跑去唸現代語言——事實上我就是這麼做了——而是屈服於他的不斷要求，也跟著去唸法律的話呢？如果在為了迎合他而攻讀法律之後，又乖乖聽話，進入他的事務所，坐上他早就替我準備好的位子的話呢？天啊，兒子，難道我沒有出錢供你讀書？栽培你繼承老爸的衣缽當上律師？你難道不想追隨你爸爸的腳步？你想要哪款車，兒子？只管說出來。公司出錢。

我不得不承認，當我在思索這個情節之際，心裡想的正是勞勃．麥斯威爾和他的兩個兒子伊恩和凱文的案子。凱文和伊恩涉嫌和他們的父親串謀詐欺因而出庭受審的那一天，我妹妹夏綠蒂打電話給我。「你們倆本來也可能落得這種下場。」她說，意指我哥哥和我兩個人。

這種可能確實出現過。家父在一九五〇年代初期突然破產，引起了相當大的震驚，警方也因此深入調查他名下八十幾家空頭公司的營運情形。結果發現，我竟然是其中好幾家公司的董事，我的簽名也出現在一堆公司文件上。這真的是我的簽名嗎？如果我說不是，那又意味什麼？於是我告訴破產管理人，對，是我的簽名，接下來就沒有消息了。朗尼這個人經常這樣。替他辦事的那些人會讓你跌破眼鏡。他們是真心喜歡他。在他死後，一個又一個受害者寫信給我，說穿了，他們的意思就是：他是騙了我，但我不介意，當時真的好開心。他們還以為這是在安慰我。

要是我在走進朗尼．康威爾那棟大樓的時候，就發現自己一直半信半疑的事——這家事務所有九成頂多就只是個幌子，是用來進行某些非常冒險的交易，而隨著朗尼日漸債臺高築，交易風險也越來越高——的話呢？要是這位新進律師早就發現，招募他的是一家以犯法為職志的法律事務所呢？

家父在事業最得意的時候，倫敦西區蒙特街五十一號從閣樓到地下室全都是他的辦公室。至於小說中虛構的辛格父子公司大樓的辦公室，我選擇了庫松街一棟類似的建築物，就在蒙特街以南幾條街而已，隔幾戶就是勒孔菲爾德大廈，據我所知，這棟大樓曾是英國軍情五局的總部。

我在家父底下工作過兩次。後面那一次無關緊要，頂多就是我真的在蒙特街一間和這部小說裡奧利佛的辦公室非常類似的房間裡做事。當時我努力推銷他名下的一本運動雜誌，而且這本雜誌根本毫無銷路。有一次和朋友出去跑業務時，我將幾百份的雜誌一股腦地全扔進陰溝，也不願意承認根本沒有一家書商願意購買。我第一次替他做事，是在我十六歲那年，家父基於表面上信誓旦旦的利他主義，協助皇家空軍成立一個冬季運動協會。此舉的目的令人再欽佩不過了：讓年輕的現役軍人能去瑞士度個物美價廉的滑雪假期，這些軍人有不少曾在戰爭中為國王和國家作戰。兒子啊，我們虧欠這些孩子一份你我永遠還不清的債。他們應該受到最好的待遇，這是千真萬確的。另外一件事同樣千真萬確：因為貨幣管制之故，英國旅客前往外國旅遊時，只能帶五十英鎊出境。

航空部全力配合。他們在艾達斯特爾大廈撥出一間辦公室給我們，還有幾個穿制服的職員作為協助。朗尼派我一起過去幫忙。算是幫幫這孩子，讓他趁假期賺個幾先令。

我們選定的地點是聖摩里茲（St. Moritz）。戰前，朗尼曾在那裡享受過一段非常放縱的假期。到了聖摩里茲，我們在朗尼的指導之下看準了山頂賓館諸位老闆的好心腸下手，此時戰爭結束已過三年了，他們使出渾身解數，只希望能吸引英國觀光客重返他們的度假勝地。山頂賓館有一棟附屬建築物，就用來安排我國英勇的飛行員和他們的妻子或女友的套裝行程。我們從位在航空部裡的辦公室直接向廠商訂購滑雪用具——這比租的還便宜，兒子——租用火車的客車廂，預約導遊，談妥滑雪纜車、纜車道和酒吧的折扣協議。

而且我們成功了。雖然出現一些失誤，但確實成功了。許多好人在當地度過了愉快的時光。除了皇家空軍的年輕人和他們的女朋友，家父還替不少非軍方人士安排——例如替他馴馬的馬師，還有一些從倫敦西區金融圈精挑細選出的揮金如土的好伙伴，外加他們的家人和隨從——也來到山頂賓館度假。這些人住的可不是樸素的附屬建築，而是旅館金碧輝煌的主建築，此地至今仍舊代表著瑞士人豪華待客之道的最高標準。讓他們在度假期間倍感愉快的是，他們用不著為五十英鎊的貨幣管制傷腦筋。他們只消將一張英國支票交給家父，運用他的關係，就能保證會有等值的瑞士法郎匯到旅館這裡。

兩年後，我在伯恩讀書時，家父打電話給我，要我給自己放個假，放下書本到聖摩里茲去，到山頂賓館讓他招待幾天。擁有山頂賓館的那個顯赫家族有一位卡斯帕．拜德魯特先生很想見見我。我接受了他的好意，一到山頂賓館，卡斯帕．拜德魯特先生立刻召我進去他的辦公室。他是個高大而溫柔的男人，一臉羞赧，滿心擔憂。要對一個年紀這麼小的人開口說他必須講的那些話，顯然令他非常難為情，我懷疑家父對這一點早已了然於胸。他的旅館需錢孔急。銀行已經開始不耐煩了。比不耐煩更糟糕。先是發生戰爭，後來又遇上家父。從兩年前就積欠旅館的那些錢都到哪兒去了？

不知怎麼搞的，英國皇家空軍的冬季運動協會彌平了家父的管理造成的傷害，繼續蓬勃發展，但願迄今仍舊生意興隆。不過當時的狀況想必非常危急。自從當年隔著辦公桌見過可憐的卡斯帕．拜德魯特先生之後，我直到去年才再次悄悄回到聖摩里茲。令我高興的是，山頂賓館依舊耀眼奪目地矗立山頂，而且沒有任何人逮捕我。

這本小說另外一個相當不一樣的層面，就是泰格．辛格堅信他能在後冷戰的俄國大發利市。說起來，或者大概也沒有什麼太不一樣的地方。不管在什麼地方，貪婪的人就像飛蛾撲火般忙著發戰爭財，而戰後時期同樣令他們垂涎。其他人看見的是迫切的需求，投機客看到的卻是一桶金子。其他人關心的是混亂和經濟失調，投機客只在乎有機會跳過正常的公文旅行，大撈一票之後一走了之。在一九三九到一九四五年的戰爭期間，家父在黑市頗有斬獲。當和平驟然降臨，返鄉的士兵迫不及待地想成家和找地方住，他也以同樣的熱情致力於倫敦房地產市場比較冷門的區塊，用借來的錢大舉買進整條整條的倫敦街道，「說服」現任的房客遷居他處，然後將空屋降價脫手，進行開發。因此我不難想像，當蘇維埃帝國解體之際，泰格．辛格會對鮮血、石油和鋼鐵的買賣產生興趣。日漸衰敗的蘇維埃體制裡腐化的巨頭，和西方世界投機的資本主義者臭味相投，早就是眾所周知的事。我們比較不知道的是從事組織犯罪的集團藉著體制化的基礎，在昔日鐵幕內外兩邊涉入的情況，以及來自阿富汗與亞洲俄國的毒品收入在其中投注了堪稱天文數字的金錢。

今天如果要回顧我這部小說，那一小段歷史只不過是故事的背景，描述一個無法掙脫父親掌控的兒子，最後如何跳出自己的陰影，才發現主宰了他一生的巨獸，不過是另外一個悲哀而空虛的小人物。

勒卡雷　作品集 17

辛格家族
Single & Single

作者	約翰・勒卡雷 John le Carré
譯者	楊惠君
副社長	陳瀅如
總編輯	戴偉傑
編輯	林家任
行銷	陳雅雯、張詠晶、趙鴻祐
封面繪圖	Emily Chan
封面設計	井十二設計研究室
排版	宸遠彩藝有限公司
印刷	通南彩色印刷股份有限公司
出版	木馬文化事業股份有限公司
發行	遠足文化事業股份有限公司（讀書共和國出版集團）
地址	231 新北市新店區民權路 108-4 號 8 樓
電話	(02) 2218 1417
傳真	(02) 8667 1891
客服專線	0800 221 029
信箱	service@bookrep.com.tw
法律顧問	華洋法律事務所 蘇文生律師
出版日期	2025 年 03 月二版一刷
定價	500 元
ISBN	9786263147393（紙本） 9786263147454（EPUB） 9786263147447（PDF）

國家圖書館出版品預行編目

辛格家族 / 約翰 . 勒卡雷 (John le Carré) 著 ; 楊惠君譯 . -- 二版 . -- 新北市 : 木馬文化事業股份有限公司出版 : 遠足文化事業股份有限公司發行 , 2025.03
416 面 ; 14.8 X 21 公分 . -- (勒卡雷作品集 ; 17)
譯自 : Single & Single
ISBN 978-626-314-739-3(平裝)

873.57 113013496